U0473163

马振骋译文集

白朗希精神病院

从奈瓦尔到莫泊桑的最后避难所

〔法〕洛尔·缪拉 著
马振骋 译

人民文学出版社
PEOPLE'S LITERATURE PUBLISHING HOUSE

著作权合同登记号　图字 01-2018-8957

图书在版编目(CIP)数据

白朗希精神病院:从奈瓦尔到莫泊桑的最后避难所/(法)洛尔·缪拉著;马振骋译. —北京:人民文学出版社,2021
（马振骋译文集）
ISBN 978-7-02-014837-0

Ⅰ. ①白…　Ⅱ. ①洛… ②马…　Ⅲ. ①传记文学-法国-现代　Ⅳ. ①I565.5

中国版本图书馆 CIP 数据核字(2019)第 011380 号

责任编辑　卜艳冰　张玉贞　汤　淼
封面设计　钱　珺

出版发行　人民文学出版社
社　　址　北京市朝内大街 166 号
邮政编码　100705
网　　址　http://www.rw-cn.com

印　　刷　杭州钱江彩色印务有限公司
经　　销　全国新华书店等

字　　数　236 千字
开　　本　890 毫米×1240 毫米　1/32
印　　张　11.875
版　　次　2021 年 1 月北京第 1 版
印　　次　2021 年 1 月第 1 次印刷

书　　号　978-7-02-014837-0
定　　价　69.00 元

这里，我永远介于学者的尺度与疯子的晕眩之间。我应该明白告诉每个愿意阅读我的人：停留在这两条渐进线之间是需要胆量的。

巴尔扎克

《行动的理论》，一八三三年

目　录

前　言

一八九三年八月十七日，《费加罗报》在头版用大字标题宣布：

夏尔科教授、白朗希大夫双双去世

法国科学界“遭受双重打击”，在同一天获悉两位医学英才与社会名流逝世。第一位以研究癔病而闻名，在精神分析系谱树方面培养了门徒，留下了自己的名字。第二位是第二帝国和第三共和时期精英人物的知心人，他的去世也带走了他的父亲埃斯普里·白朗希大夫创办的精神病院的秘密。第二年，巴黎市政府给他们各人一条马路命名：给让·马丁·夏尔科的是他任教的硝石场医院后面，给埃米尔·白朗希的是在奥特依那幢大公馆边上。一边是享受奖学金的学生，在首都长大的巴黎车匠的儿子；一边是继承人，是诺曼底两代医学世家的后裔。左岸公共医院，右岸私人精神病院。

当夏尔科日益进入传奇时，白朗希的名字在词典中的注解愈来愈少。一九九四年，一块灰色大理石碑钉在帕西的土耳其大使馆前，这里从前是精神病院。上面写着：“在朗巴尔府，曾住过杰拉尔·德·奈瓦尔（1853—1854），夏尔·古诺

（1857），居伊·德·莫泊桑（1892—1893）”。疗养院与里面的“好医生”一字不提，病人的荣名把一切都盖罩了。

白朗希父子被一个象征性的后代遗忘，也可通过出版物予以复现。但是由于缺乏档案，被这个诊所引起的兴趣，只限于几篇涉猎不深仅在小圈子里散发的研究文献，一九〇八年欧内斯特·德·克罗萨发表的《白朗希大夫诊所》小册子里的絮语。一九四九年，埃米尔的儿子雅克-埃米尔·白朗希的回忆录出版，书名《往事钩沉》，对诊所的历史与日常工作的再现做出决定性的贡献。作者特地透露父亲临死时要求他把著名病家的病案全都烧毁。诊断书已付之一炬，主要环节都埋进了灰堆，也就不必重绘传奇。弥撒曲已经唱完。

在这份证词前止步不前，这就忽略了一份具有决定意义的历史资料：自从一八三八年关于精神病人的法律颁布以后，精神病院院长都有义务保存病程记录，里面记载病人身份、住院日期、症状、医生诊断评语。大家以为“白朗希诊所”的病程记录已经消失，其实一直保存着。这堆从未公开的资料，内容异常丰富，促成了本书的撰写，这是十二本狭长的厚册子，被时间剥蚀的绿丝绒封面、四角与书脊都有真皮加固，是十九世纪精神病的真正魔术书。

还有一个来源一直没有被人察觉。一九七七年一月四日，雅克-埃米尔的继子乔治·梅维尔-白朗希把他的家庭成员的个人资料捐给了法兰西学院图书馆，成为白朗希卷宗，供研究者查阅，这次是医生与他们的亲友或病人交换的书简。这份无价也从未面世的信札，跟病程记录参照阅读，几乎可以了解到一家精神病院的逐日生活，当时最有名的人物都以不同目的在这家疗养院待过：阿尔弗雷德·德·维尼、埃克托尔·柏辽兹、德拉克洛瓦、大仲马、泰奥菲尔·戈蒂埃、爱德华·马奈、奥古斯特·雷诺阿，埃德加·德加，作为友人、访客或邻居；夏尔·古诺、玛丽·达古尔、德·卡斯蒂格里奥纳伯爵夫人、阿列维夫妇，作为复发病人；杰拉尔·德·奈瓦尔和莫泊桑，作为不治病人；儒勒·凡尔纳和欧内斯特·勒南，都是为儿子的精神状态担忧的父亲，还有儒勒·格莱维律师，是送姐姐来住院的。

这家诊所是观察精神病与创作关系的无与伦比的平台，像一种化学沉淀，显露出整个社会的焦虑与矛盾，在那里科学家和艺术家、精神病医生和病人都以自己的方式，在探索灵魂深处最隐蔽的皱褶，就像钻入一块纺织品的经纬线里一样。从精神病学的创始到精神分析学的诞生，从浪漫主义到象征主义，白朗希大夫精神病院的历史也是整个十九世纪的历史，这两代精神病医生跟这个时代是分不开的。埃斯普里·白朗希（1796—1852）和他的儿子埃米尔·白朗希（1820—1893），创建者与继承者，他们是一个独一无二的机构与一个独一无二的知识探险中的主角，他们的故事还有待挖掘。

第一部分

埃斯普里·白朗希
浪漫派一代与“精神治疗”

第一章　继承家族精神

巴黎医学科学院有一张大油画，描绘精神病学的诞生。那是一八四九年官方向画家夏尔·缪莱的定画。这幅画不是一般人想象中的医神战胜精神病魔的夸张性寓意画。艺术家恰恰相反，画面既高尚又动人，完全使用历史画的那种抒情写实风格。标题是《比奈下令打开皮塞特医院精神病人的镣铐》。

故事发生在精神病医院的大院子里。中间凸显一个穿黑衣男人的影子，后面跟随衣冠楚楚的青年，犹如基督身后跟着门徒，在轻轻推开纠缠着不肯离开的精神病人。男子伸直手臂，用食指命令一名职工锯开一名老人手腕上最后的镣铐。老人瘦骨嶙峋，光着身子，坐在草垫上。在人群中有痴呆的，有愤怒的，有残疾的，还不相信自己已被除去桎梏，表情和姿势都表示出莫大的惊讶。这桩历史性事件要求有它的文士在场。画家果然让他出现在画面前方医生的右侧。蓝外套，白短膝裤，白背心，一手拿红本子，一手拿笔；这是法兰西共和国，在书写精神病学历史，采用埃斯基罗尔的面貌，他是得意门生，未来的天才医生，正在记录他的老师比奈的行动与思想。

这幅画从其构图来说，显然受到另一幅名画的启发，就是格罗的《拿破仑视察雅法的瘟疫病人》，今日藏于卢浮宫。年轻的将军在中间，他的军官伴随左右，毕恭毕敬站在身后；他跟皮塞特的医生的姿势相差不多，伸直手臂，像一个魔术师国王，朝向一个身子半裸的瘟疫病人。形象的相似性也是一目了然的：拿破仑与比奈都是大革命后出现的救世主式的人物，只要出现在哪里，哪里的绝望之情就一扫而光，出现一个新世界。

历史画叫人看了生厌或好笑，然而至少有一个众所周知的政治功能，提供视觉上的确认，使神话有根有据，这使它成为最可靠、最吸引人的宣传工具之一。因而对照历史事件来观察历史画总是更为可取。

菲列普·比奈（1745—1826）是什么时候给精神病人去除过镣铐的呢？他的儿子西皮恩在父亲死后十年对此写过一篇令人匪夷所思的故事，根据他的说法，正是乐善好施的事迹日益稀少的时代，这件事据认为发生在一七九二年。而艾蒂安·埃斯基罗尔（1772—1840）是一七九九年才从图卢兹来到巴黎，不管带或是不带他的目击证人手册，他在画中出现总是有点不合时宜。而比奈本人是一七九三年才被任命到比塞特医院工作。那位医生也从没说过这件英雄事迹是他干的。这其实是个一本正经的传奇性故事，随着时间转移，以讹传讹而根深蒂固了。这件好事很可能还得归功于比奈的合作者，观察医生皮桑。

由一个想入非非的故事，配合几张官方图画，引出精神病学起源的历史，建立在一则神话上，一个事后虚构上，其后也没有去纠正它。一八七六年，画家托尼·罗贝尔-费勒里建议对这个伟大“时刻”做个改动：比奈已近暮年，始终占据画的中心，但是他的四周是硝石场医院的抽搐的疯子——歇斯底里是很流行的。

不论画集与史书上是怎么说的，还是存在一条原则：即使“精神病医生”这个词在一八〇二年才出现，“精神病学”这个词在一八四二年才出现，精神错乱者的解放是这门新学科的建立与实验的基本事实。因为这个分水岭的形成是至关重要的：疯子在这以前被人视为魔鬼的产物或作恶的巫士，得到的对待不见得好于一个动物，现在开始被当成病人了。随着大革命，他也得到了病人的地位。

疯子长期以来像麻风病人那样被逐出城市，排斥于社会之外，属于贱民，他们的视野仅限于小屋的铁窗或“囚室”的墙头，要不就被送到一七六七年为了“收留一切被医院逐出而监狱又拒收的人”而建立的乞丐栈房。天主救济院、皮塞特医院和硝石场医院是三家主要医院，收留那些精神错乱者。教会组织也以照顾精神病人而著名，如天主圣约翰兄弟会，管理着三十七个机构，其中有著名的夏朗东慈善院。但是这些慈善院，如同巴黎不多的几家私人医院，不同于一般人的想法，都是花费很大，每年收六千里弗尔，这使许多人不得其门而入。其余可去的地方是寄押所，那里不加区别地关押着乞丐、疯子、小贼和罪犯。所有人都生活在无法形容的拘留条件下。

国王用一纸密谕，让王权机构把任何一个假想精神错乱者关押大牢；大革命废除了密谕，要求对精神失常的人事先检查，这在一七九〇年不可避免地为精神病人治疗制度打开了一个缺口。从那时开始一系列情况调查，同时按照约瑟夫·达庚的论文，逐渐积累了可采取的新治疗理论；从论文的标题就可看出内容：《精神病的哲学，从中证明这种疾病必须用精神治疗，而不是用肉体治疗，身患此病的人毫不含糊地是受到了月亮的影响》。

对精神病人的地位大变动中，菲列普·比奈起了决定性作用，使精神错乱者的“精神治疗”制度化，为现代精神病院奠定了基础。他的原理包含在他的论文《精神错乱症或躁狂症的医学–哲学专论》(1801)，成为未来几年内精神病院治疗的要点。四年后，艾蒂安·埃斯基罗尔发表论文《精神错乱的情欲根源、症状和治疗方法》(1805)，这个标题一开始就在正常情欲与它们的病理性激情之间画上一条贯穿线，本身就说明正在进行的变革：任何人都可能变成疯子，任何疯子都必须当作完整的人治疗。

埃斯普里·西尔韦斯特·白朗希就是在这个知识昌明的时代诞生和成长的。共和历花月二十八日（一七九六年五月十五日）他出生于鲁昂，是一个受人尊敬的布尔乔亚家庭的第五个孩子，那年正逢一场大饥荒，居民死亡率增加了一倍。他的父亲安东尼·路易·白朗希，一七八〇年与伊丽莎白·索菲·富隆成亲，同年被任命为外科医生。依照年金收入他的家庭不算富裕，也不穷困。

一七九六年詹纳发现疫苗，这一伟大的医学方法使人对天花有了一种免疫力。安东尼·路易以后是热心的推广者之一，还可以确认的是，埃斯普里和他的兄弟姐妹成为父亲指定的试验品，他的父亲在家人身上进行试验，借以说服省里采用接种原理……

安东尼·路易是先进派，国民自卫队外科医生，接受新思想。他后来还是负责改善本市精神病人命运的先驱之一。但是在鲁昂慈善总医院内创立第一个精神病医疗所，在总医院内建立他自己的普通医学研究学校（有时被人嘲为“白学校”①）的，还是他的长子，一八〇七年成为医生的安东尼·埃马纽埃尔。万特里尼埃医生，他的学生与合作者，几年后在赞美他的老师时，提到了他在十九世纪头二十五年给疯子进行的医疗方法。他写道：“我有几次看到他给易激惹性的病人洗意外浴，也就是把这些可怜虫没头没脑藏入一只口袋，扔到穿越慈善院的那条小河里，或者给他们冲火浴，那是用消防泵对着他们身上浇。”安东尼·埃马纽埃尔在巴黎记住了菲列普·比奈和艾蒂安·埃斯基罗尔的教诲，他要按照他们的学说使精神病治疗人性化。他是动物磁气说的信奉者，经常命令病人相互放磁，效果并不总是令人信服，但是只要病人不受苦就行……

安东尼·埃马纽埃尔不久在他的各种头衔上，又增加国民自卫队外科主任的头衔，遵循家庭以善为本的精神，在一八三二年发生流行性霍乱时奋不顾身进行救助。他和另一位良医阿希尔·克莱奥法斯·福楼拜同时被提名接受荣誉团勋

① Blanche，（白朗希）作为普通词，意为“白色的”。法语中“白色”作为形容词，也有“无用、空”的意思。

章。这两人的家庭在许多方面都很相像，也都有一个儿子继承父业：路易·埃马纽埃尔·白朗希在鲁昂医学院作为教师结束他的职业生涯，阿希尔·福楼拜接替父亲当天主医院的外科主任，让他的弟弟居斯塔夫有自由去从事文学创作。

目前还不清楚，这个家族的环境内，年轻的埃斯普里·白朗希如何受到父亲和哥哥的激励，接受一份几乎是自然的天职。一八一三年十月五日他在鲁昂通过中学会考，第二年十七岁开始在天主医院学医，一八一六年十二月三十一日通过考试。那一年他的父亲逝世，鲁昂用他的名字命名一条马路。

埃斯普里是不是听从了哥哥的意见？反正他决定离开布尔乔亚的西城区科舒瓦兹大街（今为比利时人大街）上那座舒适的老宅，离家独闯，到巴黎医学院去读了四学期。四学期念完，完成论文《论心动脉瘤》，一八一八年八月五日通过论文答辩。主考官中有三位名人：比奈、朱西厄和德杰内特；后者是埃及战役中的著名外科医生，当拿破仑下命令让雅法瘟疫病人快快去死时，他反抗拿破仑，巧合的是，还是这个德杰内特，医用物理学和卫生学助理教授，于一八二二年发表一篇演说，被认为对宗教太苛刻，使他跟学院中某几位所谓自由派医生一起被解聘，这中间又有比奈和朱西厄……

自从执政府通过一项改革后，医科学习规定四年，包括五次公开考试和一篇论文。埃斯普里·白朗希不出差错地读完全程，这使他不可能像有的生平注释上提到的，服役于拿破仑军队，即使暂时性的也不可能，况且也没有资料证明。一名非常年轻的医生在前线，站在皇帝的步兵旁边，在伤员之间奔跑，这个形象说真的倒是非常符合埃斯普里的精神面目：朝前梳的一头卷发挂在一张椭圆形脸上，两只眼睛闪闪发光，微笑时带一丝揶揄，在非常罗曼蒂克的形象后面隐藏久经锻炼的性格。

复辟时期的最初几年，埃斯普里想得最多的是办诊所而不是上战场。也因而想到了结婚，一名要创业的年轻医生欲受到尊敬这是必不可少的条件。一八一九年四月他看中了十九年前出生于凡尔赛镇的玛丽·玛德莱纳·索菲·贝尔特朗。这对夫妇在芒达尔路八号住下，一条很短的交通要道，两旁的联体公寓楼笔直排成一行，连接蒙奥格依路和蒙马特尔路，在现在的巴黎第二区，离冈卡尔悬崖餐馆才几步路，那是巴尔扎克《人间喜剧》中野心家喜爱去的餐馆。他们结合后第一胎生下的是女儿，克莱尔·莉迪，接着又是一个男孩，安东尼·埃米尔，生于一八二〇年十月一日。

开业……对于一个二十四岁的青年，已是两个孩子的父亲来说，在首都殊非易事。因为在巴尔扎克的巴黎竞争激烈，医学界王子俨然是一副英雄面目，而大部分开业医生虽在逐渐代替忏悔师神父，但还不到世纪末科学昌盛时给他们戴上的光环。大家怀疑他们是江湖郎中，对他们存有戒心。当他们受到尊敬时，上流社会还是不肯完全让他们融入，比如阿尔方斯·拉马丁的父母，就是断然拒绝他跟帕斯卡医生的女儿结婚……

医学只取得微小进步，最多是在器械方面，如一八一五年雷奈克发明听诊器。如果说那时医生俯身听病人的身体，在手术或愈来愈常做的尸体解剖中把解剖刀插入体内，他关心的是探究灵魂的秘密和痛苦，这也不是偶然的。埃斯普里出身外科医生和精神科医生世家，他作出自己的决定：将致力于疯病研究。可能是一份资料把他说服了，埃斯基罗尔一八一八年九月向内务部提交的一篇论文发表六个月后出了名，篇名叫《法国精神病院现状和如何改善这些不幸者的命运》。埃斯基罗尔在全法国广泛调查后，感到震惊。精神病人的种种条件——用他本人的话说——是纯然的“野蛮”：“我看见他们赤身裸体，盖着破布，躺在地上，只有草秆抵御地上的寒冷潮气。我看见他们吃得很差，没有空气呼吸，没有水解渴，没有生活第一需要。我看见他们落在真正的狱卒的手里，听任他们粗暴监督。我看见他们被关在小室内，肮脏，腐臭，没有空气和光线，戴上镣铐关在洞穴里；就像政府奢侈挥霍花大钱在首都豢养的猛兽。”医生并未写到这里为止，还揭露那些看护人员用他们的钥匙串作为“刑具”，逼迫某些被认为太危险的易激惹性病人住进医院地下室，在那里“有时遇到院子四墙挂着铁链；把精神病人锁在一块石头上，这叫作让他们呼吸新鲜空气”。

这种可悲的情况不是法国专有的。德国、意大利、英国都提出同样的调查报告。埃斯基罗尔主张什么呢？他对全国五千一百三十三名精神病人进行调查，其中二千名分散在巴黎三大医院里：天主医院、硝石场医院和比塞特医院；在外省只有八家专门医院，什么人都被收为精神病人、癫痫患者，“偶尔还有不肖之徒，予以拘留教育的自由思想分子”——萨德侯爵就是这个情况，他从一八〇三年就被拘禁在夏朗东，直至一八一四年死去。当务之急是建造几家专门医院，由精通业务的医生管理。但是精神病学远远还不是医学院的一个专业，谁称得上是精通业务的医生呢？埃斯基罗尔尽管勾勒出现代精神病学家的理想面目，也在自问：“请大家不要误解，能干的人很少愿意跟精神病人一起生活；很少人同意在疯人院里过一辈子，除非它受人重视，提高人的自尊心与知识水平。……必须有非凡的坚韧不拔的精神才会使这门治疗学产生成果；必须贡献出许多时间，从某种程度来说，作出忘我的牺牲。”

埃斯普里·白朗希对这项事业必然早有认识，还愿以这样的人物作为楷模么？这鼓励了他投入这份冒险事业，而要建立一家医院施展才华？在未婚母亲隐身的疗养院和收留精神病人的疯人院之间，私人精神病康健院在巴黎是为数不多的，就只有十来所，最老最出名的是夏洛纳医生诊所，在大革命时期住过奥尔良公爵夫人，杰出的比奈最初在那里操业。接手一个诊所和它的病人是很费钱的。埃斯基罗尔好像找到了一个折衷办法，在布封路的家里收了几名“付费的”精神病人。但是埃斯普里既没有经验，也没有名望，还不说他住的公寓不够开诊所。如果到首都外围免收入市税的地方岂不是个解决的办法？

在圣德尼区蒙马特尔，埃斯普里的计划有一天在风场附近特莱奈路一百一十三号那幢雅致的古典建筑里实现了。这座建筑与周围的小房子相比大而巍峨，这个特殊的乡间住宅外表在区里显得不同一般，这也给业主增添了威望。这幢建筑原名桑德兰洋楼，纪念它的第一名业主安东尼-加布里埃尔·桑德兰，从一八〇六年由前里昂天主医院外科医生安东尼·普罗斯特改建成一家疗养院。

这份产业包括三幢瓦顶楼房，两间沐浴平房，一边是向一条斜坡路开的院子，另一边是七十亩花园，园内有一口井和种有梅花、彤花、白蜡树的平台。主楼的窗子装橡木百叶窗，一楼是一间大客厅、一间小客厅、一间桌球房、一间餐厅、厨房和配膳室，上面两层各有九间房。一八一〇年在花园搭建了一个中国式平房，给这个掩映在绿色丛中的幽雅环境增添一点异国情调；此间离首都仅几公里，远处地平线还被它的屋顶与烟囱刺破。

此地的美景立刻让埃斯普里看了入迷。人们也乐意想到这名年轻的精神病医生也很仰慕疗养院院长的个性，他像他的父亲一样是热诚的疫苗宣传者，像他一样是对精神病人实行精神治疗的信徒。普罗斯特说："做医生的总是不够接近一名疯子；应该从性格上就具备这种温柔的善意，坚持不渝，取得和坚定病人的信任，引导他不费力地做有益于他病情的事。"他对诗人加布里埃尔·勒古维（1764—1812）就使用了这个方法。勒古维是《女人的功德》(1801）的作者，这部书再版不下四十次。有一句诗使他出了名："跪在女性的脚下，你就有了母亲……"据说，那位作家得了脑震荡后在蒙马特尔疗养院度过余生。

桑德兰洋楼里，每个病人都有自己的房间，普罗斯特医生创造的气氛让人感到绝对宁静，还是他的病人本来就只是得了一些轻病？财产清单提到好几张带皮带的床，但是没有约束背心或约束衣……这样的自由出人意料。它可能是愚弄不期而至的访客，如德·朗杰隆伯爵（1763—1831），他来到蒙马特尔是精神病院历史上突出的一则轶事。

朗杰隆在罗尚博麾下到美洲作战过，然后又投身于俄国叶卡特琳娜二世——以这个身份在奥斯特利茨和俄罗斯战役中反对自己的国家。一八一四年，他当上俄罗斯将军，参加法国战役。他指挥勃鲁赫军队右翼军，率军攻下了蒙马特尔高地，这个战略平台使他成为巴黎北部屏障的主人。他本人对这件事是这样说的："在攻击战的嚣闹声中，蒙马特尔的居民离开了自己的住宅或躲进地窖里。我的副官把我的司令部设在镇上最高的那幢楼里，那里没有一个人。这是普罗斯特医生开的疯人院。我刚走进楼里，穿了奇奇怪怪服装的疯人都围了上来。我无法想象这算是什么样的假面舞会，但是楼里的女主人出现了，要求我帮助她把这些怪人儿赶回房里去，我帮她做了。"这怎么不叫人想到埃德加·爱伦·坡的短篇小说《戈德朗医生和勃吕姆教授的治疗法》？里面说叙述者出于好奇走进了法国南方一家以试验"温和疗法"而著名的精神病院，跟自由行动的疯子同桌吃饭还不知道。除了下列这点不同，《荒谬与严肃故事》的作者杜撰的院长自己陷入了疯狂，然后跟其他精神病人一起夺权，把看守人员关了起来——普罗斯特和他的病人可没有这样做。

一八二一年三月二十四日，买卖在公证人那里成交；埃斯普里和妻子是在财产共有合约下结的婚，用十万法郎购下了墙内的不动产与动产。桑德兰洋楼随着白朗希大夫开始了一个新时代。安置时期，他们把埃米尔寄托在冈场一户人家。那时高地还是一座小村子，里面有艺术家画室、风车磨坊和散在田野上的小农舍。那时，还没有巍峨的大教堂、雄伟的纪念碑，只有一座修道院附属教堂，一个村政府，几家小铺子和一家实验疗养院，《鲍亭年鉴》不久就用谨慎的语句来夸耀这家疗养院的医道：

> 白朗希：蒙马特尔精神病院医学博士。这所精神病院有按照硝石场医院最新模式设计的沐浴设施，与疗养康健院是完全隔离的，接受病人、康复病人和寄住者：热水浴、硫黄浴、胶浴、蒸气浴、沙浴等，如在蒂沃利一样。疗养院处在独一无二的地理环境，空气清净，风景优美。

第二章　“简直是魔法”

大革命使疯子摆脱了镣铐，但是精神病人依然留在一个新天地——精神病院——的大墙后面，这里的院规取自道德规范，更多于取自科学进步：失去理智的人不纯然是个需要治疗的病人，也是个受社会不公正待遇而需要走出误区的受害者。

比奈是所谓“道德慈善流派”的奠基人（埃斯普里·白朗希也属于这个流派），对他来说，事情是这样理解的：“如果说从一方面来看，在社会秩序与祥和中有的家庭几年来兴旺发达，也有多少其他尤其处在社会底层的家庭由于生活无度、纷争和消沉，处境叫人惨不忍睹！根据我每日的记录，这是慈善院里治疗的精神病人的最大来源。”比奈还在其他地方指出失去理性的其他原因：“罪恶的习惯，如酗酒和不加节制与不作选择的淫冶，行为反复无常或对事麻木不仁……”

三十年后，纪尧姆·费律（1784—1861），比塞特医院的改革者，一八三五年被任命为精神病院监察长，依然循着这条道路前进。他引证埃斯基罗尔的统计，以“发病率多少排列精神错乱的原因：遗传、家庭烦恼、滥饮酒精饮料、行为放荡、手淫、违心爱情、命运多舛、过度信教、使用水银、排泄不畅、嫉妒、产褥病、日以继夜工作、惊吓、阅读小说（原文如此），等等。”

疯病是一种理智差错，只要在处于医院与教养院之间的精神病范围内治疗是可以痊愈的。社会秩序、家庭、工作，都是公德与繁荣的源泉，必须形成制度机构：医生是精神病院的权威和良心，把病人看做是必须负责的孩子，要得到病人的尊敬和服从。精神病医生培养温柔体贴的美德，但是必要时会毫不犹豫令人害怕，使用冷水浴惩罚。

疯人院的诞生有一点模糊不清。米歇尔·福柯在他的大部头《疯癫与文明》中指出，比奈的慈善工作实际上是十七世纪初建立"大隔离"制度后的一个决定性新阶段。在这位哲学家的眼里，大革命只带来一种虚幻的赎罪，因为疯人摆脱了镣铐，却又跌入了一个更严厉的牢笼：陷于沉默；几年后，马塞尔·戈歇和格拉蒂斯·斯温在《人的精神实践》中发挥成了另一篇论文。他试图提出相反论据：疯人院，"予以社会化的机器"，应该把精神病人当做社会一分子包括进来。疯人院作为排斥观念的最后变形物或民主乌托邦的产物，这个规范性机构的建立与布尔乔亚社会的形成是一致的。白朗希大夫的疗养院自然地结合了疯人院与家庭式公寓的模式，这样显得是他那个时代的完美标志，一个科学与社会学兼收并蓄的象征。因为在蒙马特尔，精神病患者跟白朗希一家生活在一起，同吃同住，共用一座花园，只有一道高栅栏把花园一分为二，这是为了把最具威胁性的病人与其他住院者分开，不在一起散步。

白朗希大夫和妻子一起不分昼夜，时时刻刻热诚地照顾病人。医生及其助手和职工在病人身边随叫随到，在病人家属看来这是私人疗养院胜过公立医院的一张大王牌；在公立医院每天要对几百名病人查房，马克西姆·杜尚对这一情景作过嘲笑："让我们听听病人的一句口头禅：'医生快来了，医生来了。'他确实来了，也不大可能再做别的，因为他没有时间停下……"此外，私人疗养院保证更安静、更亲近也更易保守秘密。唯一缺憾是费用太高。巴尔扎克在《著名的戈迪萨》中雄辩地向我们证明这一点："谁不知道外省人对受病痛折磨的人无微不至地关怀，可能是因为一个布尔乔亚女子，如果把自己的孩子与丈夫交给公共管理医院，因而会招来恶名吧？还有，谁不知道外省人就是不乐意给夏朗东或疗养院支付一百路易或一千埃居的寄养费？如果有人对马加里蒂斯太太谈起杜布依松、埃斯基罗尔、白朗希或其他医生，她宁可傲气十足地留下人，同时还留下自己的三千法郎。"

一年三千法郎，即现时的三万法郎左右：私人疗养院平均要收这个数目的钱，对于那个时代和家庭收入来说的确是很高的——一般来说巴尔扎克是个消息灵通的侦探。但是这位小说家没有说明的是，白朗希大夫跟一个高里奥或一个皮昂雄还有一层不为人察觉的亲缘关系，那就是他出名的无私精神。一名少女被两个兄弟赶出了家门，生下孩子后又被告知婴儿猝死而发了疯，在医生说服情人娶女病人而使关系"正常"以前她不是在蒙马特尔住了好几个月，全靠医生出的钱吗？某个一贫如洗的作家把自己的命运交到白朗希大夫手里，不是一个子儿也没有付吗？这类例子不胜枚举。

医生是调解人，又是文艺资助人，每日都意识到自己的社会责任。他免费给蒙马特尔最贫困的居民治病，也给一八一七年建立的烈士路王家公共医院福祉精神病院的老人治病。记者、作家阿尔方斯-卡尔后来回忆这位“杰出人物白朗希大夫，有教养，机智风趣，不忘闲时娱乐一番，喜爱戏剧和文学；毫无私心，以致文艺界若有人发疯，在决斗中受伤，立即就会被人抬到白朗希医院，不用担心如何支付住院费——医疗费更不用说了——有时由病人自己支付，有时由他的家庭支付，病人若是个知名人物则由政府支付；有时根本没有人支付，最不为这件事着急的还是白朗希……”

埃斯普里的无私精神受到一致赞扬，但是从一八二七年起他还是被逼到了破产的边缘，那时他不得已跟一名以前的商人，叫巴波姆的人合伙，他出四千法郎参加投资，创立“白朗希有限公司”。一年后，巴波姆买下了桑德兰洋楼；埃斯普里只作为洋楼的租赁人，因为他是个不谙商务的慈善家，采取这样的做法更谨慎，更符合他的个性……事情的安排还是没使双方都满意：这家公司最终在一八三〇年解散，白朗希收回其中的动产。

这些财务麻烦丝毫没有影响桑德兰洋楼的声誉，它随着时间也不知不觉变成了“白朗希大夫疗养院”。年复一年，它在巴黎名声愈来愈大，在沙龙里大家都面带愁容，悄声说着那些去过那里、让人碰见和从那里回来的名人。某些人的名字大家都尊重不提，比如玛丽·安多纳特王后的伴娘，她原本要嫁给罗伯斯庇尔的。有一天，在特丽亚侬宫的走廊里，那个还没有被称为“公正不阿”的人作出“令人惊讶的举动，把这个奇怪的婚约中止了”；那名少女发了疯。她满头白发、双目无神地终老在白朗希疗养院里。还不提名地说到那个葡萄牙青年，他是看到十二岁的兄弟因所谓参加了反对本国政府的阴谋，被吊在空中晃来晃去而发疯的。或者那名叫福尔博士的医生……被美洲印第安人绑架、抢劫、虐待，当做死人扔下不顾，在纽约被拉斐特认了出来，拉斐特在年轻时遇见过他，就把他带回了法国，立刻送到蒙马特尔，在那里他昏昏沉沉，眼睛定定，双臂交叉，直到死亡才得以解脱。

其他还有声名显赫的人物，帝国贬谪的英雄，如特拉沃将军（1767—1836），拿破仑时代的参议员，一八一六年被捕，复辟时期被判死刑。这名将军性格温和，善于调解，很得民心，以致判决宣布时群情激愤，闹得王朝政府害怕发生劫法场事件。他的刑罚减为二十年监禁。将军已五旬，经受不住煎熬，神志不清。他被关进了哈姆堡，两年后昂古莱姆公爵使他得到赦免令，他回到巴黎，住进白朗希大夫疗养院，此后再也没有出来。他的病房在底层，面对花园。有一名证人看见他“粗暴对待碰他的人，推开跟他说话的人，也跟医生生气，不停地吹口哨，吹一七九三年革命的爱国歌曲……这是他留下的唯一记忆……不要把手伸向特拉沃将军，他会揍你的”。

降临到这些病人身上的究竟是什么样的病？初期的精神病科学是没法解释和确定的。粗略地说，从希腊罗马时代以来，精神病分为四类：痴呆、白痴、忧郁和躁狂。比奈继续使用这个分类，埃斯基罗尔又细分忧郁这个大类，逐渐成为可治愈精神病的同义词："他分成两部分，它们的名字已废除不用，但是事实还是存在的：忧郁与偏执狂。即是说不违背原意的解释应为：抑郁和慢性谵妄性精神病。"白朗希大夫的住院病人大部分是属于最后这两种病，专家多次观察归类，他们有一个共同点：大多数是历史的受害者。

比奈把"革命事件"归入精神错乱的第四类原因，他是不是另有一套统计数据，比如说明随着法国宗教与政权的紧张关系的缓和，宗教起因的忧郁症会明显降低？那么，罗伯斯庇尔倒台以后，医生是不是在巴黎看到行为诡异、神经发作和谵妄现象有明显增加？同样，拿破仑骨灰归葬那一年，瓦赞医生登记中有十三位新皇帝来到比塞特医院……白朗希确有一个病人，当他不说自己是拿破仑时，就说自己是穆罕默德、成吉思汗，或者还是耶稣–基督和约瑟芬的儿子……精神病是一件事实，嫁接在历史上，又采用其中的突出事件。

然而某些事件中具有象征意义的暴力，为什么以及怎样饶过了经历过这些事件的证人呢？尤其从大革命到帝国，法国人生活在腥风血雨中，在断头台的铡刀下和大炮的轰隆声中血肉横飞。他们使人头纷纷落地，把国王斩首，立即又跟随一个新皇帝进行欧洲前所未有的血腥战争。复辟，随着极端分子上台，白色恐怖的残暴，在重登王位和恢复教权的复仇心理的鼓动下，对昨日胜利的敌人提出控诉、放逐、关牢。重整秩序往往又以国家利益的名义作出一刀切的决定，谁能忘记内依元帅的处决呢？在反动的受害人中间，某些人保全了生命，却失去了理智。其中最著名的例子是出身博阿尔内世家的德·拉·瓦莱特夫人，她被荒诞不经的冒险送进了白朗希疗养院。

埃米莉·路易丝·德·博阿尔内在历史的兴亡盛衰中很快得了病。她出生于一七八一年，大革命爆发时才八岁，不得不逃离首都。回到法国，这个少女爱上了路易·波拿巴。这份热情是相互的，路易愿意娶她。但他没有考虑到拿破仑的意愿，这名野心勃勃的青年将军，对弟弟跟一个流亡家庭的女儿结婚，投了一张绝对的否决票。

这对情人的命运在一七九八年宣告终结。当路易上船前往埃及时，埃米莉受命接受了另一门亲事，对象是安东尼-玛丽·夏芒·拉·瓦莱特，他是饮料店老板和女佣的儿子，后来成了波拿巴的副官。命运的嘲弄或将军的残酷使他后来在东方国家跟他的不幸的情敌担任同样的军职……埃米莉不爱他，但屈从了。奇怪的是，这对夫妇一年比一年亲近，以致在帝国朝廷里给人的印象是一对恩爱夫妻。他们情投意合可能也有赖于世运亨通：一八〇四年，埃米莉成为约瑟芬的梳妆女官；一八〇八年，安东尼-玛丽，邮政厅厅长，获得伯爵爵位和国家参事头衔。他是忠臣中的忠臣，以致得到“骑兵”的外号。拉·瓦莱特促成了一八一四年拿破仑归来，这使他被任命为法国贵族院议员。好景不长。路易十八上台后把他逮捕，由于皇帝从厄尔巴岛回来前几个星期曾与他通信，他还参加了百日王朝。一八一五年十一月二十一日他被判死刑。

埃米莉绝望之余尝试一切机会。她每天到蒂勒黎宫恳求国王家族恩赦。但是明文规定：无人有权接待德·拉·瓦莱特夫人。日子过去，决定命运的一天愈来愈近。在她的头脑里出现了唯一的解决办法，一个疯狂的念头，他的最后的机会：到巴黎裁判所天牢里去替换她的丈夫。这个计划几乎不可能实现，因为门禁森严，事先注定是要失败的，尤其德·拉·瓦莱特伯爵夫人身材细长，而伯爵身材矮胖……这都顾不着了。执行前一天，她带了女儿去探监，最后一次跟丈夫一起用餐。在换衣服的时间里戏法变成了。安东尼裹着长袍，戴顶帽子，身子因难受而颤动着走了出来。狱卒看到即将成为寡妇与孤女的两个女人凄恻伤怀，也不敢惊动，几乎把眼睛转向别处。出了牢门有几名同谋等着，伯爵成功地逃到比利时，然后去了巴伐利亚。

当她的丈夫平安潜入巴黎的黑夜，埃米莉突然被人发现蜷缩在牢房的床上。警报响起。太迟了。路易十八听到越狱的消息，据说说了一句话，认为这样的牺牲可歌可泣：“我们这些人中间，只有德·拉·瓦莱特夫人是尽了自己的责任。”她被关在牢里两个月，一八一六年一月二十三日取得假释。但因经受了几星期的审讯，一直处于焦急不安中，这个女人身体已经非常虚弱，回到家病情严重。据德·梅内瓦尔男爵说，埃米莉总觉得“周围都是警察，时时感到侦探的恐怖。她不敢靠近壁炉或沿着房间墙壁说话，深信她不在时有人在烟囱管子里安装了管道，会传到德尼的另一只耳朵里，可以听到一切经过”。后来在寻找文件时，埃米莉又意外地发现丈夫不忠的证据。

发病愈来愈频繁，以致必须带埃米莉去看医生。病情不轻，一八二〇年七月十二日比奈教授对她诊断后，写一份报告说“病象早在一八一五年前出现”——埃米莉在青年时代显然有过几次发病——“由于她的英勇的献身精神使她经常受到强烈震荡，又一下子复发。从那时以后，幻觉性和夸大性恐怖在前几年还是局部和无意识的，最后扩大到对周围所有人、对所有事物都产生最奇异的怀疑。那时幻视、各种各样的幻觉、失眠、恐惧引起一种完全和外露的精神病，曾在好几家疗养院休养过。今天注意到德·拉·瓦莱特夫人的精神状态较为平静，可以跟病人进行持续交谈，没有发现她的思想有任何不连贯，偶尔她会有失神状态。”

埃米莉的健康有所好转，但是一八二二年伯爵回来，她已经认不出他了。取得决定性的进步是后来的事了。是不是在白朗希大夫疗养院待了以后好转的呢？因为不久大家盛传他是“治好了德·拉·瓦莱特夫人的人”。这个名声无疑有点儿夸张，因为存在许多不确定性。德·拉·瓦莱特夫人什么时候确切住过蒙马特尔？任何档案都没有记载。只有几份证词确认白朗希大夫医治过这位著名病人，得到“几乎神奇的”疗效。是不是彻底治愈了呢？一八三一年，德·拉·瓦莱特伯爵《回忆录》发表那年，依然存在希望：“一种深度忧郁症经常使她操心；但是她保持温柔、可爱和善良。夏天时我们隐居在乡下生活，在那里她很高兴。”德·拉·瓦莱特夫人殁于一八五五年。她比她为救他一命而丧失理智的那个人多活了二十五年。

一年年过去，埃斯普里·白朗希和妻子学会了怎样和精神病人生活，并强制实行他们的生活方式。雅克·阿拉戈（1790—1854）的证词向我们说明这一点，他是著名物理学家和天文学家的弟弟，一八三〇年革命初期在桑德兰洋楼里待了两年。

阿拉戈是显赫一时的共和派家庭，除了长兄弗朗索瓦是科学家以外，让是将军，艾蒂安是政治家。雅克是第三个孩子，被认为是家中与众不同的人物。他是成功的轻歌剧作家、天才的漫画家和不知疲劳的探险家，性格怪僻，热情洋溢，经常出尔反尔，行为爱走极端。一八一七年，他参加弗雷西奈率领的科学考察队周游世界，回来写了一部游记，配上插图，使他声名鹊起。另一部作品《环球奇游》引起世人注目：这部小作品是在朋友打赌下写成的，全书的文字一次也不出现字母 A，这却使他无意中成了乔治·佩雷克《消失》一书的先驱。

从一八三七年起阿拉戈双目失明，但并不因此而减少活动，他继续写作，或者不如说口授，出门，会客和旅行。客人中尤其是儒勒·韦尔纳，被这位探险家的想象力与激情迷住了。一八五四年他抵达他的终点站巴西时逝世。他的弟弟艾蒂安写信给出版家赫泽尔：“尽管他一生轻薄，但是没有玷污他的姓氏。他死于中风。他为了减轻神经痛而滥用鸦片。”

如果说雅克·阿拉戈住院的理由含糊不清，他对自己住院提供的信息却有不可估量的价值，因为直到今日它还是精神病院在这个时期仅有不多的资料源泉之一。这位旅行家、作家对埃斯普里·白朗希的外貌作了唯一的珍贵的描绘："他中等身材，圆浑结实。他说话简短、快速、尖刻。他习惯使用一些令人听了刺耳的话，一个身体健康的人必然会问他道理；一个疯子就会害怕，在威胁前噤声不语。他的右眼受过重伤，视力模糊，以致有人说他多思多疑，其实他只是在辨别眼前的东西。他给我留下一个不愉快的印象；这就是我觉得自己处于他的钢鞭下……"

大夫穿了上浆的外衣，短鬓角，一米七的粗壮身材，不动声色，典型的权威相貌。他扮演深明事理的教育家的角色，时而冷酷发怒，时而好言相劝，他训斥，他安慰，对麻木的人大骂，对激动的人安抚。他的目光中充满责备时，嘴上已经露出同情的微笑。病人必然觉得自己始终处在这位既严厉又体谅的父亲的控制之下。埃斯普里确实嘱咐说，面对精神病人，要像司令员那么坚定。他主张："你在他面前摆出威严，目光坚定，说话斩钉截铁，他就会相信找到了依靠，很快对你从迷惑到信任，从信任到尊敬，从尊敬到盲目服从。"

这个方法从今日来看可能令人吃惊，但在那个时代大部分以思想开放、正直慈善著称的"进步"医生都是这样做的。不容怀疑的比奈，"精神病人的解放者"，他的追随者在好心的驱使下，都是一种"不带粗暴的"威胁疗法的信徒，努力用眼神和声音对他们施加影响——而不是用动作，那是惯常的做法。

总的说来，是一种精神磁化作用，其目的是对刚起步的科学还无法治愈的疯病进行控制。

大餐厅里放了一张马蹄形大餐桌，一日三餐像军营一样准时不误，成为精神病院生活中的隆重仪式。中餐在十点钟，晚餐在十七点钟。住院者进餐时像在教堂里保持一片静默，偶尔只是被一座上釉铁皮大挂钟的钟摆声打破。白朗希大夫跟妻子侍候病人用餐，只有他才允许说话。稍有出轨的言行或者怪叫与诡异行动，始终以防不测的护理士就会出现，用约束衣或淋浴恢复秩序。一般来说，精神病医生都憎恶这类万不得已的惩罚，经常用来避免粗暴行为蜕变为集体殴斗，仿佛是实行有监督的自由的必要条件。

用餐后，大家进入客厅，那里有几张紫红丝绒套子桃花心木沙发和椅子，供人坐下聊天，这时有个女病人弹起钢琴或者另一个病人在密织布和绣花纱窗帘前对着花园胡思乱想。若有两个病人发生争吵，动手动脚，相互斗殴，甚至啃咬呢？大夫会不假思索地出面制止。屋子里响起号叫声呢？“他们乱成一团时，白朗希大夫的声音会唬住他们，而白朗希太太的声音则神奇地让他们安静。这么多人齐集在一间客厅里，腼腆，胆怯，服从毫不粗暴的命令，接受用父爱的声调发出的邀请，这个情景确实令人感到宽慰。简直是魔法。”阿拉戈说。简直是魔法，十九世纪的精神科医生要扮演的确实是有超自然能力的人物，只要运用意念就可以治病，他们是受了神意的人，是迷失方向的人类的监护人。

那时精神病院院长个个都是朝着这个百折不挠的圣贤形象前进。蒙马特尔的这家疗养院组织的显著特点是有了白朗希太太。虽然她是传统的妻子，对丈夫的决定百依百顺，在历来是男性（医生、护理士、看守人员）管理的机构里，她像个“异质的人”，引入了令人意料不到的女性的灵活温柔。阿拉戈进精神病院后甚至把她看做是“唯一的充满慈悲的人”：“她个儿高而轻盈，一头金发，脸色有点苍白。她的目光充满好意，令人放心。她的音调给人安慰，语言很有诗意。她看见过那么多的不幸，听到过那么多的呻吟！她懂得怜悯。她不是一个软弱的妈妈；她的年龄叫你免除这个温柔的幻想；她不仅仅是一个朋友；你对她的感情超过友谊，次于爱情……”

索菲·白朗希是三个孩子的母亲，最年幼的阿尔弗雷德生于一八二三年。她无意做精神病人的代理母亲，也不扮演丈夫的对立面角色。她谦逊大度，可惜在她身后没有留下一点资料，不然会对这位不事张扬的女性在疗养院的活动有更好的了解。亚历山大·布里埃·德·布瓦斯蒙医生（1797—1881）是与白朗希竞争的精神科医生，他在跟妻子创建自己的疗养院时，就很赏识索菲工作的示范性价值：

当我们一八三八年着手管理圣·杰纳维埃芙新路疗养院时，我们明白必须用一种治疗方法来克服这所医院的诸多弊病，以便有利地排除因地段造成的障碍。

杰出和令人尊敬的白朗希太太向我们提出家庭生活的主

意，在我们看来是最合适的方法。为了进行这个尝试，我依靠上帝赐给我的这位贤妻。这种治疗方法对病人有什么样的好处，她都知道，在自己的公寓里集中一切种类的偏执狂病人，尤其是那些要结束自己生命的人、终日阴郁发愁的人、受痛苦的幻觉袭击的人，有时甚至是想置人于死地的人。这种使徒式的善行不是做一两个小时，而是整个白天。终日处于他们中间，根据不同情况给他们讲道理，给他们鼓励，对他们惩罚或者和他们开玩笑。她接待访客，做她自己的事，强迫他们去旁观发生的事……这些有了主意就不会改变的偏执狂患者不由自主要听正在说的话，不同的人物、不同的会话、不同的事物从长期来说会对他们的思想产生影响。我们可以举出一些颇有意义的例子，有的病人呆如雕像，什么都不听，或者绝望之至，叨念阴暗的决心，不断地说同样的话，这种时时刻刻的压力最终会震动他们，使他们走出麻木，回到生命的现实中来。

医生对自己妻子的赞词，也是间接对白朗希太太的称颂，埃斯普里可能也会说同样的话。但是卷宗里对在蒙马特尔出谋划策的女性保持缄默，历史资料很少提到精神科医生的妻子，她们在精神病院的作用太受忽视了。

白朗希疗养院按照寄宿学校呆板的节拍，采用一种封闭的工作制度，仿佛使它不受外界任何事件的影响。一八三〇年革命对这条道理表示了否定。七月底，人民被复辟时期的暴政激怒了，在巴黎举行起义，查理十世的王位发生动摇。当起义军要按自己的意愿号召成立共和国时，阿道尔夫·梯也尔暗中策划，用一份修改的宪章让奥尔良的路易·菲列普当上了与公民保持联系的“法国人的国王”，白朗希大夫的病人那时惊恐地看见一千五百名鲁昂人军队带了大炮来到蒙马特尔。慌张中，大家以为是一支国王军队前来镇压人民起义的，这条消息甚至搅乱了七月三十日的立法会议。但是惊恐情绪立即消失：实际只是一支士气高昂的共和国民兵，参谋部的外科医生——真是奇怪的巧合——是安东尼·埃马纽埃尔·白朗希，埃斯普里的哥哥！

一八三〇年表示新一代人的诞生。“一种新的生命活力汹涌奔腾。一切在发芽，一切在结蕾，一切同时开花。花朵发出幽香令人头晕目眩，空气使人飘了起来，人人为抒情与艺术而陶醉。”泰奥菲尔·戈蒂埃回忆说。他在《欧那尼》首场演出时蓄的长头发，穿的红背心，后来象征了一群决心要动摇文学桎梏的激奋青年的旗帜。在十九世纪三十年代的贵族浪漫主义后又来了抒情热火的浪漫主义，德拉克洛瓦《自由女神引导人民》这幅画就是现代圣像，这是意识形态战斗与诗情激昂的时刻、过分与放纵的时刻。要的不是美，要的是崇高。爱的是怪异，用头颅盖喝酒，对布尔乔亚喝倒彩。

在那个时代，埃斯普里·白朗希做的好事不仅在巴黎社会，令人奇怪的是还在文学界众所周知，他在行医中治好了不少文人，作家兼批评家朱尔·雅南是这样描述的：

白朗希大夫还在年轻时，就看到听了新生诗歌刚刚响起就被吓得半疯半痴的帝国老年诗人到他这里来；他看到法兰西学院因文社的兴起而心惊胆战，后来又看到文社怀着邪恶的野心，不允许出现任何新生事物，或者从中作梗！……靠着巧妙与聪明在这些有病的头脑里完成了奇迹！——有人被送来时自称是荷马或泰尔玛，六个月后被他送回家时，又深信自己叫博尼法斯或贝尔纳，最多是个演阿尔巴特的角色或者发表过几首昙花一现的诗句……但是需要压制的时候他毫不留情。同样，对于失望的艺术家、不被人理解的作家、放弃主张的革命家、伟大与痛苦的灵魂，他充满善意与父爱。那时他要病人静心敛气，给以安慰、鼓励和信心。他领他走上熟悉的道路。他对待他就像父亲对待孩子。

在法兰西学院和文社，不论是古典派还是最初的浪漫派，雅南都只是笼统地而不是细致地提到一些名字，在今天多少已经被人遗忘了。谁还记得居斯塔夫-德鲁依诺（1800—1835）？可是一部话剧《代笔人》（1828）使他名重一时。他看到自己的《唐璜》没有希望上演——上演了卡齐米尔·德拉维涅的《唐璜》——在那个时代，剧作家都把生命押在舞台上，这样的年轻人陷入深深的忧郁，后在一八三四年送到白朗希疗养院。他在那里遇到了文社中另一个社员安东尼·德尚（1800—1869），后者成为疗养院内一个不可绕过的人物，完全是一名家庭成员了。

一八三二年八月，德尚是因“疑似不治疑病”而被送入的，这个沉溺于“源自骑士精神与基督教义的”（德·斯塔埃尔夫人语）浪漫主义诗歌的孩子，其实是个循规蹈矩的古典派。他由兄弟埃米尔陪同常与现代派来往，埃米尔是维克多·雨果的朋友，也是他的杂志《法兰西缪斯》一八二三年创刊以来的骨干。安东尼翻译了《神曲》，在一八二九年出版，是不是劳累过度使他陷入深度智力迟钝呢？诗人不能思想，经常伏在蒙马特尔花园的长凳上，不停地擦眼皮，“拉眼睫毛，弄得他的朋友痛苦烦躁”。他的瘦身材与目光看来严肃，对待其他人温柔和气，有时帮助白朗希太太，他叫她“家庭天使”，偶尔写几句诗，从中表达他无可奈何的悲惨处境：

长久以来生活在两个敌人之间，
一个叫死亡，一个叫疯狂，
一个夺去了我的理智，一个将夺去我的生命；
而我，毫无怨言，顺从与平静。

他是自由住院病人，在蒙马特尔坚持他的文学活动，继续给报馆投稿。一八三五年他甚至出了一部集子《最后的话》。他给阿尔弗雷德·德·维尼寄了一部，这位永远的朋友用这样雄辩的句子感谢他送书：“相信我，我的朋友，您已经痊愈了。诗毁了您，也救了您。”

维尼是蒙马特尔的常客。一八三二年十二月他已有记录：“人的力量来自他的大脑。我在白朗希大夫家看到这种情景，欧仁·雨果无法不弄脏自己的衣服。”作家显然弄错了疯人院，除非是临时转院，没有保留这方面的记录。欧仁·雨果暗恋着他未来的嫂子，是在哥哥维克多·雨果结婚后发疯的，由埃斯基罗尔医生治疗，住进他在布封路的疗养院里。他在夏朗东度过了最后的日子。这则轶闻至少说明维尼是在那时认识白朗希大夫的。一八三二年是他的《斯丹罗，或诺瓦尔医生的门诊》出版的那年，这是青年诗人与心灵医生之间的对话，前者代表“情感”，后者代表“理念”。那位博学的人物是不是就是埃斯普里？作者让他说出这样的话：“分析是一只水砣。抛在深海里，使弱者害怕与失望；但是掌握在强者手里，就叫他放心与有目标。”他的姓氏[①]至少从反用法来说给浪漫派诗人带来了启发。

七月王朝的最初几年，维尼跟他的朋友埃克托尔·柏辽兹度过白天后，偶尔来陪安东尼和白朗希大夫一起用餐。柏辽兹和他的年轻妻子哈里埃特·史密斯森住在蒙塞尼路二十四号一幢小房子里，离疗养院才几百米远。这名青年音乐家自己也是医生之子，李斯特、肖邦、希勒都是他家的常客。大家分享艺术的热情，乐意交换看法与计划。柏辽兹的《送葬与凯旋交响曲》里那首尊神的歌词不就是安东尼写的吗？离疗养院近，诊所一部分病人和访客又都是艺术家，这对柏辽兹夫妇是一件好事，因为这个蒙马特尔还是非常偏僻的外省一角。这件好事也有它的不便，埃克托尔一八三六年给母亲的一封长信中提到了

① 埃斯普里“Esprit”作为普通字，意为“智慧”。

妻子的处境：

> 她在这里是多么孤独！尤其今年冬天。我们邻近的只有蒙马特尔疗养院大夫的妻子白朗希太太，她还能看到，但是我们两家中间有一段小路，泥泞不堪，白朗希太太最近以来不能再忍受了。哈里埃特也不大喜欢待在这些疯子中间，他们目光怪怪的，在白朗希先生的客厅和花园里游荡，所以她也尽量不去拜访他们了。

白朗希大夫意识到他家有威胁性的人影子和奇怪的叫声，这种气氛让好多客人望而却步。多少次他看到偶尔路过的访客在这名病人面前眼睛露出惊恐之情？这是一名年轻的黑白混血儿，他如果不蹲在高处、一把椅子或壁炉台前，就要发火。多少次他观察到有人一看到某个女病人就态度僵硬或动作不自在。她不停地以为有个声音在她耳边说话，蜷伏在座椅上会无缘无故笑起来。医生从一开始就确定他的首要工作：他的病人先于他个人的亲友，即使他们是当代的名人。埃斯普里·白朗希被称为“社交界医生”，可以看出这个名称是多么不合适。他当然治疗过一批社会名流、知识界精英——但是又有多少无名之辈！——可能是为了这个原因他在一八三四年获得了荣誉团骑士称号；他当然也与这同一批名流精英有来往——但也没别人说的那么多。有一件事是肯定的：一八三五年他和同时代几位精神病名医（勒吕、瓦赞、勒莱和西皮恩·比奈）晋升为

“精神病检察官”，他的严肃身影出现在比塞特医院和硝石场医院的次数远比在沙龙中要多。

精神病治疗用药组织条例颁布前夕，白朗希大夫已是得到同行承认的一个重要人物。他的名字在群众中也很响亮，以致一八三七年在游艺场上演的一出戏里好几次出现。剧中人物中有一名有钱的绘画爱好者，斯杜比多尔夫[①]亲王，说住在“蒙马特尔，在白朗希疗养院，山上一座小城堡，里面都是王子和公主……”这样说法是让观众明白这个人是个疯子——以后大家知道他有“面包皮偏狂症”，把自己的债都算在他的慷慨的医生头上……应该说埃斯普里·白朗希看到自己的精神病院写入了民间文艺，这是一个不容置疑的信号；他的疗养院从此以后成为巴黎的一个参照标志。

---

① 意为“傻先生”，原文如此。

第三章　“点亮他头脑的灯”

一天，作家弗雷德里克·苏里埃正在白朗希大夫家静静吃中饭。

“大夫，您怎么做的，”苏里埃问他，“把人家给您指出的疯子关起来?”

“这很简单，”大夫回答说，“尤其我认识他们。我就像在街上偶然碰到他们……”

小说家皱眉头。

“是么，就像您今天早晨碰到我那样，大夫?”

“完全没错。我们交谈，我表面没事儿似的，邀请他们吃中饭。他们起初不肯。我坚持。”

“总是像我一样，”苏里埃说着，脸色明显苍白，“您把他们拉到家里?”

“是的，他们一进来，我就留他们住下来。”

对苏里埃来说，害怕发疯是一种挥之不去的念头，他不敢再听下去，一把抓了帽子就往外逃。

如果这则伪造的传闻还有一点根据的话，这只是说出了白朗希大夫有点残酷的幽默感和作家容易轻信或有确实的幻觉。

因为关入精神病院要有法律依据，这属于司法程序，而不属于某一个人，更不用说医生的决定了。

有人在公共道路上乱闯呢？警察把他逮住，扣押，送到卫生官员办公室。行政长官的命令、医生的意见必须齐备后才能把他关进去——然而行政长官可以反对医生提出释放的要求。但是惯常的做法是剥夺，旧制度时期的这条措施在民法中也是采用的，旧条款四百八十九条指出任何成年人“处于经常性痴愚、痴呆或狂怒，即使有时出现清醒状态”，也可以剥夺他的公民权和财产管理权。那么一个人发疯和把他关进去是由谁决定的呢？由法官决定，一般由家属要求……巴尔扎克在一部短篇小说中是这样说的，书名恰好叫《禁治产》。埃斯巴尔侯爵举止怪异，但神志清楚，多亏波比诺法官的正直和机智，侥幸避免了关进疯人院，法官的调查揭穿了狡猾贪财的妻子的花招。

警察或法院，就是行政部门——还有它的镇压机构——最终决定精神错乱者的命运。这种情况在许多人眼里是不可容忍的，以后引起数不清的司法与哲学辩论。在讨论一八三八年的法律时争论达到了顶点，一八三八年法律是针对精神病治疗的一部大法典，尽管它在后来造成许多混乱。

它的主要条文涉及“自愿安置”，叫大家不能相信的是，这是指第三者的意愿，而不是指病人的意愿。从此以后，如果没有一个跟医院与家庭无牵连的医生提出一份收容申请和一份健康状况证书的话，任何一家医院都不能收容精神病人。医生有权利开隔离处方，这再也不是送往监狱，即使那个人是在公共道路上被人找到的——那时他接受“强制收容”，送入每个省必须设立的一家专科医院里。由于是外面医生开的健康证明，也更为客观，这总是一件好事，胜过一个家庭成员和一个讨好的精神科医生串通一起，作出独断独行的决定。

此外，每家医院都置于公家的监督下，定期接受检查，必须保存“由市长批阅和草签的记录，里面当场写上医院收容的病人姓名、职业、年龄、地址，若有的话，还要写上剥夺判决和他们监护人的名字……医生还必须至少三个月一次在病程记录上填写每个病人精神状态的变化情况。这个记录本同样要记载出院与死亡”(第一部分第十二条款)。一八二八年八月九日警察条例还要求疗养院保存这样的信息，但是一八三八年法令要求更多的监督和更详细的追踪报告，这对历史学家来说是一件意外的好事……白朗希大夫疗养院的病程记录可以了解院里逐日的活动，看到精神科医生稍嫌简略的诊断。病员名单看得头发昏，诊断医嘱则简单扼要：埃斯普里的早期病人大多数都只写了半页纸，住上好几年的也只有这么几句话：“不可治愈，毫无效果，继续治疗，某日死亡。”当他们“没有治愈”不出院时就是这样写的。什么职业的人都有，什么年龄的男女都有，有贵族头衔的女性可能更多一些。

一八三八年法令的实施是缓慢渐进的。这样，埃斯普里·白朗希从一八四〇年六月起才有疗养院的记录，差了一个月时间使我们无法了解大夫对疯子文学家夏尔·拉萨依

（1806—1843）的诊断，他以一部自传体小说而引人注目，书名为《我们的同代人特里阿尔夫自杀前的诡计》，发表于一八三三年。在这个疯疯癫癫的故事里，讲述者通过给女主角的脚底挠痒而把她杀了，被夏尔·阿塞里诺评为“最大疯子的疯狂行为”，一开始就是一首题词，确实可以起到警戒作用：

啊！

唉！嗨？

嘻！嘻！嘻！

哦！

嘘！嘘！嘘！嘘！嘘！

作者的宗教信仰声明。——

拉萨依以天真和怪癖而闻名，但是他的鼻子尺寸名声更响，这是他那张苍白椭圆的面孔上的主要特征。这个大得出奇的器官引来全巴黎的笑话：有人认为他叫拉萨依就是因为鼻子太突出①，据说缪塞问过这个鼻子真是他的还是卡纸做的，罗杰·德·波伏瓦保证它像个“真正的咖啡壶壶把”……拉萨依一辈子为这些嘲笑而苦恼，巴尔扎克一八三九年一月雇用他当了一段时间的秘书，要他帮助写一出戏《家政学校》，看来不像是在利用这些嘲笑。不过《人间喜剧》的作者在他的雅尔

① 法语 La Saillie，意为“凸出部分”，与作家姓氏 Lassailly（拉萨依）同音。

蒂府邸制订的生活工作制度，夜间写作，为了保持神志清醒和亢奋，不停地喝咖啡，很快叫可怜的拉萨依知难而退。几星期后，他溜之大吉，在桌上匆匆留下一张致歉的纸条："承蒙好意，托付的工作我实在无法承担。黑夜过去我找不到值得一写的东西来完成您计划中的戏剧要求。我不敢跟您当面说清，但是我再继续吃您的面包就没什么意思了。"二月十二日，巴尔扎克在韩斯卡夫人面前提到这件事："为了把我的构思固定和写下来，我用了一个可怜的文人，叫拉萨依，他没写上两句值得保留的好句子。我从来没见过这样无能的人。但是他对我还是有用的，开了个头，让我在这上面发挥；可是我还是要找个更聪敏更有才气的人。"

拉萨依在《家政学校》里到底写了哪个部分呢？这很难确定。然而他总是把自己看成是合著者，也以这个头衔跟巴尔扎克一起出现在文艺复兴剧院经理室里。对那次剧情介绍的经过，一八三九年三月七日《费加罗报》毫不留情进行了报道：

两名经理哈欠打得下巴颏都快要脱落了；到了第四幕他们沉睡不醒，在第五幕时呼噜声大作，像真正的低音提琴。巴尔扎克看见德·拉萨依先生也陷入睡美人状态。这最后的情景叫这个胖子忍无可忍；他一跃而起，扑向合作者的鼻子，就像老虎扑向小鹿，扳住这个巨大的引发喷嚏的器具，猛力摇晃，使德·拉萨依惊醒，开始像个三十六厘米大炮打喷嚏，这声巨响使两名经理从昏睡中醒来。我想"《家政学校》被一致拒绝”这句话不说也罢。

尽管相互不适应，巴尔扎克与拉萨依的合作并没有在这次不幸的经验后停止。《幻灭》的作者不是还要求拉萨依写两首十四行诗《雏菊》和《山茶花》吗？小说中这两首诗出自一名来巴黎的外省青年诗人吕西安·德·吕邦勃莱的笔下。拉萨依自己也做过文章合伙人，向巴尔扎克订过一则短篇，同样也向他的朋友居斯蒂纳、大仲马、戈蒂埃、桑杜、维尼、雨果约过稿，登在一份豪华的纪念性刊物上，这份刊物图文并茂，刊名叫《金书》，在浪漫主义时代风行过一阵，出到第三期就夭折了。另一部引起两人不和的集体作品叫《巴别塔》。据拉萨依的说法，由巴尔扎克主持的文社没有足够重视他在这部作品中的合作；在要求支付大笔拖欠的稿酬得不到结果时，他闹着辞职了。几个月后，拉萨依在他的《评论杂志》上登了一篇长文，通篇辱骂某个莱丽亚，不难看出含沙射影说的是乔治桑；这篇檄文最后以这句话慷慨结束：“罪恶经常就是女人。”不少批评家大为生气，敦促他向乔治桑赔礼道歉，乔治桑没有读到文章，毫不为难地饶恕了这个可悲的跳梁小丑。

那时不少人认为拉萨依的行为形成了一种危险。以前这个被圣伯夫残酷地称为“疯疯癫癫的阿波罗”也有过令人匪夷所思的行为，都被大家原谅了。现在他反复无常和粗暴，这在《特里亚尔夫的诡计》一书里已见端倪，叫大家看了害怕。一八四〇年春天，他的病情因贫困变得更重了，不得不让他的朋友作出迅速反应：阿尔弗德·德·维尼和阿尔方斯·德·拉马丁共同向内政部写信，为作家争取一份年金，以便有人照顾他，拉马丁甚至在众议院开会时去要求！

一八四〇年五月十二日，拉萨依在维尼的介绍下住进了白朗希大夫疗养院。当事人在画家加瓦尼面前为这项决定暴跳如雷：

> 我的所谓的朋友德·维尼先生和安东尼·德尚先生，设圈套把我送进了白朗希先生的疗养院，到了那里就一连三天给我穿上约束衣。我的双手都动弹不得，至今还留有痕迹。我什么都缺，他们不许我写信给姐姐要她带点钱来看我；他们不愿意给我纸笔墨水，怕我脑溢血。可是他们已经在我的右臂和右脚放过血。他们给了我一种催吐药，另一天又是两盎司蓖麻油。他们在我的肛门里放了二十只蚂蝗，有一次在两只耳朵里放了三十只蚂蝗。他们要我每天洗澡六小时，让我做用人的用人。

拉萨依虽然说得有点夸张，基本还是属实的。放血、催吐、蓖麻油、沐浴，再加上严格的饮食制度，催泻剂和大麦水，确实是白朗希大夫疗养院的主要治疗方法，巴黎同时代的其他精神病院无不如此。尤其放血在医疗中获得明显成功：一八二七年与一八三六年之间，巴黎医院每年使用五六百万只蚂蝗……放入男人的肛门，女人的阴户，更多的是放在耳朵后面；在大腿上放发疱剂，在后颈串线。仿佛必须把病人身上的有毒体液、腐血都放光，精神科医生掐住病人的咽喉直至他吐腹水。这个想法不是新的。疯病治疗中使用“排泄剂”可以追溯到古代。

至于水疗法，是最吃香的治疗方法：淋浴被认为可以引起救赎性的震荡，而沐浴可能松弛神经带来宁静。埃斯基罗尔在他的那部《精神病》(1838)巨著里，建议给瘦的、神经质和非常暴躁的人(比如拉萨依)洗二十一二十五摄氏度温水浴，可长达几小时。沐浴作为惩罚手段可使愤怒的人安静下来，浸浴和泼水浴，两脚泡在开水里而头上敷水，但是像比奈一样坚决反对“突击浴”，那就是把病人突然扔入冷水里：“当我听说这个方子时，我宁愿人家劝我把精神错乱者从四层楼推下来，因为有人看到过有的疯子跌个倒栽葱后治愈了。”

精神药理学那时几乎不存在：溴是一八二六年发现的，到了一八五一年才以溴化钾形式治疗癫痫；氯是一八三二年出现的，在一八六九年才制成催眠药。那时，主要还是使用几种天然药物，如樟脑、麝香、铁、奎宁、锑，用于解除痉挛；还用缬草、毛地黄、鸦片和大麻做镇静剂，尽管有的医生怀疑有尼古丁作用的鸦片制剂。在硝石场医院谨慎地尝试使用电；大家宁可用头颅烧灼法，把一块红烙铁放在后颈上……疯人毫无办法，是典型的试验品，受苦受难的试验品，尤因这类方法产生的效果完全可以预料，微乎其微，令人失望。

留下的就是从精神与心理上去治疗。埃斯普里对这一点非常重视。他倡导在工场劳动，是为了集中注意力，在户外散步，是为了放松精神。他把更多的精力用于发展一种基于谈话与善意的治疗方法。可惜埃斯普里很少写东西，关于他的方法的明确讯息保存下来的很少。他只是连续发表过两部著作：《精神病治疗中肉体虐待的危险性》(1839）和《法国精神病治疗现状》(1840)，这是对比塞特医院主任医师弗朗索瓦·勒莱的方法的一次真正的讨伐，他表达的个人观点也引起了一场激烈少见的论战。

对于弗朗索瓦·勒莱来说，“疯子是个糊涂人”；冷水淋浴、“精神诱导”、肉体受苦都是医疗方法，归在一般的“威吓”疗法，使疯子回到正路。这些做法被许多人认为是不可接受的，埃斯普里·白朗希第一个起来反对——即使他们一致表示的愤怒中带点儿伪善——他自己毫不为难地承认这一条：“……为精神病著书的作者，没有一个不认为和不宣称精神疗法不仅包括吸引病人的注意力，掌握他们的智力，争取他们的信任，还要用威吓的方法引起他们畏惧，惩罚和压制他们的狂暴。”

他是个热诚的精神威吓法的信徒，然而他明确反对暴力、骚扰、打击、强迫，以及勒莱提倡的嘲弄；勒莱喜欢提出奥古斯丁时代塞尔苏斯的意见：挨饿、肉刑和铁链。埃斯普里把这种盲目的专制做法看做是毫无用处的残酷与野蛮。他反感地说，没有人想到去强迫“一个肺炎病人自由呼吸”，或者“一个跛子笔直走路和一个聋子欣赏梅耶贝尔的歌剧的妙处。那么你们为什么要去强迫一个疯子像神志正常的人那样思考推理呢？”

与体罚相比，白朗希大夫更愿意不提名地使用心理威胁。

如果一个女病人拒绝进食，白朗希就给她派来一名男仆，准备每晚睡在她的房间里，“以便她决定进食时随时侍候她”。她马上就慌了。她说：“要是你们给我的东西我吃下去，就不用这样做了吧?”大夫回答她：“是的，不用了。”这样以后她下决心进食了。白朗希庆幸克服了她的疯病，仅仅是“叫她羞耻不安”。

精神科医生乐意强调这些“有说服力的”例子，说话语气坚定，可以战胜病人弄不清楚和沾沾自喜的错误思想。一个女人深信有恶魔追逐她，来对他说。白朗希写道：“我冷静地听她说，突然打断她的话，对她说要是一个少女为了引人注目，编造这些可笑的想法，我会原谅她的，但是一位可敬的当家的母亲是不应该有的，除非她是个白痴。这些话要说得铿锵有力，充满信心，给她造成一个非常深刻的影响，从第二天起她对我说话惶恐不安，对自己的坏心思而感到脸红，不到两星期她的一些幻觉就没有了。”

讹诈、训斥、欺侮，据医生说，对疯子要斥责，使他恢复理智，好像他“是故意这样做的”或者出于孩子气有意做事前后出岔子。若提醒说谵妄伴有某种程度的清醒，对于白朗希大夫来说，也是另一种方式说明疯狂背后始终还有一层理智的。发病的真实性和治疗的假想效果显然没有这么简单，不少“精神失常者”反抗回到正路的召唤。那时医生就要使用诡计，玩病人的游戏，套他的话来说。装假、奸诈，甚至欺骗，在古代已经是常用的方法，在十九世纪又风行起来。埃斯普里同意用这些善意的哄骗，说到时还对费律表示敬意；费律故意相信一个病人真是皇帝的儿子，从他那里获得了一切。他对此是这么说的：

> 一个青年自称是拿破仑的儿子，在最烦躁的状态下被送到了比塞特。正当工作人员把他制服，也就是给他穿上约束背心时，费律先生赶到了，他问病人是谁。病人回答说："我是皇帝的儿子。"费律先生对他说："我以前做过您父亲的医生。到我身边来谈谈，您说说您的病情，我会让您满意的。"说了这几句话，他亲热地挽了病人的手臂朝种在院子里的树走去，问他烦躁的原因。费律听说他骑马奔跑了二十五公里，立刻提出异议："您应该知道，您的威严的父皇陛下，也经常骑马奔驰那么多里地，他从来不会不去洗个澡。"病人几乎自己主动要这样做，他确实去洗澡了。费律受到第一次成功的鼓励，抓住他的手臂，对他说："陛下的脉搏太强太沉太快，最好放一点血，陛下知道吗？不是在胳膊上放，这会妨碍陛下签字发命令，而是在脖子上的一根小血管上。"病人同意放血。拿破仑的儿子放血，洗澡，得到安慰，在两周时间内又自然而然地做上了他自己父亲的儿子。

这些动听的故事，像让-斯塔罗宾斯基写的，是"用传奇方法说明治疗性虚构战胜谵妄性虚构的有效性"。这几件事获得了神奇的成功，激励精神科医生继续施用，虽然是建立在谎言上的一种方法，其长期疗效如何还有待证明。

精神治疗的各种各样方法，埃斯普里·白朗希都主动接受和要求。桑德兰洋楼的主人兴奋之余不怕向他的同行挑战：

> 实施威吓，使用这个重要武器，获得它可能包含的一切好处，对此有怀疑的医生请到蒙马特尔来；他们看到三十名，有时甚至40名病人按时入座吃饭，在我面前保持绝对的安静与合宜的举止，完全符合最严格的礼仪，就会很快信服这是可以办到的。
>
> 这种方法我怎么推荐也不为过。跟病人终日生活在一起，目的是不停地监督他们，让我对他们产生重大影响。即使是最不听话的，不论他们多么狂暴，一般只要听到我的声音就会遵守秩序。

埃斯普里使用的语调和论点都具有针对性。埃斯基罗尔和报告起草人帕里塞，在向皇家医学科学院提出的报告中，用外交辞令赞美勒莱的才能，同时又要求他们的同行发言赞同白朗希大夫的治疗观点。

这份决定鼓励了埃斯普里在第二年又主动出击，发表了《法国精神病治疗现状》，又一次抨击勒莱和他使用的方法。这篇论著的优点主要是掀起了一场本质性的论争，阐明当时流行的相互矛盾的论据：精神病是怎么来的？是大脑和神经系统的器质性障碍，还是精神与思想的紊乱？那时有两派学说相互对峙：一派是唯灵家或心理学家，更着重在心灵活动中而较少在机体中寻找发疯的原因；另一派是唯物学家或解剖学家，他们完全研究脑子的形状，大脑的脑回和皮质区，那是著名的颅相学发明者弗朗兹·卡尔（1758—1828），把皮质区跟智力联系在一起（从而产生所谓“数学头脑”），他曾希望在那里确定不同偏狂的部位。白朗希对于勒莱所属的第一类医生嗤之以鼻，也不完全属于第二类，因为他拒绝追随让-皮埃尔·法尔莱医生（1794—1870），硝石场医院痴愚科医生，因为他提出“脑损伤总是足够解释精神错乱的症状”。简而言之，需要对情况予以漫画化时，白朗希是不会犹豫不前的，勒莱不如说是个用体罚来治疗精神错乱的神经科医生，埃斯普里不如说是一个用合适的精神法配合温柔劝说来治疗精神病的解剖学家——拉萨依不像是得了这个病……

一八四〇年五月间，阿尔弗雷德·德·维尼对拉萨依的病情显得特别关心，他在行政部门加紧活动，写文章，四处奔走不遗余力。二十一日，他写信给白朗希，说“亲爱的大夫，您做实事的好意令我们这个时代的所有宗教理论感到羞愧”，并让他亲自写信给他的朋友奥古斯特·卡维，内政部艺术组组长，赶快去付住院费。二十三日，他在德·拉格朗杰侯爵夫人面前埋怨公共事业部门做事拖拉。她的议员丈夫是拉马丁的朋友：“我们所做的一切都来得太晚了……白朗希大夫高明无私的治疗还没有使他恢复理智。可怜的年轻人！……现在，实际上，政府的责任是支付疗养院的费用。因为做善举而不收费，白朗希大夫必然会破产。他不会像治愈德·拉·瓦莱特夫人那样治愈所有的病人。我就知道有三名病人住在他家，而他们自己的家庭却把他们抛弃了。我们不应该由于他做了好事而惩罚他，这未免过于严厉了。”

第二天，他收到埃米尔·白朗希的一封信，他的父亲那天太忙，他以父亲的名义给他写信，告诉他已跟内政部把事情谈妥了，请他“哪个白天若有可能光临寒舍”。这是埃斯普里的长子第一次有案可查的“公开”出面，他在十九岁时开始医学学习’，立志继承父业，已在幕后帮助他工作。

维尼与白朗希大夫的见面后来决定了拉萨依的命运，后者神思恍惚日益加重：他从此以后相信他跟古代的诗人和哲学家可以通灵，每天早晨他问安东尼：“你没有看到莱科夫朗走过去吗？”五月二十六日，他以为是上馆子吃饭，毫不反抗地给人带到了圣杰纳维埃芙路上的亚历山大·布里埃·德·布瓦蒙医生诊所，这名医生是维尼的朋友，曾给维尼的母亲治过病。在蒙马特尔，白朗希太太舍不得这个病人走；据安东尼·德尚说：“这里每个人都爱他。”对于自己付出的热情与医疗，白朗希夫妇只接受别人发自内心的感谢，像作家的妹妹莱奥尼德·拉萨依给维尼的一封信说的：“先生，遵照您给我的建议，我去拜访了白朗希大夫，只有白朗希太太一人在家，我向她告别，提到给我的哥哥治病支付医药费时，她拒绝了。我愿意向她诉说她做的好事多么有价值，对她这么慷慨善良表示深深感谢。”

在接受病人时，布里埃·德·布瓦蒙知道他不会创造奇迹。八月四日，他没有向内政部隐瞒他的悲观情绪：“拉萨依先生就像他初来我的诊所时一样神经错乱，这种情况恐怕还得延续很久。”医生看得很准：拉萨依的健康每况愈下，直至两年后在一八四三年七月十四日逝世。

拉萨依的病例，除了固有的特征以外，还和安东尼·德尚的病例一样。事实上白朗希大夫的许多病人都遇到这一个反复出现的问题：多用脑力会不会引起精神失常？对于大夫如同对于他的同代人，这是不用怀疑的。维尼对文学的令人堕落（和赎罪）的能力深信不疑，在他看来，它使安东尼陷于疯狂，使拉萨依走入文学与智慧野心的受害者行列。他的一则日记可以为证：

> 拉萨依。又是一个可悲的例子，体弱的人因过度工作而身受其害。这个青年对文学过于热爱雕琢，跟时代俊杰来往，使他产生一个强烈的欲望，要做知识界的人上人。头脑过分激动就是来自这种欲望，再加上谋生的需要，据他的妹妹说，只是当他生病时才来了文思，文思来时还混乱不清，只是偶尔闪射亮光。……病是灯，点亮了他的头脑。

在这种推理中潜伏着一个模糊点：精神病反过来说是不是天才的一个暗藏的共生物，它使天才得到发挥，甚至决定它的发挥程度？随着一位不声不响的作家杰拉尔·德·奈瓦尔来到蒙马特尔，这个问题即将暴露出它的特殊尖锐性。

第四章　奈瓦尔或清醒的做梦人

从词义学来说，“精神错乱患者”（aliéné）是“属于另一个人”的意义。在十九世纪，疯子也就是自身内的另一个人。这个定义再没有比用在杰拉尔·德·奈瓦尔身上更恰当了，温和的奈瓦尔，是看问题鞭辟入里的博学之士，严重心理障碍，又伴有狂暴症，好几次被迫穿上约束衣动弹不得。这些病痛发作，对他刚开始不久的创作起了决定作用，也严酷地迫使他的一生在精神病院与流放的异乡之间不停地奔波。

杰拉尔·拉布吕尼一八〇八年出生于巴黎，在外祖父的故乡瓦洛瓦度过童年。他不认识母亲，母亲一八一〇年死于今日波兰境内的西里西亚，那时她正陪伴着在拿破仑军队当医生的丈夫。父亲在一八一四年才回到法国，当时杰拉尔六岁。几年后他进入查理曼大帝中学，跟泰奥菲尔·戈蒂埃结下了友谊。他最初的诗篇出现于一八二六年；第二年，他翻译了歌德的《浮士德》，使他十九岁就遽然成名。从那时开始，从撰文到发表著作，他成了十九世纪三十年代巴黎落拓诗人中公认的笔杆子，结合了浪漫主义与共和主义。

他有一时意欲学医，在一八三五年又宁可把母亲的遗产用于创办《戏剧世界》杂志，一本短命刊物，不到一年就夭折了。他那时用杰拉尔·德·奈瓦尔的笔名写短文和连载小说，登在他的朋友阿尔方斯·卡尔主编的《费加罗报》，开始跟大仲马合作，首先写出歌剧本子《比基罗》，然后是两部戏剧《炼金术士》和《莱奥·布卡尔》。《比基罗》一八三七年在喜剧歌剧院演出，一八四〇年十月十五日又在布鲁塞尔演出。这两次演出中的主要演员叫珍呢·科隆，年轻歌唱家，她的美貌使德·奈瓦尔神魂颠倒，旁边还有女钢琴家玛丽·普莱依尔，几个月前在维也纳遇见的。

直到那个时期，奈瓦尔的精神状态不像有过令人不安的迹象。大家夸他眉清目秀，温和有礼，浅色头发盖着一张圆圆的脸；大家说他有点怪异，有点落拓，主要是想入非非。他是个忠诚的朋友，他的爱情显然也是柏拉图式的，犹如他对示巴王后的热情，这种腼腆令人感动。这个肖像在一八四一年四分五裂，接着出现的是一个被疯病缠身的男人形象。

二月份，奈瓦尔的朋友开始感到不安。他的语言慷慨激昂，经常产生幻觉。有一天晚上，有人发现他一丝不挂地走在马路上，《奥莱丽亚》一书中提到这件事：

> 我从那时起吼唱一首不知道名字的神秘赞歌，心中感到不可言喻的欢乐。我同时脱下世俗的衣服，扔在四周。走到道路中央，看到一队巡逻兵围着我。我觉得自己天生有一种超自然力量，似乎只需一伸手，就可把这些可怜的士兵掀翻在地，风扫落叶似的。我不愿施展这样的神力，也就毫不抵

抗地让他们给带走了。

他们让我躺在一张行军床上，而我的衣服在炉子边烤干。我那时有一个幻象。天空在我的眼前打开，像天国，古代的神灵显现了。我看到霞光万道的天空那边是婆罗门的七重天。早晨使这场梦结束。

天一亮，奈瓦尔就被送到圣鸽太太家，她也叫马塞尔寡妇，在比克皮斯路六号开了一家疗养院。院内有一座花园和“一幢接受产妇和特殊病人的楼房”，据《博丹年鉴》，这是一座典型的精神病院。最近在警察局档案里找到精神病院未公布的病程记录透露了这件事：在“住院原因”一栏里，几乎每一页上都有“精神错乱”或“躁狂谵妄”和“幻觉”。在四十三页有七百一十五号病人：“拉布吕尼（杰拉尔）”，生于“巴黎，文学家”，“未婚”，住“德·那瓦林路十四号”，“一八四一年二月十八日”住进圣鸽太太诊所，“自由住院病人”，也就是出于自愿，不是应第三方的书面请求。跟大多数住院病人相反，他不是因患了常说的精神错乱症。他是唯一因“脑膜炎”而住院的病人。

覆盖脑子和脊髓的膜发炎是一种严重的疾病。发病分三个阶段。第一阶段出现剧烈头痛、呕吐和发烧寒战。第二阶段智力丧失和精神异常，引起谵妄甚至休克。第三阶段两次中必有一次引起瘫痪，然后死亡。发病原因还不清楚，在当时经常无法确定，头颅骨折、日射病、耳病，都有可能性。

不管起因是什么，奈瓦尔的理智受到了损伤。他的朋友亚历山大·韦伊，记者、作家，到比克皮斯路来看他，他的证词说出奈瓦尔病情的严重性：

> 杰拉尔·德·奈瓦尔要求我去看他，我去了。他们让我走进院子中央一间装铁栅栏的房间，门在我身后关上。杰拉尔热情接待我，跟我说他迷糊发烧，人家把他送进来静养。他对我的手指甲看了一会儿，对我说："你知道我懂手相学，我看出你跟我一样出身高贵，但是为了肯定这一点，我必须看你的脚，脱去你的鞋袜，我跟你说说你的出身。"我知道他的病，为了不要顶撞他，我高高兴兴准备满足他的任性。我脱下靴子和袜子，他虔诚地察看我的脚趾和脚指甲；这是在那个女门房面前做的，她注意地看着我们的把戏："我给你看我的。我来自拿破仑家族，我是皇帝的弟弟约瑟夫的儿子，他是在格但斯克把我妈接来的，你来自以赛亚家族，你有一切特征。"我没有回答。我急忙走开，或者不如说我接受了我的可怜的朋友的预言，但有待核实。

女门房看到那一幕，在探望后拒绝给韦伊开门。他再三抗议，撞铁栅栏，发誓说自己理智清醒，精神健康，反而把事情弄得更加糟糕……杰拉尔哈哈大笑，说："他们就是这样把我弄进来的。"由于医生的干预，访客在半小时后被放了出去。

那时，巴黎有许多人想奈瓦尔即使不死也完了，第一次住院隔离给朱尔·雅南有机会卖弄了一番，他在三月一日的《论坛报》上登了一篇文章，他把奈瓦尔活埋了，在对“了不起的疯子”进行漫画式的描述中用过去时态说，他的生涯从此中断了。这个攻击来自一个“朋友”，这是严酷的，也是不公正的，尤其从三月五日起，诗人身体好像也有起色，他的折磨只是一个旧时的回忆。他给父亲写了一封很有理智的信，感到宽慰地说：“我的病持续了整整十三天。其余日子是顺利的康复期。”是事实还是一厢情愿？在三月五日同一天，他的主治医生克鲁泽开的那份证书，像是对他的智力的一个确认：“拉布吕尼先生因脑膜炎住院，今日已彻底痊愈，正在康复期。”

一周以后，杰拉尔给他的朋友、作家阿尔塞纳·乌塞依写了一封信，有的部分在说胡话。他还没有读过雅南的文章，但是听到风声，大光其火：“……我要去看雅南。把该说的话对他说了。没有必要向他道谢。——我是疯了——我会给他带来幸福，教他怎样炼金。没别的了。”信的署名：“以前是杰拉尔、至今还是杰拉尔的那人。”

三月十八日，奈瓦尔尽管在通信中继续表现出令人不安的迹象，但还是在住院一个月后恢复了自由。克鲁泽医生正式签署他的最后一份证明：杰拉尔“彻底痊愈”出院。但是那个时期另一个见证人爱德华·乌利亚克的文章读了后如何不叫人怀疑他出院太早了？他在一封信中说：“他语无伦次说个不停。我听他说话，观察他有好几个晚上，没有一个想法是清晰的。为了转移他的注意力，我向他提起文学——文学！我掌握文学，是我给它下了定义（人家跟他谈起什么他都这样说）没错——

他给我抽出一张方纸片，涂满曲曲折折的线。”

三月二十一日，在一次发病后，杰拉尔被送到蒙马特尔，埃斯普里·白朗希在病程记录里写下“杰拉尔·德·奈瓦尔·拉布吕尼先生”，三十三岁。这次病状写的不是脑膜炎，杰拉尔得的是“急性躁狂症”。大夫还写上他的病人是“可以治愈的”。其他两名医生证明有住院的必要：第一名是拉布吕尼医生，是奈瓦尔的父亲；另一名是格拉布斯基医生，根据法律要求，要一个跟诊所与家庭无关的医生做保，他的诊断跟白朗希的诊断都收在信里。

很长时期，躁狂症是疯病的同义词。直到比奈，尤其埃斯基罗尔，才在疾病分类中把躁狂症划分出来，确定它的特有症状。一八三八年，这位名医给的定义如下：“躁狂是一种慢性脑病，平时不发高烧，其特征是智力和意志力的敏感性紊乱和亢奋。我说平时没有高烧，是因为初期偶尔在躁狂期间，观察到发烧症状，可以引起假象，使诊断变得困难。”奈瓦尔在住进圣鸽太太诊所前不是有“迷糊高烧”吗？埃斯基罗尔描述的许多症状好像跟诗人的病情是符合的。厌恶某些颜色：到比克皮斯路去的前几天他拒绝经过吉拉尔丹的家，因为“这是个绿色的人，这个绿色对他是相冲的”；思想不连贯：这从他的信件和接近他的人的证词中可以看出；行为粗暴：奈瓦尔若不是非常激动，圣鸽太太为什么要把他关在铁栅栏后面呢？又据乌利亚克说，白朗希大夫又为什么给他“脚戴镣铐，身穿约束衣”呢？又据费律说：“在急性躁狂时，通常没有东西可以抵挡谵妄的暴力：床褥、被子、床单都被撕破和撕成条状；质地再硬、钉得再结实的木床也会从墙上拉下来，折成碎片。”最后，躁狂症状像幽灵似的随时发作，可把躁狂病人比作是“一个普洛透斯，化成各种形状，逃过最有经验、最警觉的眼睛的观察”，有一个特征使躁狂症跟其他精神病不同：疾病的根源存在于智力的变质，而对“忧郁症和偏执狂来说，症状是感情错乱的表现”。

进了白朗希大夫疗养院后，杰拉尔第一封“理智的”信的日期是四月二十七日。信是写给埃米尔·德·吉拉尔丹太太的，她曾以夏尔·德·洛内子爵的笔名，写过几篇文章，登在丈夫创办的《出版报》上。如果说奈瓦尔似乎曾为过早落入“白朗希大夫颇为严厉的桎梏”而难过，他从此却怀着极大的希望：

幸好，今天病痛几乎完全消失了；我要说的看来像是一种过于浪漫的精神亢奋，因为我不幸的是总以为自己神志清醒。我害怕住在都是贤人的房子里而把疯子关在了外面。如果经常来些美丽的太太，我就不会埋怨了。我们有三四位太太，因为住进了疗养院就以为自己是病了；其余都是些神气的西班牙贵族，一位苏格兰王后，一位格拉纳达亲王，几名意大利和奥地利贵族，两个诗人：安东尼和我。您看到的都是受人尊敬的人。这里不是想入非非的帝国吧？我的理智熟睡在白朗希大夫和白朗希太太的一只水瓶子里，他们是星辰，很像月亮与太阳。

信的这一部分毫无谵妄的迹象，只表示出一个人的博学与幽默。信中提到西拉诺·德·贝尔杰拉的《月亮的王国与帝国》和阿里奥斯特的《愤怒的罗兰》。两天后，他给朋友路易·佩洛，内政部戏剧作品检察官，写了一封信，也用同样轻松的口气谈论文学，其中多处提到塔索的《被解放的耶路撒冷》：

> 白朗希先生对我的健康状况非常满意，以致他委托我请您明天星期五到他家吃晚饭。白朗希疗养院今日是阿尔米德宫殿。当心别让您像我一样留下来跟宫殿的一大群美女为伍。我要提防这个危险，但是为了安全起见，您带了克吕依兹先生一起来，据我知道他是白朗希先生和您的朋友。我们将会看到我是否真的是勒诺，而您是否真的是勇敢的于巴尔德。这信不要传阅，有人又会把我的博学看做是疯狂。只要再去读一读塔索和拉昂里亚德，或者阿里奥斯特，还请相信我，最多是不幸的阿斯多尔夫，他的理智是沉溺于瓶子中的……白朗希大夫显然是魔法师莫奇。

莫奇是传说中的魔法师，他的神技妙法使他逃过了骗子的伎俩（在《勒诺·德·蒙托邦或埃蒙的四个儿子》中偷了查理曼大帝的一笔宝藏），好几篇传说都对他的赌徒性格有生动描写，介于奇迹与笑剧之间。他有机会就行骗，跟魔鬼打交道，靠了他的医学天才和随机应变，逃过了一切圈套。总之，这个家伙是讨人喜欢的角色。埃斯普里对病人的信函封封必读，会不会喜欢这样的比较呢？他还是把这封信照发，然而在信上用一贯不可动摇的严肃态度亲笔添上："亲爱的先生，我请您接受杰拉尔的邀请。请您要求克吕依兹陪同您来赴宴，先生们务必在明天五点整抵达蒙马特尔，因为我们做事像军队那么准时，尤其是晚餐时刻。"

这个插曲说明对一名作家的精神病急于下结论会影响判断。奈瓦尔证明自己的神志完全正常，写信时足够估计到他冒的风险，叫他的朋友佩洛小心提防，要求他不要把信传阅，有人就是读到谈书的部分也会看做是在说胡话。四月初，白朗希大夫没有看到他的病人"病情好转"。六月五日，病程记录上写的意见，干巴巴的就像一纸不予上诉的判决书；奈瓦尔被认为是"不可治愈的"。是什么引导医生作出这个最终诊断呢？这件事始终很难弄明白。难道只需两个半月的时间，就可把奈瓦尔的病例归入到时时刻刻会发作的病人一类？

而诗人提出抗议，为自己辩护。首先，他很有理由地指责朱尔·雅南，要求他在《论坛报》登载一封信，对记者在三月份提前发布他的讣告一事作出回答。信中还附了一张纸条，他对这篇文章引起的不良后果向雅南表示担心："我再也不可能到哪儿去了，再也不会结婚了，再也不会让人家认真听我说话了。"他真正的用意是要在大众思想里除去他关过精神病院的想法。他写道："从前有过一个时期，把作家关进'小房子'里，但是这个词肯定对蒙马特尔的疗养院是用不上的，这是一幢时尚的甚至是贵族式的别墅，里面住的全是有风度的太太和上等社会的贵人。”雅南从没理睬过这个要求。他没发表奈瓦尔的信，也没有辟谣。他宁可跟德·吉拉尔丹太太一起活动，使奈瓦尔获得一笔钱可以去佩里戈尔旅行，他曾有过这个计划，也得到他的医生的鼓励。内政部把这笔可贵的津贴提高到三百法郎，但是这对于诗人受到的精神侮辱是怎么也弥补不了的。在公众面前，奈瓦尔是个精神不正常的人。

情况更残酷的是在一八四一年,《家庭博物馆》还登载了一则出人意料的小消息：“没几天以前，一位可怜的文人跟杰拉尔先生得了一样的病，这位L先生给朱尔·雅南先生写了一封信，埋怨后者对他不理不睬。他说，您在《论坛报》上一点都没有提到我，然而我比杰拉尔先生还要疯。”读者毫不困难就认出这些要求是谁写的，不是别人，正是夏尔·拉萨依……

奈瓦尔不仅仅是为自己的名声提抗议。这涉及他的荣誉，但也是一个真情告白，十一月初他给不久前已成为大仲马太太的伊达·费里埃的一封信中表达得很清楚：“我昨天遇见大仲马，他今天会给您写信。他会对您说我已恢复了大家都一致称为理智的东西，但是您千万别信。我以前永远是，现在也永远是老样子，我奇怪的只是今年春天大家觉得我有几天有点异样。幻觉、违情悖理、自负这些东西，都是良知的敌人，我从来没有缺少过良知。归根结底来说，我做了个非常好玩的梦，我为之遗憾。我甚至问自己，这是否比我今天觉得唯一可以解释和自然的东西更加真实。”

奈瓦尔思考问题更深入，他要知道哪里是疯狂与理智的分界线。因为医学看到的是断层与分裂，而奈瓦尔看到的是现实与另一边陌生斜坡的结合部，通过梦渗透和连接的两个世界。医生认为**正常人**与**疯子**有区别的地方，而奈瓦尔认为有一种人，诗人，有洞察力的做梦人，毫无阻碍地从一方宇宙到另一方宇宙。真理处于哪一边呢？大家梦见生活，还是生活在让我们做梦，只有一位作家能够对这个问题深思熟虑，几年后完成一部反省文学杰作，以疯狂为题材，书名叫《奥莱丽亚》，副标题是《梦与人生》。

当疯狂到来时去思索疯狂的经验，这好像是奈瓦尔早年为自己确定的挑战。但是谁抓住了这场探索中的种种区别？当然不是大仲马，对他来说杰拉尔是个漫画化的疯子，他自称找到了复活的方法，把自己看做是拉谟的侄子，相信自己在时间中旅行。奈瓦尔还向大仲马提出过一个人，他不停地围绕一座小丘转，是为了据他自己说调整太阳的运行。这样一些细节，大仲马都直接取自那部遗著《奥莱丽亚》，为了充实他的证词，在最近才被发掘出来，书名是《关于杰拉尔·德·奈瓦尔的新回忆录》。但是这部书是在事后很久才写成的，可以说非但没有利用时间距离而写好，反而因用了数不清的回顾幻想而逊色，甚至还使他混淆了奈瓦尔前后相隔十二年的两次住院。白朗希“是所有聪明的疯人的朋友，他家里有不同等级的精神错乱的人，最高级的是诗人”，他笔下由白朗希大夫说的话，也必须同样小心阅读。埃斯普里不由自主地被带进了这部历史小说，在影射珍妮·科隆的无望的爱情时，据说曾对大仲马说过这样卖弄学问的话：“亲爱的朋友，由心引起的疯病是不会完全治好的，心有清醒的阶段，但是小心复发。”不用说明，当大仲马写出这些拙劣的舞台对白时，奈瓦尔的疯病与自杀都已众所周知了！

一八四一年十一月，奈瓦尔在蒙马特尔住院快要结束，虽则在十月份他还给路易·佩洛写了这封语调奇怪的信，谈到雕塑家奥古斯特·普雷奥：“我去看过普雷奥。您说的是对的，可怜的人看到的事是怎么样就怎么样：他完了。”说出事物赤裸裸的现实，表现生活中的粗暴，这不是真正的疯狂吗？哪个疯子或者所谓疯子不是自称认识真理，而一般人都对错误瞎了眼睛？这个**更真的**梦，这个曾让人好像**掀开过大幕一角**的梦，奈瓦尔做过。

秋天，杰拉尔从白朗希大夫那里获得权利，时而可以走出疗养院到首都去溜达。埃斯普里只是作为例外批准他：病人必须回来，遵守规定的时间——他还不知道为了安全起见，暗中有个护理士跟随着他。杰拉尔有一晚到维克多·雨果家吃饭，席间他说出：“上帝死了。”这句话几年后引用在《悲惨世界》里。尽管很激动，但那天晚上奈瓦尔意识到人家小心地侍候他：葡萄酒会使他兴奋，按白朗希大夫的嘱咐掺了水；奈瓦尔假装没有发现，等到晚餐用完，他对雨果一笑，暗示他没有受骗上当……

除了答应高高兴兴回蒙马特尔以外，要得到这份暂时的自由还有一个条件也是必需的：奈瓦尔必须承认自己有病。意识到并承认自己有病，作为一种治愈的担保提出，白朗希得来也不容易，且看作家本人的证词：

……他们让我出院，在理智的人中间真正自由走动，这只是在我明确承认有过病以后，这对我的自尊心，甚至我的真实性是个很大打击。承认吧！承认吧！他们对着我叫，就像从前对着巫士和异端；为了让事情了结，我同意把我归入医生们规定的一种疾病栏目里，在医学词典里不加区别地称为神迷症或鬼迷症。借助这两个词条包含的定义，科学有权利使《启示录》中预言的所有先知和有异能的人消失或无声无息，我自庆是其中的一个！但是我不会屈服于自己的命运，我若不能执行天命，我将控告白朗希大夫偷取了神意。

杰拉尔一直被宗教思想纠缠，乱梦中出现各种各样的鬼神，这是不容怀疑的。但是由于这件事，“医生们”使用鬼迷症这个词，这倒更令人吃惊了。埃斯基罗尔有一章是写这件事的，他的定义是“一种宗教忧郁症”，“现已几乎看不到，只有软弱、轻信的人才会患上”，深信已被魔鬼附身了。医生描述中强调疾病的根源，他归之为病人的无知与无文化……奈瓦尔是个典型的博学多才之士，决不属于这类人。当然鬼迷症病人很会走路——奈瓦尔可以走上几十公里不停，他们还有一种强烈的自杀倾向。但是这构不成充分的理由把有神秘意识的诗人的谵妄混同迷信引起的痴呆。至于神迷症，可能对他的病情更为适用。埃斯基罗尔是怎么说的呢？“偏执狂病人，有的以为是神，自称可以与天交流，逢人便说他们的一项天上使命，他们自认是先知，是预言家；这种人称为**神迷症**。”先知、预言家、圣贤、上帝本人，奈瓦尔说过自己什么都是。

十一月二十一日，也就是他住进白朗希疗养院后整整 8 个月，奈瓦尔出院了。病程记录里除了“出院”和出院日期以外什么都没写，这不符合往常埃斯普里注明“治愈”或“没有治愈”的做法。写“不可治愈”的说明够了吗？

躁狂症，奈瓦尔当然是有的。疾病的严重性、谵妄的深度、发病的狂怒在当时必然使他遭到禁闭。他的病史中令人迷惑不解的特点是奈瓦尔通过写作去控制疾病，说到疾病时有一种透明的理性。那年年底，他甚至向他的朋友维克多·卢本提到他的经历中有过闪电般的顿悟，他用的是过去时态：“我那时是疯了，这是肯定的，如果记忆保持完好无损，某种推理逻辑不曾一刻舍我而去，不用这个悲惨的‘疯’字来说我的病还能用什么！”

疯？医学词汇，根据杰拉尔，用得太随便，他在这个过程中只看到“日常思维的一种改观、一种醒着的梦……”这恰恰是莫多·德·杜尔医生 1855 年对“疯”下的定义，他写了一篇关于大麻的研究论文，据他说疯的作用与毒品的作用是相近的："疯狂是醒着的人的梦。"奈瓦尔本人作过大麻的试验。阿尔方斯·卡尔参加这个试验，埃斯基罗尔医生好像也在，卡尔后来回忆起各人的反应：有的人说话不知所云，开心或绝望得落眼泪，"戈蒂埃把头伸到一只靠垫下，抑制不住自己的一阵阵疯笑。杰拉尔保持温和的微笑，即兴做了几首颇有才华的情诗"。

在疯态或毒性低落时，被波德莱尔称为"诚实可敬、智力高超、始终清醒"的作家奈瓦尔就写诗；人工天堂或心灵迷茫产生的惶恐，不但没有枯竭他的文思，反而激发了他的创造力。一八四一年发病以后，他写出了最惊人的诗篇，当他跟随卢本时他是意识到这一点的："我必须对您说我终日说的就是诗，这些诗还非常美。"他不只总是在说，还写了一系列十四行诗，这在他的诗歌作品和浪漫主义历史中都是个转折点。一八四一年，这是个对他的生涯起了转机的日期，必须予以注意，尤其自从《奥特莱特》(1831—1835）以来，奈瓦尔还没有发表过诗集。他青年时代的诗，用古典的格式写得美丽动人，确是保留了晶莹可爱的东西，但是在他的新语言中迸发出独具一格的诗风。杰拉尔在他的"监牢"里写了什么？首先是他最早的六首十四行诗，可能寄给了泰奥菲尔·戈蒂埃，每一首献给一个女人，完全展现了奈瓦尔在文学上留下的这场内心革命。《致J–Y·科洛娜》可以为证，它明白无误地表明是给珍妮·科隆的献词，也是诗的题目：

你知道吗，达佛涅，这首古老的抒情诗，
在无花果树下……在白色桑树下，
在窸窣的橄榄树下或在袅娜的柳枝下，
这首情歌，永远唱了又唱。

你认出了吗，大列柱廊的神庙，
留有你的齿痕的酸柠檬，
客人大意送命的山洞
那里睡着被征服的蛇的老根。

你知道么，为什么那里火山又喷发？
是因为一天我们一脚踩着了它，
烟灰把远处天涯都盖没！

自从诺曼底公爵把你的石头神像捣碎，
维吉尔坟头的棕榈树下，
白绣球花与绿月桂树永远结合。

献给珍妮·科隆的诗尤其珍贵，这是因为接受献词者那时已经结婚数月，许多人认为她水性杨花，应该对奈瓦尔的痛苦负责。据乔治·贝尔说，对那个女人的相思，“在他的脑袋里发酵，产生了病态的混乱”。

其他的诗暗涩难解，保持特有的神秘感，诗中感官让位给了韵律。通篇与众不同独具一格，奈瓦尔似乎还寄出另外六首十四行诗，然而再也没有找到，这个损失令人惋惜。在给维克多·卢本的信中，诗人幸好转录了其他几首，很长时间编在后来的作品中。这里有第一版的《橄榄树下的基督》，神迷症的梦幻非常明显——“好像苦苦回忆他自己就是上帝……他害怕死亡……”——还有《塔拉斯贡》和抒情诗《安丹罗》，其中第一段四行诗是这样的：

你问我心中为什么多冤仇，
一个柔软的脖子上一颗不屈的头，
因为我是安泰俄斯族的后裔，
用标枪回击征服者上帝！

一个新的奈瓦尔诞生了。从多才的文人变成一个气势磅礴的作家，他的事业不久得到充分的发展。从那时起，出现了那个不可回避的问题：在这场变化中疯狂起了什么作用？这个问题显然不可能有答案，不是早有定论说，疯狂不会创造天才，就像仙人球毒碱没有使亨利·米肖成为画家，痴呆不会使安东宁·阿尔托成为作家。疯狂（或毒品）可以释放、开启和发挥想象力，把原来沉睡的矿藏挖掘出来，这种说法较为可取。奈瓦尔的传记作家肯定了这一点：“我们不能说是疯狂使他成了诗人。诗人，他生来就是。……但是法国诗歌当时所处的条件妨碍奈瓦尔展现他的深层思想。疯狂挣断了这些桎梏。”

同样令人疑惑的是，他在白朗希大夫疗养院的长梦，是否给他提供了绘画的神奇天赋。好多证词提到这份天才的勃发。比如阿尔方斯·埃斯基罗的证据，他对巴黎的精神病院做过一次大型调查报告，提到奈瓦尔时用词暧昧：“在蒙马特尔白朗希大夫精神病院，他们给我看一堵墙壁上留下的木炭画痕迹；人形若隐若现，其中一个表示王后，另一个是什么国王，由一位出色的青年作家画的，今日已经恢复理智，病使他得到一种他健康时不具备的或者至少不明显表现的新才能。”

《奥莱丽亚》的叙述者承认曾在疗养院的墙壁上画了一系列壁画，画热爱的女人。“他钟爱的偶像”，那些疯子“忌妒他的幸福”，每天都把它擦掉；但是哪儿都没提到奈瓦尔长期掌握的新天才的神奇出现。在纸上有些痕迹给我们提供证据，可惜太少了。

一部分人认为疯狂促成了他的绘画天赋，另一部分人根本不承认他有这方面的才能。几年以后又有另一种说法，那是莫里斯·马丁·德·加尔提出的，他是埃斯普里的孙子雅克-埃米尔·白朗希的朋友，他在回忆录中说：“巴雷斯把我领到一张德拉克洛瓦小画前，那是雅克-埃米尔·白朗希的礼物。一位女神？哪个？大家都不知道，但是一位女神，这位那时还不算很大的浪漫主义大画家作为好玩，就直接画在奈瓦尔在白朗希大夫疗养院的那个房间的门板上……可怜的杰拉尔，这幅德拉克洛瓦使他疯狂入迷。”这个故事美妙得叫人起疑，不妨姑妄听之，尤其因为德拉克洛瓦和埃斯普里·白朗希有往来，也从未正式得到证实——他们的来往可以说更多是家庭传说而已。

奈瓦尔出了精神病院，试图重新生活。他猜他的未来会布满多少暗礁，以后现实生活会多么难以接受：他带着一贯的敏感对维克多·卢本说："不要惋惜我失去了对自己所抱的一切美好期望，因为它们还是存在的，不管怎样以后也是存在的；只是我的余生将很艰难，因为我对死亡寄予信任和真诚的希望，我的意思是说以后的生命。您知道这些东西是没法说服别人的，您看出这些想法的结局是什么，但是要我在思想上不认为我遇到的事不是一个启发，一个示意，那是办不到的。"

一八四一年快近年底，奈瓦尔重新自由。他去长途旅行，远远抛开白朗希精神病院的回忆，然而好几年以后他又因病被送了进来。

第五章　德·朗巴尔公主城堡

十九世纪四十年代，埃斯普里·白朗希的名声已经确立，他是治愈德·拉·瓦莱特夫人的人，治疗奈瓦尔的医生；他是浪漫主义文学家与音乐家的朋友，给艺术家行善积德的无私医生。在桑德兰洋楼的一楼办公室，大夫坐在塔尔玛在医院成立头几年送的那张象牙椅上接待病人。塔尔玛是著名的悲剧演员，他只是在舞台上扮演查理九世或尼禄时才疯疯癫癫。

戏剧家、评论家、演员，白朗希大夫熟悉这些戏剧界人士。他跟他们相遇，与他们来往，作为朋友或戏剧艺术家医疗协会会员给他们看病。因而会发生这样的情况，剧作家不知道在蒙马特尔接着住进他们病房的是演员，而演员又会遇见曾评论过他们表演的评论家。蒙罗兹就是这样，法国喜剧院的老演员，杰拉尔·德·奈瓦尔的笔下提到他的名字。奈瓦尔住院前几星期，蒙罗兹确是出了院，他在那里住了五个月，治愈了一种“自杀偏狂症”。那显然是脆弱的痊愈或者仓促的诊断，一八四二年三月二十八日，他又不得不回到蒙马特尔，这次是患了“色情妄想”，白朗希大夫认为是“可以治愈的”。

克洛德·路易·塞拉芬·巴里赞，也称蒙罗兹，一七八四年出生于一个歌唱家和演员的家庭，后来迅速成为名演员，每当他演出莫里哀、玛里沃和博马舍爱写的家仆角色时，法兰西剧院的观众都来喝彩。他的热情与毅力博得观众的爱戴，他的才能和“表演其实不输于他第一流的同辈，可惜偶尔夸张火爆而受到影响”，皮埃尔·拉鲁斯的通用大辞典这样介绍。随着年龄的增长，蒙罗兹心情忧郁，开始丧失记忆。鲁昂的观众有一晚甚至发出嘘声，大呼“退票”！大家当他是喝醉了酒，后来才明白是他神志一时错乱，于是对着他掌声雷动。这次经历对他的事业形成致命打击，让他去了白朗希大夫那里，在短期恢复后又回来了。当他第二次住院时，他可能猜测到自己的命运，决定给法兰西剧院管理委员会成员写一封信：“先生们，我打算在九月份（即当月）下半月离开法国，我请求你们在最近给我安排告别演出。我将不胜感激。恳求你们尽早给我答复，让我有幸向你们致敬。”信末有签名和日期：“一八四二年十一月七日，发自蒙马特尔疗养院医生白朗希先生家。”

三个月后，一八四三年一月七日，蒙罗兹在《塞维利亚的理发师》中最后一次扮演了费加罗。白朗希大夫的治疗促成了他的这次告别演出，他陪伴着蒙罗兹，在幕布后面窥测他是否有闪失。他的儿子埃米尔留在身边，对父亲和病人都细加观察。剧场内座无虚席：观众是来看著名演员蒙罗兹的——也可以怀疑大家怀着残酷的好奇心迫不及待要看**这个疯子怎么演下去**。朱尔·雅南目睹了这场演出，在《戏剧文学史》中有一番好意的叙述：

> 奇迹啊！他在这里，是他，确实是他，以前的蒙罗

兹！……每个人都为他担心，他自己倒叫每个人放心……可是在费加罗这个角色中，有的词叫我们颤抖，比如说第三幕的最后三个词：**他疯了**！**他疯了**！**他疯了**！蒙罗兹是怎么念的呢？每次他的声音都是凄凉地提上来。唯有那个时候这位不幸的艺术家才会忘记他在扮演费加罗；简直可以说听到这声内心的呜咽，他终于要逃出解释不清、可恶的天命……由一个失去理智的人勉力演出《费加罗的婚礼》，对于白朗希大夫来说，应该算作是他的意志的杰作；我们称此为他的奇迹；因为他出生于鲁昂，我们经常向他唱那首至今还在圣乌昂教堂唱的赞歌：唯有你可以平静这颗激动的心，唯有你是乌云中的光明！

演出受到观众的欢呼，他们对演员和病人的双重表现致敬，这是一次凯旋。演出后蒙罗兹回到白朗希大夫疗养院。几个月后，一八四三年四月十九日，大夫在记录中写下："病情无进展。"二十日："死亡。"蒙罗兹时年五十九岁。

埃斯普里·白朗希大夫不是只为名人治病，远远不是这样。如果说他的病人大部分属于社会富裕阶层，他们不同的出身也很引人注目。有的人出生在哈瓦那、柏林、马德里、阿姆斯特丹、伦敦、智利圣地亚哥、比利时、爱尔兰，有的在外省或巴黎。只需对病程记录扫一眼就可看出这种多样性。因而可以看到卡斯蒂利亚男爵夫人因伴有幻觉的癔症而住院，还有出生于马德里、被西班牙大使送入住院的丹格勒那夫人没有治愈她的慢性躁狂症。帕塞拉·昂莉埃特夫人一八三六年因痴呆症住院，二十年后“病情改善”而出院，回来当医院职工。还有一个叫法妮·白朗希，自由住院病人，进蒙马特尔后两年于一八四六年逝世。一名亲戚？没人知道。还有巴黎精神科名医——雷依埃、阿纳尔、莫泰、费律、富维依……把他们的病人送到白朗希疗养院来。

白朗希疗养院顾问拉歇兹医生介绍来的病人也不少，他在一八四五年用笔名萨夏依——名字字母的重新组合——写了一部著作，介绍巴黎医生，并对他们的工作作出评价。提到埃斯普里·白朗希，“无疑是巴黎最著名的一家疗养院的院长。该疗养院与同类疗养院的不同之处，主要在于那里的病人不是无人理睬，陷在被病情所迫的孤独状态中去想种种悲哀，不停地朝着绝望的道路走去，而是过着一种家庭生活，康复病人在这种氛围中培养必要的耐心，忍受亲友的远离”。

参观过白朗希疗养院的证人总不忘强调病人的自由这一点。这个特点肯定打动了蒙马特尔镇长，根据一八三八年法律的条款，他要定期去签阅医院的病程记录册。还可以肯定的是国王检察官也猝不及防，他有一天竟会受到一名意料不到的客人的责难：

> D伯爵大人……自认为是医院的主人，他看见一张陌生面孔就光火，骂人，吵架；以致来了新人，接受或拒绝全凭

他的任性，必须满足他的偏狂症。一天，检察官来此进行他的季度视察，要求病人都到客厅集合，看大家有什么要求向他提出。D伯爵急忙向前走去，对他说："先生，这里是我的家，我敦促您现在离开；您若不立即走出门去，我就把您……从窗子扔出去。"

故事没说伯爵有没有按计划实施……

一八四六年，白朗希大夫和家人庆祝疗养院在蒙马特尔成立二十五周年，房子一点都没有失去原有的风貌，但是太小，容纳不下越来越多的病人。埃斯普里50岁时着手寻找一个新地方，更宽敞，交通更便利。他通过调查，第二次去了还没有划归首都的土地：帕西，地处奥特依村和夏约丘岗之间的一个宁静小镇。

蒙马特尔高地以空气清新闻名，而帕西则对于迷恋水疗的精神科医生有一个不可替代的优点，那就是它的含铁质的泉水资源，其质量在一六五〇年就被医学院宣扬过。从巴斯路到码头是一大片温泉疗养地，离城市不远，巴黎人常来。这块地皮一七二〇年由勒·拉戈瓦本堂神父开发，他是德·曼特侬夫人的指导神父，曼恩公爵家的家庭教师；大革命后这块地皮被新教徒银行家德莱塞尔家收买。本雅明二十九岁当上法兰西银行行长，第一个住在巴斯路，一八〇一年在塞纳河沿岸盖了一家炼糖厂，用新法压榨甜菜炼糖。那时工厂与他的府邸有一架天桥相连，天桥受到过阿拉戈和他的综合工科学校的学生的高度赞扬。一八一二年他的实验取得了成功，甜菜炼糖法诞生了，这项科学与商业革命使本雅明·德莱塞尔赢得了皇帝颁发的荣誉团勋章和男爵爵位。

在十九世纪四十年代，家族始终经营温泉园，造起了一间瑞士小屋和一排平房，里面有供病人使用的一个阅览室和一张桌球台。园的邻近有一幢著名的楼房，被埃斯普里·白朗希一眼看中，那就是德·朗巴尔府，五公顷的私家花园，从洛克路逐渐向塞纳河倾斜。

数不清的历史人物接踵来过这里：玛丽·德·杜尔福，圣·西蒙的姻亲；洛曾公爵，先是房客，后在一七〇五年成了业主；德·塞萨克侯爵夫人，纪克姆·德·卡斯特尔诺的遗孀，丈夫因在赌博中作弊而被路易十四流放；侯爵夫人的外甥夏尔·路易·达尔贝，德·谢弗娄公爵，巴黎总督，龙骑兵上校，他在路易十五期间添加了不少工程，然后遗赠给儿子德·吕依纳公爵。后者在一七八三年把府邸卖给了玛丽-泰雷兹·德·萨伏瓦·卡里尼昂，她十八岁时就为死于梅毒的德·朗巴尔亲王守了寡。少妇买下产业是为了跟公公做邻居，公公是庞蒂埃弗尔公爵，帕西领主城堡的终身主人。这幢府邸还有一个优点，就是坐落在凡尔赛大路上，可以让她随时去看望玛丽·安多纳特王后，公主做过她的宠臣，一直是她非常忠诚的朋友。但是王后的宠幸转移到了德·波里涅亚克夫人身上，公主精神受了刺激，试图用麦斯麦法减轻病情也不见成效，就照应这块巨大的园地解愁，园地成了她的感情寄托。大家知道等待她的悲惨结局。尽管王后推托，（“我亲爱的心肝，不要回来了……”）但是德·朗巴尔公主对玛丽·安多纳特和王朝至死忠心耿耿。一七九二年，由于九月大屠杀而气疯了的群众把她粉身碎骨，她的心和头颅都被取下，挂在长杆上游街。

府邸查封，家具出售，酒窖的酒四处流散。一七九六年，德·朗巴尔公主的侄子决定出租这幢产业，变成一种游乐园，类似游艺场和大众舞会。银行家巴格诺尔第二年买下，一八二五年逝世时遗赠给女儿，银行家桑洛的妻子。埃斯普里·白朗希一八四六年就跟这对夫妻谈判，商订租约。租赁权转让后一年，一八四八年十月一日合同内容又重新签订。白朗希大夫那时承租二十年，每年租金为八千六百五十法郎。

空气、水、温泉、树木和一座白色壁柱宫殿，它的两边翼楼向大自然敞开；德·朗巴尔府邸上有棕叶饰、带饰和三角楣上交错的L纹，体现了旧王朝向往典雅精致的梦想。让-雅克·卢梭在花园里散步；本雅明·富兰克林骋目饱览这里宁静的景色，那时他住在邻近瓦伦蒂诺阿府的一间平房里，在府邸房顶上竖立了法国第一根避雷针；巴尔扎克可从他筑在上面小山坡的房子里欣赏。朱尔·雅南有一个晚上到白朗希大夫家吃饭，在给妻子的一封信里兴奋不已，说到“这幢美丽的住宅，可以说是为了清心寡欲而特意选址造在这里的”，这个优点足够抵销某些不如意的事，如在那里吃的伙食和遇到的人。因为他也埋怨付了“每人四法郎”而无聊得很，“面对一份淡而无味的晚餐，但是可用眼睛就餐，面前是美丽的花园，充满漂亮的树木、草坪、花朵、诗意和回忆。几名疯子，那里曾经生活过德·朗巴尔公主，对世上最美的院子的爱与崇敬！这使我想到我亲爱的阿黛尔·J. J. 守在看门人的房间里，给经纪人和这一类俗人开门。地方是美的，社会是折磨人的，总是这样！”

埃斯普里·白朗希在帕西定居的事后人知道的不多。一八四七年六月十日，他的女儿在蒙马特尔区政府跟建筑师莱恩·奥奈结婚，生了儿子乔治·奥奈，乔治后来成为成功的小说家，非常风行的《铁匠师傅》(1882)的作者。小儿子阿尔弗雷德，综合工科学院毕业生，工程师，已经在这里开业当建筑商。至于埃米尔，他继续学医，按父亲的要求刻苦用功，父亲在一八三八年开导他，“任何俊俏后生年纪轻轻进入社交界都会很受欢迎，不要为社交界的成功陶醉，当医生，尤其当精神科医生要求严格的医德，追随者才不会很多”。埃米尔一八四五年进硝石场医院，在埃斯基罗尔的外甥密蒂维埃医生的部门当住院医生，一八四八年八月二十五日获得医学博士，他的论文《精神错乱者的食管插管术》，描述了用导管给许多拒绝进食的精神病患者解决进食方法。

在这段求学时期，埃斯普里密切注意儿子的进步，不断地督促他警惕懒惰和他所谓的浅薄。一八四六年他告诫儿子：“要多多注意，你对别人很容易谈到工作，但是在我的心灵和思想中，你是我们中间工作最少的一个人，滥用你的小聪明，做一切都拖拉到最后草草了事。……你若一天不能工作三小时以上，你会被迫退学，做个凡夫俗子。”埃斯普里确实只有一个奢望，一个心愿：把诊所留给儿子，向他传授自己的知识经验，让他继续自己开创的事业。他的书信里流露出一种严厉急切的心情，不停地教导埃米尔要有责任感，儿子的成功丝毫没有使父亲的坚决态度有所缓和。获得文凭后几天，青年医生想出外旅行，又遭到一番教训："我从不拒绝你什么，这话你说得对，你是我家唯一经常外出旅行的人，你独自一个人比和我们一起玩得更开心……现在你长大了，你有完全良好的天资，那就让你的仪表跟心地一样出众，这是你唯一缺少的，也是在我们这样的家庭，也就是你今后的家庭必不可少的资质。**你必须知道要使你的病人敬畏，让大家敬爱。仪表是必需的，**你是个聪明人，不难做到我对你的要求。"

在信末还有一则附言，语调不同，是费利西写的："趁舅舅把信发出以前，至少让我拥抱你，我的好朋友，因为我不是那么自私而要你回来……"

费利西·巴隆-夏蒂荣，二十九岁的成熟女子，是埃米尔的表姐，暗恋着他，这种爱是单向的。但是这没关系，因为举足轻重的是埃斯普里的意志，对儿子的私生活和事业都可以轻而易举地施加影响。第二年，他在一封信里鼓励这桩婚事，这封信是十九世纪布尔乔亚教育的一个范例，值得全文抄录。

我的儿子，你的父亲感到他来日无多，为不能长久帮助你而感到难过，但是想到你今天已能接替他，也是一种宽慰。我能跟你敞怀一谈吗？我们若不能按照你母亲的智慧和我的经验使你走入正道，我会死不瞑目的。今天你需要的不是一个愉快的伴侣，而是一个准备协助你管理疗养院工作的助手和妻子，疗养院的工作刻板，既像修道院，也像政府部门。你的表姐费利西，年龄稍长于你（大十个月），为人质朴，又继承了她的母亲的美德，这对于你将来必须达到的目标是至关重要的。你的姑妈巴隆–夏蒂荣是城市学校监学长，知识渊博，既杰出，又含蓄虔诚。费利西是艺术家，可能不及你的表妹白朗希当初那么出色，她是莱翁·科尼奥的学生，但她选择进了修道院。有人说白朗希设计了修道院小教堂的装饰。她给我家每个人都画了肖像。我会把它们留给你的，我的孩子。

我对你的要求严了一点，但是你也不应该过多考虑了。费利西虽则受的是严格的教育，但是个很讨人喜欢的人。我责备她有时说话造次，但是看法正确也可弥补这些小过失。

最后，亲爱的埃米尔，我还有一句附言，因为谁都知道你对吕西尔·蒙杜泰尼很是倾慕。要知道，我的孩子，这位大歌唱家将要在歌剧院《犹太女人》一剧中扮演拉歇尔，将嫁给扮演安比居的演员莱翁·布雷齐尔。

我为你而感到高兴，因为你的父亲跟戏剧界人士和浪漫派艺术家们常有来往。吕西尔心里不会在意的，你的妻子将在帕西接待她，就像我们在蒙马特尔时接待她一样。

这里说得再清楚不过了。

埃斯普里的心脏有病，想到身后事更多于想到退休。那个时期他已把埃米尔当助手，让其管理病房，撰写病程记录上的报告，每月付他五百法郎。他的观察报告，比父亲的注解更详细更准时，因而让人对精神病院的日常生活概貌有一个了解。诊断书内容也更多，使我们知道忧郁症（或忧郁）已成为病人的主要疾患，现在可以确定他们从事的大都是自由职业：律师、医生、外交官、工程师、企业主、批发商、公证人，虽然也有机械师、面包师、制造商、金银器工匠、马具工匠、军人、文学工作者、戏剧艺术家、教师……

一开始，埃米尔必须面对一些疑难病症。比如有一名叫朱尔·普比依埃的前最高行政法院助理办事员，从埃斯基罗尔办的伊弗里疗养院（埃米尔的老师密蒂维埃工作的地方）转过来的，在一八四七年底到朗巴尔府："他对着最老实巴交的人大喊：刽子手、暗杀犯、小偷。他瞪着一双凶恶的眼睛，咬牙切齿嗫嚅一些听不清的话。……他生性胆小，很容易产生有碍健康的恐惧。……他在客厅里平白无故打了一个没有惹他的病人，当我责备他时，他反过来打了我，然后又宣称是我打了他；我把他在治疗室关了十五天，对他的精神毫不产生效果。"在这里和在蒙马特尔遇到的是同样的暗礁，用的是同样的方法：面对疾病的强暴和病因的不明，精神科医生既有权威又显得无能。至于治疗室，可能指花园里装上栅栏的平房，当病人的谵妄发得最厉害不能控制时，把他们关在里面作为"惩罚"。

埃米尔像父亲一样要事必躬亲。他必须控制"莫寡妇"，

"她什么脏话都说，不停地脱衣服；夜里老是站着。人一刻也不能离开她"。还有监视费律医生送来的法学博士科诺尔先生，他深信自己已经破产，要把自己的猫掐死，因为他认为没法养活它。他到了帕西，整天蹲着。"他像个白痴，如果听之任之，会在自己的粪便上待到死。"埃米尔这样写道，有时人家觉得他有一种不声不响的绝望预感。

病人有的死在精神病院，有的"病况改善"出院，但是更多的是"没有治愈"出院。其中拿破仑·昂多什·朱诺·达布朗泰斯就是这样的。他的父亲是帝国将军，也称"暴风雨朱诺"，帝国军的猛将，一八一三年发疯跳窗自杀而死。拿破仑·昂多什出生于一八〇七年，立志要过父亲的戎马生涯。但是他被控参与波拿巴派阴谋，被判处死刑，后得到赦免，无憾地离开军队，年纪轻轻过着醉生梦死的生活。根据泰奥多尔·德·邦维尔的说法，"他富有，挥金如土，是个机智、勇敢、英俊的骑士，会写书作曲，有一股艺术家气质"。拿破仑尤其善于勾引女人，以力气巨大和擅长厨艺而闻名，父亲家的大厨师卡雷姆把秘诀都传给了他。他的母亲，大名鼎鼎的达布朗泰斯公爵夫人，她写的关于大革命和帝国时代的《回忆录》曾经轰动一时，拿破仑继承了对文学的爱好，出版了好几部小说，后世人谨小慎微决定不予以保留。这个任意糟蹋的生命很早便结束了。由于梅毒引起麻痹性痴呆，拿破仑·昂多什于一八五〇年十月十四日到了帕西；三十日，埃米尔·白朗希看到"他精神萎衰发展很快"；十二月十一日，病人"没有治愈"

就出了院。第二年死去，时年四十三岁。

从蒙马特尔迁到帕西，从事实来看，相当于埃斯普里向埃米尔交权。父亲急着要看到儿子掌管诊所是有道理的：一八五二年十一月五日，埃斯普里·白朗希大夫在“长期痛苦患病以后”死于朗巴尔府，《论坛报》次日就进行了报道。他当时五十六岁。两天后的中午，葬礼在帕西教堂举行。家庭的朋友朱尔·贝克拉尔医生在墓前致悼词，称赞这个人“知道让人爱，让人服从”。安东尼·德尚，这位比谁都忠诚的朋友不胜悲哀，也对“永远做着医生的朋友”说上几句话。

参加葬礼的人中有不少是当时的名人，其中有朱尔·雅南，他回忆说：“简直可以说那个时代的文人都在他的墓前集会了。伏尔泰谈到爱情的那句诗：‘不论你是谁，这是你的主人！它现在是，以前是或应该是你的主人’，我们以前常用在白朗希大夫身上！叫白朗希大夫听了觉得很有趣。确实，在全法国，再也找不到像白朗希大夫这样一个人，给予法国诗歌、美术、艺术家、作家那么多的关心、友谊和好意……”

阿尔弗雷德·德·维尼得到消息太迟，赶不上参加葬礼。十二月二十四日，他在朋友菲列普·布佐尼面前表示不安：“白朗希医生不久前故世；我希望这不是安东尼，但是我要向您打听一下。我为那个杰出的人担忧，他那么勇敢，充满善意。有一件事叫我安心，就是报纸说的是白朗希老大夫。可能不是一个人，我们的那个，他是多少文人的避风港，使许多人恢复理智。是他治好了德·拉·瓦莱特夫人的病，她在那个黑暗的恐怖时期为了救丈夫的命而发了疯。可怜的安东尼失去了一个父亲，比巴尔比埃还难受；他是指路人、主心骨、指南针，代替被疾病压垮的意志。”

继承程序的开展没有什么意外。保存在个人档案里的一份全息照相遗嘱里，埃斯普里赞扬长子工作细致，对他表示绝对信任。在公证人那里，他顺理成章地在一份契约上写上了医生的最后意愿：“埃米尔·白朗希医生从他的父亲白朗希医生逝世日起，将是位于巴黎附近帕西的疗养院的唯一业主，包括房屋内所有设施、家具、动产，以及租借权和新旧病人……”从蒙马特尔到帕西，“白朗希大夫疗养院”，不论地址在哪里或院长是谁，都不改变名称。在埃斯普里与埃米尔，在白朗希大夫与白朗希大夫之间这个自豪的连续性，随着时光的推移，必然引起历史的混淆不清，家庭墓室仅有一块墓碑，写的也是“白朗希大夫家族”，仿佛把这份混乱延续到了帕西公墓里。白朗希大夫，是的，但是哪一位？在埃斯普里过世时，据说在朗巴尔府走廊里，悄声在说一句话，解决了这个问题，恰到好处地概括了这所世家医院保持的严肃和带有皇室色彩的气氛：

白朗希死了！白朗希万岁！

第二部分

埃米尔·白朗希
在第二帝国的床头

第一章　伤心人

埃斯普里·白朗希下葬那天，帕西疗养院翻过了历史的一页。法国也改变了政体。正是在一八五二年十一月七日，元老院下令修改宪法，在获得压倒性多数赞成票后，十二月二日宣布恢复帝国制。荷兰国王路易的儿子，总统亲王，从此以拿破仑三世的名义登上皇位。波拿巴家的继承人，在接下来的一个月跟非常虔诚的欧也妮·德·蒙蒂乔结婚，要大权独揽，建立一个基于秩序与宗教上的专制政体；对一部分人来说，这是独裁的开始；对另一部分人来说，拿破仑一世的侄子拯救国家免遭“赤色分子”和无政府主义的危害。白朗希一家是偏于保守的开明布尔乔亚，愿意相信“一个没有共和派的共和国”神话，他们谨慎小心，等着瞧。

一八五二年，在医学界标志着医学心理学学会的诞生。第一份心理学杂志主张和鼓励成立这样的专业学会，那是一八四三年由巴依阿尔杰创办的《神经系统解剖、生理、病理学报》，后改名为《医学心理年鉴》。目的是“创立一个精神科医生论坛，使大家建立联系，搜集有关精神病大专业四处分散的资料”。当时精神科专家都在杂志上有礼貌地争论，讨论精神错乱的原因（“骄傲”与“错误理解宗教”居于前位）、治疗学、精神治疗中主张使用的方法。他们还争论疯病与人体疾病的相互影响，从争论中看到脓肿对精神平衡起良好作用，而焦痂则起不良作用……对大脑重量的试验报告和最辛苦的体力劳动的益处的陈述同时发表，国外论文的评论与法医问题交相出现。统计学这个新工具也可对法国自杀率变化和精神病人数目惊人上升进行测定。精神病人在一八三四年估计为一万人，一八五三年高达二万三千七百九十五人，六十五家公立精神病院收留了一万八千零六十二人，四十五家私人疗养院——其中十五家代行公立精神病院职能——收留了其余的五千七百二十三人。但这是病人数目真正增加，还是精神病范围扩大与疾病地理学不断包括新的领域的结果？词典盛行的世纪，一心要算得毫厘不爽，把神经疾病归类细分，就像在疯人院里给精神病人排队似的。让-巴蒂斯特·帕尔夏普（1800—1866），一八四八—一八六六年间的精神病院督察长，他的一句名言概括了这个行业的思想情况："通过对精神病人分类的不断完善来表现和测定医学的进步。"

《年鉴》也有自己的医学日志，无名的编辑赞扬埃斯普里·白朗希在蒙马特尔和帕西的医务工作，并表示对他的儿子的信任，"他不可能不为这家医院增添光彩"。

埃米尔虽然一直为接管诊所做了准备，但是真正要做起来，这副担子不轻。当然，三十二岁，他掌管时已是一个成熟、有经验的人。他出生在那里，成长在那里，自己学医后一直在那里工作。他了解疗养院的一切秘密和资料，职工情况，病人习惯。但是请不要误解：这家有八十五张病床的医院，表面上像个家庭宿舍，其实是一家企业，连同医院职工和家庭仆人，差不多共有 100 人在此工作，事实上皆由埃米尔独自一人作主。他当然可以依靠实习医生，向让·布莱医生讨教，后者是他父亲的同行，他占用了花园里的平房，在里面组织“哲学聚餐会”，受邀的有欧内斯特·勒南、阿尔方斯·德·拉马丁、路易·巴斯德或化学家马塞兰·贝特洛和欧仁·谢弗勒。他也听母亲的意见，她出现在帕西起稳定人心的作用，以保持工作的连续性。但是决定要由他作出，也唯有他一人在“白朗希大夫疗养院”笺头报告纸上记录他的命令，他从此用的是他本人的名字。

在继承时，外界对埃米尔的为人知道得很少。在十九世纪五六十年代的一张照片上，他站在一张田野风光的障眼画前，那种画是照相馆里用以拍肖像的。他坐着，两腿交叉，右臂放在椅子扶手上，手里拿一顶礼帽。一件黑色大驳领上衣，一条黑领带系在外罩白胸甲的衬衫领子上，踏脚裤裤腿盖在发亮的皮鞋上；埃米尔以后再也没有改变服装。他的外表像以后的证物和照相所表示的，没有多大变化。因为埃米尔是没有年纪的，一张忧郁的娃娃脸，两边是长长的鬓角，任什么时尚也不改变；早秃的额头上一圈头发任其灰白；浑圆的身体也随着岁月而笨重；同样遥远的目光，像蒙了一层忧郁；同样一抹微笑，始终是这个“善良表情”的标志，据说是浮在他的脸上，赢得每个人的好感。他的护照给这张有点严峻的布尔乔亚肖像作了补充，添了色彩：青年人黄色头发，身高一米七二，肤色浅，鼻子“微翘”，眼睛“蓝灰”。

不说也可确定，埃米尔的外表毫无动人之处。可是从父亲对他的严厉指责，叫他循规蹈矩来看，埃米尔在青年时代举止有欠庄重。但是十九世纪精神科医生思想中的浅薄到底是怎么样的呢？旅行，跟“艺术家”来往，去见世面？埃米尔迟迟才依父亲的嘱咐娶了表姐费利西这是事实。这桩叛逆行为使他成了几年后波多卡伯爵夫人说的“心的屠夫”？这还是令人生疑的。尤其是人家都说埃米尔严肃，心地好，他愈来愈专注于自己的工作。

埃米尔是一家“公司名称”，一项精神慈善事业，一家医院，一个职能的继承人，也是一批病人的继承人，他要跟他们建立新的联系。像同时代的所有精神科医生，埃斯普里·白朗希给诊所建立了一套家长式的集中管理方式。病人以前很自然地把父亲看成是大夫，现在必然把他们的这份信任转移到他儿子身上，这是不说自明的。埃米尔在诊所里是大家看熟了的人，有父亲的庇荫，这并不一定就是一张王牌。遗赠并不意味理所当然。年轻的白朗希大夫与病人们相互适应，不久就需要进行诸多方面的调整。

他作为院长诊疗的第一个病人，也就是第一个对他们血统的模糊性提出疑问的人。因为他曾在蒙马特尔由埃斯普里治疗了九个月，因为他看到埃米尔开始行医，因为他受到过他父亲可怕的冷淡。这个病人就是杰拉尔·德·奈瓦尔。

杰拉尔第一次在桑德兰洋楼和第二次在帕西接受治疗，前后相隔十二年。他在一八四一年出院，万念俱灰，准备到东方去旅行，一八四三年成行，他把此次旅行当做测定自己理智的一次挑战，向世人证明他不是像人家说的那样是个疯子。旅行有一年多；旅途见闻分几年发表，在一八五一年出了第一版。在那个时期，奈瓦尔文思丰富，是个多产的通讯员。他屡屡在报上发表文章，开始写作历史小说《德·法约尔侯爵》；翻译并注解亨利·海涅的《歌之书》；到德国旅行，在《两世界杂志》发表了《尼古拉的知心话》；记述莱蒂夫·德·拉·布列多纳的一生，在《国家》杂志上发表了《福·索尔尼埃一家》。奈瓦尔受人尊敬，作品得到承认，但是成功还谈不上。戏剧会不会拉近他与广大群众的距离？他曾经相信用他与梅里合写的剧本《后宫画家》可以做到。戏只上演了不到一个月。这次打击对杰拉尔是致命的。一八五二年一月二十三日，最后一场演出的第二天，他进了圣德尼郊区路一百一十号杜布瓦医院，安东尼·杜布瓦（1756—1837）医生创建了这家市级医院，他曾参加过埃及远征，是解剖学教授、外科大夫和产科医生——皇帝选中他给罗马王接生。诊断只有一个词："丹毒"，这是由链球菌引起的传染性皮肤病。但是不要忘记当时丹毒跟消化道疾病一样，被许多医生认为是疯病的一个病因和会引发脑膜炎的一个因素。

杰拉尔在杜布瓦医院住到二月十五日。到荷兰旅行，出版《风流的波希米亚女人》和《十月之夜》，最后排演《西尔维亚》，花费了一八五二年最后几个月，那段时间被认为是作家最丰富的创作期。他勤于创作与他旧病复发有没有关系？三月六日，诗人看到自己不得不回到杜布瓦医院，他的朋友约瑟夫·梅里发现他“发高烧，躺在一个有许多病人的房间里”。“这情景真令人伤心”，他加了一句，再也不对细节多说一句。奈瓦尔曾在档案馆工作过一段时间，欧仁·德·斯塔特莱是他那时的老同事，他与摄影家纳达尔在这次住院期间陪伴在他身边，住院到三月二十七日结束。这次间歇没过多久。八月二十六日，他又发了一次病，被送到慈善医院，那是圣父路上今日的医学院所在的地方；他是因“精神性发烧”住进去的，第二天就出院，随后住进了埃米尔·白朗希大夫疗养院。

埃米尔填写住院记录向来认真及时，病情观察都是亲手写的，对于研究奈瓦尔到帕西后的病情发展肯定有极大帮助。是不幸还是恶意——无疑没有人知道——医院档案唯有一八五一—一八五五年间的第三卷不知去向，据图书馆的人说，是“没有地方搁”。

奈瓦尔两次住进白朗希疗养院隔离，遇到的情况非常类似，总有点奇怪：一八四一年的病程记录还在，但是只有一句简单的评语，而一八五三—一八五四年的病程记录，从科学观点来说按理是不可替换的资料却蒸发了。这两种情况势必对他的精神病理都无从加以分析，只能由奈瓦尔的通信来回溯他的病情脉络了。好像作家的文字与“疯子”的语言是唯一有资格来叙述这个故事——他的故事。

奈瓦尔从帕西发出的第一封信是给父亲的。他写道："欢乐（《西尔维》的出版？）使我有点激动，我住在帕西的朋友家里，房子讲究，花园美丽。我在这个乡下需要待上几天，你不要为此着急。我在这里只是为了身体复原。"有点激动事实上是一种谵妄，白朗希大夫可能不得不用约束衣加以控制；美丽的花园仅限于在疯人院的墙内；只是为了身体复原也需将近一年时间的治疗……但是奈瓦尔对人体贴，总是不愿父亲多劳，对痛苦轻描淡写。他看重友谊，跟亲友如实说起病情，同时又安慰他们。在他给斯塔特莱的信中说"小麻烦——总是脑子"，当他跟乔治·贝尔写信成了"脑充血"，他还对他说了这么一句模棱两可的话："我做了些疯事。"他向每个人要求来看他，九月三日对泰奥菲尔·戈蒂埃说："到白朗希家来看我吧，我到这里来医治脑袋是很对的，我相信这终于见效了，Ma，Chi lo sa？"病情确是改善了，因为白朗希大夫同意杰拉尔的朋友到帕西来看他，但限制他们"不要同时来，要先后来"，不要叫病人兴奋和疲劳。将近九月二十日，奈瓦尔健康状况好转，他可以在疗养院组织小规模宴席，邀请阿尔塞纳·乌塞依，那时是法兰西喜剧院经理，约瑟夫·梅里，画家夏蒂荣，还有白朗希大夫和忠诚的安东尼·德尚。

埃米尔从上衣口袋里到底取出了什么灵丹妙药使诗人复原了？从奈瓦尔信件透露的信息来看肯定没有，信里还说帕西用的方法不比埃斯普里时代有多大进步。九月十五日他给弗朗西斯·韦写信说："我问了这家好上帝医院的医生。这里面有多血症和风湿病因素。这没什么，但是这属于老医方：放血、通便。”放血、通便，这又是拉萨依的一套，也可预见不会产生效果。十月七日，奈瓦尔向父亲承认：“亲爱的父亲，我原以为这种奇怪的神经性激动已经过去了，但是最后一周又复发了。今天我情况良好。白朗希先生给我治疗以后，让我吃了三颗泻药，今天喝了柠檬水，使我完全恢复了。”

在这一天，奈瓦尔认命了，必须待在帕西，时间要比预料的长。在梅尔路的公寓必须搬空，父亲拒绝儿子的东西放在里面……还是白朗希在斯塔特莱的协助下把杰拉尔的几件家具什物搬到了朗巴尔府。《奥莱丽亚》的作者是这样描写他的新居的：

> 我的房间在走廊的尽头，走廊一边住的是疯子，另一边住的是诊所的仆人。只有这个房间有特权朝院子开了一扇窗，院子里种了树，白天可以散步。我的目光很高兴地落到一棵茂密的核桃树和两棵中国桑树上。远处可以通过绿栅栏隐约看到常有人走的街道。日落时地平线扩大，好似一座小村庄。窗子隐在绿叶后或者隔着笼子和晾晒的破布，有时也看到老妇或少女的身影或儿童粉红色的脸。

室内有一张老式桌子，一只十七世纪的五斗柜，鹰头、带翼人面狮身像三脚家具，一张带天盖的床，缺口的塞夫勒陶瓷，大理石盘，漆木匾，主要都是东拼西凑的，龚古尔兄弟在奥特依阁楼也不会加以否认。地摊货，奈瓦尔也这么说：

这像是浮士德博士的杂物间……我有好几天很乐意整理这一切，在这间小阁楼里形成一种奇怪的组合，既像宫殿又像茅屋，这倒是概括了我的流亡生活。我在床顶挂上我的阿拉伯服装，我的两件辛苦织补的羊绒衫，一只香客用的葫芦，一只小猎袋。在书柜上面挂了一张埃及大地图；床头一只竹架上面托一只印度漆盘，我可以放盥洗用具。

他又钻入书本，带着揶揄的笑容再一次希望："这里有一些使理智的人发疯的东西，让我努力让它有一些使疯人变成理智的东西。"

那次同意出院肯定是太早了一点，打乱了他的习惯，这是不是就是后来病情严重复发的原因呢？据埃米尔的话说，十月十二日他又重进帕西时处于"愤怒的谵妄状态"。回来的当晚，奈瓦尔又感到需要写几句话安慰父亲。二十一日，他又谈到"这次据人说颇为严重的复发，是埃米尔·白朗希先生救了我"，还谈到医院的日常生活："我们一日两次到花园和公园里散心；总之我的健康状况很怪，我必须整天跳动、做体操才会使自己平静一点。我像个孩子，我唱歌，我无缘无故发笑，这使大家有点吃惊，他们不知道这是我的习惯，至少在没有重大忧虑的时候。"他承认有些怪异行为，知道发病时很难受，他认为他的理智没有受到"损伤"。然而他并没有作出更多解释，埋怨"生活制度严厉"，"与其他病人为邻"，据他说这是引起他脾气乖张的原因。但是“生活制度严厉”指什么呢？不得不穿约束衣？工作人员说一不二？方法粗暴？

许多证据都使人相信白朗希疗养院的精神疗法有时配合更为激烈的方法。奈瓦尔过世后好多年，阿尔弗雷德·比斯凯说到他与诗人在巴黎的一次没有安排的见面。这件事可能发生在一八五三年十月出院后那次：“下午四点钟我看到可怜的奈瓦尔到我家来，有点垂头丧气，脸色有点苍白，面孔浮肿，眼皮眨得比平时多。我不敢问他。他客气地跟我谈到《时间的诗》，他十分仔细地又看了一遍。然后他突然嚷了起来，说：‘啊，这太可怕了。他们弄得我难受极了！看我的手腕，都是伤痕……看我的脚？脚踝的关节都僵硬了……要是白朗希知道就好了。他们折磨我！……我逃了出来。’”

菲利贝尔·奥特勃朗说了一件事与此相似。他说奈瓦尔对诊所的一名职工特别反感，他管他洗澡和沐浴，叫什么尚加尼埃，外号尚加，他工作起来“极为粗暴，有意一声不响”。有一天，奥特勃朗看到奈瓦尔来时“脸色气得发紫”：

“啊！啊！您要伸手帮助我，您！”他大声高叫，“您不会同意尚加的吧？”

这时，他弯下身，拉起裤子的护腿，给我们看刚拉掉绑带的痕迹。

“尚加把我捆起来！我都挣脱了！我出来了！我跑呀跑的到了这里！——嗯！您不是跟尚加一伙的吧？……安东

尼·德尚一直在那里（白朗希大夫家）。尚加，他怎么不把他捆起来？啊！妈的，他们可合得来呢！政治观点一致！什么时候把这个尚加干死？……”

最后，他有点精疲力竭了，停止不说话了，身子转了一圈，像一阵风，怎么来也怎么走了。

让我们强调，这两个例子都没有指责埃米尔·白朗希，而是责怪工作人员；奈瓦尔总是称埃米尔是“朋友”，或他的“好医生”。但是疗养院内事无巨细都以院长的权威为准，没有院长的同意，里面做这样的事是可能的吗？或者奈瓦尔病情发作时非常狂暴，必须采取这些万不得已的遏制措施，比如“皮带”，用来把病人的手腕和脚踝缚在他的椅子或床上？有些护理态度粗暴，这是不容排除的，从而认为背着医生进行折磨，这样说可能也太随便了一点。无论如何，其他病人都没有证据来支持这样的说法。

至于“与其他病人为邻”，有时候会对病人的行为起一种搅乱作用。十九世纪确有这种事：病人住院时神志正常，在太严厉的疗法的影响下，每天看到疯狂的情景后变成疯子了。但是医院管理不善、手段缺乏而发生的事，不一定是在私人疗养院，在那里病人都有自己的房间，有的还格外优待，可请朋友一起用餐。此外，病人之间的接触，就像现代精神病实际治疗中指出的，有时可以通过比较，对自己的病情有更好的了解，促使其回到真实：跟类似的病例有了联系，病人不再在自己的苦恼中感到“孤立”。

白朗希大夫每天两次查房，有一天还带了奈瓦尔一起去查房，不知是不是为了达到这样的治疗目的？这件事发生在一次幻觉大发作之后，《奥莱丽亚》的作者把它看做是一次真正的赎罪时刻：“我的好医生和善慈祥的面孔使我回到了活人世界。他让我看到一个场面，叫我很感兴趣。在病人中间有一个青年，在非洲当过兵，他六周来拒绝进食。医生用一根长长的橡胶管，通到他的胃里，给他输入有营养的液体。”这场面是很合情理的。不要忘记，强迫进食是埃米尔的论文内容，在疯人院是常见的做法；而且年轻的白朗希大夫还是一个很精巧的导管发明者，在《医学心理年鉴》中几次受到同行的赞扬。

工具是一根白铜管子，长四十四厘米，直径四毫米，涂上油插入一根橡胶管。导管装上接头灵活的环节，需要时像杆子一样硬，从鼻管插进去，滑入咽喉的内壁。当它伸到食管，医生抽出白铜管子，从橡胶管子输入食物。白朗希大夫的导管有几个优点：比以前的导管更简单，也比以前的方法更温和。以前是强迫病人张开口，用口衔或者用针插在面孔的肌肉上，再接上电池，产生电颤动……新工具在硝石场医院大出风头。

奈瓦尔看了示范后印象很深，对青年病人有了好感，答应治愈他。马克西姆·杜·冈在他的《文学回忆录》中谈到这次试验的后果：“杰拉尔以为他的同伴已经冰冻了，对我说：‘他渡过别列吉那河后就是这样了。白朗希要我负责给他解冻。’于是他用鼻子摩擦这个不幸者的鼻子，在他的脸上哈气。疯子往后退，‘噗’了一声，但是没有反抗。这样持续到那天被吸者要掐死杰拉尔，才使他放弃跟冷冻作斗争。”

另一天，杜·冈说到去帕西拜访奈瓦尔，奈瓦尔对他说：“您来真是太客气了；这个可怜的白朗希疯了，他说他是一家疗养院的头儿，我们都装成疯子，让他高兴高兴；您来代替我，因为我明天必须到尚蒂依去娶德·弗歇尔夫人。”杜·冈的叙述该不该相信？杜·冈的叙述也像大仲马的证词，很快把他说得像个悲喜剧中的疯子，仿佛这两位作家借机利用这个理想的借口来发挥文才。然而必须承认，奈瓦尔的“朋友”提出这些可能的和无意义的夸张也事出有因：杰拉尔的确处于谵妄状态。

十一月初，乔治·桑的儿子莫里斯·桑收到一封信，要求他为《西尔维》作插图，其中有一个像谜一般的段落，让人预见到会有一次新的发病。信中提到一个不明显的威胁——“关到朗波依埃府的蓝屋里受罚”——有趣的是，就像在一八四一年他引用《愤怒的罗兰》中的阿斯托尔夫，他在一只宝瓶里又找回了失去的理智。十四日，他写信给大仲马，在《三日疯狂》的标题下，把这段引语作为题词：

> 世界充满了疯子……不愿看见的人
>
> 必须留在自己的房里……还打破他的镜子。

在这封信里他提到欠了十八年的一笔五百法郎旧债，还有对他们过去多年合作的怨恨，是用红墨水写的。这些“血书”

在《奥莱丽亚》里好几次提到，奈瓦尔在十一月十四日—十一月十七日用上了。从细节中可以看到这件事的重要性：它给诗人的作品中的一些重要文章注上写作日期，如《潘多拉》《阿耳忒弥斯》《厄律忒亚》《致雨果》，尤其是《黛斯蒂恰多》。最后这首诗，是对一名“被剥夺者”或更应该说一名“不幸者”的哀歌，今天不已经成了歌唱忧郁的典范吗？《幻想》诗集堂而皇之第一首就是它：

我是阴魂——鳏夫——伤心人；
废塔里的阿基坦王子；
我的那颗星死了——布满星辰的诗琴
挂着**忧郁的黑太阳**。

在坟墓的黑夜里，你曾经给我安慰的人，
把波吉里普和意大利海还给我，
还有使我失望的心那么欢快的那朵花，
枝蔓与玫瑰缠住的葡萄架。

我是爱神或光明神？……吕西尼昂或皮隆？
我的前额还留着王后的红唇，
曾在水妖游泳的沟壑里做梦……

我两次凯旋渡过冥河：

在俄耳甫斯的里拉琴弦上轮番
奏出圣女的叹息与仙子的叫喊。

这首诗一八五三年十二月十日发表在大仲马的《火枪手》杂志上，使奈瓦尔举世闻名，虽然来得太迟了。大仲马认为这首诗发表时最好添上自己的一篇文章，文章中提到奈瓦尔的疯狂经历，这一经历使“他无法完成他的理论，写不成他的书籍”。这个“友谊的”创意对奈瓦尔是一种伤害，他对雅南事件作出了回应（大家还记得 1841 年的祭文），这次在《火的女儿》一书上题词献给他作为回答，那部书于一八五四年一月上架出售，其中有一篇书信体序言，开头几句是这样写的：“我把这部书献给您，我亲爱的大师，就像我把《洛尔丽》献给朱尔·雅南。我谢他就像我谢您。几年前，大家以为我死了，他写了我的传记。几天前，大家以为我疯了，您把您写得最美妙的句子给我的精神做墓志铭。”其他就不用多说了。

在这部短篇集的结尾，奈瓦尔在最后一刻加上《幻想》，里面有他在疯人院里处于“超自然梦幻状态”下写的十四行诗。作者承认诗里有相对的朦胧之处，他甚至再三拒绝对话者请其解释诗义的要求。“就是不可以这样做，（十四行诗）一经解释可能韵味全失。”序言末了，还抛出这个可怕的判断：“留在我心中的最后疯狂，可能是我相信自己是个诗人：这要由评论家来治疗我了。”这话不说自明……

一八五三年底就像在一八四一年，奈瓦尔时而严重发病，时而异常清醒，时而有行为障碍，时而写作中闪烁异彩。由于他在谵妄的晕眩中写的作品特别出色，让人不得不看到病与“天才”之间的联系——这可以草率地称为征候显露现象。

在那个世纪的中间年代，天才与疯狂的联系不是一个新概念，早就存在，因为“病态的疯狂与创造性的疯狂的区别”可以回溯到柏拉图；创造性疯狂“是占据通灵者和诗人身心的灵感狂态”。后来亚里士多德在他的著名的《问题三十》中提出，“特出的人”经常会陷入由黑胆汁过旺而引起的忧郁之中。从这些奠基式文章出发，从引用到阐释，西方思想家不久在疯狂与天才之间建立了一种愈来愈牢固的联系：西塞罗《论神之本性》、塞涅克《论灵魂的安宁》、马尔西利·菲奇诺《三重人生》、蒙田《随笔》，都促成狄德罗在《百科全书》中雄辩地提出一个概念，这个概念又经最早的精神病学证实。一八三六年路易-弗朗西斯克·莱吕（1804—1877）以他对约瑟夫·加尔学说的反驳而闻名，发表了《论苏格拉底的魔鬼》，他在书中试图论证这位大哲学家是幻觉的受害者，表现出“精神错乱的不可否认的特征”。十年后，精神病学家在《帕斯卡的护身符》中又重复这一论点，他在书中对《致外省人书》的作者得出同样的结论。对幻觉——“艺术家现象”——的争论从此以后不可能绕过这个公设的讨论：高等思维跟病态思维有一种乱伦的关系。

从智慧的看法滑到病理的幻觉，可以感觉到莱吕推论里的模糊性，不难看到他的理论有被滥用的一面；毫无困难地会在远处出现限制“堕落”的艺术和思想者的幽灵。然而莱吕的目的，如同弗雷德里克·格罗在《创造与疯狂》里，都是与此相反的：他的著作恰恰是要民主对待疯狂，跟偏见作斗争，指出“各种各样的思想都来自一个家庭，彼此都有可能像走在楼梯上向高或向低的上上下下”。莱吕对苏格拉底和帕斯卡向来敬重有加，决不是在嘲笑哲学家；他要给疯人找回尊严。

莫多德·图尔医生遵循同一个医学心理研究传统，分析奈瓦尔的躁狂兴奋，从《奥莱丽亚》中看到他对疯狂与梦的直觉，在光辉的文学作品里得到了确认。离我们时代更近的是让·德莱（1907—1987），他的名字跟精神药理学的产生相联系，在二十世纪五十年代研究安德烈·纪德的一篇论文中，他在“心理传记学”上迈出了第一步，后来很自然地又用到了奈瓦尔身上，从而作出这份明白、平心静气的诊断：

> 从医学角度来说，杰拉尔·拉布吕尼得了一种周期性心理病，时而陷入兴奋或消沉之中，时而两者一起发作，经常伴有梦样谵妄，中间有一段长的然后是短的间隔。在间隔期他会完全或部分恢复脾气的平衡和判断的清醒。单从他的临床形态来看，他的病例与其他普通病例的区别只在于他的梦样谵妄的强烈性，这是由于他的沉思性格，不能区分真实生活与梦境生活的困难，和从某种程度来说也是他的天分为之付出的代价。不用说这样的诊断决不能解释奈瓦尔的天才，《奥莱丽亚》的神秘性依然如故。

对天才与疯狂之间的同化性发病的认识还差得很远。

埃米尔·白朗希对于奈瓦尔的疾病和诗歌创作的相互作用有什么样的意识呢?他对病人的创作过程有多少介入呢?从他们两人甚至在奈瓦尔住院时期也交换的信件，可以对医生与病人的关系看出一些端倪。但是几乎无一例外都是单方面的:奈瓦尔的信大多数都保存了下来，而白朗希大夫的回信则留下很少。

一八五三年年底，他们的书信交往保持不断。发病最多的日子里，奈瓦尔乐意用书信向他倾诉内心，把他称为“亲爱的埃米尔”，对他“像亲戚、像兄弟那么爱”，他知道做个“兼治肉体与灵魂的医生”。这个灵魂的医学是属于什么性质的医学呢?看到奈瓦尔在信里申明自己的诚心和意志，听到他的埋怨，对白朗希又是道歉又是感谢的数不清的好事，不妨用反证法来设想，医生一定用言辞时而教育他，时而鼓励他。

这种精神治疗的做法还让一个关键性问题得不到解决:白朗希大夫有没有鼓励他写作?更进一层:他有没有要求他把梦写在纸上，达到治疗的目的?这将会使他在几方面成为先驱者。奈瓦尔十二月二日写的一封信可以让人这样认为，信中对精神科医生有一段动人的文字:“我的想法始终是纯净的。给我自由把它们表达出来。我给您寄上两页，加在我昨天交给您的那几页里面。您若愿意我再继续这一类的梦，或者我把它写成一个剧本，这样更有趣也效益更大。”这一系列梦的最初记录，就是《奥莱丽亚》的序幕。白朗希大夫在其中起了什么作用呢？奈瓦尔从未说过埃米尔——这些文章的偶然收件人——可能是它们的共同作者。一切都使人相信这是杰拉尔一人的创意，他在同一天写给父亲信中的口气也像在肯定这一点：“我着手书写和注意我的病留给我的全部印象，这对于观察和科学不会是一项无用的研究。我从未看到自己那么善于分析和描写。”埃米尔的功绩可能是让他的病人写，这也是不容忽视的。

写自己的病，找出描写和控制病的语言：这种“自我分析”是奈瓦尔选择的药方之一。这对他是不够的。在日常生活中，作家好歹要服从诊所的纪律。他不舒服也得忍着，努力听从医生，批准他出院就像给学生颁发品行证书。但是杰拉尔是漂泊的游人，据泰奥菲尔·戈蒂埃说，对他来说留在原地是一种“苦刑”，他怎么忍受得了几星期足不出户呢？他隔一阵子就会去要求几小时的自由，并不总是能得到批准，因为白朗希怕他的病人到了外面开始喝酒，使他的所有治疗前功尽弃。那时就会看到奈瓦尔摆理由，求情，坚持不听，威胁；甚至有时还会讨好，埃米尔没法不答应。奈瓦尔十二月三日给他写信：

> 见您的时刻，很难完全对您说出我心中的话。在我不出门的十一二天里，我的思考带给我的只是纯洁的感情和坚定

的决心。现在我可不可以请求您允许我明天星期日去看望父亲？我可以忍受少见来客，但是看到父亲让我精神振奋，力量倍增，好继续我的工作，这项工作我相信会给您的疗养院带来好处和光荣。我可以把头脑里长期萦绕的一切幻象完全排除。继这些病态的幻影之后有更健康的想法，我可以重新出现在世界上，对您的医术和天才是一个活的证明。尤其是在精神上您治愈了我，您给社会送回一位还能提供服务的作家；您得到的主要是一个朋友，一个崇拜者。

两天后，奈瓦尔出现在巴黎父亲身边。

如果说《奥莱丽亚》的写作帮助他了解和减轻了病痛，他难以完成的《火的女儿》手稿则给人的印象是他陷在“小圈子”里打转。这部书是在一八五四年一月出版的，标志了他文思贫乏的开始。从这天开始，奈瓦尔写得很少，好几个月没有文章发表，这没法改善他已经困难的经济情况。他的朋友接济他，但是无法支付白朗希大夫疗养院每月好像高达四百法郎的住院费。倘若想到那个时代工人每天的平均工资，这笔费用是很惊人的，跟医院的住院费比较也是惊人的。一八五四年，《医学心理年鉴》发表了一篇公共救济报告，指出精神错乱者的医疗费是男的一年五百四十七法郎，女的四百三十八法郎，即每月平均四十五法郎。但是朗巴尔府房间舒适，工作人员多，维持费很高。不管怎样，诗人的费用有一个时期是用国民教育部的补助支付的，奈瓦尔住在杜布瓦诊所时每月一百六十法郎已经由它负担了。其余部分应该对埃米尔的无私行为致敬，他一直努力安慰病人不要为欠款发愁。

奈瓦尔留在帕西，不但加剧了他的经济拮据状况，还对他的名声和事业是一种打击。他对出版社、书店和报馆日益疏远，跟文学界也有隔阂。十二月十日起，他提醒他的医生："我消失太久是不对的，否则我又会处于以前要从您父亲家出走的情境，我只是在一次长期旅行后才得到了拯救。"一八四一年后，杰拉尔在东方"拯救"了自己。他第一次住进杜布瓦诊所后，在荷兰排遣愁怀。一八五四年春天，他终于获准出远门，目的地是君士坦丁堡。最后他去了德国。

五月二十七日奈瓦尔出了白朗希大夫疗养院，三十一日就到了巴登-巴登，他感到有必要给埃米尔写一封长信，信中承认他的健康状况不好，不时地又希望证明自由给他带来了力量。诗人操心的是从记忆中抹去他有时在白朗希诊所，主要在"始终待我那么好心与宽容的女士"身边留下的反复无常的形象。他甚至请求埃米尔充当他的说情者："请向她们解释，她们看到那个若有所思的人，焦躁不安地在客厅、在花园，或沿着您好客的桌子慢慢走，这肯定不是我自己。我从莱茵河的彼岸否认这个偷了我的名字，可能还有我的面孔的告密者。我希望她们将来看到我时我会更好、更机智、更关心、更殷勤——我的意思是说更热情。"

奈瓦尔已不是第一次影射到窃取了他身份的替身和骗子。旅行前几个月，他甚至在他的一部书的扉页旁边写上：“我是另一个人。”在他的诗歌中，视作另一个自己的地方比比皆是。这些迹象以及通讯中列出的小句子，都让人想到奈瓦尔除了躁狂-抑郁症以外，还有精神分裂症倾向。精神分裂症这个词当时还不存在。直到一九一一年，勃勒莱才把这个从希腊词“精神”与“分裂”形成的概念推广开来，指一个严重的精神病，“临床表现为思维中断、感情不协调和不连贯的谵妄活动”。但是还是要以作品，尤其以《奥莱丽亚》作为参照，来看谵妄的人与写作的人，梦想家和思想家，是多么不同的两个人，而今融合在一个身体中，后者观察着前者，明智得令人惊骇。一个人切成两片就像作家分割成作者/叙述者：杰拉尔的病与杰拉尔的文学作品描述着对称的人物。

奈瓦尔的信同样让我们衡量他在帕西生活的内心活动。杰拉尔打听每个人的情况，就像问起他的家庭成员，提起医生的亲友、他的母亲、他的姻亲安东尼，就像问起惜别的一群朋友。在人物罗列中，他谈到一个“多瑙河朋友”，后悔在离开前没有向他告别：这是依恩·勃拉蒂亚诺，一八四八年罗马尼亚革命领导人，未来的罗马尼亚首相……他卷入一八五三年反对拿破仑三世的一次阴谋，被逮捕后关入巴黎裁判所监狱的卫生所，最后被送到帕西。勃拉蒂亚诺也受到医生的恩惠：一八六七年，米什莱在《日记》中偶然提到他还欠白朗希大夫二百法郎……

旅途中，奈瓦尔对自己的病写了很多。他对“最好的好人”埃米尔谈心，使他能够远距离了解病人的很不稳定的病况。六月四日，神经性激动又发作了。十一日，奈瓦尔感觉好些，甚至意识到应该避免“许多社交”，在信中总是害怕表现“奇怪”。二十五日到了班贝格，他说“稍为偏离生活制度”，虽然他看到在节约花钱和工作上有进步。他对埃米尔写道：“我对自己做的事很满意，这是主要的，否则不能摆脱困难，我尤其高兴的是遵照您的嘱咐，几个月来什么也没有发表。这里我不用对您说，我对事物有清醒的看法——思考和健康使我明白更多，这一切都归功于您的治疗和您的思想正直。您尤其是个精神医生，我需要的正是这个。”埃米尔允许他写以后，是不是真的劝过他不要发表？目前的手稿可以说是未完成稿吗？这些问题是有待讨论的。医生的“思想正直”还是使人猜到埃米尔当时的权威性。大家觉得奈瓦尔有时害怕他的“精神医生”的判断，没有把一些荒诞不经的事告诉他。他宁可对出版商费迪南·萨尔多里厄斯说，六月三十日他向他解释，旅行开始，在斯特拉斯堡怎么喝多了啤酒和要表现“大胆”，黎明时醉醺醺地把旅馆好多人唤醒，怪声大唱。杰拉尔甚至还说出了早晨跟一名职员交换的对话：“我说：‘但是我没有表，太阳出得早，我打扰谁了吗？应该跟我说啊。’职员对我说：‘先生做什么自己很清楚。’我回答：‘那不一定。’”

这类行为怎么向白朗希承认呢？对奈瓦尔来说这是不可能的。他若惧怕他的判断，是因为精神科医生对病人行为的斥责会引起他严重的犯罪感。杰拉尔在另一封未写完也未发出的信中流露出这一点，那封信是他故世后发现的。七月九日左右他给埃米尔写信："您最近一封信是对我的明显斥责，正当我在魏玛旅行很开心的时刻使我惶惑，尤其我是在李斯特面前拆的信，他陪我去了邮局。"白朗希的不通融态度可能使他的病人很丧气。奈瓦尔显然也会把过失怪在他的医生头上……十一日，杰拉尔最后决定从卡塞尔给他发一封信：

> 您提到我给父亲写信一事时口气严厉，叫我很吃惊。这使我想到要中止行程了；因为我没有收到他的任何消息，我好几天来想到他都很难过。白朗希，您信里有的话很厉害，不管您对我有什么想法，赶快把信转给他。给我写信，法兰克福留局待领。我是哭着给您写这封信的，这要不是一种愧疚的信号，我怎么会知道我做得对还是不对，我是好人还是坏人？给我写信吧，想到您，想到他，我的心融化了。写信告诉我该怎么做，因为我难过得很，这是由衷的话。如果说人都有悔恨的时间，是的，我是在悔恨，因为我还是走在黑暗中，我等待您的回答与您的忠告。

奈瓦尔在这里接触到了他处境的敏感点，由于他与父亲和精神科医生保持的三角关系弄得错综复杂。拉布吕尼和白朗希都是医生，是精神和感情的两个权威，在大家眼里奈瓦尔是托付给他们了。他的父亲是性情淡漠、上了年纪的人；埃米尔尽管比他的病人年轻十一岁，但对他起了一种负责的科学人士的权威作用。在杰拉尔的思想里，埃米尔的面孔有时跟以前治疗过他的埃斯普里·白朗希的形象混淆不清，这使困难更多了一层……这些血缘的或象征的父亲，对于一个束手无策的奈瓦尔都有另一种特征：他们都是掠夺者。拉布吕尼医生在他还是婴儿时就夺去了他的母亲，让她随同拿破仑军队远征因而丧命。这两个白朗希大夫则是剥夺了他的自由——自由是他过作家生活的条件。这两个人都没能耐有效地帮助作家，他受到精神上的评判，再加上出于怜悯的安慰，更多于受到病理的治疗。听到奈瓦尔提出他做得对还是不对，他是好人还是坏人的问题，可以明白他把疯病看做是一桩错事，认为精神错乱者是罪人。

七月中旬，杰拉尔另有一封信给白朗希大夫，确认他陷入无可救药的沮丧和孤独之中：

> 病比您想象得严重：但是我没有做什么人家可以责备我的事，我只是损害了自己……您寄到这里的信根据我对其中句子的解释，有时给我有多少好，有时给我有多少伤害，我没法跟您说。我在信中主要看到的还是您对一个可怜的病人表示的极大好意和同情，而他所做的一切就是不理会您的忠告……我在孤独的时候最主要的痛苦是想到我的父亲。不要认为我再三说这件事是为了让您对我动恻隐之心，而是我使他受的一切苦难都在不停地伤我自己的心。如果我注定要给大家做出最痛苦的赎罪榜样，只要想得出我会心甘情愿去忍

受的……我尽力在五月二十日到帕西，但是请您不要期望我参加庆典——我太痛苦了——我的意思是精神上。

在巴黎，白朗希为奈瓦尔担忧。他估计到他的失望，在一封“发自肺腑”的信里向他表示同情，这又给病人带来了新的勇气。杰拉尔对医生的关心十分感激，尤其是后者正在忙着自己的终身大事之际还抽时间给他写信。迎亲定在七月十八日，未婚妻是大家知道的，费利西·巴隆-夏蒂荣，埃米尔的表姐，就是埃斯普里·白朗希给儿子定的那门亲事，把她接进朗巴尔府就是让她住了下来。埃米尔长时间把这个乏味的时刻再三推迟，虽然父亲已经过世，但最后还是遵照父命办事。七月二十日在帕西慈恩圣母教堂举行宗教婚礼，宾客中间有忠诚的安东尼·德尚和让·布莱。

奈瓦尔打算在那一天回巴黎，但是他事先已放弃参加婚礼。他想到了他的医生。回去的路上，他在巴勒杜克停下，从那里写信：

亲爱的埃米尔：

有一个好的想法使我坚定。这总是由您而来的，如同一切落在我身上的好事。重读您的最后几封信，我有许多理由希望，病不是我自认为的那么重。但愿这个决心和这个温馨的想法在您大喜的日子里传到您这里。今天我几乎总是在想您，请相信我在心底最深处祝贺您的幸福……然而您写到魏玛的信中有一句话，就指引我自个儿越过千种痛苦。我一直牢记在心头，现在信心大增，理智恢复。我要怀着信念入睡，就像您最近劝我做的那样。我给安东尼的信中写了一些颇为悲哀的事，希望他都忘记。一切坏事都来自我的多思，一切好事也可以来自我的多思。我请您向您亲爱的新娘转达我对她的幸福的祝贺。她那么勇敢，那么善良，那么关心诊所的利益和大家的健康，这确实是您应该选择的人，因为她是第二位热情温良的医生，她缓和与加强了您必要的权威。

奈瓦尔将近七月二十日回到巴黎，他猜到有什么事在等着他，他必须立即回帕西，这是不可避免的。旅行是他崇拜的药物，向他指出他躲不过今后还会发病。尽管抱着些许希望，他还是感到灰心丧气。在德国他甚至向埃米尔承认，“现在我希望在巴黎会好转；让我回去，但是不过夜”，这就是说自由住院病人，允许任意进出。白朗希大夫首先想到这个可能性了吗？七月二十四日，这个天性不乐观的大夫，给阿尔塞纳·乌塞依写信：“我们的朋友杰拉尔从德国回来了，情况还好。”

八月八日，他住进朗巴尔府，相反地却开始了一个明显严厉的生活制度。从此以后，奈瓦尔完全跟家庭与朋友隔离，不可以接受探望，也不允许与他们通信。这项禁令是九月二十三日下的。杰拉尔那时毫不迟延地给路易-斯塔尼斯拉斯·戈德弗鲁瓦律师写信，要求他在文人协会进行干预，以便他正式要求出院。同一天他给堂兄埃瓦里斯特·拉布吕尼医生写信，转弯抹角地说他关在里面会成为“病重的一个原因”。奈瓦尔事实上再也无能为力了。

十月十三日，他向马克西姆·杜·冈说他很难受，不能再到图书馆去，因为白朗希“又把他禁闭了”。这是不是在说又把他限制在治疗部单独的一个室内呢？这是可能的。同一天他却又允许给他的堂兄埃瓦里斯特报告好消息：戈德弗鲁瓦和雅南以文人协会的名义为他说项，他不久将自由了，不管白朗希大夫的意见如何。

埃米尔害怕他的病人出院，尽一切可能留住他，主要是要看到他能在巴黎找到一个住所。但是十七日，亚历山大·拉布吕尼太太，杰拉尔的伯母写信给医生，她负责接受她的侄子。埃米尔只得照办，很勉强，因为他同一天收到病人的信，不能令他安心。

亲爱的埃米尔：

让我还是这样称呼您吧，虽然我的父亲很多疑，这也是有道理的，他对我说您可能怪我把您当做年轻人、同伴对待。您确实年轻，我忘了我们的年龄差距，因为我还像个年轻人那样行动，这使我察觉不到我比您大了好几岁。我在您父亲家见您那么年轻，就滥用某些优待，也滥用我的所谓疯子病情得到了一位少妇的友谊。她在篮子里总是放着一只猫，我不知不觉被猫吸引了。有一天我出其不意拥抱了她，她对我说，就像巴泰勒米将军在这个时刻说的“Aspetta”，译成法语就是："咱们还不到这个程度呢。"您是不是愿意让我想到，也愿意我让人想到从这个时刻开始，有一种内心的嫉妒使您对我不公平？可能是这种残酷的感情在这里又重新爆发了？我害怕走得更远；为了令您安心，我需要向我的一生呼吁，从来不对朋友的妻子甚至情人动邪念。我愿意把您列为这类朋友。这封友好的信是您的舅舅贝特朗劝我给您写的，也不会是最后一封。

杰拉尔的信到这里为止，只说出由于听到自由而产生的兴奋现象，仿佛他利用这最后时刻跟他有象征意义的"兄弟"和"父亲"了断一桩暧昧的纠纷。对于狱卒的怨恨则更严厉。接着几行，他声称埃斯普里·白朗希有一天要带他到警察局去，公共道路上领来的精神病患者按理都收留在那里，还坚持说埃米尔曾在他的妻子面前威胁进行同样的惩罚，这两种说法都不大可能。这次信末又是完全一派胡言了：

我不知道您三岁还是五岁了，但是我七岁多了，我有些金属物资藏在巴黎。您若自己有G　O　，我跟您说我叫**凶哥儿**……您埋怨我把您的金属化了；我相信在您自己的诊所是这么说的，不，您选择了另一个词——我说的是"您自己的"。我要说它会变成这样的，但是它通过我们的聪明智慧才会是这样的；于是我停止竭力去清洗奥革阿斯的马厩。我想您明白这只是在精神上对诊所是有打击的，还是根据好多人的精神。我重申，——金属化，我在埃马纽埃尔面前只谈到我的痛苦和我的创伤；我天生有七个创伤。我只露出脚上的那个，其他的创伤我的父亲和一个忠诚的以色列妇女见过。我与她可是没有任何决定性的来往，九个月后费了大劲保持了我的纯洁，这对于一个入教的人是很适合的，这甚至在德国，尤其在德国。必须这样做，如同我亲爱的埃米尔，我在您面前脱得一丝不挂。不要滥用我说的知心话，我自愿把可以伤害我自己的武器交给您，因为我没有朋友，我不能忍受这个想法，要在今后去跟一团敌意的云斗争……

再见，亲爱的埃米尔，我知道您禁闭我是为了让我工作，如果我只是给您写信，您对我的荣誉的关心将会毫无用处了。

您的热情的

杰拉尔·德·奈瓦尔

不然我用普通的数字向您致敬了。

这是第一次，杰拉尔对白朗希说话那么粗暴。在此之前，大家彬彬有礼，维持着模棱两可的态度，摇摆在责备与感激，含蓄的非难和友善的抗议之间，掩盖了受害者与屠夫的关系。这时产生了裂痕。仿佛杰拉尔对这些无效的治疗不耐烦了，精疲力竭了，失去了控制，不再保持把他的“真正”生活与梦幻生活隔开的这堵墙壁。梦幻生活充满神秘的心声，对共济会秘密和东方国家的暗示。这样做的同时，他附带对埃米尔用的词可以任意孤立来看，他们的通信尽管依然客客气气，但却暴露出两人之间存在的紧张关系：如“内心的嫉妒”“残酷的感情”“凶哥儿”“金属化”“我在您面前脱得一丝不挂”或者专横的“不要滥用我说的知心话”……气势汹汹的谵妄专用在白朗希身上。同一天，奈瓦尔给皮耶印刷厂写了一封便函，文字完全通顺，谈到《奥莱丽亚》的最初样稿将登载在《巴黎杂志》上。

不管怎样，埃米尔·白朗希只得同意：十九日，亚历山大·拉布吕尼签下解约证书，给杰拉尔打开了医院的大门。他以后没有再回白朗希疗养院。“一切都完成了”，他在二十四日就奇怪地向安东尼·德尚这样写道，仿佛他的命运告一段落。他现在有没有后悔急于讨回自由？“我只能责怪自己，我没有耐性，把自己逐出了天堂。从此以后我在痛苦中工作和创作。我讨好邮局的天使，称赞她的乱草似的老虎头，但是我无法讨好埃米尔，他可能会严厉地责备我给他写：您年轻！这个缺点他会改正的，而我坦白地说羡慕这个缺点。”关于天堂这个词必须去问尚弗洛里，他在几年后对白朗希大夫疗养院的组织作过一些解释：“院长使用不同方法治疗疯病、幻觉或怪病。根据杰拉尔的说法，病人连续经过地狱，在那里接受沐浴，然后到炼狱，若他需要重新恢复安静的话，最后是天堂，那里集中了那些据说只是怪异的人。”

这个保证杰拉尔不受自己侵害的伊甸园收容着精神错乱者。可是像在一八四一年那样，他坚持拒绝和不接受疯狂这个词："我正式承认我生过病。我不能承认我曾是个疯子或者患幻觉的人。"因为医生说的疯狂，是指使他成为诗人的梦想。对奈瓦尔来说，是"梦在真实生活中的释放"，《奥莱丽亚》是最完美的诗意转嫁，这不属于无理性。他痛苦的症结所在就是这件事：承认疯狂，这就是在他的思想中放弃写诗。承认自己的病，这就是同意文学的真情决不是唯一的真情。这是要他做不可能的事。

这时大家明白为什么他和白朗希大夫的见面尽管双方都抱有好意，却会是一场没有结果的相会。埃米尔要把奈瓦尔强拉到以布尔乔亚实证主义道德规范的领域，而奈瓦尔却游荡在他的文学梦里熟悉的幻影中间。奈瓦尔后来明白了两个人之间不可弥合的裂痕，知道宽容地评判医生所用的方法。他在给安东尼的信中继续写道："我尊重现在的医生，我以前也是个学生，对于不可回避的药物受的苦太多了，没法不赞成我们的朋友的疗法，他只使用沐浴、两三次催泻来治疗我患的病，但是他从精神上治疗我，我承认给我治好了不少我自己承认而又不敢对人承认的缺点。"自由，找回的宁静，使他对自己的处境有一种理性的认识。他向父亲承认："我觉得白朗希大夫对我不再像初次接触时那么有罪了。他的朋友向我解释了他的做法，我对他的不信任情绪只是对长时期剥夺自由自然而然产生怨恨的结果。"

两人之间的事好像结束了，事实上却没有。因为使病人和医生关系不正常的原因，除了双方观点根本不同之外——一个是文学观点，一个是精神观点——还有家庭背景。白朗希诊所是以家庭结构为核心的模式，用“家庭”温情作为病人与医生，甚至与他的年轻妻子之间的联系——妻子在很大程度上成了母爱的替代物。而奈瓦尔，他从来不知有母亲，六岁时才发现一个疏远的父亲，从来没有家庭的温暖。从教育方面来说，杰拉尔与白朗希大夫的地位可以毫无困难地加以区别，从他害怕被埃米尔拒绝而与他分开，这也在感情上叫他付出了代价。一八五四年十一月七日他给埃米尔的一封信中就提到这件事，那时医生正接受荣誉团勋章。

> 我相信应该虔诚地祝贺您获得的崇高荣誉。大家愿意首先通过您奖励您杰出的父亲为艺术和大众作出的贡献，以及由您保存并以您个人的功绩而加强的传统。我若没有更早给您写信，是因为我对您还抱有一个出院病人，一个——我要说的是——相对病人，也就是从科学上来说有病情的人的成见。对于我认为包含在现代科学某些观点中的错误部分，我还是有自己的看法；在德国，在比利时，尤其在英国，某些新学说已经取得胜利，您可以有权不去承认它们。我保留写出我的意见的权利，但是我永远会认识到我在您和您的夫人那里得到的良好治疗，主要从精神观点来说，这对于各种不同的发作早已显得是停止的病是很适当的。我还需要说一说大为不满的一件事，那就是看到自己要做您的父母和帕西圈子里的朋友和同桌者而遭拒绝。……请相信我，亲爱的白朗希；我内心是看重您的一切治疗的，我决不会说诊所的坏话，

在那里我认识您的父亲，喜欢把您的母亲看做是我的生身母亲，您的妻子是我的姐妹。您的朋友我希望依然是我的朋友，我很想跟他们交往。再也看不到您的一些病人，任何一个病人，我都会不开心的。请看重这点，给我留点希望和前途。

我们意外地得到了九月九日白朗希大夫的回信。原件已经丢失，但是大夫保留了一份副本，一九〇〇年拍卖时流入市场：

亲爱的杰拉尔：

我感谢您好意给我送来的祝贺……我很高兴获悉没有治愈的出院病人的偏见逐渐消除；我为您渴望那个时刻的到来，那时您对您患的疾病和您对治疗抱有的错误观点都让位给正确观点；那时您才会痊愈，才会按照您本有的好心去感激您的真正的朋友，也就是照顾过您的那些人。然而这并不影响我对您的友谊，**我不得不很遗憾地放弃对您的治疗，得不到您的信任就对您不会有用**；在您再三坚持下，我才不得不把您送回家，我难过地看到您拒绝了我乐于也很愿意永远给您的接待。

埃米尔干脆利落几句话，总结了这个情况：精神科医生的一番话令人想到病人默认自己得了疯病，因而承认“医生是对的”。奈瓦尔拒绝这个真情，否认所谓的科学客观性。白朗希大夫明白他没法说服他，两人之间的力量平衡以失败告终。埃米尔不掩饰这点，他对前途的看法是悲观的："当您离开我时，我对您的伯母拉布吕尼太太说，您的身体情况还不能让您生活自理，您需要处于日常监督下；后来我打听到我的不安完全是有根据的，但是我同时知道您把您的激动归诸于您担心不能付清欠我的医药费，还想到您在我的家里不能像朋友那样得到接待，您在我家已有一段时间了，我还希望您一直做我们的客人。"

留下的是金钱问题，医生一笔勾销，还婉转地不让他有负罪感："至于您欠我的钱，既然您说您是我的朋友，您也要把我当朋友，那么请允许我等待着您的写作带来您所希望的一份收入，不要让我担心这种焦虑使您无法全身心地投入工作。"

谵妄有时影响到奈瓦尔的通信，但是他的文学写作依然保持稳定的一致。十月底，《潘多拉》的一部分发表在大仲马的《火枪手》杂志上，又一次强烈地表现了"两个灵魂"的分裂，这把他切成了两片，一方面是叙述者，不幸爱情的受害者，一方面是做梦人，他的黑夜充满了幻象。这篇散文诗式的短篇故事像《幻想》和《奥莱丽亚》一样是在帕西写成的，它们组成了典型的奈瓦尔梦呓三部曲。

十二月，《散步与回忆》发表在《画报》上，里面提到他在巴黎和郊区的游荡，他含蓄地说起朗巴尔府是"一座郊区别墅"，他住过，就像他以前"长期住过"的蒙马特尔。疯人院并未因此成为奈瓦尔埋在心里的回忆部分，恰恰相反，他更为害怕的是不要又按规定住了进去，为了驱散他的鬼魂，走上几小时直至筋疲力尽为止。

《奥莱丽亚》是一部晦涩难懂的未完成稿，编辑工作中遇到的困难在很大程度上促成了他的失望：病好像给他打开了一扇新世界的大门，这扇大门是不是正在向他关上？他的“小说”第一部分稿子好像发表在一八五五年一月一日的《巴黎杂志》上。第二天他趁新年给白朗希大夫写信，对他说：“想到您可能还怪我出院时保持的病态的怒气，我不胜悲哀。”奈瓦尔还是尽量高兴，因为他听说白朗希太太怀孕了：“我听说你们一切如意，婚姻还给你们带来我从莱比锡给你们写信时所想到的希望。”在莱比锡广场上杰拉尔确实遇见一个漂亮的男孩，问他叫什么名字，男孩回答他说叫埃米尔。奈瓦尔欣然承认“这有点儿迷信思想”，看到这件巧事中有一种预兆。

在给白朗希的最后一封信中，奈瓦尔提起他的文学生涯有严格的要求，有理由让他自由。他在巴黎游荡，在黑夜里长时间走路，还是没有写出《奥莱丽亚》的续篇。二月二十四日，他因流浪罪在菜市场酒吧被拘留，一个朋友不得不到夏特莱警察局来领他。他吃中饭时向朋友承认他有一种无能的感觉挥之不去：“我抓到一个思想，就消失在里面。我整整几个小时也找不回来。我永远完不成了。您要想想，我一天只能写上二十行。”

奈瓦尔已到了穷途末路，他思维紊乱，同时也贫困不堪。巴黎下过雪，他只有把救济院的大衣披在身上，他没有东西吃。阿塞里诺借给他几个苏——杰拉尔出于自尊不愿多接受。

一月二十五日，他一直在马路上流荡，停在咖啡馆前，清晨两点左右被警察叫住。在一八五五年的严冬季节，杰拉尔无处可去，也无人等他，甚至他的姑妈也不。姑妈在回家时看到这张条子："我亲爱的好姑妈，告诉你的儿子他不知道你是最好的妈妈和最好的姑妈。当我战胜一切以后，你在我的奥林匹斯山有你的位子，就像我在你家有我的位子。今晚不要等我，因为夜是黑的和白的。"

在这个"黑的和白的"夜里，杰拉尔再也没有回来。凌晨，巴黎零下十八摄氏度，有人发现他吊死在老灯笼街一扇铁门的一个绳套上。老灯笼街是夏特莱后面的阴暗小路。大仲马在一月三十日那期《火枪手》里对这块脏地方恣意描写，肯定尸体被发现时"尚有余温"。他的"头上一直戴着帽子"，他的口袋里有小石子、线头、乱涂的字画、枯叶，还有去东方国家的护照和手写的片言只语：这是《奥莱丽亚》的最后的句子。

他的父亲拉布吕尼先生获悉他的死讯，据说叹了一口气："可怜的年轻人！"文人协会了却一桩心事，负责他的葬礼，一八五五年一月三十日在圣母院举行。至于埃米尔，这条消息让他震惊不已。他叫道："我从去年十月份起没有见过他，我绝没料到他会有这么悲惨的结局。"

教会不给自杀者举行宗教仪式。还要附带说一句，教会也拒绝给精神错乱者做临终圣事，他们只有祈祷的权利。对奈瓦尔，教会予以例外对待，这多亏了白朗希大夫一月二十七日签署的一份证明，对诗人的死的环境作出毫不含糊的声明。在罗列了杰拉尔几次住院的不同日期后，医生声称自己不负任何责任：

> 确实，如果说杰拉尔·德·奈瓦尔先生并不是一贯病得不轻，非得把他留在一家精神病院里的话，在我看来，他清醒已有很长时间了；他自以为具有同样的想象力和工作才能，打算一如既往地依靠写作为生；但是他的期望都落了空；此外，他天生性格独立自尊，不愿意——即使从最热心的朋友那里——接受对他已成为不可缺少的帮助；在这些精神原因的影响下他的理智愈来愈迷乱，我毫不犹豫地宣称肯定在这么一次发病的时际，杰拉尔·德·奈瓦尔结束了自己的日子。

奈瓦尔葬在拉歇兹神父公墓，但是这只是获得暂时的特许。一八六七年，在阿尔塞纳·乌塞依和泰奥菲尔·戈蒂埃的帮助下，他的遗体迁到了墓地的另一部分，以后一直葬在那里。惨不忍睹的一幕是：他的尸体已被蛆虫腐蚀，模糊得不成人形。

老灯笼街已不复存在，在奥斯曼工程时期路面盖上了城市剧院：诗人上吊的那扇铁栅栏的位置据说相当于舞台的提词箱的地方……至于杰拉尔在白朗希诊所的病房，在一九二五年朗巴尔府拆除时一起消失了。同年又照原样重建，今天还能对当时这座建筑物的精神有一个大致概念。按照《奥莱丽亚》的描述，还可确定正立面上他的老房间的窗户，现在是一间储藏室。

他死时留在白朗希大夫诊所的家具可能都已流失。

一八八〇年，白朗希太太写信给丈夫的助手："我向您问起的那只五斗柜，巴登跟您说了吗？在我去看夏克曼小姐的家具时看到它正在修理；那只座钟好像卖得很贵；它非常非常漂亮，但是修理费高达两三百法郎。"费利西在留传至今的四十年每日通讯中，仅有这一次提到了作家。

埃米尔也不再提到父亲与他共同治疗过的病人。一八六一年，他收到尚弗洛里的《今日与昨日的大人物》，里面登载了奈瓦尔跟他的医生的一部分通信。他把这部书看做是对他的工作的一次平反，用这些话向作者道谢："他死亡时对我的不实诬词得到完全澄清。"人家责备白朗希大夫什么呢？责备他禁闭谁都不知道帮助的诗人；尽管他心里明白还是放他出了院，以致三个月后死去。埃米尔没有能力治愈病人，也留不住病人，扮演了一个吃力不讨好的角色。毫无疑问他对杰拉尔死于非命看做是个人的失败，对他的前途是一团浓厚的阴影。

同一年，夏尔·阿塞里诺在《幻想杂志》发表了一篇十分精彩的文章，也为白朗希大夫说公道话，证实医生对待他的病人"如同朋友"。这名记者尤其要维持诗人的声誉，因为长期以来，大家因他发疯而把他看成漫画式人物，正逐渐侵蚀到他的诗人真面目。他虽则承认杰拉尔为了敢于真正做个诗人，需要病态的狂热激奋，他竭力提出"他一个人自受其苦；而他的作品是理智健康的。这是一个思想出奇明快豪放的人，巧妙地使用一种明白有力的语言，即使理智受损时也决不含糊其词"。阿塞里诺说得很肯定："杰拉尔的疯狂从不表现在写作上。"可是，“杰拉尔曾经疯过，有时发展到狂怒程度。不妨把这设想成两个平行的人生，或者交替的人生，一个以后再是另一个；两个元素的斗争，一个健康，一个病态，轮流战胜对方，只有在完成决定性胜利后一个才会侵入另一个。”

把奈瓦尔描写成两面神伊阿诺斯，大仲马也是这样毫无保留地承认：“奈瓦尔的疯病中，奇怪的是他确实有两重性，他的身体里有理智的人和疯狂的人，理智的人瞧着疯狂的人行动，研究他的疯狂，如同医生那么精细，哲学家那么审慎。”他的大部分同时代人会支持这个评价的，《奥莱丽亚》的读者通过奈瓦尔本人的声音也可体验到。

在奈瓦尔身上的这种基本两重性，在一八四一年第一次发病和一八五三年第二次住进白朗希大夫诊所直到去世前，大大分裂。在随着疯狂而来的自我分离中，诗人带着岁月跑过了一段不可挽回的距离，渐渐使他的作品不成为作品，就像埋在谵妄的黑夜里无法窥见，无法理解。一八四一年，奈瓦尔的疯狂还包含在自己的作品中，两者还有交流。一八五五年，对话转入冲突，走向一条死胡同；走向一次失败，关进疯人院显出了失败的深度：疯狂变成米歇尔·福柯谈到阿尔托时所说的“作品的缺席”，它描述了“外面的边缘，失落的线，面对空虚的侧影”。从这个意义上和这个倾覆中，奈瓦尔不但在文学史上，而且在疯狂史中，成为一个连接两者关系的诗人。

今天我们知道杰拉尔·德·奈瓦尔患的是躁狂–抑郁性精神障碍，可能还伴有精神分裂症。只是在奈瓦尔死前几个月第一次对这种病有所描述——奇怪的巧合。大家记得埃米尔曾是硝石场医院朱尔·巴依阿尔杰的学生。一八五四年，杰拉尔还住在帕西，医学科学院曾有过一次激烈辩论。一月间，巴依阿尔杰宣读了论文《双重形式精神病》，指出“一种精神病，发病的特征是时而抑郁、时而激动的规律性交替”。几天后，让·皮埃尔·法尔莱声称是他首先发现的，提出他从一八五〇年以来进行的研究成果，他称为建立在三种特殊状态上的“环性精神障碍”：躁狂、忧郁和间歇清醒。这两人事实上说的是躁狂-抑郁性精神障碍，一八九九年由德国精神病学家埃米尔·克拉泼林确定。

那次辩论在当时引起极大的反响，白朗希大夫必然风闻其事；可能也帮助了他对奈瓦尔作出诊断。但是也像他的同行，埃米尔没有良药可以医治这个病。他的精神治疗，建立在他的科学知识，也建立在他的基督徒理想上，既有父爱也有爱德，然而没有机会达到效果。他感动了诗人的心，却无法深入他内心的曲折。

白朗希大夫既不是全心全意为他的使命而牺牲的“圣人”，也不是一个禁卒。有人把他看做是“宗教裁判所大法官”，一个无情无义的“巫神”，要用强力逼迫奈瓦尔“说话理智”。医生与诗人的这次相会，可以说是双重误会、相互误解的故事。总之是一个语言问题。**话不投机**的故事。

第二章　音乐先于一切

大卫弹竖琴给扫罗排遣忧愁，喀戎弹吉他平息阿喀琉斯的怒火，法里内利唱歌使菲列普五世从昏迷中醒来……音乐是古代人的良药，能包扎灵魂的创伤和缓解灵魂的痛苦。十九世纪的精神科医生乐意承认它的益处，但是并不认为它还是医治精神病的解药。埃斯基罗尔说："我经常使用音乐，用这种方法很少取得成效：它可以镇静神经，使精神得到休息，但就是治不好病。"

第二帝国时期，音乐是精神错乱者所谓**精神**和**卫生**治疗中不可分割的部分。治疗基于三个原则：工作、消遣、与医生对话，即使还不是语言疗法，而是用精神科医生的说话启发他的意识。车间劳动和重活（挖土、筑墙等），或者男的田间劳动，女的缝纫制衣，他们的制品都是捐给穷人的，白天工作时间很长——在医院甚至达到十小时。但是身体疲劳和脑子集中在一项工作上，并不足够打破"思想的恶性循环"，还必须从字面上来说"疏解疯狂"，引得疯子忘了谵妄，就像给孩子建议一项新活动转移他的注意力。

戏剧宜于使理智迷失在真实与虚构之间，曾被用来进行谨慎的尝试：大家记得在夏朗东进行的试验，一群带嘲弄态度的群众来看精神病人演出的戏，从此以后大家宁可看到他们是观众而不是演员。在私人医院，常用的是多人游戏和健身活动：

传统的罗多游戏、抛球、槌球、体操、骑自行车，不久又有草地网球。自从法贡向路易十四推荐桌球帮助消化以后，桌球取得明显成功：人人都可以玩，缓慢地吸引注意力，锻炼智力和体力。埃米尔·白朗希首先承认它的种种好处。朗巴尔府内在与客厅连接的小厅中有一张桌球台，供安静的精神病人使用。音乐在帕西也起重要作用。比塞特医院有合唱团，加特·马尔医院有乐队，硝石场医院从一八五四年起有两架管风琴，白朗希大夫疗养院有一架大钢琴，这是埃拉尔牌的三角钢琴，有音乐爱好的人可以自由使用。乐器专供文静的患者，听着音乐可以舒心提神，抱着过分的激情去弹奏则会折磨脆弱的灵魂。

埃米尔乐意使用音乐，这是一切艺术中触动内心最深的艺术。他是个音乐迷，定期上歌剧院，购买当代大音乐家的最新乐谱，在家组织音乐会，演奏一首钢琴奏鸣曲或一部新声乐作品。可能他跟奈瓦尔交换过意见，奈瓦尔一八五四年六月从莱比锡给他写信，带着那几年少有的辨别力："我准备为音乐写些文章，我不经常发表自己的理论，这些理论跟理查德·瓦格纳的理论很相近。"埃米尔也可将此当作自己的话来说，他用事实表达了自己的热情：他踊跃参加拜罗依特音乐节，是科洛纳音乐会的创始会员之一。病人们自己也并不糊涂，比如这名因"骄傲性痴呆"而住进帕西的病人，他深信自己是百万富翁，有六千个老婆，自认为是首都纪念物的业主，毫不犹豫地把巴黎歌剧院当礼物送给一名医生……

白朗希大夫喜欢跟音乐家来往；柏辽兹，是他年轻时在蒙马特尔遇见的作曲家，《论坛报》音乐评论员；罗西尼，他住在拉蓬伯路时的邻居；古诺，他的朋友，他的“兄弟”，还有其他歌唱家和歌剧名角，如波利娜·维亚尔杜，拉·马里勃朗的妹妹。但是提到白朗希的名字，必然会联想到作为他的病人和朋友的一家人，有音乐家和思想家，他们异乎寻常的命运包含了十九世纪的复杂性，也凸显了十九世纪的天才，那就是阿列维一家。起初是创业者埃里，原籍巴伐利亚地区富尔特，大革命时期到了法国。一七九七年他娶了朱丽·梅耶，十七岁的洛林姑娘，他俩到巴黎定居，开了一家杂货店。埃里是“高深的希伯来文化学者，精通犹太教法典”，一八〇〇年左右巴黎犹太社团还不到四千人，他努力成为其中的佼佼者。他平时写诗，也写希伯来文歌曲。他的诗受到西尔韦斯特·德·萨西（1758—1838）的赏识。萨西是大东方学家，由国家出资的第一部诗集的序言作者。一八一八年埃里成了《法国以色列》报的主编，报头题名“忠于祖国、忠于信仰”，恰好说明他既忠于世俗又忠于宗教的信念，同样表现在几年后出版的《以色列青年道德宗教教育手册》一书中。他死于一八二六年，没能完成一部法以词典和据说是所罗门搜集的《伊索寓言》的编写工作。他的妻子早在一八一九年死于肺病，女儿泽丽死在一八二四年。他死后留下了四个孩子：雅克-弗罗芒塔尔、莱恩、弗洛尔和梅拉妮。

这四名孤儿一起生活在蒙托隆路的一幢公寓楼里，老大与老二皆以天资聪敏而令人注目。弗罗芒塔尔十岁进音乐学院，是凯鲁比尼的学生，得过罗马大奖，专攻作曲，在意大利剧院当领唱谋生。他的前途充满希望，其后也一一应验。二十五年间，他写了六部五幕歌剧，其中《犹太女》使他在一八三五年获得国际名声，被尊为法国学派的新领袖。

莱恩在查理曼中学成绩优异，做了社会主义哲学和经济学先驱亨利·德·圣西蒙（1760—1825）的弟子和秘书。那个时代，犹太人的解放并不意味着融入社会，莱恩不得不由于宗教信仰而放弃教学，做一份工作，兼顾公共事业（主要在历史纪念物办公室）和戏剧与论文写作。他第一个结婚，一八三二年娶了年轻的亚历山德里娜·勒巴，也称娜尼纳，是他在蒙托隆路公寓楼里的邻居。她的父亲是伊波利特·勒巴，建筑师，为了在洛莱特圣母教堂工地当监理搬来这里住的。莱恩和娜尼纳后来有两个孩子：吕多维克，他和他的合作者亨利·梅拉克成了第二帝国从《卡门》到《佩里科尔》的最著名的歌剧剧本作者；而文静的瓦朗蒂纳则一生照顾父母。吕多维克一八六八年跟马塞兰·贝特洛的外甥女路易丝·布雷盖结婚，有两个儿子，埃里和达尼埃尔，他们两人都成了出色的作家兼历史学家。

莱恩随同岳母家搬到学院，在那里伊波科特住进了她的舅舅、宫廷建筑师沃杜瓦耶的套房，罗德里格家前来占有空着的公寓，在这个埃米尔兄弟和伊萨克·佩雷尔常来的客厅里，弗罗芒塔尔遇到了他的未来妻子，莱奥尼·罗德里格–亨利克，出自十五世纪以来就定居波尔多的两大犹太名门望族，父亲是银行家，姓格拉蒂的母亲家是船东。弗罗芒塔尔将近四十三岁，莱奥尼二十二岁。他们有两个女儿：埃斯泰尔，二十一岁时逝世；杰纳维也芙，后来做了乔治・比才的妻子，然后又做了律师埃米尔・斯特劳斯的妻子。她也是普鲁斯特的朋友，是德・盖芒特公爵夫人的原型人物之一。

白朗希和阿列维两家是世交，有深厚的情谊。但是主要在他们的信任者和医生埃米尔身边，演出最隐秘的家庭戏剧，这是一个神经非常脆弱的家庭，据说在好些方面异乎寻常。他家的人并不都住在帕西，每个人都各自害怕有一天会陷入疯狂。先以弗罗芒塔尔为例，他一八三四年创作《犹太女》时，表现出“神经性过度兴奋”和“热性焦虑”症状，使家人感到不安。“他怀有各种各样的畏惧，以为得了一种重病；其实只存在于他的想象中。死亡不断地在他面前出现，为了逃避死亡，他时时刻刻变换地方：他一会儿在这里工作，一会儿在那里工作，很少在自己家里。”他的朋友爱德华・莫内这样回忆，弗罗塔芒尔在那时常向他诉说心里话。其他证人竭力安慰他，凯鲁比尼向他谈起自己在创作阶段紧张时也有类似的神经错乱，还有亨利・杜邦歇尔，歌剧院导演，在克罗斯纳家里接待他，让他能够在安静中作曲。这是弗罗芒塔尔唯一的一次严重发病，这样的病好像在《犹太女》得到成功后不再发作了，一八四二年他结婚那年，在创作疯狂国王《查理五世》时，曾经有过这类症状。

几年以后，音乐家更多关心的是他的弟弟莱恩，其情绪不稳定开始引起周围人的警觉。一八五一年六月十七日，白朗希大夫给弗罗芒塔尔发了一封毫不模糊的信："令弟患有忧郁性谵妄，全部感觉器官都有幻觉，使病人得不到片刻安宁，然而还没有完全失去意识功能。"依医生看来唯一的解决办法是："使他远离家庭，他的房子，他的室内布置，他的习惯……这是要采取的第一个措施，我毫不犹豫地肯定这一点，除此以外不会治愈。这是不是说即使送到精神病院也不能肯定治愈？是的，不能肯定。"

叫病人脱离家庭环境，让他在一个相似的环境（朗巴尔府完全是家庭式生活条件）重新学习生活，这是精神科医生的挑战……这也是他唯一具备的方法。听他这么一说，要尽快作出决定：他的子女吕多维克和瓦朗蒂诺，开始为父亲的"精神痛苦"而深深担忧。一连好几个月，莱恩到帕西去，作为自由住院病人，接受水疗法。随着时间的推移，病情有了显著但不是决定性的改善，这主要受益于他与白朗希大夫的"长时间谈话"。大夫允许病人走来走去，到街上散步，甚至有时晚上去喜剧院看戏。一八五四年，埃米尔的另一封信谈起莱恩近期住进了医院。还说起作曲家的妻子莱奥尼，周围人发现她说话滔滔不绝，情绪激动，一直没当回事，二月初却病情严重被送进了医院。

莱恩和莱奥尼跟奈瓦尔同时住在帕西。他们仅仅照过面，还是对戏剧和抒情艺术有过对话？后一种假设更为可能，因为我们知道奈瓦尔是戏剧评论家，从一八四〇年起在《新闻》中称赞一位名叫莱恩·阿列维的轻歌剧青年作家的"文学天才"。六年后，他又以同样的赞扬口气说"阿列维先生风格高雅"，他是"非常出色的《悲剧的希腊》一剧"的作者。至于弗罗芒塔尔，是提到《犹太女》必然要提到的作者，奈瓦尔经常在他的歌剧评论中谈起。他在帕西遇见过他吗？可能性不大，更好像约过一次没有成功，他自己给乔治·贝尔的一封信里这样说："白朗希大夫昨天要我留下来等待阿列维，他应该十一点半来的；我相信以后会有时间的。阿列维没有来，白朗希大夫也早走了。"奇怪的是，作家在流传下来的信函里从未提到莱恩和莱奥尼。他们五点半钟敲后不是一起在诊所的主人饭桌上共进晚餐吗？他们有时在府邸的花园里散步吗？他们在客厅里跟安东尼·德尚和其他人一起闲谈吗？还是阿列维兄妹跟其他住院病人隔离，接受一种特殊的护理生活制度？

一八五四年二月二日至九月九日，莱奥尼住院期间，埃米尔和弗罗芒塔尔差不多天天通信，虽然并不能代替失去的一八五〇——一八五五年病程记录，但可对精神病院的生活和院长的个性有一番新的披露。也是由于这些信大家才知道朗巴尔府的住院费用，因为二月四日起，埃米尔在给作曲家的附言中巧妙地摆脱了这个问题："由于我们对于谈到钱都有同样的厌恶，请告诉我什么地方可以叫人提到住院费用问题。您的太太第一个月的住院费，同时还有您为令弟要付的六百法郎，总共一千四百法郎。"莱奥尼的住院费按照习惯包括当月和下个月预支（即八百法郎）；莱恩的住院费是预支三个月，自由住院病人每月是二百法郎。这笔数目，如同奈瓦尔的一样，是很可观的，为此要做出真正的牺牲：娜尼纳为了凑齐丈夫的住院费一辈子都在奋斗。

这些通信最令人吃惊的是医生的关心，他几乎每天晚上，都用表现出疲劳的字迹，歪歪斜斜，对莱奥尼的病状作出长篇描述，她的用餐细节、时间安排、反应、病情进展、细微的事情和动作。还有令人意外的，就是医生说话又体贴又坦率，仿佛他的中性语调遇到说真情时突然控制不住了。

从最初几天起，埃米尔禁止探望他的女病人，她“不能够理解人家的回答”，拒绝“去劳动”，不停地情绪激动，从不坐下，以致走着吃饭。二月八日，医生甚至要求弗罗芒塔尔停止一切信函往来：“您的信使她很激动，不要再写了。今天她要回信，但是她一边写一边撕，总之她写了我也拿不出什么寄给您。当我跟您见面时，再向您详谈我是怎样治疗她的。”

埃米尔宁可当面告诉他这些情况，不管怎样，还是在信里某一段落中出现了，像这样简短明了：“明天星期四催泻。星期五休息。星期六洗澡。”所谓洗澡，也就是长时间泡在浴缸里，上面有一个盖子，叫做盾罩，被莫罗·德·都尔称为断头台，因为它只留一个头露在外面，扣住脖子限制一切动作。盾罩通常是用铁皮做的，会伤着病人，因而在圣安娜医院宁可用硬帆布。病人要在里面泡上好几个小时，甚至几天。这是莱奥尼的情况，像白朗希大夫四月二日晚向弗罗芒塔尔说的：“您的亲爱的太太整天待在浴缸里；她在那里吃早餐和午餐。我给您写信时她还在。我在她的头上泼过几次新鲜水。她安静了一些，我希望她一夜平安。”

到了春天，弗罗芒塔尔显出着急和不安。头部烧灼、催泻、水疗法都没有改善他妻子的健康，她对“最明白的道理也听不进去”，白朗希还提到她的怪叫声和暴力行为。医生做了权利内的一切措施，但是他的权利是有限的，像他的最杰出的同行雷依埃医生和帕尔夏普教授，他们也看了莱奥尼，没有取得更好的效果。这样的会诊是不少的，院外的精神科医生定期到帕西来，不然就是病人走出去就诊，比如莱恩，白朗希有一天把他送到了旺夫的法尔莱医生那里。

五月二日，莱奥尼的病情还是恶化，埃米尔写道：“您的太太昨天那么激动，那么愤怒，我只得把她送入女人楼；她躺在那里，我把她留在那里。我向您保证这对她很有好处，因为这样治疗会容易得多，让病人走出走进或去洗浴避免了许多不方便事。”第二天，白朗希把值班护士增加到两人，可以管住莱奥尼并日夜监视她。他说明白这样每月住院费要加到五百法郎。

从轻微改善到复发，莱奥尼在帕西这样过了夏季。她散步，“玩一些音乐”，但是固执地拒绝劳动，使埃米尔很为难，他不管如何努力都无法使她对编织挂毯感兴趣。尽管弗罗芒塔尔的第二封信经同意交给了他的妻子，还得到了较好的待遇，但是她的理解力还是很成问题。白朗希写道：“她起初赶快看完，然后较为安静，但是我听到她在自言自语：我不懂。”不久，医生甚至不再把她作为自由住院病人接收。十五日他给弗罗芒塔尔写信：“您的可怜的妻子……把人家在她面前说的话，都从坏的方面去理解，最近几天来她更加不安，她劳动得更少，不可能叫她留在大客厅里，主要怕她在陌生人面前说出她跟我们大家说的不得体的话。”八月初，白朗希毫不隐讳地对弗罗芒塔尔说他“反复探望给她造成痛苦”，要求他不要再来看妻子了。莱奥尼又一次被关入孤独中。

九月初，音乐家不久前被艺术学院选为常务秘书，再也忍受不住。他的两个女儿，十一岁和五岁，跟母亲分开已有六个多月了。他决定中止无效的治疗，让莱奥尼恢复自由。白朗希叹息这个决定，据他说做得过早。但是就像对奈瓦尔，他无能为力。

白朗希是不是有理由担心病情恶化？莱奥尼回到家，在以后几年中身体情况保持相对良好，反而可以说明隔离只会损害她的健康。疯人院是制造疯人的机器，这个论题在十九世纪是很风行的。然而对于周围的人来说，莱奥尼依然说话滔滔不绝，容易激动，叫人厌烦。她不停地动，不让自己也不让其他人喘口气。

她收藏的热情，社交的兴趣，以前把她居住的公寓弄得像个乱七八糟的栈房，客人接踵而来，永不停止：从一八五四年底起，蜂窝又重新嗡嗡响。德拉克洛瓦在一八五五年二月十五日的《日记》中写道：“很晚走出阿列维家：炉子热得令人窒息。他的可怜妻子在家里放满了老罐子、老家具；这个新的疯狂又会把她送入医院。他变了，老了：样子像个不由自主的人。在这种纷乱的环境中他怎么认真工作呢？……我尽早离开了这个旋涡。我觉得街上空气好舒畅啊。”

这个气氛使他们的当代人都吃惊不小，爱德蒙·德·龚古尔永远不愁没有刻薄话说，甚至把阿列维家的内部情况形容为“小夏朗东”疯人院。话是容易说的，以后看到实际情景要复杂得多。

一八五五年春季，巴黎在香榭丽舍筹备世界博览会开幕式和农产品、工业品和艺术作品第一次联展活动。每个人都争先恐后去参观，情绪空前激动。有一项发明吸引了大量围观者：美国胜家缝纫机，是机械馆的获奖珍品。在沙龙中，安格尔和德拉克洛瓦分享了荣誉，而居斯塔夫·库尔贝遭到拒绝，决定在蒙田路上自立旗帜，称为“现实主义”。世博会的盛大开幕典礼，出席者包括维多利亚女皇和阿尔培王子，表现了得意洋洋的第二帝国的奢华，这一切都反映在温特哈尔特的《欧也妮皇后和宫廷女官》这幅画和由克里斯多弗尔公司为皇帝定制的银器中。

世博会估计有五百万参观者，很有理由认为白朗希大夫和他的妻子也在其中，他们是艺术爱好者和有教养的布尔乔亚。这次聚会招来了全世界的游客，肯定也吸引了某些病人来到疗养院。阅读一下从一八五五年三月以来的病程记录，会为他们来自许多不同国家而吃惊。白朗希疗养院的病人出生在波士顿、威廉斯堡、费城、威尼斯、伦敦、佩特罗普列斯或俄罗斯，他们是领年金者、医生、副官、收税官、酒商、珠宝商、化学品制造商、纱厂主、饭店老板、花边商、绦带商或抒情艺术家。不论是居住在国外还是路过首都，是巴黎人还是外省人，有男有女，一般都是由公认的精神科名医如帕尔夏普、卡尔梅依（夏朗东医院院长）、拉塞克介绍来的。

世博会开幕那天，埃米尔恰逢大喜日子，他的第一个孩子在一八五五年五月九日出世，是个女儿，小名叫玛丽·埃米莉·安多纳特。世博会闭幕那天，他获悉将第二次做爸爸。玛丽出生后一年，一八五六年五月十九日是约瑟夫·埃米尔·埃斯普里·让来到人间。除了根据宗教的安排以外，取这个名字还是对让·约瑟夫·波莱医生和他的家庭先人的纪念，自然而然地延续世系，就像他们已给他指出诊所继承人的未来。

他父亲的事业巩固了白朗希王朝的声誉。一八五一年埃米尔 31 岁时，被任命为塞纳区法院专家顾问，判断杀人犯的精神健康，他在法院走廊跟法官擦肩而过，在堂兄阿尔弗雷德·白朗希的沙龙里遇见高级官吏，堂兄是参议员，奥斯曼男爵未来的得力助手，接近权力集团和德·莫尼公爵。埃米尔获得贵族和大资产阶级的信任，他们毫不犹豫地倾听他的看法，把一名家庭成员托付给他。显赫的姓氏零零星星交叉出现在他的个人资料和诊所档案内：他在邻居德莱塞家吃晚饭，感谢阿尔米尔德兹·德·弗勒杜伯爵让他获得查理三世的西班牙勋章——因为医生对荣誉是很向往的，毫不犹豫地向他的社交关系要求勋章和奖状，在病程记录中登录一名普鲁士青年职员，“由他的老板拉斐特路二十一号的德·罗特希尔特男爵送来的”，或者德·拉·特莱莫瓦尔公主的女儿，患急性躁狂症。

在精神病被看做是耻辱的时代，病人家庭欣赏白朗希大夫守口如瓶。有一天，精神科医生甚至得到警告："您对某人不客气。他为这件事很难过。"医生也难过，但奇怪："怎么啦？我做了什么呢？""您跟他在歌剧院走廊里碰上，你们对看了一眼，您没有向他打招呼。"医生说："我的上帝，这是我给自己立的一条规矩。人家不首先跟我打招呼，我从不打招呼。那么多的人找我看病，我怎么可以让人家知道呢。"

但是医生并不总能控制局面。一八五七年秋季，他就无法禁止报刊传播一条引起法国音乐界恐慌的消息：据十月八日《费加罗报》，夏尔·古诺被紧急送往医院，可能"一时不能进行艺术创作"，柏辽兹对这位后生表示真正的赞扬，同一天给《法国音乐》的一名评论家写了一封信："可怜的古诺成了疯子；他现在在白朗希大夫的疗养院。大家为他的理智担忧。"

瞧着夏尔·古诺的肖像，很难想象作曲家发病时只有白朗希大夫的约束衣和命令才控制得了。他五官端正，神情平静，目光温和，完全是法国人那种传统的安详平凡的相貌。这样的面孔可以是忠于职守的教士、传道师的面孔。这名年轻人很长时间决定不了当个艺术家还是教职人员。第一种天职抢了先。古诺是钢琴家和女画家的儿子，对绘画很有天分，也对音乐充满热情。出了中学，他跟随柏辽兹的老师雷夏和勒絮尔，还有弗罗芒塔尔·阿列维学音乐。当他一八三九年获得罗马奖时，他业余画家的才能受到美第奇画院主任安格尔的赏识，他接受为安格尔描图，画家甚至要求他的临时助手带了绘画第一奖第二次上画院来。但是古诺失望地叹了口气，好像回答说：

“哦！安格尔先生，改变职业，重新开始另一个生涯！再一次离开母亲！哦！不，不……”

在罗马，作曲家发现了巴勒斯特里那，带了一部须臾不离的书走遍这座永恒之城，那部书是歌德的《浮士德》，迷恋了他这一代人。他也遇见了他后来喜爱的女演员之一波利娜·维亚尔多、拉科尔特尔神父和门德尔松的姐姐法尼·亨塞尔。法尼·亨塞尔向他介绍了德国浪漫主义音乐，“这使他迷惑和疯狂”。当她的兄弟费里克斯·门德尔松不久以后在柏林遇见古诺时，他叫道：“啊！您就是我姐姐说的疯子！”

回到巴黎，迷恋宗教音乐的古诺接受了国外传教团的教堂乐师职位，在圣絮尔比斯神学院修业。他认真想过当神父，甚至在信函上签名“古诺神父”。不过还是世俗音乐与宗教音乐占了上风。一八五一年，他创作了第一部歌剧《萨福》，主角由波利娜·维亚尔多担任。第二年，他娶了安娜·齐默曼，作曲家的女儿，音乐学院钢琴教师。古诺每年有一半时间在圣克卢的岳父母家过，继续写乐曲和喜歌剧，因为他知道对于作曲家来说，要出名只有一条路可走，那就是舞台。但是他的《圣母颂》用管弦乐演奏获得巨大的成功，一八五四年《流血的修女》尽管获评论家的好评，却以失败告终。

在十月二十四日《国民议会》的专栏文章中，提到了阿道尔夫·亚当的这份奇怪的证词，他好像对着音乐家抛出这样的话：“啊！我亲爱的古诺，您若不与白朗希住在一起，您将会住在柏林或慕尼黑的什么城堡里；您若不是俄耳甫斯合唱团指挥，您就会是德意志某个公国的教堂乐师；您的名字若拗口得发不出来，您的交响乐若被人发现在外莱茵河出产的什么歌剧里，您就会是个大人物！”古诺有没有在朗巴尔府住过？他跟埃米尔的友谊使他一开始就跟诊所的住院病号等同了吗？还是因为圣克卢与帕西离得很近，引起了混乱？一八五五年八月，古诺住在他的连襟爱德华·杜布夫家，在奥特依，离白朗希家倒是不远。一八五六年两人更接近了，但这次是一个家庭庆祝会：约瑟夫·白朗希生于五月十九日，让·古诺生于六月十八日，这两个孩子此后常在一起。

一八五七年，古诺全身心投入创作他已经看作是他的那部伟大作品，根据歌德《浮士德》改编的五幕歌剧。作曲家根据巴比埃和卡雷的脚本夜以继日地工作，写完两幕，但是续完很难，尤其正当他全力写时传来一条消息把他压倒了：另有一部《浮士德》准备在圣马丁门剧院演出。古诺只得把自己的作品放下。在这困难时刻，作曲家又听说他一生钟爱的母亲得了重病。在一次家庭晚餐上，有人看到他脸色苍白，落下眼泪，冲向自己的房间，昏倒在地上。他苏醒过来后，要求立刻去见母亲，但是满口谵妄，人家不得不把他放上床。《费加罗报》的记者叙述了这件事，仿佛在旁边亲眼看到似的，不给读者漏写一个细节：“谵妄到了极点，一种愤怒的谵妄，夹杂着怪叫、痛苦的呻吟——两眼圆睁——雷依埃、白朗希、卡巴吕等医生轮流来看他。这是中枢性发热？但是他没有寒热。他终于静了下来，不叫了——有人可以把他的牙齿扳开，灌进去一点糖牛奶——寒热退了——他有救了。”不久，音乐家恢复知觉。“他碰自己瘦削的两臂，说：‘这件约束衣真叫我痛苦！’但是他相信治愈了，他要出去，回去重新做自己的事。——为了满足他，大家陪他走了一会儿，但是小心起见还是把他送往白朗希大夫家，在那里但愿他很快治愈，不久回到朋友身边。”

白朗希诊所的第四部病程记录中，还是埃米尔的笔迹指出：十月六日，“古诺先生，名夏尔-弗朗索瓦；三十九岁，出生于巴黎。作曲家。已婚，妻安娜·齐默曼。住巴黎罗什富科路十七号”，“被他的妻子与岳母送来住院，地址相同”。诊断就只几个词：“自杀性忧郁，幻觉，幻想。”尽管词句很严重，帕西住院好像纯然是个形式，充其量是谨慎巩固已取得的成果，因为白朗希大夫接着写了一行，没有多加说明：“一八五七年十月十四日出院。”古诺在朗巴尔府住了九天，其他病人的住院期通常至少两个月，相比之下这是意外的短了。从十月十八日以来《音乐法国》可以宣布，“青年音乐家正在康复期中”，“这个病曾引起那么奇怪和令人遗憾的议论，不久以后不会留下疾病的任何迹象”。三个月不到，他重返舞台，创作的喜歌剧剧名叫《不由自主的医生》，也是命运的玩笑……这是一次真正的成功，可是首演第二天一八五八年一月十六日他的母亲病故，使成功蒙上了死亡的阴影。第二年，古诺终于能够把他的《浮士德》搬上舞台，一八五九年三月十九日在神庙大道抒情剧院首演，全场客满，观众中有奥柏、柏辽兹、朱尔·雅南、埃米尔·奥列维埃、德拉克洛瓦、泰勒男爵、帕德卢、阿尔弗雷德·白朗希，当然还有他的连襟埃米尔，他也密切配合了这部作品的曲折的构思工作。古诺《浮士德》的流传，与他几年后得到的辉煌胜利相比，还是较慢的。该剧在巴黎演至当年年底，便开始了空前的国际演出，成为维多利亚女皇喜爱的作品，在很长一段时间是世界上演出最多的歌剧。

第三章　疯人院世界

一八五八年在埃米尔和费利西·白朗希的个人生活中，盖上了一个幸福与不幸的双面玺：一月二日，他们的第三个孩子诞生，是个男孩，路易·亨利·白朗希。同年十二月八日，孩子在不明不白的情况下死去。这次丧事是一系列严重打击医生及其妻子的丧事中的第一桩。两年后的一八六六年三月十六日，他们的大女儿玛丽在五周岁生日前死去，死亡原因不详，使已经很难受的父母痛不欲生。

一八六一年一月三十一日，第四个也是最后一个孩子在帕西出生。雅克，更为人熟知的名字是雅克-埃米尔·白朗希，承担了在哥哥姐姐过世后而生的最小儿子的沉重任务。他是个早产儿，这更加加强了父母的关心，他们在此后的生活中一直恐惧会再一次经历不幸。这个早产的“小儿子”被已经认为年老的父母——埃米尔刚过四十岁，而费利西四十一岁——关怀备至，时时得到爱护，惟恐在生活中遇到危险，远胜过他们当初对大儿子约瑟夫的关心。两个男孩的童年都在朗巴尔府度过，他们一起游戏，共同保守秘密，关系非常融洽密切。

雅克当了画家和作家，十九世纪六十年代疯人院生活的大部分信息，主要是通过他而为人所知的。雅克晚年回顾起童年时代，写成了一部书，名为《往事钩沉》，这不算是一份严谨确实的证词，而是对往昔生动琐事充满智慧的回顾。把这部《往事钩沉》对照着诊所病程记录册和规则来看，对于了解这家疗养院是怎样运行、病人的日常生活是怎样过的很有帮助。

在白朗希诊所，病人是依照明确的规则和地理位置生活的。他们生活在一个宽广的四边形区域内，里面有住宅、马厩、家禽场、养兔棚、温室和工具房。这个封闭的世界部分是依靠本身的资源——家禽、家兔、水果和蔬菜——过日子的。春天，花园里浓密的树叶遮住了四周的围墙，墙头上都竖着玻璃瓶片，据说是防止附近的乞丐潜入果园偷窃。但是为什么不可以认为尽管疗养院的掩饰伪装，让病人忘了要忍受这类似监狱和医院混合体的束缚，还是要防止有人外逃呢？因为这里的一切都要让病人沉浸在一个不存在疯狂的世界里。这地方的气氛就迷漫着这种模糊性：女士穿撑裙，男士穿羊驼毛服装，静静地在花园里散步，护理士不是亦步亦趋跟着，而是隔了一段距离监护他们。他们都不是被禁闭和失去权利的精神错乱者；这些绅士淑女都像是一位慈善家的客人，正在第二住宅里康复疗养。花园很大，给人一种自由的幻觉。府邸的十八世纪建筑风格，对着花园的两翼旋转式大楼梯，有小柱子相衬的大落地窗，更使这个地方有一种乡村别墅的气派，接待的是有身份的人物。

那时人所称的“城堡”，是这座理想园里跳动的心，那里住着医生和他的妻子，他们在三楼有自己的房间，旁边是埃米尔的母亲“好妈妈索菲”、孩子和他们的保姆。有几名生活可以自理、不影响别人的所谓“自由住院病人”，如安东尼·德尚，占二楼的房间，可按自己的情趣布置。奈瓦尔一度也有他自己的房间。

底楼的客厅，有爱奥尼亚柱和路易十六式雕花大门作为间隔，是疗养院的战略与社交中心。西南面朝向花园，阳光充足，透过樱桃色塔夫绸窗帘而显温柔；夜色来临，点燃了镀金铜体红大理石枝形大烛台和悬挂式分枝蜡烛。壁炉里点上火，壁炉罩子作为底座，上托一只牧羊人吹排箫的座钟。地上铺一块萨沃纳丽地毯，路易-菲列普式家具包括几只沙发和本色缀花套座椅、玩双六棋的游戏桌和一架三角钢琴。由乔依画的白朗希老夫人的肖像俯视这个一八三〇年布尔乔亚情趣平和的家庭布置，安静的病人在饭后可以留在这里。星期日会在这里布置一个临时祭台，让教区神父前来做弥撒，逢上大节日还有唱经。家庭的朋友和圣罗克小教堂唱经班指挥夏尔·韦沃瓦特弹风琴，而女歌唱家吕西尔·蒙杜泰尼-勃莱齐尔，埃米尔从前的偶像，认真担任独唱。

桌球室与餐厅是相连的，每周六晚上同样也接待自由住院病人，那一天，埃米尔·白朗希和他的妻子会设宴招待私人朋友。客人在七点前后不请自来，偶尔迟些，这时医生诊疗室内进行着交谈，密友把这里看做是吸烟室了。“这里既有家庭宴席的热烈也有食堂的自由。”《小杂志》兴奋地说，一八六六年它对这些值得纪念的晚会做过报道。

在这一排房间的另一端，白朗希大夫保证继承父亲的遗志，在同一张写字桌后，在同一把泰尔玛赠送的象牙椅子四周，放满了卷宗、报告、印刷厂样稿、专业杂志和最后几期《论坛报》，那是他的朋友约翰·勒穆瓦纳主编的。墙上挂着埃米尔的肖像，由罗莱尔画的，黑色套装胸前斜挂着报知会绶带。在其他较为个性化的作品中有其特色，其他作品为德拉克洛瓦的水彩画，有《浮士德和梅菲斯特费勒斯》或《近卫军护卫下的摩洛哥苏丹》，一张毛笔画《阿尔及尔妇女》，这是《流血的修女》中的一幕，画面上一个躺在地上的女子，被魔鬼用枕头闷死……

在这些画名中有几个是他的朋友古诺的歌剧剧名，但是认为德拉克洛瓦的作品是由他本人送给医生的，那就错了。其实都来自亨利·杜邦歇尔的收藏品，他是建筑师、歌剧院经理，与雕塑家弗歇尔一起创建了一家金银器工场，是奥蒂奥和弗罗芒–默里斯的竞争者，在第二帝国时期获得巨大成功。杜邦歇尔一家和白朗希一家早有交往。当莱奥尼·阿列维一八五四年住进帕西时，埃米尔常去他们家吃饭，他在那里遇见了弗罗芒塔尔，给他通报最新的消息。杜邦歇尔太太有时还接替他到病房去探望莱奥尼。她无疑在埃米尔办公室里逗留很久，她不掩饰自己对他的敬仰，甚至热情。

杜邦歇尔太太的父亲先是印度公司经理，后为驻上海领事，她本人出生于一八一〇年，原名玛丽·约瑟芬·布朗夏尔，比埃米尔大十岁。她美貌，被画家阿莫里–杜瓦尔选中作为模特，在他的非常不幸的《维纳斯》中画得美艳动人，依然保持昔日风韵。她还是少女的举止动作，撒娇，尖声笑，眼睛低垂。埃米尔的一切她都接受，都认为有理由，都表示赞同。费利西·白朗希一心管理家务，解决物质问题，对丈夫的时间安排和行动动辄加以指责，哪里能够跟这个风头十足的巴黎女人匹敌，她在自己的沙龙里接待宫廷人物和首都名流。随着时间流逝，他们明目张胆地建立了私情。白朗希大夫最后——对布尔乔亚的社会准则是一种奇怪的违悖——从一八六八年起每天晚上都到这个善解人意、娇声娇气的寡妇家里吃晚饭，白朗希太太揶揄丈夫说，为了她"他老得也快活"。尽管这个礼仪已没有悬念，他们表面上还是保持着分寸；玛丽·杜邦歇尔每周六还是帕西晚宴的客人，白朗希太太心烦但是忍着，毫不在乎接待这个正在老去的宠姬。这也是大家知道的埃米尔的唯一一段私情，持续了一生。大夫是个讲究习惯和连贯性的人。

早晨与黄昏是预约门诊时间，白朗希大夫不在诊疗室接待时，就去查房，接受新病人，在出院证明上签字，亲自监督或书写病案，跟病人交谈。其中有的人住在他在附近租的房子里。可惜人们对于这些私下治疗一无所知，这里都是有钱人，有自己的工作人员陪伴，可以幻想自己住在家里，而又在医生的监护下。埃米尔对于这套边缘工作方式加以扩大和制度化。至少这也是大家对他的一个心愿的理解，他说过要研究"怎样建立疗养院，作为以治疗为目的的精神病院的补充，作为进行隔离与回到社会之间的中转站"。

在病房里，妻子费利西帮助他工作，她是好管家，精打细算，控制钱袋。白朗希太太也帮助丈夫查房。她一个人查看女病房，进入男病房时戴上面纱。因为当府邸改建成疗养院时加造了几幢房屋，他们住在相连的楼里的不同部位，医院条例规定病房可以收八十五位精神病患者，即四十七名男病人，三十八名女病人。总之，白朗希在他的病程记录里所称的“治疗部”，很可能指竖立在围墙中央的那些砖房，那里用水疗法医治病人，最激动的病人待在有厚垫和粗栏杆的小屋里。在这些砖房之间，有一系列制品车间、储藏室、工具房，医院里数目庞大的工作人员来回忙碌，充满生气。

大夫身边的工作人员中有几个熟悉的人物，如安东尼·苏夏尔，是埃米尔的跟班，什么都干，在餐桌上服侍，传递书信，一刻不离他的身边。索菲·巴尔博，是亲戚，她的小名巴尔博特更为人熟悉，奥尔良人，崇拜圣女贞德，管理文书，接待供应商，埃米尔的日常秘书不在时引客人到他的办公室。还应该提到安多纳特·布雷托和她的丈夫泰奥多尔，女的是管家、膳食总管，掌管药房和办公柜的钥匙，男的负责一切重要的外勤工作。他们还把当护士的外甥女伊莎贝尔·大卫弄到朗巴尔府工作，他们三人原来都是硝石场医院的老职工，在疯人院的工作经验使他们成为不可替代的人，以监护人员和监护长的身份，日夜轮值监管男女病房。

在大夫的掌握下，这支“队伍”管理着疗养院及其病人的生活。病人冬季八点夏季七点起床，晚上九点到九点三十分上床。一日三餐，起床时、10点30分和17点30分，在食堂分发或者用柳条篮子送到必须单独用餐的病人房间里，白天生活也根据三餐时间安排。白朗希大夫对饮食卫生非常注意，每天到厨房里跟大师傅说话，督促“除了耶稣受难日”都要有荤菜。注意质量也是理所当然的。卫生当局确也看到大部分社区济贫院一贯用剩饭残羹给精神病人。一八五七年三月二十日以后，一份官方文件通知公立或私立精神病院每天伙食都要制定必要的金额，内容包括肉、面包、蔬菜，甚至适当数量的葡萄酒。

如果从卫生措施来说，“病人至少每周洗浴一次”，水疗法对某些人来说占很大一部分时间——莱奥尼·阿列维的例子就可说明。洗澡房是怎么建造的呢？用的是什么设备？没有一张照片、一幅画，甚至一篇关于水疗室的描写留传下来。我们可以设想，“白朗希诊所”可能有五六只罩式浴缸，龙头上加锁，为了不让病人随自己意志开启或关闭，像一切疯人院，有足浴、座浴，用自来水、蒸馏气、树脂水、松脂水。无疑还有同样多的淋浴，用不同的喷水管，用阀门自上而下雨淋式的冲浴，也有自下而上水柱式的冲浴。这是日常的做法，医院和疗养院给每个病人使用至少二百升水。这样就可理解帕西地下天然水源对埃斯普里·白朗希有多么大的吸引力……

中午到下午四点在护理士的监督下才能在会客室或花园里接受探望，没有人探望时，病人有几项文娱活动（体操、散步、游戏、音乐），总是在医务人员的目光下进行。只有医生有资格给精神病人指派工作，也就是参加打扫、缝纫或园艺活动。在公立医院里，女人做帽子、衬衣，有时甚至是她们自穿的约束衣，得到三分之一的劳动报酬，也就是极为菲薄。在朗巴尔府这些工作很可能不计报酬，而是捐给慈善组织。至于院内劳务，可以设想病人从事这类工作，是以服务抵偿一部分过于昂贵的住院费。此外也有几个这样的例子，精神病人痊愈后，继续留在帕西当职工。

有的病人既不能自娱，也不能劳动。他们的病情令人绝望，需要禁闭、完全隔离、穿约束衣。他们睡在固定在地板上的绑带床上，床底是块倾斜的铝板，中间一个孔眼，有管子连接到一个封闭的罐子。他们的叫声吓坏了附近吉依恩路上的行人，白朗希大夫经常脸上带伤走出这个悲情难测的区域。

疯人院世界是个充满危险与恐惧的世界：拳头、愤怒发病、咬啮，也有自残行为，都是笼罩疯人院日常生活的威胁。埃米尔对这个世界实施全面控制，不管是对病人还是对工作人员：他要保证它的密封性，他同意或拒绝探望的权力，准或不准居住在院内的职工外出的要求，决定什么时候某些病人可以在监督下吸烟，同时又强调不可到处留下火柴，“禁止带入任何食品、酒精饮料、尖锐工具、书籍、报刊以及一般在精神病院里可作为危险或危害用途的物品”。这岂不是很清楚地说明阅读的危险性和力量……

院内一切由院长说了算，这是精神病院组织的一条基本行政原则。医生是神庙的守护神，体现真与善；他个人就是法律，医院里方方面面的最高法官。埃米尔·白朗希一八八〇年对医学科学院宣读的一份报告里，概述了他对精神治疗的立场观点，这是他抱定宗旨三十年的实践经验总结：一切围绕精神科医生开展工作。这个思想也得到埃米尔作为代言人的委员会的同意，由朗巴尔府的主人明白雄辩地表达出来。他写道：

> 至于医院领导，他担当的角色是最重要的，可以不加夸张地说，精神病院内医生是一切。如果从科学的利益来说，可以认为最好是医生只是当医生，但是从病人的好处来说，他既是医生也是领导，这是不容置疑的，这就必须有一个单一的意志，这个意志应该就是医生的意志。对于病人的权威性只有在这个条件下才会存在，这种权威已经很难取得，更不该把它分散而削弱。一切都来自医生，如果他在一切方面都负有责任，那么一切就应该由他去看去做，或者通过跟他思想和感情都绝对一致的合作者去看去做……疯人院的一切职工都必须服从医生的权威，没有他的同意，对精神病人不能采取任何措施，进行任何惩罚，给予任何补偿，允许任何假期，一句话，他是绝对主人，这是不需要多说的吧？

这种语调，是对埃斯普里·白朗希的威吓言论作出的回应，可以感到埃米尔在行医生涯中也不曾有多大改变。这种专断的言论也是同时代最大的精神科医生的言论，从朱尔·巴依阿尔杰到让-皮埃尔·法尔莱，无不如此。法尔莱要求“只听医生的话；因为只有他知道有关精神病人的一切，每个服务人员必须齐心协力配合他达到期望的目的”。

把一切都放在院长医生一个人的肩上，这显然是在一个无物可以动摇的强权气氛中推行一种独断专行的思想。精神科医生的面貌、语调、明确的动作、呆板的黑衣服，都在塑造这个救世主式的人物，这个形象是经过长期的研究、权衡而树立的。除了医生的身影以外，还有他进行的对话，或者不如说他布置的讲话。它指导和延伸精神治疗，精神治疗本身“是良心与善意的事”，这是白朗希大夫的话。他说：“说话热情，但是不要亲热随便，同样若有什么训诫，也要避免粗暴；面部表情要庄重温和；笑容即使是最好意的也不要一直挂着；他们（精神病人）经常有多疑的倾向，会认为这种笑容是一种顶撞和嘲笑的表示。应该耐心听他们说话，不要打断他们……”

这里好像不存在交流、对话，更不用说现今所谓的“随意倾听”，而是一连串善意的药方，从父母必读的教育手册和良心导师的指导书中学来的。公立或私立的疯人院都属于这个医生立法、病人回答的世界：等级森严，循规蹈矩，限定范围，高度集中的世界，一切过程要符合规范，去制服疯狂和截住“另一个自己”中的不可还原的轨迹，直至折磨得绝望为止。

第四章　宫廷与城市

在外部世界与内部世界之间，是朗巴尔府的铁栅栏和围墙。有一小批人围着它转。做手工艺的人在那里摆了小摊位，有做软靠垫的，塞沙发草秆的，修纸盒订封面的……附近的乞丐在厨房门口，等待里面施舍残羹剩饭。朱斯特太太是医院木匠和照相师的妻子，在入口的平房里当门房，同时又做小区的邮政员，出售邮票和《小新闻报》。他们的女儿朱斯蒂娜以后跟约瑟夫·白朗希一起玩耍。

这个小世界还是巴黎的一个邻村，保存着外省风情的郊区。从一八六〇年一月一日起，帕西还是并入了巴黎市，这都是奥斯曼的市政规划，把包税人墙与梯也尔的防御工事，也就是海关与城墙之间的所有乡镇都划归首都。这样，巴黎的面积增大一倍以上，同时从十二个区增至二十个区。这次行政变动对人的思想没有多大影响；直到十九世纪七十年代，医生或妻子出门到市中心去时还是说："我上巴黎去。"然而它打乱了经济结构，把最贫穷的人都推到界线以外，他们纷纷外迁，逃避首都沉重的入市税和其他税收。

帕西随同奥特依并入了第十六区，也成了蓬勃发展的巴黎西区最繁荣的一个区，社会制度在这里好像已经定局了。布洛尼森林从地上钻了出来，公馆别墅在几个月内到处都是，与皇帝大道并列的皇后大道成为最风雅的马车必经之地，一八五四年佩雷尔兄弟开拓的环城铁路，接通了奥特依和圣拉萨尔。

帕西更具有田园风光，曾经迷恋了埃斯普里·白朗希，继续吸引着第二帝国社交界的一批头面人物，走进它的木屋和哥特式小城堡。德莱塞一家始终忠实地留在巴斯路；朱尔·雅南也是，他从洋楼走到帕西路上一幢现代的木屋，会碰上马塞兰·德博尔德-瓦尔莫尔正从家里出来；罗西尼偏爱安格尔路，纳达尔更喜欢圣克卢大道，而奥芬巴赫选择拉纳拉，拉马丁则在皇帝大道旁有一间木屋。

一八六一年，一个女人，以其诡计多端、泼辣热情而成为帝国的代表人物，住进了尼古洛路，离疗养院仅几步之遥。这个女冒险家使她的同时代人迷恋、迷惑、恼怒，大家对她的一致评价是：拿破仑三世的旧情人是世纪美人。她神经兮兮，标新立异，超过想象的自我欣赏。她既害怕时间的销蚀，也害怕不期而至的疯狂。她就是德·加斯蒂格里奥纳伯爵夫人，不久就要跟白朗希大夫相遇。

维吉妮娅·奥达尼一八三七年出生于佛罗伦萨，父亲是侯爵，外交家，母亲出身朗波勒奇家族，是杰出法学家的女儿。十七年后，小“尼奇娅”完全成了一名大家闺秀，会说英语、法语，仪态万方。家里把她嫁给了弗朗索瓦·弗拉西，加斯蒂格里奥纳伯爵（1826—1867），玛丽-阿黛拉依达王后的侍臣和维克多-埃马纽埃尔二世的未来副官。这对暴风雨式的夫妻，一八五五年三月有了一个独生儿子乔治，同年年底来到巴黎。这次旅行背后负有一项属于私人外交的使命：卡乌尔部长，跟伯爵夫人家有亲戚关系，打算依靠表妹的美貌，在拿破仑三世身边为意大利统一事业说项。意大利政治家需要法国政府的支持来实施自己的计划，他催促维吉妮娅“用一切手段”去完成。

一八五六年一月九日，德·加斯蒂格里奥纳伯爵夫人在玛蒂尔德公主家的舞会上，第一次被介绍给了皇帝和皇后。她美貌迷人，头发浓密，玫瑰色眼睛左顾右盼：维吉妮娅每次出现都引起震动。男男女女自觉列队欢迎这位“从奥林匹斯山下来的维纳斯，她光艳照人，从容自在”。梅特涅克公主回忆说：“她对自己战无不胜的美貌那么自负，那么专注，以致几分钟后她就使人感到心烦了。她没有一个动作，没有一个姿势不是精心设计的。”这不是（仅仅）出于女人的嫉妒。有的男人，如弗勒里将军，也表示了他们的气恼，面前这个女神“那么自满”，在“人群中旁若无人，让人把她当圣物那么崇拜”，她的表情一直傲气十足，一看到皇帝皇后，马上满脸堆笑。拿破仑三世不久就倾倒了。此后不到一个月，年方十九的维吉妮娅可能已经是一位年近五十的国君的情妇了……

春天，巴黎举行和平会议，结束了克里米亚战争。皮埃蒙特在冲突中是法国的盟国，由卡乌尔代表，他趁机谈到“意大利问题”，维吉妮娅也在宫廷社交场合大出风头。她出现在贡比涅、蒂勒黎宫、卡斯泰拉娜府、撒丁大使馆或英国大使馆。亲王和银行家都拜倒在她的裙下。所到之处，她奇异古怪的长裙、高耸迷人的发型引起轰动。一八五七年二月，在外交部举行的一次化装舞会上，伯爵夫人扮成“心的夫人”，穿上了所谓“动态装”，没有紧身胸衣，也没有鲸骨架，头发像瀑布似的垂落胸前，脖子全裸，只盖了一块透明纱巾。这种不登大雅之堂的装扮，差点成为丑闻。她的镶金长裙缀上一颗颗大的心，被认为是一种挑衅，围在腰际的一根链子上掉下一颗心，皇后对此冷冷地嗫嚅说：“伯爵夫人，心太低了一点……”

当时正是卡斯蒂格里奥纳在首都的巅峰时期，但为时不长。一八五七年四月六日，皇帝在凌晨三点钟从情妇家出来，勉强躲过了意大利烧炭党徒策划的谋杀行动。伯爵夫人树敌不少；这成为疏远这个工于心计的女人的一个借口，其实她与此无关，拿破仑三世已看上了瓦莱乌斯卡伯爵夫人。丈夫已经破产，对她的任性感到不胜其烦，便跟她分开。维吉妮娅在蒂勒黎宫又遭冷遇，到伦敦去了一趟，决定自愿流放到意大利，这样过了两年。此时意大利战役正打得如火如荼。法国联合皮埃蒙特攻击奥地利，一八五九年给撒丁国王维克多-埃马纽埃尔二世带来了胜利，终使他在一八六一年成为统一的意大利国王。

卡斯蒂格里奥纳伯爵夫人隐居在都灵山区，从葛洛丽亚别墅注视事态的发展，带着一丝苦涩的微笑，内心相信这场胜利也有点是她的胜利……维吉妮娅大多数时间躺在床上，想念巴黎和宴会节庆，精神萎靡，自怨自艾：“我刚进入生活，任务就已经结束了么?”她二十四岁。她突然被一股傲气推动，振作起来，回到获得最辉煌成功的舞台上。一八六一年，卡斯蒂格里奥纳下决心重新征服巴黎。

她选择了尼古洛路五十一号一幢带花园的特殊小公馆，当时以她的美姬名声来说绝不奢华。维吉妮娅把它作为隐居地。她在里面悄然生活，等待蒂勒黎官的召唤，她给自己蒙上一层神秘色彩，扮演看破红尘的女子遁迹人间。她跟最近的邻居德莱塞一家来往密切，尤其对女主人热情有加，称她为“德莱塞妈妈”。这个五十来岁的寡妇跟她一样，年纪轻轻时嫁给了一个她不爱的男人。她从二十岁起就在府上主持沙龙，在社交界穿针引线手段娴熟。梯也尔、德拉克洛瓦、埃米尔·德·吉拉尔丹、缪塞、蒙塔朗贝尔、布罗格利夫妇都在她家约会。她曾是梅里美热恋的人，马克西姆·杜·冈的情妇。政治界与文学界对她来说没有秘密。

从各种可能性来看，德·卡斯蒂格里奥纳伯爵夫人在她的沙龙里第一次遇见埃米尔·白朗希大夫，他是瓦朗蒂纳·德莱塞和她的女儿德·纳达依亚克侯爵夫人的另一名邻居和朋友。否则就应该相信维吉妮娅自己在几年后提出的那种稀奇古怪的说法，弗雷德里克·洛里埃在他一九二五年出版的《一名宠姬的小说》中说起过，医生与伯爵夫人的相遇约在一八六三年。卡斯蒂格里奥纳从一次舞会回来，她的车子在特罗加特罗斜坡突然被人截住停了下来。“不明身份的抢劫者把马卸下，夺过鞭子，把车夫赶跑了，对她并未加以伤害，只是把她抛在黑暗里。”她一个人在黑夜里冻得发僵，在帕西摸索行走，“痛苦，跌跌撞撞，全身发冷，走到了白朗希大夫的家门口”。他让她进屋款待了她。洛里埃在他的书信体小说的最后告诉我们，“她毫不停顿地说，从这时，结下了我们亲密的友谊，扩及白朗希一家，父亲，儿子和继承人”。

这种说法颇引人注目和罗曼蒂克，简直可以搬上舞台，其实还不如说透露了伯爵夫人有意要隐瞒一个更为痛苦的现实：不得不去找一名精神科医生治疗？她说的这次毫无来由的抢劫，摸索走到朗巴尔府门口——她住在离此几条路远——很像孩子编的过于复杂的故事，为了掩饰一个令人羞耻的真相，昏了头把谎言愈说愈离奇。更为简单的是伯爵夫人可能在德莱塞家遇见白朗希。他们为女邻居的健康担忧，也可能对她的牢骚烦了，于是把这个值得信任的老朋友介绍给她，他们两家的宅第共用一堵墙，还有一条地道相通。

德·卡斯蒂格里奥纳伯爵夫人很难受。难受什么？这就不容易确定和说明白了。她写道：“我难受极了，脑袋发烧，双手冰冷，心肺撕裂。”头皮痛，眼睛痛，偏头痛，“醒着做噩梦”，使她整天躺在床上，关着百叶窗。宫廷医生阿纳尔博士毫无办法，除了对她说她腰痛是受了月亮的影响……维吉妮娅催促他给个诊断：“我有过什么，我差一点有了什么，我现在有什么，您尽管给我找原因……不要害怕让我害怕。……您对我说出我有多么不好就是在对我做好事。”

白朗希大夫有没有猜到他美丽的病人患的是忧郁性疑病？没人知道。卡斯蒂格里奥纳不论在社交界还是在病房，都要做个别出心裁的人物。她一心要表现她的特异性，享受一种特殊的治疗也是很自然的。她可不是一个跟其他人一样的病人：她的名字不登记在病程记录里。可是白朗希大夫确实给她看过病，在私下，就像其他显赫的同时代人，他们的名字也没有留传下来。

虽说我们没有掌握医生的诊断，还是知道他推荐过什么药。作为头脑清醒的人，埃米尔确实给伯爵夫人提过一个建议，仅四个字：海边空气。白朗希一家在迪埃普歇夏，那里空气新鲜清洌，还可遇到他们的亲戚拉勒芒-吕佩一家。从巴黎出发，乘上“游览火车”才四个钟点，那要胜过套上马车走上十二个小时。伯爵夫人为什么不去那里租一幢别墅休息？变换环境在她心中引起热情，很大程度上肯定是出于她对医生的信任。住进比亚里茨与特鲁维尔之间的温泉疗养院，在第二帝国时期是一种时尚。经过德·贝里公爵夫人的宣传，迪埃普和它的赌场吸引了皇后的宫廷女官，阿瓜多子爵夫人，还有大仲马、雕塑家卡尔波、居斯塔夫·福楼拜、玛蒂尔德公主、奥尔良王族……从一八六二年起，卡斯蒂格里奥纳在拉巴尔郊区路租了一幢带花园的房子。

随着时间流逝，卡斯蒂格里奥纳在她“喜爱的迪埃普”找到了对她的病痛最可靠的安慰。这些病痛是不会缺少的，相反还日益增多，主要是两个事件，更搅乱了这位怪僻的伯爵夫人的神志。经过五年的疏远后，重获宠幸一事终于有了动静。一八六三年二月九日在蒂勒黎宫举行化装舞会，卡斯蒂格里奥纳伯爵夫人受到邀请。她赴会了，身披一件大氅，只有一粒宝石扣子搭住，足登金带鞋：她扮成了意大利伊特鲁里亚女王。再一次出风头的希望很快变成泡影，她的装束只是被人当做笑柄来说。又加上把卡斯蒂格里奥纳跟另一位住在帕西的外国美人——里姆斯基·科萨科夫伯爵夫人，她在瓦莱乌斯卡家的化装舞会上扮成怪里怪气的萨朗波——混淆不清。总之一句话，大家觉得有失体面、可笑——更糟的是她已是个过时人物。弗朗索瓦·德·卡斯蒂格里奥纳通过小报和流言知道了这些荒唐事，威胁要把他们的孩子留在意大利。维吉妮娅陷入绝望。她听到这些评论而感到气愤，被人误认而感到委屈。她给皇后写信辩白，向内政部提抗议，毫无结果。

迫害躁狂症在她下一次步入社会后变得更加严重了。四月，她让人说服去参加一次慈善活动，接受做“活图画”中的人物，当时在舞台上这种表演是很风行的。塔切尔·德·拉·帕杰里伯爵夫人到尼古洛路来征求她的同意，依然记得这一幢家具不多的小公馆和它神秘的女主人：“她说自己很难受，事实上她的美貌并无大损，但摆出一副病恹恹的神态，这使她容貌憔悴，而她自己却不觉得。不然对她是一大痛苦，因为她好像对偶像崇拜比对神庙有更多的爱。”卡斯蒂格里奥纳意识到她出场会引来不少好奇者，可以推销出许多票子，就提出条件，穿什么衣服事先保密。到了那天，她穿了加尔默罗会修女服，不戴风帽，神情严肃，在肖邦葬礼进行曲声中出现在纸板做的洞窟中央，上写“帕西隐舍”。流言嘲笑说卡斯蒂格里奥纳在安格尔的《泉水》上冒了出来……群众感到失望，响起惊愕的呢喃声，甚至还有口哨声。维吉妮娅愤怒到了极点，一边逃一边撕裙子，大喊："他们真不要脸！"

这两件事给了伯爵夫人致命的打击。她明白冷嘲热讽下的判决：她应该退隐了。她在晚会上还露过几次面，但是她的星光已经熄灭。于是开始有了传说。她自己也在传播这个传说，把几百张摄影肖像公诸于世，照片的细节都出自她自己的设计，一八五六年后在摄影家 P. -L. 皮尔逊的协助下制成。

她与丈夫早已分居，一八六七年丈夫意外身亡，她加倍焦虑不安。她的迫害躁狂症达到极点。她怕信里有人下毒，请化学家化验。她请白朗希大夫对她在朗巴尔府准备的每顿饭都先尝一尝，放进柳条篮子里，由忠诚的伊萨贝尔·大维上锁，贴上"通行证"，送到尼古洛路……

迪埃普从此以后成了她唯一觉得自己还活着的地方。她在海滩上长时间逗留，坐在一块岩石上哭泣，她像个熟练的悲剧演员给她偶然的情人写信。她邀请梯也尔过来，他对这位女神感到迷惑。她把男人拒之门外，给他们写信说："我爱以前爱过我的人，我叹息他们不敢或者不愿再爱我……当他们有了不幸时，我瞧着，我走过，心里说：'可怜的人！他们如果有我在身边或向着他们，他们就不会那么不幸了'……"银行家伊洛亚斯·鲍尔的求婚要求遭到她的拒绝，夏尔·拉斐特尽管一句话不说留给她大笔款子，还是因做不成她的情人而失望。至于白朗希大夫，只是个带着父亲微笑的崇拜者，他照顾她的健康，她儿子和工作人员的健康。他变成了知心人、保护者、朋友，伯爵夫人对他绝对信任，还把1864年卡里埃-贝勒兹雕塑的一尊伊特鲁里亚王后小雕像送给了这个亲人。

在迪埃普，他们的孩子乔治·德·卡斯蒂格里奥纳和约瑟夫·白朗希一起在花园里玩或沿着悬崖散步。小约瑟夫给父亲的信向我们描述了那时两个孩子的生活方式，拾贝壳、玩板球、上骑马课、跑步、学自行车和跳舞，参加儿童舞会，舞会上有马里于斯·德·加利费，他是威尔士亲王的情妇加利费侯爵夫人的儿子；小科诺，他是皇太子御医的儿子。他们用奶瓶喂在赌场水池里游泳的海豹，有一天欣赏“一个穿越火焰的男人”，虽然“这不像他们所说的那么好看”。约瑟夫经常要求“在家里陪我们玩的亲爱的爸爸”过来……并向他叙述赌场露台上的社交生活，“大仲马夫人穿了红与白的衣裳”出来了，其他女人“打扮得十分古怪”，说起他的朋友乔治·德·卡斯蒂格里奥纳，也提到伯爵夫人的访问，转弯抹角向父亲承认：“妈妈不敢到卡斯蒂里奥纳夫人家去。”

意大利女人的性格叫她害怕，白朗希太太宁愿在家里招待她，或者在海滩跟她不期而遇。她也宁愿身边有丈夫待着。她给他写信说：“尽管有这些乐趣，我们还是很高兴回到帕西，因为我的好友，当你发脾气时我觉得在你身边很不舒服，当我一旦跟你分开，我就是看到你发火也好……”传说中的埃米尔的平静与善良也是一种假面具，掩饰了一种脾性，比人家所说的更变幻不定——他的儿子雅克在他的回忆录里证实了这一点。

白朗希大夫很注意体操，约瑟夫在阳光下“软绵绵的像块黄油”，在迪埃普着急地等待上课，不理解他的弟弟的惰性，趁机会告他一状——“雅克今天什么都不想做。他身体很好，因而这是懒”。卡斯蒂格里奥纳对于儿子的体育锻炼有她自己的看法，雅克可以为证，他观察事物比做运动更有天赋。他这样谈到他在迪埃普对伯爵夫人的一次拜访：

> 我清楚记得自己爬上一个阴暗的楼梯；我还回想起帕尔玛紫罗兰的浓烈香味……我经常去找我的哥哥，他是乔治的朋友，会整天跟他在防护栅栏后面的小花园里玩……我当时可能有五六岁，一个粗着嗓子下命令的声音，我至今还像听在耳边。美丽的伯爵夫人隔着窗子对着儿子喊：“跑吧，乔治，跑快些。你出汗了吗？我要你出汗。”声音嘶哑、严厉而又专横，根据某种奇怪的健康法命令体弱的儿子在烈日下绕着草坪跑步。
>
> 可怜的乔治在母亲强迫下进行这种独特的锻炼，让谁都怜悯。

好几年以后，一八九三年，白朗希大夫逝世，伯爵夫人动感情地想起他们在迪埃普的道别和她保留的回忆，给雅克寄了一封信，按照她的习惯用铅笔写的。她歪斜的大字体，很难辨认，有时让人没法看懂，文字的意思非常不确定：

> 迪埃普啊！从前那里是我对大海的最后（道别？），对悬

崖的最后再见，悬崖留下我的“罪恶”的幻想（如同我们的拿破仑亲王对它的称呼），处在荒漠的孤独中，没有大胆的莱恩兄弟和好管家（“不舒服的人”）的警觉的监护，他们人人都含着眼泪看着母亲与孩子离去。那是一个温柔、温和、凄凉的黄昏，就像我二十年后想起令尊白朗希来陪我到火车站……小心翼翼送我进车厢……都是些温柔悲哀的青年和童年回忆，使我心向着你，使我跟你们重新联系，联系在一起，“小雅克”，我难过，我发抖，想起你的神圣的白朗希老太太痛苦的有生之年。

除了医生和病人的关系之外，白朗希大夫和卡斯蒂格里奥纳之间有一种相互尊敬和诚挚的友情。埃米尔可能还是少数男人之一，不曾跪倒在她的裙下，而是耐心地听她说话，从不插嘴，就像他的职业所教导他的那样做。精神科医生也不是对虚名浮誉无动于衷的人。做过拿破仑三世，据说还做过维克多-埃马纽埃尔二世的泼辣情妇的香艳名声，肯定对“好医生”也产生了影响，他在一八七〇年战争打得起劲的时候，毫不犹豫要求她去说项给他弄个意大利勋章……白朗希大夫也不见得会抵挡这样的诱惑，不让第二帝国时代的一位佳丽点缀帕西的家宴。他在一八六五年三月二十四日用这样的话请她：“古诺明天星期六晚上来帕西。我答应他将有幸见到您，您会使我遵守诺言吗？我将对您不胜感谢，为了他，为了我，为了我的所有朋友，对大家能够一览芳颜是一个真正的好福气。”

那个时期，夏尔·古诺有过第二次严重发病，被送进白朗希诊所住院，好不容易恢复过来。这次新的神经错乱，是不是应该看做是《示巴王后》的失败开始后一系列工作挫折引起的呢？一八六一年二月，音乐家已经在不停地工作；以致给埃米尔写信说：

> 我亲爱的和杰出的朋友，我愿意自己告诉您一条消息，这跟我有关，从而（您看我一点不自负地强调）我觉得这也理所当然地属于您的友谊。在《汤豪舍》演出后，我带了我的五幕剧作品《示巴王后》在歌剧院排演。我要在这个月月底交出（我的第一、二幕），如果这项巨大工作没把我关在房间里，我原是会来跟您谈这一切的，推心置腹地跟您谈谈，这对我有好处：我把这件事放到三月里的一个星期六晚上七点钟。

推心置腹跟您谈谈，这对我有好处……这个小小的暗示可否让我们认为，白朗希大夫把合理安排谈话作为医治方法？或者我们应该这样去看问题，古诺在热情简单的谈话中得到驱除焦虑所需要的安慰？这两件事并不排斥。这封信总之说明这两人的亲密关系。古诺无疑是白朗希最接近的病人，他真正的朋友，这份友谊对于音乐家的病情起了很大的舒解作用。奈瓦尔也承认在精神科医生身边感到心情稳定下来，但为做不成他的朋友而难过。他们的心态很多方面都不同——精神科医生说话的影响也因而有所减弱。古诺跟白朗希思想相近。两人同样都服从布尔乔亚的道德规范，有共同的情趣和情缘。他们的一切都很合拍，两人**意气相投**。

一八六二年二月二十八日，五幕歌剧《示巴王后》首演宣告失败。古诺听到这个消息深受震动，接着三月十七日他的老师弗罗芒塔尔·阿列维逝世，又是一个打击。《浮士德》的作者只是到了第二年才重新写了一出歌剧《米莱依》，根据弗雷德里克·米斯特拉尔的诗歌改编，后者邀请他去普罗旺斯工作。回到巴黎，古诺加倍工作，以致劳累过度，一八六三年九月二十一日在女儿雅娜出生后才几天被送进了朗巴尔府。

白朗希大夫的诊断依然不变，“伴有幻觉与幻想的忧郁症”。十月一日，音乐家还能够祝贺小他两岁的白朗希大夫的生日，送给他一幅尼古拉·普桑的版画《阿卡狄亚的牧羊人》，写上了这几句有点莫名其妙的话：“给我的朋友埃米尔·白朗希，他出生的那天生日。但愿这个欢乐，突然而至，躬身在一座坟墓前，有时使你想起——我亲爱的埃米尔——温柔同情的目光，由你那颗金子般的心让它们落在我这颗从此感激不尽的心里的致死的悲哀上。永远是你的。夏尔·古诺。”这些“致死的悲哀”到底是什么性质的悲哀？这个问题永远得不到明确的回答。白朗希大夫提到的幻觉和幻想，不管怎样证实了古诺的忧郁是病理性的，他的病情需要住院治疗。住院也像第一次那样，日子很短，因为十月四日古诺“病情大有好转”而出院了。这次医生没有写“治愈”，这个区别值得考虑。这是不是表示埃米尔从病人的脆弱性和敏感性看出发病的倾向？

重新入院有点损害了音乐家的声誉，他的精神平衡在一八六四年夏天再一次引起争论，德国《新音乐杂志》这次宣布古诺不得不被“送进比塞特医院”。事实上音乐家从多姆山省蒙多尔水疗回来，水疗可能也是白朗希大夫推荐的。七点三十分起床，晚上 10 点前上床，他一丝不苟地遵守生活制度，上午半小时沐浴，同时用水冲脚，在上午八点—九点之间每隔十五分钟喝一次水……

几星期以后，他在帕西客厅出现，作为客人坐在钢琴前。白朗希大夫的音乐晚会又热闹起来了。画家保尔·什纳瓦尔在音乐晚会上很起劲，他一八六四年十一月二日给埃米尔写信：“亲爱的医生，昨天我见到了柏辽兹，我把您的真情邀请转达给他；我还对他说古诺怎么叫你们一家人爱上了《特洛伊人》。他托我向您说他下星期六到您家吃晚饭，对您的好意表示感谢。”

古诺身体复原，但是并不平安无事。一八六五年五月，他突然在圣拉斐尔严重发病，原因不明，白朗希大夫又给叫到那里急救，他把困在约束衣里的朋友送到巴黎，十九日把事情的发展告诉了欧仁·德·普洛尼，他是古诺的中学老同学，偶然遇到的，却凑巧帮上了忙。“一路上一半艰难一半安静，我们在星期五上午到了巴黎。古诺立刻被安置在蒙特都的岳母家。晚上我去看他，他病得不轻；第二天，他又变得安静了，终于在星期日完全好了。他来问我吃中饭的事，他是从我家给您写信的。星期二我又在他家看到他，他已完全复原了。”

古诺一生忍受着这样断断续续的痛苦。白朗希大夫对他进行急救，为了平息作曲家时重时轻的发病而不分昼夜出诊，古诺焦虑和宗教顾虑最重的时候给他写信：“我努力忍受自己，接受自己，不与我的阴云斗争，但是我**不喜欢他**；可能上帝在死胡同里等着我；……您若能够给我写上两句话，您知道我会多么爱读：我多爱您。”

一八六五年年底，医院的病人可以在花园里遇见一个人高视阔步地走着路。他有时在一个病人面前停步，按他的脉息，很内行地给他提些医生的忠告，遇上机会伏在一个从不离身的公文包上开药方。这个人不是白朗希大夫，也不是他的一个合作者，而是若贝尔·德·朗巴尔，医学王子，一八六五年因“忧郁性痴呆症”住院。

安东尼-约瑟夫·若贝尔，在布列塔尼朗巴尔地区出生，使他在姓氏前加上地区名，这也是历史地理的巧合，进了同名的府邸后刚满两年就去世了。他的命运具有榜样作用，出身低微，后来成为第二帝国科学团体的一名翘楚人物。他生在一户有七个孩子的木匠家庭，很早显出聪明好学，被村里的神父看中。神父教他希腊文、拉丁文，把他送到乡村医生那里，让医生教他医学。到了十九岁他来到巴黎，勤奋用功地通过住院医生考试，一八三〇年通过大学教师资格会考。第二年他被聘任为圣路易医院的外科医生，然后是国王和阿代拉伊德夫人的外科顾问。他前途光明。

若贝尔一表人才，还穿得衣冠楚楚，在人看来富有辩才，但是却不是这样。在沙龙的交谈中，他说话磕巴，拙于辞令，只有在手术室里施展自在，被人看做是一位艺术家，手术做得干脆利落，无人可比。不善于与人应酬的缺点给他造成损害：一八三六年迪皮特伦的教席空了出来，没有落到这名拙劣的演说家身上。他必须等到一八五四年答辩考试取消才让他得到外科教授的位子。这期间，他的生涯获得不同凡响的成功，他自豪地别在胸前的勋章可以为证，细列的话就像一张普雷韦尔式的清单：荣誉团三级荣誉勋章、圣莫里斯、圣拉萨尔、天主教伊莎贝尔勋章，荷兰橡木王冠团大军官；此外他还是希腊救世主、荷兰狮子团、巴西玫瑰团军官。

先是医学科学院院士，后是科学院院士，天主医院外科医生，拿破仑三世钦点他为皇后接生。但是若贝尔等待手术时吓得瘫倒在一张沙发上，无法完成自己的任务。有人说是酗酒，乙醚中毒，也有人怀疑这人有什么说不清的精神障碍，他的躁郁交替性精神病的脾性排斥同时代人。从一八六四年开始，大家说起若贝尔患有梅毒初期的精神失常，在给一名患梅毒的妇女做手术时感染的。“可怕的疾病”慢慢侵蚀他的面孔，然后是他的脑子。有人说起这则轶事：“有一天，他在一家邮局里，停在一扇窗口前若有所思的样子，目光茫茫望着远处。职员看到这个怪人很好奇，把头伸出窗口看得仔细些。突然若贝尔往前冲去，两手抓住他的头，一边拼命往外拉，一边叫：‘不要动，太太，我抓住了孩子。’”

若贝尔的精神自此以后逐渐崩溃。有一天晚上，埃米尔·白朗希的朋友塔埃尔医生被紧急召至圣克卢，若贝尔在那里的朋友家吃晚饭。医生看到他“在楼梯上，半裸着身子，以为被暗杀者包围，大呼救命”。医生即刻陪他前往帕西。白朗希大夫以前肯定见过若贝尔，起初竭力要他安静，不加反驳听他说：“他旅行回来，他在蒂勒黎宫……他刚与皇帝聊天。”有人还说：“他看看表，问手术室是不是准备好了，白朗希大夫给他肯定回答，他满口感激，毫不停顿又转入另一个话题。”但是不久，埃米尔对他无能为力。一八六六年，若贝尔丧失记忆，说话完全语无伦次，在癫痫样惊厥后右半身不遂，自己不能吃饭。一八六七年初，病人对一切失去知觉。他在四月过世，享年六十八岁。他的葬礼在玛德兰纳教堂隆重举行。他的财富完全依靠一生的工作与天才，高达三百万金法郎。

人们都说白朗希大夫的大多数病人都出身第二帝国的高等社会。这话有理。埃米尔第一个承认私立精神病院是“为富裕阶级设立的”，他甚至还写了出来。一八六六年法郎几乎没有变动，帕西住院费依然原样，也就是说很贵。因而夏尔·波德莱尔的母亲奥比克太太，一度想把患麻痹性痴呆的儿子送去，由于费用的原因放弃了。五月三十日她给出版商普莱-马拉西写信：“要是事情恶化到了这个残酷的极端，我只好把他送到白朗希家，因为他认识和喜欢夏尔。”但是六月中旬，计划失败：“白朗希大夫的建议是无法接受的：每月四百法郎，还不包括一名仆人和我的旅费，这会把我六千法郎的年金全部花进去。”她对诗人的法律顾问昂塞尔这样概述。

尽管埃米尔提出派一名护理士到布鲁塞尔把病人护送回来，这次放弃不住还有一个不可忽视的原因，波德莱尔周围的人不愿把他当做疯子看待。作家回巴黎后就住在北区车站附近的旅馆。白朗希大夫还是到那里去看他，像他的同学皮奥杰和拉普克那样嘱咐他住进一家疗养院。

一八六六年七月四日，波德莱尔住进凯旋门附近杜姆路上的杜瓦尔医生诊所。他留在那里直至一八六七年八月三十一日死亡。《恶之花》的作者没有住过朗巴尔府，但是名人后面总有含沙射影的谣言，流传不断。

九月初，阿塞里诺在出版家普莱-马拉西面前发脾气：“《费加罗报》总是消息灵通，却说我们的朋友死在白朗希大夫家……不论胖子和瘦子，谁都对大家说他们熟悉波德莱尔，他们就是知道他发了疯……”又是病态天才的幽灵……

住院费非常昂贵，恰好说明精神病院里住着相当多的欧洲贵族、大资产阶级和显要人物——以他们在人口中的比例来说，一般都是富裕阶层，可以自由挑选朗巴尔府的舒适，而不用到医院里去受罪。

看了病程记录，我们可以知道路易-奥古斯特·德·勒特依伯爵（外号箍桶匠）患了痴呆症，他是法国驻威尼斯总领事，跟路易十六的部长是亲戚；达达央的后裔阿尔蒂尔·德·孟德斯基乌·费赞萨伯爵，要求给他宝剑，要跟一个说过他母亲坏话的病人决斗。他“称自己是混蛋，责怪自己做过各种各样的坏事”，“要求行善的书”，“读《教理问答》”，拒绝进食，为了净化心灵，可以去修行。前者死在诊所，后者因为家属拒绝使用食管探条，没有治愈出院。其他病人在朗巴尔府住了一段长短不等的时间后有定期回来的，如前驻君士坦丁堡和墨西哥全权大使的妻子，她爬上树，打破自己窗上的玻璃，跳舞，“只谈爱情、情人和情妇”，在“骇人的”歇斯底里发作中往下跳。

精神病院里存在极大的暴力。到处都能听到病人骂最肮脏的“粗话”，要使用最厉害的惩罚；有的人要咬自己或划开自己的皮肤。马居斯太太指责白朗希大夫把她丈夫的牙齿都打掉了，掐死了她的孩子，使她的儿子变成“一头猪”，在桌子上弹钢琴，深信大有进步。她砸坏了医院里的三架钢琴。

不论病情严重程度如何，负罪心理、自残（从有意伤害到厌食）、忧郁性消沉是这些伤感人生的家常便饭。这些现象开始时，往往笼罩在一种不易察觉的沉闷中。这个重量是静默的重量。19世纪中产阶级环境的教育系统要求人有苦不说出来，在祈祷沉思中面对他的怀疑。一切反省都在忏悔室的暗影里或低调出版的情感杂志的文章里进行。因为有的事是“不能说的”，秘密必须保守，隐情受人尊重。羞耻心、隐忍是主要美德。夫妻各住一个房间，在黑暗中生孩子。就是少女，也要在洗澡水上撒一种粉末，让水混浊，以免透过水看到自己的私处。

与肉体羞耻相对应的是害怕灵魂暴露。吐露感情是不得体的，不要“像用人似的”哭鼻子，总之，人要自制。服从父亲，结婚，给人树立榜样。儿子继承父业或者投身外交，女儿嫁到家人为她选择的夫家或者送到修道院。直到铁罩子开裂，孩子反抗，或者陷入一种“普通的疯狂”中，不是为了摆脱精神上的幽灵说话颠三倒四，患了谵妄性赘述症，就是相反，在一种无法安慰的缄默中一声不吭。不幸的是这种发病过程在那个时代司空见惯，这就是白朗希大夫诊所内有相当数量的住院病人的原因。

在这种环境下，大家也不会奇怪在“非理性医院”里，形形色色的躁狂症主要集中在三件东西上：上帝、性与钱。唯有一种观念包含这三个不变量，既可刺激它们，也可消除它们，那是家庭。畏惧魔鬼和火刑架、深信可以做百万富翁和相反生怕落得一贫如洗，病人动辄在人前脱光衣服进行“可耻的手淫”，都是最常见的症状，男女病人都一样。当时所谓的“宗教偏狂”在那个教会权力与教士人数成正比的社会里几次达到高峰，因为得到政权的鼓励，教士人数在一八五二年到一八七〇年之间增加了八倍。在那个同样崇拜科学进步、发现了达尔文理论的时代，教士的真正敌手是医生。教士与医生，十九世纪的两大关键人物，这两种人都穿黑衣，驱除疯狂，给心理痛苦提出精神解答。

白朗希大夫把宫廷人物与城市名流吸引到他的诊所里，也使他的家庭声誉日隆。但是必须承认这里面治愈的病例少得出奇。这种怪事首先可以这样解释：当时也没有一家医院达到更好的疗效。甚至还可看到私人诊所的成功率还稍稍超过公立医院，这个现象主要在于私人诊所提供的生活条件和医生配置更佳：一八七二年在硝石场医院一名医生医治二百二十七名病人；而在帕西，白朗希大夫带了两名实习助理医治九十名病人。一八七八年，法国进行了一次大规模统计，得出的数据在十九世纪后半叶这么长时期内没有多大变化，在各省的公立精神病院治愈率为 5.2%，而在私人精神病院为 7.9%。平均治疗时间在这两部门都为几个月，其中 16%—20% 病人在一年以上。

我们还可以问一声，为什么那么多的名人宁可选择朗巴尔府，而不选择其他私人诊所。其他私人诊所不多，在巴黎及其郊区仅有 15 家左右。在圣安东尼路、比克皮斯路或拉格拉西埃尔区都有诊所，四周地区名声不佳，房屋简陋。当然在旺夫有法尔莱医生诊所或在伊弗利有埃斯基罗尔诊所，在索城有庞蒂埃尔别墅，但是这些郊区都太远，路程很长，坐马车也很累。朗巴尔府是乡村式的巴黎医院，提供了大家族所需要的保证：路近、豪华和谨慎。子承父业的白朗希诊所此外还是正统的王朝式医院，富有经验，家庭管理，严肃认真，其名声建立在一种产生奇效的方法上，那就是口碑好。

埃米尔举止得体，工作勤奋，外表平静但行为坚定严格，赢得了“名流闻人”和上等社会大人物的信任。

外国学者和外交官也信任他，把他们的亲戚或者职员送到帕西，住院结束时得到同样的效果。依斯玛依·贝，埃及高级官员的儿子，在阿赫默特医生的推荐下，一八六六年春天从君士坦丁堡来到朗巴尔府。他的忧郁症是在十一个月前显现的，特征是狂暴性谵妄与抑郁交替发作。埃米尔写道："发作时，可以看到病人逃避他的父母，害怕被他们杀死，他狂暴，经常手淫，喜欢有女人在身边：总之一句话，他有兴奋色情念头，通过手淫得到满足，立即又陷入抑郁，这会引他走向自杀。作为治疗，病人接受温和疗法，结合卫生方法，比如分心法，散步，有规律的生活制度；这一切只能一时改善病情。"病人拒绝人家碰他，高声怪叫。"独自讲自己的母语"，对待一个有幻觉的傻子病人很有热情，傻子说不出一句话来，他还认认真真模仿傻子的所有姿势。他两年后回到君士坦丁堡，没有治愈。

白朗希大夫从不回避任何考验，他能赢得最接近的病人的尊敬与友谊，也是可以理解的。从他对待卡斯蒂格里奥纳或古诺一事就可看出。对待阿列维一家也是这样。阿列维一家因弗罗芒塔尔逝世而十分难过。一年后，一八六三年，他的妹妹弗洛尔，未婚，五十六岁时也像他的哥哥莱恩和妹妹梅拉妮那样成为诊所的自由住院病人。弗洛尔严重得多，是最叫家里操心的病例。她患"完全痴呆"，"必须像孩子似的照顾"。她的病情一月比一月、一年比一年恶化。白朗希在病程记录里写下她的疾病各个阶段：一八六四年四月一日，"她愈来愈不认识家里的人"；十一月，她"开始打人，几乎一直在发脾气，粗鲁，吃得下，身体良好"。据医生说病人"很难治疗"，弗洛尔患一种器质性疾病，这种疾病慢慢损害了她的脑子。白朗希在一八六七年记录了一次“癫痫样发病，没有留下后遗症”，尽管“她经常叫喊，显出害怕”，甚至“毫无事由、毫无意义地谩骂”。她在脑软化过程中的一次脑溢血后于一八七二年春天逝世。

雅克·白朗希在他的回忆录中并不多提弗洛尔，称她“头脑简单之至”。而对梅拉妮则着墨很多，对这个被称为“时尚小道新闻”的女人作了一番生动的描述，“非常机智，板着脸说笑或装天真，对《费加罗报》的最无聊的消息也会发出惊异或装羞的小叫声。她长得像伏尔泰；皮肤打摺，颧骨高，对着过来的人挥动她的银长柄眼镜。她涂上一层粉把光亮的皮肤吸干，把金黄转灰的头发梳理光亮，往太阳穴上贴，有一绺鬈曲的鬓发不听使唤地脱开抖动。从早到晚，她一边吃糖果，一边做钩针活，上面镶花边、披巾或裘皮”。她在白朗希诊所过完一生，死于“老年痴呆症”。

至于莱奥妮，雅克·白朗希奇怪地根本没有提到。弗罗芒塔尔的遗孀和白朗希大夫的小儿子还是在一月三十一日同一天生的，他们在疗养院里也可能一起庆祝过生日。在一八五四年第一次住院后十年，莱奥妮确也不得不回到朗巴尔府。她在那里待了四年。她的病例是模糊不清的典型，在十九世纪女人住院隔离问题上是个死结，必须在更大的范围内研究，探测整个领域，那就是女性精神病。

第五章　女性精神病

在白朗希大夫保存的文档中，有一封表面上无足轻重的信的副本，就像一生的通讯中总夹带着几百封这样的信。它是寄给两名剧作家的：夏尔·爱德蒙和爱德华·富西埃，《男爵夫人》一剧的合著作者，“一个女人的故事，她被迫关进一家疯人院而发疯，当她恢复理智时，杀了那个把她关进去的男人，假装痴呆而逃过了法律的惩罚”。剧中提到的那家疯人院位置在帕西。朗巴尔府是在这个地区唯一的一家精神病疗养院，埃米尔觉得个人受到影射，要求作者把这条带来麻烦的提示取消，这事照办了。萨拉·伯恩哈特当主角，同意改动本子……

白朗希大夫有没有正当的道理，害怕人家怀疑他用不公正的标准把女人隔离？在第二帝国的精神科医生眼里什么是不公正的标准呢？第二帝国代表这样一个社会：独立女性的形象是受到怀疑的，她的解放被视为一种社会危险。一八五〇年到一八七〇年间，法国关在精神病院内的女性增加了一倍以上。在硝石场医院，大多数人住院都是由警察局决定的——把妓女、酗酒者、贫民关进疯人院的铁栅栏后面，半数是单身。在私立医院，80% 的女人是被男人——父亲、兄弟或丈夫——送进来的，以致我们有权利提出问题，在执政的资产阶级的心目中，女人是不是天生要被当做疯子的。精神科医生于利斯·特莱拉对群众的意见作出令人吃惊的概括："任何女人生来都是多愁善感的，多愁善感，差不多就是歇斯底里。"

因为她们的解放威胁公共秩序或者扰乱家庭秩序，女人要求自立就会被说成精神错乱，歇斯底里，躁狂。酒、贫困、单身经常引起一种说不清楚的疯狂，这发生在妓女和狂热信仰者身上。出身于没落和堕落家庭的少女，受到上一代不幸命运的打击，成了没有经济来源和没有丈夫的妇女，毫无例外地总有一天会落到教士或精神科医生的手中。这些是左拉和龚古尔兄弟笔下的女主角，道德秩序和贫穷的受害者；大家可以想到安娜·库波（又称娜娜）的神经性发病，《绮尔米尼·拉塞特》中同名女主角的肉体与精神的衰败，《普拉桑的征服》中马尔泰·穆雷受福佳本堂神父的蛊惑或者《绮尔维太太》的宗教性偏执狂。

在城里与在乡下，结婚是保持平衡的源泉，被看做是医治忧郁的良药。这使包法利夫人产生了疑惑，以下是福楼拜笔下虚构的爱玛与她的女仆之间的对话：

> "啊！是的，"弗莉茜黛又说，"您跟着盖丽娜一样，她是波莱那个打鱼老汉盖兰的女儿，我来您家以前在迪埃普认识的。她的样子真可怜，真可怜，看到她站在自己家的门槛上，就像是一条殓尸布挂在门前。她有病，好像是什么头脑里迷迷糊糊的，好多医生，还有本堂神父都没办法。病犯得厉害时，她就一个人上海边去，遇上海关官员巡逻，时常看到她

直挺挺趴在鹅卵石上哭，后来她结了婚，据人家说，这病就不犯了。”

“而我，”爱玛接着说，“而我是结婚后才犯的。”

不论做妻子还是做“妓女”，十九世纪的女人在血液里就携带和培养罪恶。精神科医生确定的疯病有其不可避免的“生物日历”，而月经来潮、闭经、分娩、绝经的日期都是关口。有人证实月经来前容易自杀，此外又有记录表示月经来后商店的偷窃案会剧增，大家还谈论“产后精神病”（与怀孕有关）。总之一句话，精神病是与激素有关的。这也是白朗希大夫的意见，他一八五四年给弗罗芒塔尔写信提到莱奥妮时说：“太太整天非常激动，我一点也不惊异，因为她正处在月经期，她前天相对平静使我很奇怪。应该等待这次例假过去才有希望看到一定程度的好转。”

女人本质上就是罪人，被自己的性别逼疯了。在疯人院里，为了防止女人手淫，会在其两腿之间放一块金属板或者软木塞；否则就用外科手术切除阴蒂、子宫、卵巢或者烧灼尿道。为了使有手淫倾向的精神病人安静下来，朱尔·法尔莱想到削平乳房和肩胛骨角：这被称为宗教裁判所的铁刑。以后，夏尔科发明了卵巢压迫器，“类似古代的贞节带，但是在女病人的腹股沟上带一只旋杆，上面有一只金属球”，这可以任意加强压力。

“过分的”生理热情与“反常的”爱情，其间的区别是很小的，很快一步就跨过去了。某个女人被关，因为有人谴责她爱上一个小她二十岁的男人；另一个拒绝跟丈夫做爱也被送进疯人院——遭拒的人最后把她杀死了；第三个女人是同性恋，只配关进小屋里，根据比奈的说法还是反对女性同性恋的最后一招，他主张“把这些荒淫的害人精关进隔开的小房间，放任她们沉浸在她们病态的想象力所能想象的一切脏事中去，不要用她们的榜样去毒害其他人”。社会习惯却又压垮了良好的愿望：吕西变成疯子，因为她受不了“给一个自称为处男的已婚男子愚弄了”。

精神科医生是医生和匡正时弊的人，改正偏差，医治谵妄。一切形式的反抗、背叛，不论如何微小，都有可能被送到疯人院。一个女人向皇家马车扔石头？关进去。一名少女不服从，向父母还嘴？关进去。一个自由的女人，有自己的“看法”和雄心豪情：她就会被控，差不多变疯，在她内心自主的欲望变成了“骄傲的偏狂”。卡米耶是个普通的农村女工，想当厨师：她的丈夫就认为这是她痴心妄想的征兆，她在一八五〇年被关了进去。这些滥用的精神判断，毫无系统可言，还比比皆是。雅尼克·里巴在《疯女轮舞曲》中的调查报告提出的例子，既雄辩又令人寒心。

受害者害怕报复，很少对自己被非法监禁提出申诉。许多女人既不会读也不会写。对于有的女人，不但没有还她们一身清白，还用她们的陈述表明住在医院有过令人怀疑的症候，说明失去理智。其他人经常一去再没有回来。然而也听到一些呼声，如埃齐丽·鲁伊，由于她大胆要求属于自己的一份家庭遗产，异母兄弟为了剥夺她而在一八五四年把她监禁起来。这名少妇在《一名女精神病人的回忆》中，叙述她在法国几家疯人院的十四年禁闭生活，从夏朗东医院到硝石场医院，其中还包括省级医院，如奥尔良医院，她在那里被关在狂暴病区。关于女精神病人的生活条件的证词令人压抑，却是对这个判决她们的权力机构提出一份有益的诉状。埃齐丽的疯病来自她的不可原谅的自由要求：她独身，自认有“艺术天分”，要独自养活自己，妄图维护自己的权益。精神科医生把这人的志气解释成“一种带幻觉的急性偏狂，这种病使她对自己、对周围的人构成危险”。她在一八六八年出院，向公共服务机构起诉，打赢了部分官司。

这类伤心事并不专门出在法国。在美国，伊丽莎白·帕卡尔的情况是挺有意思的，尤因这名四十来岁的妇女是基督教徒，忠诚善良。她的“病理”错误是愿意进行“自由的宗教探讨”，在讲授宗教历史课时对学生说人天生是善的，不是恶的——也就是不是由原罪而堕落的。她的丈夫是牧师，恨她执迷不悟，一八六〇年把她送进了伊利诺伊州杰克逊维尔疯人院，不许她见孩子，并领取她继承的收入。麦克·法伦医生试图调戏他的女病人没有成功，把伊丽莎白弃之不顾，任其在生活中要什么没什么。幸亏她开始暗中记日记，可以为精神病人遭受的折磨和对女性的奴役提供证据。后来她投身于司法斗争，要大家承认精神病人和已婚女子的权利。她一直保持信仰，不管怎样依然尊重婚姻，不愿意离婚。

吕西、卡米耶、埃丽齐、伊丽莎白……十九世纪女性的罪孽首先是要争取自立，摆脱男人给她们确定的任务。勒诺丹医生，马莱维尔疯人院院长，表示愤慨：“自从女孩子离开田间劳动到纺织厂或刺绣厂去做工，您就听到她们个个都自怨自艾，现在歇斯底里在我们乡下跟在首都乌烟瘴气的城区一样普遍。”归根结蒂，女人要是病了，是她们自找的。事后大家回过来解释泰洛瓦尼·德·梅里古是患了疯病后介入政治的；大家评论巴黎公社时用火油纵火的女人歇斯底里，就像大家因卡米耶·克洛岱尔提出要求而把她关进疯人院要她闭嘴。遭禁闭的独立女性的悲惨队伍，从来没有停止过扩充。

上述例子说明，这不是几名不幸的女子落入精神病院里个别施刑者的魔掌中。这些悲剧的可怖之处，正是在于整个社会都同意要“偏离方向的”女人遭受这样的命运。令人愤慨的不是例外，而是赞同的普遍性，麻木不仁的共识。精神科医生不是妖魔：他们也是自己这个时代的人，划定真与善的道路是促成人道主义的改进，对这点深信不疑。白朗希大夫不比他的同行更坏或更好，他在自己的诊所里收留了许多女性，做事也不会逾越常规。

且不去对精神失衡者的现实情况评定是非，也不对住院条件的合理性提出看法，谨慎阅读病程记录的人还是有权利询问埃米尔某些批语的意义。比如说：罗德里格太太的疯病是什么性质？她“是莱维的遗孀，四十三岁，靠年金收入”，莱奥妮的表妹，埃米尔·佩雷尔的妯娌。她身上有什么病？她对“自己、对自己的智慧才干有一种夸大的满足”。她的“歇斯底里冲动”和“荒谬计划”究竟是什么？“她什么事都插手，认为只有自己做得对，对别人不怀好意和不公正，她认为自己大智大慧，是音乐天才，她一直想结婚又不敢承认，她计划跟家庭不告而别，带了女儿离开巴黎；对她的行为没有一点信任”。班克海德太太的强烈歇斯底里发作，与她“对丈夫和医生非常狡猾”的讨厌倾向之间到底有什么关系？对于口口声声说自己不明白为什么要来疯人院的“不驯顺的”女人，埃米尔反复使用这些句子是什么含义？医生面对某些女病人的不服从显然很恼火，有时在临床结论上写得还是较为乐观。大家猜到二十五岁的英国病人哈曼小姐住院即将结束，因为医生很满意地写下病人“驯服得多”，“对自己母亲真诚热情得多，不愿意累她，不再要求离开疗养院，在这里恢复了健康很感激，不再大口吃东西，这个月月经来得准时。康复”。

这样的信息太少，即使是一般人也觉得精神科医生的这些诊断，处在他那个时代，经常只属于严格的道德判断和对女人不足为奇的看法，我们不能从中去作出结论。混乱的现实是很难估量的，尤其女性很少呼吁反对她们遭受的极不公正的禁锢。必须有巨大的勇气和毅力来面对全社会。毫无疑问，埃斯基隆太太具备这两种品质，她在一次无可挽回的指控中把埃米尔·白朗希大夫送上了被告席。

事件发生在一八九三年一月，那天娘家姓德·加斯泰的埃斯基隆太太给司法部呈送了一份铅印的诉状，信中“她反驳别人说她精神错乱和精神科医生对此的报告”，他们把她送到比克皮斯路的古戎医生诊所，她从一八九一年八月底起就一直被关在那里。这是这个女人的第二次住院，她选择把事情从头说起，把下列这段文字作为诉状的开场白：“一八六五年十一月，在我第一次关进白朗希大夫诊所以前，我对德·加斯泰先生说：‘可是，爸爸，您不能把我送进一家疗养院，因为我不是疯子！’‘这只要一张精神病证明就可以办到，哪天我高兴我就会给你办好的。’这是他的回答。”

玛丽·德·加斯泰确实是被父亲送进朗巴尔府的，时间是一八六六年一月十一日，那年她二十二岁，原因是“歇斯底里躁狂激动”。她到了一八六七年八月才走出那里，即十九个月后，没有治愈。第一次住院与第二次住院相隔二十四年，这期间人们对于玛丽的事知之甚少，只是她成了埃斯基隆太太。发生了什么使她遭受二度禁闭呢？

一八九一年八月二十四日，玛丽突然有不正常的呕吐，深信自己中毒，赶到区警察局，那个时代这样做是很平常的，专家称她没有“什么不理性”。但是她的父亲被召唤来后，排除了中毒的假设，一口咬定她的女儿是完全疯了。他是菲尼斯太尔的议员，利用他在议员中年序最长的威望，不由分说把她送往拘留所，在那里埃斯基隆先生证实了岳父的断言。被控的女子后来喊冤：“父亲和丈夫的说法被警察局请的精神科医生加尼埃和白朗希先生作为确凿无疑的真情，在一份报告内下结论说我是精神病人。”

她这次被送到古戎医生诊所，埃米尔对他很熟悉，作为医学顾问定期上他的诊所去。在这两种情况下，白朗希大夫在玛丽的命运中起了决定性作用，如果这名“不驯顺的”女病人没有奋力反抗，用书面文字详细说明她的处境，也不会对医生的名声有多大损害。

乍一看，没有什么证据能说明埃斯基隆太太真正精神错乱，患急性偏执狂，她相信这是男人背地里搞的阴谋。她的诉状，用明白无误的语言把精神病院和警察局自始至终的阴谋诡计一一揭穿，据理力争，论证严密，读了以后这个假设不攻自破。这份档案从这方面来说的确是风俗史和医学史上一份非同寻常的资料。

公诉状开门见山说出事情的原委。对玛丽来说，她的不幸的原因是这几句话。她写道：“从我成年后，父亲总是要按照他的心意来控制我，就像在我童年时一样。在这件事上，精神科医生为了巴结他而帮了他的忙。”为什么呢？“要是我没有财产，我就可以平安生活，但是我恰恰从过早去世的母亲那里得到了一笔很大的财产。这笔财产一直由我父亲代管，直至我成年为止。我爽直地在监护账户上签了字。因为我是独生女，婚后又无子女，他们怕我的财产没有父亲的份儿，就无中生有说我有精神病史，企图剥夺我收回财产的权利，这使我痛苦，使我毁灭。”

我们可以问，为什么她的丈夫初期答应保护她，不久又跟她的父亲结成联盟。埃斯基隆与他同谋可以得到好处。他是个不名一文的人，靠妻子的收入过日子，而妻子已经开始提出离婚。玛丽住院可以冻结诉讼，让丈夫继续过舒适的生活。面对两个可以行使父亲和丈夫特权的男人，埃斯基隆处于孤立地位，尤其行政当局有意或者办事不力，后来站到了强者一边。一八九一年玛丽遭拘留时，还神志清楚，要求给她的公寓贴上封条；这事在十九天以后才去办了：在这期间，她的丈夫有时间去她的公寓，把她为了办离婚指控他而准备的所有材料都取走……

这个情节真像取自一部拙劣的小说，在紧要关头，精神科医生的作用显得是决定性的了，首先是白朗希和加尼埃两位医生。埃米尔是警察局和法院的熟人，已经在对她进行治疗。而保尔·加尼埃医生，正是拘留所特殊卫生所所长：这两人有权根据评估报告签发精神病证明。评估报告是由当时甚有威望的三名精神科医生做出的：马泰、马尼昂和瓦赞。第一名是法医界非常出名的专家之一，他跟白朗希大夫合作写过数不清的同类报告。第二名是酗酒精神病专家——左拉曾以他的著作为基础在《小酒店》里描写库波的震颤谵妄症——终生在圣安娜医院工作，负责住院办公室。最后一名先是比塞特医院、后是硝石场医院的医生，负责警察局特殊卫生所的医生助理工作。三人都得出跟白朗希和加尼埃同样的结论：埃斯基隆太太应该隔离。他们的审讯记录被受害者保存了下来，并逐条反驳，可成为同类资料的样板。埃斯基隆太太给司法部寄了一份副本，在同一张纸上分两栏，左栏是医生评语，右栏是病人驳词。

开头，精神科医生承认，“从智力衰退方面把这位太太看成是精神病人，这是一种很错误的想法；相反，她还非常机智敏捷”。那么埃斯基隆太太患的是哪类病呢？医生的责备是她自名为“受害者”，她发牢骚，写文章“自扮好人”。这里面对女病人的过错所选择的形容词令人钦佩：“埃斯基隆太太带着一种虚荣的满足之情，像在舞台上夸夸其谈，说个没完。她巧妙地把她不想说的事掩盖起来……带着自我欣赏的态度大谈她的童年，她受的教育，在长篇大论中抓住一切机会对她的父亲进行中伤，控告他败坏她的想象力，很早就诱使她知道动物繁殖的神秘。这话不管真与假，都是她对他提出的第一份诉状；然后还有其他一连串接连而来，我们不得不听这些单调冗长的事件。”

精神科医生累了，甚至烦了，觉得没必要把病人的叙述内容记下来，更关心的是下列主要罪状：埃斯基隆太太出售她在伊尔-维兰的产业，购进梅尔索瓦庄园，这证明是一桩亏本买卖，她做这件事似乎是出于一种“妄想观念”。她的一切财富都在家乡，她自认为是家乡每个人的仇恨与轻蔑的对象，而不理解她遭遇的凌辱，全在于她的个人行为和语言怪僻荒谬，她自认为受到迫害。她设想自己的安全受到威胁，她没有其他更严肃的理由便决定永远离开这块地方。“至于购买土地，他们同意承认这桩不利的买卖本身并不是精神病症状的特征……”顺便提一下，精神科医生有意使用不明确的词，毫不犹豫地说是一种“妄想观念”，以便今后否认精神错乱原则。

女当事人的反驳和对情境的解释不久就提了出来：“我离开自己的家乡，是因为一八六六年我被关进白朗希大夫诊所后，父亲对我造成的声誉使每个人都躲避我。他们对我指指戳戳；哪儿都没有人接待我；尽管我个人有财产，也不能在那里好好结婚。至于购买梅尔索瓦庄园，要不是我错信了一名寡廉鲜耻的公证人，这原是一桩好买卖。这不证明我疯了，也不证明我的妄想观念。后来我也根据巴黎法院一八九一年七月二十二日法令，从有舞弊行为的交换者那里获得了四十万法郎赔偿金。”

人们也可预料，玛丽要求离婚在医生眼里也成为一份不可驳斥的证据，说明她“感情不稳定，受迫害的思想驱之不散”。专家还要用埃斯基隆太太的性要求作为补充证据，说明她是个水性杨花的邪恶女子。他们在报告中说：“她的精神错乱中有一个方面很奇怪，就是非常看重一切有关性器官的事。她跟我们谈到她得到的治疗，有一种明显的满足；她渴望她的普通科医生继续给她治疗；她向我们出示药方。她坚持说医生开方子用大水管冲洗她的阴部对她很有用。她这些知心话说明一种特殊的精神状态，使我们更好了解埃斯基隆太太可能在其中扮演主动角色的种种外遇。有人指控她，而她说这些都是诬蔑。”若听信被告的话，医生在这里影射她的父亲与丈夫想象出来的一个情节，揭露她的“淫荡疯狂”，来挫败一项离婚计划，——其实离婚计划还是因为丈夫背叛和“极大失望引起痛苦”后提出来的。

埃斯基隆太太还留下什么把柄呢？她控告自己的父亲，要自己管理自己的家产，满脑子淫荡的念头，打算离婚……家庭、钱、性。为了说得她十恶不赦，还有最后一桩罪恶：埃斯基隆太太“酒量惊人”。证据是“有人撞见她正想喝瓶里剩下的葡萄酒”。

专家们没法清楚说明精神病，笼统地引用病人的话指出她的行为障碍，用词非常精到：埃斯基隆太太对着医生摆出“一副轻蔑优越的姿态”，她把她不幸的“不变”主题“有意强加”于人，让听众忍受她“喋喋不休”和“说教式的无聊话”。精神科医生都是慈悲为怀，宣称对病人甚表“怜悯”。她竭力拒绝这种感情，要求审查她的理智。埃斯基隆太太特别清楚问题出在哪里，就像她的一句话透露的，在那句话里可以窥探到一个可以理解的失望情绪，而这恰恰说明她既明白又善于挖苦。她说：“后来，我是疯了，因为我熟悉一大堆司法术语，我向我的监护人提出妥善管理我的事务的方法。”这才是问题的症结所在。医生在这方面的结论是毫不含糊的：埃斯基隆太太因经济原因必须处于司法援助与保护之下。确实，“由于她介入到一些严重影响她财产的商业中，她的情况更加微妙了。依照我们的意见，重要的是她丝毫不要沾边……我们有资格得出结论说，埃斯基隆太太不接受外界的监督与指导，身边又没有人得到她的信任，就没有能力明智地享受她要求的自由；把她安置在特殊的疗养院里是对的。只有在那里才有可能保证向她提供她的病情所需要的监督与治疗。主要是让她远离商业纠纷，一旦她直接参与其中，必然会引起严重复发。”

但是在评估报告中并没有说明她发疯，埃斯基隆太太关进疯人院的决定更显得是小题大做了。医生还承认女病人有思考能力。他们也没有使用什么“推理躁狂”或“清醒的精神错乱”——这些病用以指具有理智的外表，实则有时病得很厉害的病人。不，精神科医生，道德的证人，用科学词汇来掩饰他们的愤怒，没有费心去做表面文章。在他们眼里，埃斯基隆太太不是精神有病，而是道德不健康。精神科医生不判断心理失衡，却谴责解放欲望。这问题的严重性在于这两种情况的结果是同样的，就是禁闭。

自此，更有意思的是查阅诊所记载德·加斯泰小姐的病程记录，带着考据所需要的谨慎细致，试图去解读白朗希大夫在她一八六六年第一次住院的诊断评语。幸而这个病例属于埃米尔写得较为详细的部分，开头是病人的介绍千篇一律，病程记录每一页上都重复：家庭情况、送院人（父亲）姓名、诊断（“歇斯底里躁狂激动”）、入院日期。精神科医生然后总是按照习惯，抄录院外一名医生的信件，那是拉里波瓦齐埃尔医院的莫瓦斯奈医生，是他建议住院的。奇怪的是莫瓦斯奈不用常规格式（“某小姐患……必须住进一家有资格针对她的病情治疗的疗养院”），而写一封长得出奇的信，详细述及玛丽·德·加斯泰的“精神性疯病”。医生说到这名少妇违情悖理的行为，是她有一天突然离开父亲的家庭去了布尔日。他还说：

> 她动辄狂怒（有两次我亲眼目睹），那时她完全无视父亲的权威，又哭又叫，闹得全家不太平；对周围的人有粗暴行为，有人对她的意志稍有违背，就威胁要从窗子跳楼。最近以来，德·加斯泰小姐对父亲恨之入骨，声称她粗暴发怒全是他引起的。她已经把憎恨与排斥情绪发泄到其他许多人身上；因而德·加斯泰小姐已经具备隔离的条件，这对她是有好处的。除了这些原因以外尚有其他，鉴于太多和对事情不利，恕不一一罗列，我宣布必须尽早把病人送至一家特殊疗养院，以求得到治疗，待治愈后再出来。

这两份隔离判决，相隔二十四年，至少有三条是相似的：要求自主和摆脱父亲的权威，是精神错乱的标志；隔离是救赎的措施；正确记载病症是没必要的浪费时间。

白朗希大夫的诊断是怎么样的呢？一月二十六日，玛丽住进朗巴尔府后十五天，医生写下他的第一次评语：这是法律规定的“两周证明”，在此以后，精神科医生可以自由记录病人的病情进展，一月一次，然后三月一次，甚至一年一次。隔离初期，玛丽“易怒、粗暴、敏感”，头痛，胸闷。据白朗希说：“她很难抵制满脑子的肮脏思想；她承认她没有屈服；但是仅仅依靠祈祷。她经常把谈话引到爱情和婚姻上。她肯定自主时的行为不会端正。”

一月以后，埃米尔没有记录丝毫进步，她的行为总被人认为不妥当：她“始终摆脱不开色情念头，最平常的词也会引起她兴奋，一方面她夸张幼稚多疑，另一方面她对父亲恨个不已。她摆出最虔诚的宗教感情，又不能够完成她的宗教义务，服侍她的人都被她弄得日子难过”。但是神经症或谵妄，幻觉或幻想，狂怒或白痴，偏狂或忧郁，这一切都没有提到。

在三月二十五日那天，医生对于使他倾向于让病人住院的理由说得更明确清楚。埃米尔写道：“她表面上无可奈何地接受住在这里，但是她内心并不因此而减少反抗；从外面散步一圈回来，她甚至向我承认她有过逃跑的念头，想到会让城市的警察逮住送回来，这样做的一切乐趣都没有了。她有窒息、痉挛、消化不良、头痛等疾病，夜里过得很不好，她还希望能够向我证明她是理智的，但是事实上，虽然她在谈话中可以说不谵妄，她的精神状态依然使她不能够自主。”

这里大家看得很清楚；这名少妇在别人看来是因为具有反抗精神，表里不一而被关起来的。唯一“改变”命运的方法是完全的或不是“表面上”的屈从，不做任何包括内心与暗中的抗议，总之，心甘情愿地按行为准则生活。白朗希大夫甚至不把“承认逃跑的念头”看做是坦白的表示，他内心还谴责这种颠覆思想会在她心中引起“乐趣”。同样对病人逐渐按照强加的模式做人的努力，他也不能满意，因为他感到她内心有抵制。因为病体治愈不但是思想面貌的改变，还要先对错误有认识。皈依是不够的，还要弃绝从前的观念。

白朗希好像事前就对病人不抱任何信心。以后几个月零零星星的评语像驴皮似的收缩，在一八六六年春天，只简括成短短几句。四月份医生写道："她有或自以为有头痛病。"而五月份，他观察到"有色情倾向，据她说她努力克制。她读些天文学和英语，尽一切努力保持理智，获准出院，但是心底的想法没有一点改变"。从七月份起，他看到"同样的精神状态"，白朗希大夫明显对这个不可救药的病人弃之不顾了，他最后的评语口气冷淡可以作证："一八六六年八月，歇斯底里偏狂激动 / 一八六六年十月病情相同。道德感情功能反常 / 一八六七年六月病情相同。"八月二十二日，玛丽·德·加斯泰在朗巴尔府的住期终于结束。"没有治愈"，既然精神科医生不管，她的父亲有权利又决定了，应他的要求她将被安置在埃皮内的表亲家。

原名玛丽·德·加斯泰的埃斯基隆太太，两次应其父亲要求而被关入疯人院，两次被白朗希大夫诊断为精神病人，她的故事在十九世纪是一件平常事。玛丽要自立，过自己的生活，决定自己的命运和财产，这是不可原谅的向往，被归入"男性女人"一类。埃斯基罗尔在一八四七年已经提到，在疯人院里的数目日益增多，由于"夏娃绝望挣扎，要走出自己的性别，在精神上获得一个新的实体"。

对于第二帝国的精神科医生来说，把玛丽·德·加斯泰这样有"心计"的女人隔离起来，这不但是跟父亲的权威联盟，维持社会等级——即使是协力篡夺财产也可——也是愿意给一个执迷不悟、走上邪路的女子做"好事"：善与恶，对与错，与之对称的是健康的人与患病的人。同样无疑的是白朗希大夫在同一个时代愿意为莱奥妮·阿列维做“好事”。应一个理智健全、有爱心的大夫的要求，她一八五四年第一次隔离，最多说明治疗无效与疯人院环境的压抑——对大多数病人这是焦虑发病的起因。十年后，她第二次住进朗巴尔府，这次有了病程记录，此外还说明了医生的用意和精神状态，他对阿列维家庭有点像个远房亲戚，好心的知心人。

弗罗芒塔尔过世后，只留下莱奥妮跟两个女儿，一个十九岁，一个十六岁。丈夫已经不在。小叔子莱恩和两个妯娌弗洛尔和梅拉妮都住在白朗希疗养院。她难过万分，得到自己的兄弟代理人和作家伊波利特、她的表兄弟罗德里格和佩雷尔一家的支持，还是勉强浮出水面。一八六四年三月，她没有力气去参加为她丈夫建的一座纪念碑的揭幕典礼，四月五日，因“忧郁性偏狂激动发病”而被送入白朗希诊所。当时她四十五岁。

莱奥妮徒然回到一个熟悉的环境，在自己的亲戚中间，她对朗巴尔府没有留下好印象，她是违心住进去的。为了使她的日子好过些，白朗希大夫同意她的长女，可爱的、有音乐天分的埃斯泰，母亲的掌上明珠，来跟她一起住。但是她来后没几天，院里就发生了一件大事。只是到了一九三八年十一月才揭露出来，那天达尼埃尔·阿列维，莱奥妮的侄孙，在《日记》中这样写道：

> 埃斯泰·阿列维的死讯最早是由艾蒂安·冈德拉告诉我

的。这个名字对我总是围绕有一种情感，一种沉默。我从前以为她是得肺病死的。但是不，死因更惨。她的母亲疯了，被送到白朗希大夫诊所，被认为治愈了，允许半自由和自由地在医生的花园里活动，她的女儿去跟她一起住。其实她没有治愈，一天夜里她起身，穿了衬衫在花园里奔跑。那里有一个池塘。她跳了下来。她的女儿在她身后追。她身子不适。女儿跳下水，把母亲拉了回来。但是她的月经突然停了，引起腹膜炎。她去世了。

埃斯泰跟她的堂兄吕多维克差不多要订婚了。他几年后跟路易丝·布雷盖结婚之时，把他的记事本撕掉七十三页，用一行字代替："埃斯泰病了几天后过世。"对这次奇怪死亡的情景，他肯定可以告诉我们许多事。因为雅克·白朗希跟我们说得很明确："为了不诱使病人走上绝路，帕西疗养院里没有池塘。"那么发生什么了呢？埃斯泰难道是另一起事故的受害人，而白朗希大夫对此又讳莫如深？莫非那个池塘就是塞纳河涨水时花园深处河床下自然形成的那个湖泊？虽说一八六四年没有记录说明有什么河水泛滥，还是有可能在冬季快过时河水浸润着这块产业的边缘地带。埃米尔本人很晚才暗示那件事。在埃斯泰死后第一天，他关于莱奥妮开的两周证明，只是说："偏狂激动缓解，忧郁性操心。"

莱奥妮被瞒着，她不知道女儿死了。一八六五年六月二十二日，即悲剧后十四个月，白朗希大夫在病程记录中还肯定他的病人一直不知情。他写道："有时她非常激动，听到有车辆过来喊叫几声，相信这是家里有人来了，那时一边叫一边呼我，急忙冲到室外，到我的诊疗室和客厅窥视，看看是不是会发现她的一个家里人。帕尔夏普医生见过她两次，提出他的想法，认为应该是向她宣布女儿死讯的时候了，我不同意这个意见，拒绝这样去做，当然一切全由她的家庭决定如何适当处理。"

这期间，莱奥妮表现得十分激动，"她几次发病来势凶猛，因为有人不让她接近家人"，"终日胡思乱想摆脱不开"，砸东西，"在房间里踱来踱去，像个笼子里的野兽"。白朗希大夫明白说，病人"对于发病以来的一切经过没有丝毫记忆，不停地重复说她什么都不明白，但是没必要去明白"，或者还说"像她一个小女子没必要明白"。这说明这个女人在损伤性休克的打击下，压抑了对埃斯泰的死亡事件的记忆，把不闻不问和别人要她扮演的第二个角色混同不分。她隐藏于心中的负罪感并非不强烈，她"有时产生忧郁性谵妄想法，责怪自己做过不体面的事，声嘶力竭为自己辩护"。

白朗希还在一八六五年年初写道："尽管她不停地表示要回家的强烈愿望，也很容易让人说服隔天再说，答应她不久可以离开立刻可使她平静下来，她有时还说我们从不说话算数，但是下次答应她做什么，她还是深信不疑。"莱奥妮对她的医生有什么可以信任的呢？在人家对她说的话中她该相信哪句是真的？他们对她隐瞒女儿的死亡，他们明知道没这回事还要她相信不久就要出院了；直到隔离后期，埃米尔为了宽慰对她说谎，对病人的“病态性轻信”感到奇怪，她听到“延期出院也不气馁”，“有永不实现的许诺也就满足了”。

白朗希大夫还注意到莱奥妮很少提到自己的孩子，毫不掩饰自己的反感，她“对女儿长期不来也不埋怨，不像个有理智的妇女”。说到医生，“要是不治疗她，她不会真正难过”。埃米尔徒然跟病人说道理，一切毫无成效：她“对自己的处境没有意识”（这句话出现两次），拒绝根据预定的社会或亲情法典行事。一八六七年春天，莱奥妮出现说话呢喃不清，句子不完整的状况，在精神科医生的眼里始终“不会处世”；十月份，身体情况良好，睡眠极香，但是她“还是对人家说的话一点不懂”。

莱奥妮第二次住院又以失败告终。她在白朗希大夫疗养院住了四年，没有治愈出院，在一八六八年五月二十九日转入伊夫里疗养院，那是埃斯基罗尔创办的，那时由吕依医生管理。第三次住疗养院期间，她的第二个女儿杰纳维埃芙一八六九年六月三日跟青年作曲家乔治·比才结婚。他是弗罗芒塔尔教过的学生，古诺的朋友。莱奥妮不能参加婚礼。过了不久她出院，在亲人中间琐事不断，勉勉强强过自己的日子。她什么时候获知埃斯泰的死讯？她是不是知道这桩悲剧的真实情景？在她的那个当做账本的本子里，她有一天用紫墨水写下这个谜似的句子：“病是由我的家庭反复无常引起的，它把一个像埃斯泰那样易动感情的青春少女送进了一家（不可原谅的！！！）疗养院。他们断送了她的一生。”

一八六四年，埃斯泰葬礼后，埃米尔·帕拉迪勒，弗罗芒塔尔的学生和家庭朋友，给父亲阿尔西德写信说："做母亲的（莱奥妮）发疯将有两年了，蓓蓓（杰纳维埃芙）现在成了女人，行为愈来愈离奇。"

"蓓蓓"十三岁起失去了父亲，跟母亲分离四年，又失去她唯一的姐姐。她还有叔叔、堂兄弟，他们组成一个家庭委员会，管理她的财产，父亲的老朋友古诺给她上钢琴课，答应她："你要知道你可以在我的心中找到你要找的全部父爱。"白朗希大夫亲自照顾少女，少女可能在一八六七年，因家里嫌比才太穷而要与他解除婚约时写信道："亲爱的白朗希先生，您的探望给我带来莫大的喜悦，对此您不能有一刻的怀疑，在那些悲哀的时刻人对一切同情的表示都是敏感的，尤其这些同情来自我对之怀有诚挚感情的人。"杰纳维埃芙实际上心慌意乱，就像她的内心日记所记的那样。一八六八年一月她在日记里诉说自己的孤独："哦，上帝，你的意愿夺走了我在世上最珍贵的一切。你掳去了使我的心和生活得到充实的宝贝姐姐，在我还没有能够理解父爱给我带来的全部幸福以前，我就看到父亲亡故了，你也没让我爱的母亲用她的爱情来安慰我，我竟没有机会侍候她，减轻她的痛苦与不幸！"

杰纳维埃芙与乔治·比才一波三折的婚姻终于成功了，大部分得力于莱奥妮的兄弟伊波利特·罗德里格-昂里克，他出面给青年音乐家说了好话。比才与他的岳母之间后来建立了真正的亲情，一八七〇年围城时开始的大量通信可以证明。那时，莱奥妮刚从伊夫里出来，住到波尔多，她催促这对年轻夫妇去看她，送他们礼物，灌输他们无用或古怪的劝告，大声要求他们温情待她。但是杰纳维埃芙好像看到母亲害怕，每次都推迟行期。一八七一年二月不管怎样还是见了面，这下子闯了祸。比才很不安，在回家路上给伊波利特·罗德里格-昂里克写信："今天早晨，她（杰纳维埃芙）听到旅馆走廊里有人说话。您要是看到她脸色苍白！您要是见到她扑到我的怀抱里大叫：'这是她！救救我！我要是见了她会死的！'您看到这张脸也会吓坏的。这里有一种病态，跟吕多维克结婚后的情况出奇得相像。"

吕多维克·阿列维确实如此，他在一八六八年结婚，但是不久就把妻子送回娘家，仿佛被他的新处境吓怕了——白朗希大夫那时充当中间人使两家在几个月后又和好了。比才在见过她的母亲以后大约在他的妻子脸上见到同样惊恐的表情。在波尔多发生了什么？我们从莱奥妮的一封信中获知，她看到自己的女儿"变了，苍白，神经质，眼圈黑"："乔治对我是个真正的儿子，他知道体贴入微，他知道爱，但是杰纳维埃芙没有爱情给人带来的那种宽广胸怀，她崇拜丈夫，但是这种崇拜使她野蛮，我觉得除了他，她对一切都很木然。这是疲劳吗？我不知道。她像我的埃斯泰那么神经质！"

这是莱奥妮第二次说到埃斯泰的脆弱。这是这名少女住在白朗希诊所的真正原因吗？还是母亲试图说服自己的一种想法，而又用到了小女儿身上？这个秘密没人识破。它像一个纠缠不休的念头一样沉重："快把我带走吧，快，不然我会像埃斯泰一样死去。”杰纳维埃芙一边向丈夫的怀抱扑去一边哀求说。

她的丈夫对母女相会有他的说法：

> 阿列维太太虽然对杰纳维埃芙的变化很吃惊，片刻也没有接受她的女儿有病。她把这个发病归之于孩子气的神经质，又觉得我对于这一切又太温和。阿列维太太是治愈了。她神情怡然快乐，忙个不停……她雕塑，一日写十封信，做十次客人，接待十次客人，然而依我的看法，她还有两个病症：
>
> 1. 做作而又绝对表面化的感情；她以为爱每个人，但谁都不爱。她是完全不需要女儿的。家里没有一个人逃得过她尖刻的批评，没有一个人！她十分起劲，也十分感兴趣地打听侄子阿尔弗雷德……当人家告诉她这个可怜的人完全是个白痴时，她平静地回答：“哦真的么！”然后又谈其他事了。她的虚荣心极强！“我是阿列维太太，每个人都要服从我！”她只是从社会地位去衡量人……
>
> 2. 钱！！！！咱们私下说，谁想剥夺阿列维太太的自由谁就是个妖魔，但是我怀疑这种自由在一年后将会遇到极大的难题……我的岳母将一身是债……这是最痛苦不过的……看到一个母亲对女儿很严厉，一个女儿对母亲很冷淡，这是太不幸了。她的病（因为这两人都有病态）让人原谅一切，但是不会使事情好转。

对比才来说，女儿神经质，激动中有习惯动作和发抖，有时使她无法写字；岳母莱奥妮让人不自在，不请自来，感情又忽冷忽热，行为随便不负责任；吕多维克脾气怪异，这些都来自一个家族病。顺便提一下，当他奇怪莱奥妮那么容易（过于容易？）把女儿忘了时，他的看法接近白朗希大夫的看法。他确实也曾问过医生的意见。他后来这样说："我从本能，也从我询问过的所有医生那里，知道杰纳维埃芙没有必要再见到母亲。"杰纳维埃芙面对这么一个母亲能怎么样呢？她一会儿健忘，一会儿贪婪，给她写信说："至于你，我的小鹿，感谢上帝，你没有理由冷淡和漠不关心，你要听着，我要求你过分爱我，因为你们两个人也像四个人那么爱我。"很久以来，作曲家受到母女俩的牵扯，既要照顾杰纳维埃芙的健康，又要应付莱奥妮的多心。

玛丽·德·加斯泰与莱奥妮·阿列维的病例，不管多么不同，还是可以从一个新的角度去看白朗希大夫的住院条件。不是说精神科医生处心积虑要把女人关到他的诊所的铁栅栏后面。而是可以看到埃米尔如同他的同行，本性上倾向于否认这两个女人——尤其一个是离婚妇女，一个是寡妇——有自由生活、支配个人意志和财产的能力。

从这两个例子看出教育与社会环境不足以防止权力滥用，玛丽·德·加斯泰的例子当然更为显著：虽被认为精神正常，还是要隔离，这完全说明女人的历史，因为男人一心要保持他们的特权，就可以剥夺女人的权利和自由。

莱奥妮·阿列维可能患有严重精神障碍，她的病况较为模糊。白朗希大夫习惯于把女人，特别是把精神病女人，看成是没有责任心的孩子，他就因此每天在出院日期或大女儿的命运方面哄着她？让我们相信埃米尔在“做好事”，不使病人太伤心。但是精神科医生的好心和先入之见，认为女人没有能力掌握自己的命运和认识自己的前途，这中间的界线在哪里呢？在多数情况下是难以分清的。第二帝国时期精神病专门报告数不胜数，读了以后就可看出这个问题。这些报告的分析和阐述，对于了解精神病的历史非常有用，比如巴依阿尔杰和特莱拉两位医生和将要送人疯人院的一名少妇的对话，自有一种隐喻的价值：

> “您父母作出的决定您知道吗？”
>
> “是的，先生。就是把属于我的财产取走四分之一。”
>
> “他们取走这四分之一是为了谁的利益？”
>
> “是为了我本人的利益。”

第六章　失落的幻想

十九世纪六十年代标志精神病院的大发展阶段。在巴黎及其郊区，在这十年初期开工的建筑已接近尾声，这也是奥斯曼男爵的城市建设计划的完成。一八六七年五月圣安娜疯人院开业，一八六八年一月马恩河畔纳伊的维尔-埃菲拉尔，第二年塞纳·瓦兹的佩莱-沃克罗兹也开始接收病人；夏朗东的建筑工程一八四四年中断，一八六五年又恢复。尽管治疗失败的事时有发生，埃斯基罗尔梦想的疯人院在法国还是仿效的楷模。大家以佛兰德地区里尔疗养地的例子讨论家庭病房的利弊问题，大家研究莱依姆或瓦兹的克莱蒙疯人院—农场的功能，辩论农业村和英国开门治疗问题。但是传统的隔离，"精神避雷针"，在法国还是保持极大的优势。一八六七年，里那医生在世界博览会期间出版的《巴黎指南》中对读者说："最近一段时期有人反对对精神病人采取禁闭与隔离这个很有效果的措施。塞纳河畔新建的疯人院，肯定要比最美好的言词，更能消除这些感情用事的偏见和不公平的怀疑。此外还有一个好处，就是跟私立疯人院进行有益的竞争，并且胜过它们，因为这些疯人院在人员组织、内部制度、医疗管理、无私医德、对病人的治疗与关心方面，并不都是无可指责的。"

隔离精神病人是精神治疗的基石，随着时间的推移，好像精神科医生也相应退却：病人和医生都走在一个死胡同中。方法没有多少改变，精神病人数目不断增加，治愈率总是很低。第二帝国时期，甚至开始感到有的精神科医生准备放弃，这种想法不会不叫埃米尔·白朗希受到影响，他在帕西每日目击一些不可解决的悲剧，不得不以此看出自己无能为力。有一件事使他的精神受到重大打击，毁灭了他对前途的梦想和对事业后继有人的希望：一八六八年十月五日，他的长子约瑟夫在布洛涅森林散步时阑尾炎突然发作病倒，年仅十二岁死于腹膜炎。白朗希大夫和妻子在朗巴尔府生的四个孩子，已经死了三个。雅克，最小的儿子，知道自己变成了“独子”。他的父亲做什么也不让他当精神科医生。

三天后，葬礼在帕西公墓举行。安东尼·德尚，诗人与忠诚的朋友，一切悲或喜的时刻的教父，在“这座早早打开的坟墓”前致辞。他说：“今天，是一个孩子，这个家庭的希望，被死亡从他父母的爱情中夺走，事实上我们都禁不住要对这次死亡的不公正提出抗议，死亡使事情颠倒，竟要我们去埋葬原本要给我们闭上眼睛的人，幸而这次不公正把我们的思想引向一个未来的生命，这个未来的生命将会对这个生命伸张正义，它可以独自清理混沌和宽恕神意。”

安东尼·德尚第二年亡故，带走了他在白朗希家庭三十七年的日常生活回忆。埃米尔一生把这最后一份演说辞保存在办公桌的一只抽屉里，还夹着一张照片，上面是骑马的约瑟夫，当时大约六岁，穿了苏格兰裙子。他还保存了夏尔·古诺十月十日匆匆写下的这句话："我可怜亲爱深爱的朋友，噩耗传到了我这里，还能向您说什么呢，除了它使我比以往更像是您的兄弟！"夏尔·古诺是埃米尔的精神兄弟，如同大家还记得约瑟夫是他的同代人让·古诺的精神兄弟。

为了体谅做父亲的伤心，这桩悲剧宣布时作曲家原本要告诉医生自己觉得也要发病的话，是不是留着没说？八月份，他已把自己的失望告诉了朋友、历史学家加斯东·德·博库尔，诺曼底莫兰维尔城堡的主人，古诺常去那里住。他说："我觉得自己坠入一个悲哀的深渊，已不知道世上有什么可以把我拉上来。"经过一阵子犹豫后，他去了莫兰维尔，德·博库尔侯爵十月二十五日不得已从那里给白朗希大夫写信："二十三日星期五到二十四日星期六的夜里，我们共同的朋友病发得很厉害。满口胡话，全身抖动，停停发发，交叉进行。到了下午差不多完全缓解，接着又复发，从昨天到今天的夜里，主要在二到七点，发得最厉害……在他刚刚发病时，就等待您的来临与指示，也就没有去请任何医生。用镇静水敷身，摩擦皮肤，喝汤，也就是限于使用这些方法。"侯爵在信末对于"您遭受的可怕不幸"表示慰问。

埃米尔的答复很快就来了。他在第二天就写了回信："您没请来任何医生我很赞成，在这些病情发作时没有积极的治疗方法，一切医嘱都可能包含危险。甚至镇静水您也不要用，您给他安排日夜监护、清淡食品、清凉饮料，还有尽可能到户外去，我们可怜的朋友在产生剧烈幻觉时急切需要大量空气。"医生要求加斯东·德·博库尔谨慎小心，不顾泄漏职业秘密，还说："我看到过可怜的古诺，在相对轻微的发病以后接着又有几次极为严重的发病，这时候为了他本人的安全，我不得不使用最有力的束缚。几年以来已有好几次采取这个必要措施，有一次……把他从枫丹白露送往巴黎途中，有一次在两年半前，从圣拉斐尔回来。我衷心希望您还不需要去做这类事，因为您没有对付这类恶劣情况时所用的必要设施，就会充满危险。"埃米尔尽管有丧事在身，还说随时准备到病人这里来，但是更同意古诺回自己的家，然后再对他提出非常明智的建议："病人没有胃口这点不用担心。不要给他喝金鸡纳酒，要他散步，要他呼吸，给他喝牛奶、肉汤、菜汤、波尔多酒，吃新鲜鸡蛋，不要服药。"

埃米尔的嘱咐没有用。病人依然处于原来状态，博库尔夫妇不安，没有办法，最后要求白朗希大夫来到病人床边。为了预防起见，瞒着古诺不让他知道他的来临，城堡里的仆人既不知道住着的客人是谁，也不知道二十七日上午到布勒依车站，在九点二十分到达的火车上迎接的医生的名字和专业。

埃米尔对于作曲家来说是不是个神医，只要一出现就会缓解他的痛楚？这种想法显得很荒谬，但是事情就是如此，每次古诺遇到医生，病情就起根本变化。白朗希大夫跟他说了些什么？他找到哪些宽慰的话让他的朋友安心？若不是这两人之间的对话，如何解释作曲家的"复活"？古诺确实谈到他的痛苦，也谈到把他钉在十字架上的"钉子"。白朗希大夫在莫兰维尔闪电访问后48小时，加斯东·德·博库尔可以向精神科医生证实“在您到达巴黎前不久我很幸运，看到第一次这样的突变……经历了那么可怕的时刻，看到亲爱的古诺在身体与精神上处于这个状态，有多么幸福”！

这期间完成了什么奇迹呢？二十八日，古诺还住在博库尔家，宁愿握笔给加斯东和埃迪特·德·博库尔写一封长信，可惜第一页已经撕去。《浮士德》的作曲家用一种激情的散文，提到一个神秘的“令人吃惊的承诺”，这是“在深更半夜，在一个那么明亮，那么难以说清的光芒中，向他做出的”！他接着又说，“是的，这时刻来了，我触摸到了，它在那里，要给我恢复生命，这个生命，少了它使我死了一年了／啊，我亲爱的朋友们！通过你们，来自你们，使我知道被人清楚地完整地认识确实是无可比拟的欢乐！你们也是，通过我，由于我，使你们知道不被认识，不被知晓是什么样的苦刑，不可言喻的痛心的弥留（这可以……）”信写到这里断了，然后又在最后一节：“我只向你们说一句话来描述我目前的情境——这是复活！——这是圣约翰眼前看到的，新的天空，新的土地／你做的一切都是新的。”

当古诺写这些话时，要知道他处于事业的巅峰时期。1866年，他被选入艺术学院，获荣誉勋位团勋章。到处都有人接待他，邀请他，羡慕他。他的第五部歌剧《罗密欧与朱丽叶》，一八六七年四月二十七日在抒情剧院首次演出，使他从巴黎红到伦敦。但是音乐家为这部最新的创作弄得精神上疲惫不堪，很难恢复过来。后来他写了一部宗教作品《波吕欧克特》，随后可以看到这份乐谱在演出以前经历了令人啼笑皆非的怪事。是不是应该在音乐家发高烧时说的话里面，看出这是为荣誉付出的代价，荣誉使他远离了宗教和音乐，最终在一次艰难的发病后才把它们找了回来？一八六六年十月，乔治·比才已经含蓄地说过荣誉的销蚀作用，给他的学生加拉贝尔说起古诺："可惜啊！您再也认不出他了，艺术学院使他迷失了方向。艺术学院是弥诺陶洛斯牛头怪兽！把我们解救出来的忒修斯又在哪儿呢！"这个"少了它使（我）死了一年了"的生命，不就是古诺一辈子在对神秘的追求中混淆不清的信仰和创作，只是成功好似使他分了心？

他十月三十一日给埃米尔·白朗希写的信也表现出相似的声调。古诺身体恢复，但是害怕复发。他好像特别怀疑他自己在谵妄时会说出不吉利的话，要竭力挽回面子否认，仿佛那个时刻是有魔鬼附在身上："我的朋友，上帝愿意这种情况继续下去——现在您像上帝和我一样知道了我的一切，我们知道，在我昏乱时，一切都不是从我和从我的心里而来的。"在这次显然的严重神经打击以后，古诺在莫兰维尔还待了三个星期，他从那里给白朗希大夫报告自己的健康："我有理由坚信这份和平，这种相互信任会回来的，我通过那么多的痛苦与焦虑，怀着我的灵魂与意志的全部力量朝这方面走去。只要这份考验不停，好像永远不会完似的，或者至少力量将在它以前消失。上帝引导亚伯拉罕的牺牲直至最后时刻！……他经常等待的是这个时刻而迎来光明和生命。”下星期，他的情况又有好转，作曲家可以再一次向医生表示感谢：“我的健康好些了，早晨醒来神经性痛苦的感觉几乎完全消失。您知道我不欣赏这句谚语：‘眼不见，心也远。’因而我必须经常向您说，我不在心底深深感谢我欠您的一切，就不会享受健康的快乐。我拥抱您，就像我爱您。”

古诺在一封信中怀着悔恨提到“值得最高贵、最忠诚感情的人们”，也即他的妻子安娜和两个孩子让和雅娜。作曲家提到他们时不是第一次感到悔恨，责备自己屡屡不在家里，然而常常还是有意这样做。白朗希大夫在他发病时还总是第一个主张他赶快回家，认为这让他留在稳定的环境里，巩固表面已经松散的亲情关系。古诺一到圣克卢，就严重发病。他十一月二十三日给加斯东·德·博库尔写信：“我一到这里，什么事也没做，只是每天早晨感到难受；在这里与在莫兰维尔都不舒服，唯一的区别是这里不舒服还更长久，我每天要难受上四五个小时。自从来了以后，我有了一些给爱受苦的人带来乐趣的事。”

“给爱受苦的人带来乐趣”，古诺很难找到更恰当的句子来说明他作为基督徒对生命的看法，通过苦难走向理想道路的观念，苦难在哪个时刻都是结合了乐趣与悲痛、欢乐与负罪感、安逸与对安逸的谴责。他的“发病”说不出什么名堂，总是伴随着这些热诚与痛苦的天主教义的形象。古诺发抖，用他自己的话说“像一头山羊那么激动”，祈求上帝、黑夜和神圣的光明，但是埃米尔在哪儿都不谈癫痫，甚至不谈宗教偏狂，更不谈歇斯底里——这都是女人家的病。他患的痛风病有时引起他的哮喘，但够不上使他成为白朗希大夫的谵妄病人。他这个一会儿激动、一会儿消沉的帕西住院病人，被约束衣裹得动弹不得的“疯子”，把自己的痛苦当做苦难来度过。古诺患的是什么病呢？白朗希大夫回答说是忧郁病，主要症状表现为忧虑、自我控诉和有自杀倾向的一种严重疾病。他到死前都在受这个苦。

古诺全身瘫痪，上面有伤痕和“疥子”，内心郁结，这在奈瓦尔的诗歌里称为“黑太阳”。波德莱尔更爱用Spleen（消沉）这个词，描述他心里“可怕的专制的焦虑”，在《恶之花》诗集中屡屡出现。Spleen是个英语词，意为“脾”，产生黑色胆汁的内脏，据古代人说黑胆汁分泌过旺就产生忧郁：白朗希的另一名病人玛丽·达古尔也选择这个词，更文学化，来描述她生存中的无聊与厌恶时刻，她从少女时代就陷入这些情境。她那时叫玛丽·德·弗拉维尼，一八〇五年出生于美因河畔的法兰克福，十年后她在那里遇见了歌德。一八二七年她嫁给达古尔伯爵，她从不爱他，给他生了两个女儿。她的沙龙在那时是圣日耳曼郊区最出色的沙龙之一，可以遇见维尼、海涅、肖邦、安格尔……但是她的生活里压着一件“致命的惨事”。这种先天性忧郁症使她二十六岁时在瑞士企图自杀，她在那里由日内瓦精神科医生库安台治疗。几个月后，她的异母姐妹在法兰克福投入美因河死去。第二年，她六岁的大女儿亡故。

在丧事接踵而来的时期，玛丽遇到了青年钢琴家弗朗兹·李斯特，搅乱了她的一生。她二十八岁，他二十二岁。这对情人热恋了十年，从一八三四年到一八四四年。玛丽选择与社会礼仪决裂，跟随音乐家漫游欧洲，这在舆论上引起轩然大波。他们生了三个孩子；达尼埃尔一八五九年死时才二十岁，勃朗汀后来嫁给政治家埃米尔·奥列维埃，珂吉玛第二次结婚时嫁给了理查德·瓦格纳。玛丽的私生活和职业生活在报上屡有登载，她在一八四一年开始给报刊编辑艺术评论文章。为了让人接受，以她的朋友乔治·桑为榜样，采用一个男性笔名，玛丽在出版社叫达尼埃尔·斯特恩。她用这个名字发表了她最知名的作品《1848 年革命史》，共三册，以后成为权威著作，受到米歇莱的赞扬。

事业成功，使她风光十足的沙龙，款待巴黎精英的宴席，还是无法使她不消沉，尤其在一八五〇——一八五二年间，她在日记中写道，她“极端悲哀”“精神沮丧”“无尽忧郁”，甚至说她“脑力衰弱”。李斯特要结婚了；她为金钱发愁；四十六岁时，她害怕死亡，用算命来排遣畏惧心理。一八五二年八月十六日，她问自己：“什么是消沉？它是怎么来的？应该把它看做是头脑中的血外流还是大量涌入？但是血的流动是怎么形成的？”随着时间过去，玛丽甚至“惶惶不安”，相信自己“成为嗑巴和蠢人”。儿子死亡，接着又是女儿勃朗汀·奥列维埃一八六二年逝世，使她的厌世思想更重，不久影响到她的写作欲望，“看到墨水缸使我厌恶，笔在纸上的唰唰声使我发烧”，她在一八六五年三月十四日写信给弗利克斯·埃纳基这样说。三年后，她承认“累得不想活了”。

一八六九年四月份，比以往更强烈的一次消沉使玛丽躺倒了。二十八日，乔治·桑写信给她的儿子，她得到“残酷的消息”：“达古尔太太在白朗希大夫家，愤怒发疯。”女作家同一天在记事本中写道，“这叫我很难过”，这是玛丽的兄弟弗拉维尼伯爵把她送到朗巴尔府去的，到了那里她情况很严重，老是害怕人家要把她活活宰了。塞里斯医生签入院证明，说他的病人患的是“神经过度激动和精神障碍”，白朗希大夫把这个诊断写在病程记录里，成了“歇斯底里偏狂激动，这使她对己对人都有危险性”。她五十三岁，她的文学作品得到公认。白朗希大夫在职业一栏里写的是“年金收入者”。

玛丽-达古尔是不是在圣日耳曼郊区和蒙梭平地的沙龙见过而认识埃米尔的？这非常可能。他们可能在诗人路易·拉蒂斯邦的姐妹弗洛尔·辛格家遇见过，她的希梅府——今日的美术学校——接待上等社会的自由主义者，常去的有埃米尔·奥利维埃、奥克塔夫·弗耶、欧内斯特·勒南……她已经作为住院病人在朗巴尔府待过？病程记录中没有记载。雅克·白朗希说达古尔伯爵夫人是他的教育人，他曾写下有“这部德·赛维尼埃夫人的书信集可以为证”，在这个副标题下还有一句献词：“纪念跟我一起最早的阅读，帕西，一八六七年。”她可能是埃米尔和费利西每周六晚宴上的常客，遇到过乔治·桑和波利娜·维亚多。雅克的回忆录不管写得多么生动，还是必须谨慎对待。他说过一八八一年一次电车事故中他伤了腿，由若贝尔·德·朗巴尔治疗的……那时朗巴尔死了已十四年了。

有一件事是肯定的：玛丽·达古尔一八六九年四月十一日因歇斯底里而被关进帕西，歇斯底里是当时三大“神经官能症”之一，其他两个是疑病和癫痫。这病自古就有，那时古代人看到女人身上子宫移动时神经错乱，这词的词源也出于此。歇斯底里从根本上说是与性失望有关的：就像黑胆汁过旺引起忧郁，体内物质节制与积累似乎也会产生精神错乱，表现为痉挛发作、颤抖和不规则震颤。在中世纪，人们还把它跟神鬼学联系在一起，魔鬼钻在女人的肚子里——从女巫到被魔鬼附身的精神病人。后来医生怀疑这种病人有模仿现象，渐渐把它看成是生长在脑子里的病。到了一八五〇年，保尔·布里凯发表《歇斯底里的临床与治疗》论文，终于承认男性也有可能得歇斯底里症，三十年后又由让·马丁·夏尔科把歇斯底里跟经常与它混淆的癫痫分开，作为神经科医生试图确定是哪个器官损伤引起了疯病，但没有成功。但是他在硝石场医院对神经病原学的研究和实验，歇斯底里病人在催眠中产生的症状（如瘫痪），给西格蒙特·弗洛伊德开辟了道路，他在一八八五年看了“老师”的现场。弗洛伊德发现了暗示、创伤和无意识，这得益于这些师生共同参与的临床课。

在玛丽·达古尔跨进朗巴尔府铁栅栏的时代，歇斯底里主要是女人得的病，病灶有的人说在子宫里，另有人说在脑子里，最早的特征是神经紧张，忧郁，脾气和感觉普遍容易激动。发病时谵妄与痉挛会引起严重危险。玛丽·达古尔的病情就是这样。四月二十六日，白朗希大夫开了一份两周证明，是这样写的："疑病性忧郁谵妄持续不停，偏狂激动稍好。间歇时完全清醒。颏下痈昨天由奈拉东医生开刀。病况严重。"白朗希显然很不安。他叫到朋友的病床前的不是无名之辈，而是奥古斯特·奈拉东医生（1807—1873），加里巴尔迪和拿破仑三世的医生，医学生涯将近结束时，在全欧洲都享有盛誉。

据玛丽·达古尔的女儿克莱尔说，女作家的病况值得大家担忧。她五月份给科齐玛写信说："妈妈穿了约束衣，一直昏迷不醒，要不就是大叫一声或者伸长脖子，要用额头去撞什么东西或什么人……星期一晚上，我留到最后一班火车才走，星期二，我整个下午留在妈妈房间里，我确信我人在使她更激动，刺激她，令她痛苦。"这番可怕的描述，参照白朗希大夫的诊断，说明玛丽的症状是多么严重。再看那个时代的画家如安格尔和莱曼留下的肖像画，很难想象一副贵族相貌、一头由黄转白的长发垂在面孔两边的高雅女子，会像硝石场医院的惊厥病人那样抽搐，如许多铜版画给我们看到的这种形象。然而却要在玛丽冷酷的肖像上覆盖一张歇斯底里人的照相。女知识分子玛丽是一尊有灵魂的石柱像，却好端端遭到了精神病的袭击，这使她奋起反抗。消沉，总被认为是作家的姿态，而她却在肉体上忍受残酷的后果。

五月二十六日痈治愈了。据埃米尔说，"精神状态好转"，"人很安静"，"现在乳房有个脓肿"。奈拉东又一次手术成功，使得六月十四日，玛丽住院后两个月，白朗希大夫可以在病程记录上写下："治愈出院。精神状态极好。"那个时代痊愈是很少的，也就不作他想了。玛丽·古达尔，就像古诺，全赖埃米尔·白朗希大夫之力得到了新生。

几天后，达古尔伯爵夫人住在汝拉山的朋友家，朋友名叫路易·德·隆肖，拉马丁的老秘书，后来成为艺术视察员，最后为博物馆联合会主席。他住在圣吕比辛庄园，玛丽觉得“十分壮丽”。七月十五日，她能够给她的朋友、国防部办公厅主任夏尔·索内写信：“我多么遗憾，没能精神一好就看到您，我内心也在挣扎不让您看到我（下巴颏）的伤疤！这真是可怕，我愿意独自一人受苦。我相信焦虑有所好转，最大的进步是我跟死亡已经和解了。大家相信我已死期不远，我可以对您说它并没有叫我害怕……”

玛丽渐渐走出“她的长期痛苦的消沉病”，她对女婿埃米尔·奥列维埃谈起过。一八七〇年一月二日奥列维埃负责成立新内阁，建立议会制，他自任司法和宗教部部长，玛丽向身居高位的亲戚诉说她对白朗希大夫的感激之情是很自然的。她给政治家写信说：“我求您不要忘记，您让我答应白朗希大夫，八月十五日给他颁发军官十字勋章。您若离开司法部另有任用，那就在这以前签下法令。对于这个正直的好人这是生死攸关的大事。”说到做到，八月二十一日，古诺祝贺埃米尔不久前获得“玫瑰勋章”。白朗希大夫在荣誉团勋位上也得到晋级，只是由于精心治疗达古尔夫人，而不是像大家所说的在一八七〇年对祖国做出什么贡献，……但是光凭达尼埃尔·斯特恩的复活，不就值得一枚勋章吗？

法国十字勋章或外国颁勋荣誉，白朗希大夫看得比什么都重：这是他做医生的光荣与尊严，是对一桩艰辛的工作和他的某些成果的奖励。他要得到它们的热诚不亚于他渴望病人的感谢与他治疗病人的努力。人人都说，他是个热诚的人。他不计较时间与金钱——这有愧于他的妻子。临床工作占据了他的全身心，二十年间，他没有学会让人代劳。白朗希大夫诊所不单是他的“私事”，他生活的理由，也是他的骄傲。但是他的职业需要谨言慎行，他的主治医生角色不能让他像医学界头面人物那么风光，那些人搞教学、研究和理论。对于十九世纪一名布尔乔亚的社会地位上升，授勋具有举足轻重的作用，没有人，即使福楼拜，也决不抵制玫瑰勋章。勋章对白朗希更胜过宽慰，这是他的示威。

白朗希大夫年已五十，尽管生活中也充满坎坷，相貌依然年轻。说实在的，他的形象一旦确定再也不变：永远衣冠楚楚，接待客人时，仅仅把身子稍稍靠在椅子背上。埃米尔在一切情况下身子保持挺直。从来没有人看到他把两手插在背心袖笼里，也没见过他在客厅里放松姿势或者有违礼仪。他既小心符合人情世故，也注意语言正确，要求儿子的教师在他面前避免使用新词——“请用正确的词”，他坚持说。这样热心恪守社会习俗，是不是使他在时代潮流中成为一个落伍的人？他的儿子雅克说：“白朗希大夫并不是一眼看来就是个出色的人。新来的人可能见到他外表严肃、礼貌周到、语言精炼会不知所措，这都是优良传统的遗产，现在保留下来的已经不多了，好像是庸俗意义上的‘化石’这个词。”医生呆板的外表甚至让小雅克的朋友也吃惊。其中有一位在白朗希家吃了中饭后，竟然问医生在生活中是不是学过形体课。雅克很奇怪，问他为什么。朋友回答：“他两脚走到第三步，突然停止，然后右脚脚尖再走，又是三步。巴尔扎克说一八三〇年的男士就是这个样的。”

说来也是，埃米尔的性格很少叫人吃惊的地方。他过分讲究形象的完整性与事物的永恒性，也可能像那些建筑的正立面，让人躲在后面驱除魔邪或者隐藏不可告人的真相。埃米尔不是两面人，他的好心与礼貌尽人皆知，在这后面也掩饰不住“极不耐烦的躁动”和“内心愤怒”，有时会勃然大怒，叫全家人都受累。这股怒火来得迅速，去得也快，只一会儿，医生又会摆出和善的面孔。雅克看到他这样发脾气，又说：“天性热情，还有偏心，甚至会施暴力，我们知道他作出多少努力保持表面镇定泰然。”

同样，循规蹈矩的白朗希大夫在适当时刻也会耍小诡计，这点令人意外。他的儿子告诉我们，一八七〇年初来了一名病人后发生的事：“一天早晨，我看到我家铁门口有几名穿猎装的仆人，吹着喇叭。怎么？爸爸也穿猎装！还是狂欢节？原来要让德·卢旺古侯爵住院下圈套引他，动用了马匹、猎狗和一切装备。侯爵夫人也串通一气，全身戎装，三角帽，鞭子和切肉的猎刀。这样德·卢旺古侯爵以为是在打猎了。”埃米尔也化了装诱使他走进诊所，也用计要这位“患夸大妄想症”的病人说话。三月五日，病人转送到医生在奥特依和拉居尔路租的那幢平房里，医生这样写道："我对他说这对他是一次新的胜利，才使他最终接受这场讯问。"

在雅克的眼里，父亲是个不易接近的老人，他每次消失在诊室门背后，进行神秘的谈话，一年中只有暑假时到迪埃普跟他过上几天。医生对这个仅存的儿子的健康关怀备至，却没有能够与他建立真正的亲情。雅克本人试图引起父亲的注意，给他写了几首诗或者小寓言，一八七〇年一月一日早晨把这则寓言悄悄放到他的办公桌上：

> 两只蚂蚁共同占着
> 一片山杨叶子，一面一只，
> 讨论叶子的颜色。
> 它是白的，我跟您说！它是绿的，我的大姐！
> 那时一条毛虫在树枝上睡觉，
> 醒来对她们说：——上帝使它又绿又白；
> 但是你们这样的学者到处都有，
> 待在上面，却要去说下面是什么。

这样一则寓言就不用费心去解读了……

一八七〇年一开始，法国就流传会有战争。自从普鲁士一八六六年在萨杜瓦胜利后，两国敌对情绪日益强烈。拿破仑三世对俾斯麦政策笨拙的绥靖做法，促成一个强大统一的德国的形成，只等待一颗火星让战火燃烧。莱奥波尔德·德·霍亨索伦要坐上西班牙王位，被认为是俾斯麦的一次阴谋，对法国构成威胁，这成了一个借口让战争在七月十九日爆发。

不到两个月时间，一个世界摇晃了。八月三十一日法国在色当投降；拿破仑三世被俘，遭到关押。九月四日，国防政府成立，在巴黎市政府宣布成立第三共和。白朗希大夫在巴黎，阅读报纸，关注敌军推进消息。医生是以前由埃米尔·奥列维埃领导的和平阵营的拥护者。梦想“军国主义从世界消失”。他支持新政府，赞扬“朱尔·法弗尔的出色的通报”和勒南的文章。法弗尔是外交部长，他试图跟俾斯麦谈判，没有成功。医生给已经逃亡英国的古诺写信说：“的确在那里有健康和对人有益的消息，使我们不去理会帝国新闻部二十年来发布的臭气冲天、令人作呕的一切东西。我们为祖国的不幸痛心疾首，但是我们要从中看出这是上天对我们的错误的一种惩罚和一次教训……如果说我们作为一个军事强国应该被消灭，以后又会轮到普鲁士，然后又是俄国，只有在那时，才会保证世界和平，民族与民族才会有真正的博爱，他们之间才不再有障碍，相互承认，像同一个大家庭的成员。”

白朗希大夫跟温和共和派有联系，属于非常广泛的自由主义团体，而他的妻子从不害怕发表她的反动政治思想，是《祖国》一报的忠实读者，同情这位帝国亲王。医生觉得自己在精神和意气上更接近奥尔良派，他每日阅读他们的机关报《论坛报》，那是由贝尔坦兄弟创办，他的朋友约翰·勒穆瓦纳主编的。柏辽兹曾在那里长期编辑音乐评论版，勒南、泰纳、雅南给他们撰稿。在编辑中间有一名青年记者，在第二帝国新闻审查时期，以笔风泼辣犀利发挥出他的评论天才，这是阿纳托尔·普雷沃斯特–帕拉多尔，自由思想的勇敢捍卫者，与帝国制度不共戴天。母亲是吕森德·帕拉多尔，女演员，死于一八四三年，户籍上父亲是普雷沃斯特少校。其实他的父亲叫莱恩·阿列维——作家在跟亚历山德里娜·勒·巴结婚以后，曾跟吕森德有过一段私情。

白朗希是他一家的至交，对这名高等师范大学青年学生很熟悉，他几次给他的父亲治病，还有母亲，一八五七年因“忧郁症”在朗巴尔府住过两个月。阿纳托尔一八六九年丧妻，参加了在埃米尔·奥列维埃当政时已受羞辱的旧政权，到华盛顿当法国政府代表。宣战后的第二天，他觉得自己被人误导，背叛了自己的理想。七月二十日在纽约，据美国当局说他在一时“疯狂”中自杀，这样可以让他在巴黎有一个宗教性葬礼。阿纳托尔·普雷沃斯特–帕拉多尔留下三个孤儿，吕西十七岁，泰雷兹十五岁，雅尔马十一岁。白朗希大夫和阿列维夫妇成了他们的正式监护人和知心人。

这个新的意外发生时，正逢白朗希大夫为了保护他的病人和家庭忙于安排各事。他派儿子到切尔西去找古诺夫妇，妻子到迪埃普住在表亲拉勒芒–吕佩家。埃米尔自个儿留下来指挥。一八七〇年九月十八日巴黎围城开始。首都四面受困，百姓什么都缺。冬天特别严酷，没有木材、煤炭、食品——大家只好吃老鼠，不久又吃植物园的动物。伤员多得医院都住不下，为了紧急治疗，城里到处出现救护车。剧院、教堂、参议院、大东方总部，还有私人府邸，如罗特希尔特公馆或理查·瓦雷斯公馆都仓促改成了医院。白朗希大夫也在战争中作出自己的努力。十二月八日，在调查巴黎救护车的过程中，《巴黎日报》的一名编辑在帕西停下，那里有八名军官和炮兵伤员接受治疗。他走时非常钦佩医生完成的工作，这家临时卫生站的一切费用都是由医生自己负担的。精神科医生表面很镇定，对战争和风俗演变的结果表示担忧。陪客人到了门口，他悲哀地对他说："特别是最近几周来，酗酒发疯的病例惊人增加，正常的工作习惯那么重要，却在消失，酒馆日夜客满。只有酒贩子才生意兴隆……"

从一月份起，炮弹打到巴黎，二十九日巴黎投降。停战协定在凡尔赛宫签订。在这段间歇时期，议会必须决定争取和平还是继续战争，埃米尔主要担心儿子，他没法到伦敦去找他，一切朝巴黎开来的火车"无一例外都用于运送粮食"。医生不能够长期抛下诊所不管。派助手默里奥医生去探望"孩子"身体怎样，"孩子"则跟奥尔良医生亨利·盖诺·德·缪西在参观水晶宫，在维亚尔多家庆祝生日，屠格涅夫给他在《春潮》一书中题了献词。他一直音信全无，医生难以掩饰自己的不安："现在是二月九日，自从停战以后我们还没有收到你一封信。你肯定给我们寄过封口的信。还是寄开口的信来吧，因为当局要求这样做……我们的身体都很好；一切征用工作都取消了，面包配给今天也停止了。我等会儿给古诺写信，告诉他一些很不好的消息，蒙特都的房子遭到洗劫。”就在第二天，默里奥可以告诉他的“亲爱的老师”：“大家都很好；我就是觉得古诺不是很好，他妻子的一个手势使我知道他有点儿病了。”

埃米尔独自应付局面。利用花园的暖房来给病人种吃的，有炮弹期间在诊所地下室匆忙搭床。周围的人都很慌张，不知道相信谁，谣传还是报纸。玛丽·仲马也是，她在迪埃普附近的普依时是白朗希一家的邻居，二月三日她写信给埃米尔向他报告《三剑客》的作者的死讯，还打听帕西的情况：“一八七〇年十二月五日晚上九点五十三分，我亲爱的父亲做了临终圣事后在我的怀抱中睡去。……我要问您许多关于习俗的事，我还要像亲人似的要您给我忠告，对我来说您始终是个真正的兄弟……请快告诉我你们在围城时没遭到什么不幸吧。报纸说到您家花园落下了炮弹，叫我看了发抖。”

埃米尔只是诉说有点小损失，一扇窗子坏了，花园里有几个坑。病人都无恙，但是被战争的传闻搞得很紧张。他们中间有的人要放弃国籍。一个俄国人，瓦列里·布拉科夫，患麻痹性痴呆，自称是所有俄国和全世界的皇帝，签发一封封瓦列里二世的电报，下达战略方案和指导命令。乔治·塔尔博·德·玛拉依德主教，当过罗马教皇的侍从，一八六九年因“昏迷性忧郁症”而住院，打破缄默，发奋工作写拉丁诗，一心要知道“由他引起立即死亡的十一亿人，还没有时间准备永福仪式都到哪儿去了，（他）说他自己四十年来卷进一场旋风，他在这里是进了一座地狱，正等待着进另一座地狱，在那里每日将陷得更深”。据雅克说，那位教会人物在朗巴尔府住的房间里营造了一座天文台，由于提出颠覆性的天文学理论被梵蒂冈赶了出来：他自称是伽利略，梦想被活活烧死。

二月底，国民议会表示赞成和平，尽管甘必大大声疾呼要进行“不顾一切的战争”。一大批抱有雅各宾激进理想的巴黎人，对阿道尔夫·梯也尔政府没有能力处理崩溃的社会经济问题已经忍无可忍，感到自己的爱国心受到伤害，只待一声号召就奋起反抗。一八七一年三月十八日，奉命军事占领首都的国民自卫军跟人民和解，举行起义，成立巴黎公社，二十八日正式宣布为革命城市，准备抵抗撤退到凡尔赛的政府。

在这紧张混乱的气氛中，来到白朗希大夫诊所门前的病人与日俱增。医生保持一贯的平静，镇定自若，临危不乱，他在四月三日写信给妻子：“虽然从早晨以来凡尔赛那边打了起来，我们听到炮声，在这里还很平静；帕西没发生什么事。我不需要跟你说我们对发生的事多么难过，但是我求你不要焦虑不安。我叫人组织了救护车；加了六张床，把桌球台放在中央，上面放几块板和一块地毯，改成桌子，放上包扎伤口的一切器具物品。我们现在作好准备，有伤员送来就收。家里一切都安静。我储存了一些肉和干蔬菜。”

白朗希太太一直在迪埃普，又见到了德莱塞太太和辛格夫妇。雅克被默里奥医生从英国领了回来，在滨海布洛涅的一个亲戚家歇脚后跟她会合。在英国的逗留使他受益匪浅，比如他见了父亲会说“I kiss you with all my heart”（我诚心诚意吻你）。吕多维克·阿列维跟他的妻子和儿子埃里在埃特塔，儿子才七个月，已有惊厥症，全家为之不安。至于吕多维克的父亲莱恩·阿列维，他的精神状态愈来愈叫他身边的人吃惊。费利西从一个朋友那里得到消息，她“说阿列维太太脸色可怕，这样一种苦难的生活叫人没法想象，她的丈夫不要她离开片刻，跟她寸步不离，晚上他睡在客厅的长沙发上，直到半夜，也不让可怜的妻子去上床休息”。杰纳维埃芙和乔治·比才都在韦齐内。只有杜邦歇尔太太把儿子交给了费利西，不想离开巴黎的家。埃米尔写道：“杜邦歇尔太太一直单独留在自己的家里，当我不去巴黎时，她来看我，但是她不留下吃饭，免得到了晚间还在外面；我也只是在白天出去。”埃米尔跟妻子自由自在地谈到玛丽·杜邦歇尔，是不是由此推论他们的关系已转变成一种纯洁的友谊？好像还可以说这三名主要人物心照不宣，个个装做不知情，维护彼此客客气气的关系。费利西这样学会了控制自己的感情，甚至还恶意地鼓励丈夫：“可怜的杜邦歇尔太太，她怎么啦？我还靠着她来陪伴你，帮你度过这可怕的时光呢。”

接连几个星期，白朗希大夫得过且过，他承认：“我很好；这样的日子过了快九个月，也就习惯不再去想了。”亏了花园里的出产和仆人直到中央菜市场去进行的采购，他还能养活他的病人，在这兵荒马乱的复活节还给他们吃芦笋。日子每天还是照样过：一个女人变得狂暴就要送到“房子里，几乎终日离不开约束衣和椅子”，而“可怜的瓦列里又陷入忧郁症”，必须用导管喂食。埃米尔把发生的一切都告诉了妻子，要她安心。四月十八日他写道：“我们周围落下了几颗炮弹，但是我深信大家还是尽量在少放炮，采用一切可以想象的预防措施，因为炮弹只有在瓦勒里安山那边才能打到这里，巴斯路的小山头形成一道非常高的屏障，完全保证我们的安全；总之我们不在炮弹要打的方向。最后从昨天早晨起，炮声完全停了，不要报纸说什么就信什么。”几天后，他说得很确切：“这个区很安静，然而今天早晨《世纪报》还是说帕西没法住，几乎所有的房屋都已人去楼空，回去很危险。这里没一句话是真的。”只是王宫的街车，穿过帕西往凡尔赛去的，到了左岸就转道了，因为一颗炮弹严重炸坏了伊埃那桥……梅拉妮·阿列维给她家庭的信里（目前说话完全有条有理）还告诉我们帕西有好几块天花板掉了下来——雅克的房间受到破坏——“炮声日夜不停轰鸣”。

白朗希大夫的勇气是属于无意识还是乱世在他心中引起的冷漠？他把这些事告诉妻子时用的这种平稳语调，无论如何说明他对巴黎的叛乱有一种颇为明显的轻视：“入夜以后闹声很大，因而也就几乎不能入睡；到诊疗室来的人连续不断，半小时内已经开了二十多次门；伊莎贝尔（大卫）催我快走，以致我有点愕然。我身体很好，我不难受，但是我们只是奇怪，排山倒海般的炮声、步枪声、机枪声没有产生更多的效果。我们生活的四周谣言和假新闻满天飞，我决心只阅读英国作品……这样我忘记了联盟派和凡尔赛派。”斗争还是可怕的，前途是危急的。凡尔赛军队一往无前地推进。默东、夏蒂荣、克拉马、伊西和旺夫的碉堡相继失守。五月十三日，医生听从理智，决定疏散“城堡”。他给妻子写信说：“河滨道的上方与下方都布置了街垒。我不愿意公园发生战斗累及自己。我的病人明天晚上就可处于安全地带，你可以放心我会躲过危险的。”

埃米尔几小时内把一切都安排妥当。最激动、不可搬动的病人跟默里奥医生和一部分职工留在帕西。其他病人分送到巴黎东部几家算来较少暴露的疗养院：圣安东尼郊区路的勃里埃尔·德·布瓦斯蒙诊所，比克皮斯路的诺塔医生诊所，德·夏龙路的莫泰诊所。白朗希大夫照顾自由住院病人，五月十四日晚上安置在德·格勒内尔路的拉封丹好人医院，默里奥是“管理人员”，事先谈判好“付款条件非常优惠”，使白朗希大为满意。

精神科医生与他的病人的离开不容再拖延了。五月二十一日，凡尔赛军队出其不意借道圣克鲁门附近的普央杜乔进入了巴黎。奥特依、帕西、第十五区没有交战就陷落了。一颗炮弹在城堡爆炸，这场灾难刚好逃过。街垒在匆忙慌张中筑成。抵抗是激烈的。血腥的一周（五月二十一——二十八日）开始了。

两个阵地发生的暴力闻所未闻。联盟派处决人质，凡尔赛派屡次不经审讯就进行屠杀。到处大火熊熊：蒂勒黎宫、市政府、司法宫都在燃烧，里面的档案都变成了一团烟，吹得无影无踪。总共算下来，三分之一的首都正在消失。巴黎真正遇到了兵燹之灾。五月二十五日战斗最激烈的时刻，白朗希大夫还是用同样的语调叙述，他的证词实在反映不了当时的情景：

“我们所在的圣日耳曼郊区，畅通无阻……我希望我们不久就可回帕西。默里奥和我们所有忠心耿耿的职工都积极工作，整理一切，恢复秩序。总的来说物资损失不是很大。”埃米尔也努力安慰玛丽·杜邦歇尔，她得不到消息就忐忑不安：“亲爱的朋友，谢谢您使我不再担忧。今天两次要去看您没有成功。我很好，但是看到的是什么景象，上帝啊！”

月底，白朗希大夫疗养院又有了自己的院长和住院病人。重新组织的工作进展很快。最后一批病人在六月底都回到自己的房间。生活又走上原来的轨道。梯也尔和麦克马洪摧垮了联盟派，军队着手进行路易丝·米歇尔所说的“冷酷地给狗分食”。精神秩序胜利了。七月份进行市议员竞选，白朗希大夫决定代表帕西，跟极端反动分子波索兹竞选。他得到玛丽·达古尔和她的朋友路易·特里贝尔与路易·德·隆肖的鼓励，他们——根据雅克说——推动他争取“立场明显的左派”候选人资格。一八七一年七月二十六日在缪埃特区选举人面前的演说草稿——还有文中他谨慎删去的黑体字句子——正确说明了他的政见。

先生们：

我来感谢你们上星期投我的票，还恳请再投我的票。

我还要向你们直接呼吁。如果说我没有要求任何委员会的支持，请不要相信这是出于骄傲或策略；我只是希望摆脱一切政治影响，保持我的候选人资格。**然而我应该跟你们说我对现在的政府是热诚的，这是出于信念，也出于感激！没有任何私念。**你们知道我对于“工人阶级精神知识物质改进运动”是怎么想的。你们也不会不知道我的这些想法是跟一种热爱分不开的，那是我对社会的基本原则，一如你们所希望的矢志不渝。我每天都被召去目击贫困与痛苦，努力寻求补救的方法，我真诚热情地投入工作，我深信这样做的时候我的工作可以缓解仇恨，平静情绪，因而可以持久地建立秩序和自由。

白朗希大夫七月三十日当选，在几个月后不得不辞去市参政员一职。他的姐夫，建筑师莱恩·奥奈，也在当选者的名单上；可是同一家庭不能同时有两人出席。白朗希退出。他以后一直忠实于自己的信念：“我若没有必要在奥奈面前退出竞选，我就会坐在市政府议席上，无论现在还是将来我都做一名稳健派。”

他的妻子憎恨不痛不痒的看法，以看问题态度明确而自豪，医生则相反，他是温和的共和派，赞同自由联合，总是努力做到左右逢源，但是尊重社会天主教义的最纯洁的传统。雅克说：

我的父亲信奉宽恕、利他主义、基督教爱德，赞助世俗的救济事业、夜校，与亨利·马丁创建一家大众图书馆，由约瑟夫的教师朱尔·普斯特的父亲伯努瓦先生管理。他最讨厌的是庸俗、说话滔滔不绝、“耍花招”、自吹自擂。有些朋友要给他介绍甘必大，他对甘必大却有一种不可克服的厌恶。在议会会议上，这名著名的平民演说家的“废话”说得会场上的人听了兴奋不已，第二天我父亲在《费加罗报》上找出最精彩的部分，加以分析。——他说，我的孩子，这就是你在拉丁语作文中必须避免的一个范例。

无论内容与形式都叫他发火；他否认这个“热那亚冒险家”有任何才能，宣称这个不久前才加入法国籍的意大利人，说话写文章都像个“马赛理发匠”。他的演说呢？空洞无物。说到梯也尔，父亲在波旁中学的同学德·布罗格利公爵赞扬这位历史学家、编年史作家的文采与口才俱佳，父亲对此也有同感，……他跟梯也尔一样想法，共和国必须是保守的，否则就不可能长久。嘴上说的话要比在议席上居高临下抛出来要诚恳多了。他随同四分之三的法国中产阶级相信这个神话：“没有共和派的共和派”——这个信仰，还要伴随“党派融合”的希望。

巴黎公社的最后火焰熄灭，法国艰难地站立起来。它失去了阿尔萨斯和洛林，根据《法兰克福和约》，三年内要向德国赔款五十亿金法郎。挫败巴黎公社，接着是无情的镇压，直至一八七五年才结束。对于许多法国人来说，在重建以前是总结的时刻。白朗希大夫的总结是苦涩的。一八七一年九月二十四日，他在德·卡斯蒂格里奥纳伯爵夫人面前提到“巴黎围城时肉体与精神的痛苦；然后是巴黎公社的恐惧，炮击，枪杀，纵火，这是我们八星期中每一分钟生存中的常事”。事后回顾起来，他对这番经历的看法是很阴暗的，尽管结论是明朗的。他描述自己“遭普鲁士人炮轰，被剥夺了火、面包和肉；然后在巴黎公社时再遭炮轰，被迫离家，把病人转移到巴黎；在巴黎又逢战事正酣，在红十字会遭到火灾，我顾不上对我的病人和职工的任何一处小毛小病埋怨叹息，五月三十一日，我们又都回到帕西住下，仿佛什么都没发生似的”。白朗希大夫还附带向维吉妮娅提到他晋升为荣誉团军官，他很乐意接受一枚意大利勋章。如果伯爵夫人能够……埃米尔尤其怀着感情谈到他的儿子约瑟夫：“肯定是我犯了巨大的错误，使得上帝那么残酷地惩罚我，我一刻不停地想他……”

他儿子的死使全家都悲伤不已。埃米尔还有没有心思像以前那样兢兢业业继续工作？诊所的租期快要结束。医生几年来一直在想离开朗巴尔府。他在奥特依买了一块土地，交给帕西圣母院的建筑师德布莱塞纳设计，在上面盖了一幢独立的公馆。战争与巴黎公社的经验加剧了一切事物的脆弱性：要是诊所那时被炮弹摧毁，会发生什么呢？费利西催促丈夫尽快“歇业”。

我亲爱的朋友，终日叫人提心吊胆的诊所该结束了。因为我想你跟我一样已经决定把病人送回他们的家庭，我的意见是对于大多数病人来说选择另一家诊所，不再让我们去经受第三次相似的恐怖时代，我们在今后很长时间还要看到一些真正的革命，听到每个人都说这是不可避免的……你不在这个家里生活已经太久了，你害怕，你因担心而拒绝病人，你在那时表现出那么多的勇气，现在是结束的时候了，房子若没有完全坍塌，也损坏很大了，修复和添置家具要花费一大笔钱，还有许多困难和折腾，应该想到雅克，把剩下的东西给他留着，不要为了那么短短的一段时期作出这样的牺牲，我们不止是抵押了，还要破产，我一刻也不犹豫准备离开，我十分害怕你被其他人影响和说服，但是我要说这事是不可能再做了，你说四年以来你精疲力竭了，家里每个人都这样，我也是，千万不能再做了……我的爱，这是已经决定了的事，你可以见到病人，你只能对你的行动负责。

埃米尔精疲力竭，也被每日的暴力和病人的开销吓怕了，在五十一岁时已是个老态龙钟的人，可是他是不可救药的独裁君主，把事业转给别人还是心有不甘。一八七一年年底，他决定由默里奥继承他的工作。需要决定的是该提出何种条件。白朗希大夫把诊所的历史翻过一页，但是没有合上书。

第三部分

埃米尔·白朗希
艺术与法律

第一章　奥特依与帕西的圣人

一八七二年一月五日，白朗希大夫疗养院的院名通过合同让与安德烈·伊西多尔·默里奥医生。这件事的成交很大程度上是白朗希太太促成的，她在巴黎围城和巴黎公社时，竭力劝说丈夫放弃一项占用时间过长、经济风险过大的事业。这次转让在她看来明明白白，非常紧急，然而有一个障碍，就是埃米尔本人，以及他的责任感，尽管他精疲力竭，但父亲创建的事业永远牵动他的心。

费利西·白朗希不由自主地当了幕后人物，决心要用她的现实主义来克服丈夫的“软弱”与固执。她对埃米尔的埋怨也不少。夏天，他从不来迪埃普，总是忙着诊所的事，或者参加医学会议，一年中其余时间他待在诊疗室，晚上当他不跟杜邦歇尔夫人在一起时就是外面有饭局。在那血腥的一周，她不是责备他“向谁都询问意见”，就是责备他对她不闻不问，“十七年来没有在大白天跟她出去过一次”。

费利西出身于一个冉森教派家庭，在修道院长大，她的姐姐还当了修女，认为自己也是个乐善好施的人，照顾她所称的“我们的好疯子”，同样关心她的“好穷人”，参加区里许多慈善工作。但是白朗希太太，高傲坚定的小个子妇女，尤其自诩是个脚踏实地的人。疗养院成了一个负担。随着有抱负的默里奥医生一八六九年来院里工作，她找到了一个实现她计划的客观同盟者。

默里奥是面包师的儿子，根据当时的一种说法，是“自创家业”的人。他用自己的手腕一级一级走上社会台阶；到了二十三岁，他是住院医生，二十八岁答辩论文《生理治疗方法以及在颠茄研究中的应用》。第二年他进了白朗希疗养院，这是他的生涯中的决定性阶段。诊所名声甚佳，白朗希认识全巴黎。他自然很快明白他“亲爱的老师”的妻子看厌了丈夫被任务压得精疲力竭的样子。他尽可能什么工作都做，给人看到最好的一面，在以后接手时像是个理想的候选人。

对费利西来说，真是天赐良机，她尤其欣赏默里奥的活泼性格，跟他非常合得来。至于埃米尔，他也看到默里奥是个可靠的助手，遇上事情“精神与肉体上都不知疲倦，无限忠诚”。一八七一年，白朗希太太的暗示在给丈夫的信中愈来愈明确。梅拉妮·阿列维提到家庭关系糟糕透顶，也证实诊所转让的迫切性。她写道：这一切不能老是这样下去，因为前一辈人的离去是事情的必然。白朗希太太只是反复说：“这次我要让做的事做成。果然做成了。”当然，这笔买卖价值五十万法郎，在这动荡不安的年代只值五分之一价格，于是，费利西让步，“假使默里奥先生有二十万法郎，愿意拿来冒险，我也会为他忍痛割爱的，因为我喜欢他，但是最终还是他作主”。

二十万法郎，写在买卖合同上的恰巧是这个数目，购买者分五年付清。然而还有一个条款说明，默里奥还是单身汉，必须在当年七月一日前结婚，不做到这点，这笔交易“可以宣布无效”。婚姻是稳定的抵押品，也是经济担保。白朗希太太将亲自安排这个细节，组织安德烈·伊西多尔和玛丽·布莱的订婚礼。玛丽是医学科学院和自然科学院的院长，埃斯普里·白朗希的朋友和合作者让·波莱的侄女。

白朗希大夫表面上和和气气，其实是个专制的领导，决不乐意让出自己的权力。可以预见他不会轻易放弃自己的位子。买卖合同明确提到他承诺无偿地参加一年工作。事实上，他继续管理一切事务直至二十年后逝世为止，但是作为幕后人物出现在这个名称没有变化的“白朗希大夫疗养院”里。

即使埃米尔的字迹从一八七二年起再也不出现在病程记录中——但是他把他的诊断口授给一名女秘书——有时在诊断书的边角上还会冒出来。医生注意最难的病例，比如那个五十五岁的妇女，她的谵妄症非常明显，把各朝各代的历史人物和她的家庭成员搅在一起；她说自己嫁给了波尔多公爵或夏尔·德·波旁，自认为是王后，问起圣·文森特、德·保尔和波舒埃的消息，向默里奥打听穆罕默德时代才会发生的一件事。没有一个人不在她的幻觉中出现：“刚才来给她扫烟囱的是孔代亲王，陪着他的孩子是小孔代。”一八七二年七月，默里奥记述这个女病人“很容易摆脱从白朗希大夫那里领取食物的习惯，在一名女监护人眼前单独进食”。但是一八七三年一月，他看到她“不是由丈夫或国王（白朗希先生）侍候，经常拒绝进食”。埃米尔在病人眼里，还是疗养院的当家人。

白朗希大夫继续治疗病人，毕竟他比谁都更了解有些人的病史和家庭史。阿列维一家和罗德里格一家不更是少了他不行么？他可以说是他们的家庭医生，他们疾病的唯一知情人。乔治·比才与埃米尔分担监护人的任务。作曲家原来因门不当户不对而遭到拒绝，而今成了岳父母一家人的主心骨。他不仅要保护妻子和岳母，经常还不得不放下工作去照顾其他人。他也答应伊波利特·罗德里格去照管他的儿子费尔南，他三十三岁的体质依然很脆弱，生活不能自理。战争情景、炮弹袭击自然是把这个“总是焦虑不安、悲哀多疑”的青年吓着了，他的健康在巴黎公社闹得最凶时急剧恶化。那时音乐家写信给伊波利特：“可怜的年轻人情况不佳，他患上了幻觉恐惧症，什么都没法排遣他的思想。他相信看到每个树丛后面都有武装人员。他绝对需要休息，如果我对这个严重的情况可以说句话，我认为他现在这样毫无拘束的自由生活，会对他自己，可能也会对其他人带来最大的危险；因为他目前所处的消沉萎靡的状态，接着可能会转成一种完全不同性质的疾病……我不是要无缘无故吓唬您；但是，那天我看到他神情颓唐，语无伦次，说真的我慌了。杰纳维埃芙跟我一样不安。”

做父亲的在几个月后也看清了情况，他的儿子必须送入一家专门医院。选上白朗希诊所是很自然的。费尔南一八七二年二月十七日住进去，塞姆莱涅医生开出证明，病情是“忧郁，感官幻觉，偏执性狂暴，有自杀和杀人冲动”。病情非常严重：在一年中，他的智力变得像“孩子似的”，幻觉增多，他听到谩骂、威胁，要跟骂他的人决斗，向所有擦肩而过的女人求婚。他的谵妄症状都集中在战争上；他要被审判，否认自己的国家，盼望加入普鲁士国籍；他要跟自己的家庭打官司，要求赔偿，把钱寄回到普鲁士。医生允许这名艺术家画画、写东西，但是看到“他做的事是完全疯的”。一八八二年费尔南还是朗巴尔府的住院病人。

乔治·比才为罗德里格一家担忧，还必须为阿列维一家办事，一八七二年八月他给伊波利特的一封信告诉我们：“我又做了一桩不幸的差使，把可怜的莱恩·阿列维送到帕西。妻子和儿女的生活被他搅得一团糟。再等下去会形成危险。我们，白朗希先生和我，去找他。他不表示异议跟着我们。他相信有一桩阴谋，目的是要他死和要他受辱。”莱恩被迫回到朗巴尔府时已七十岁。中间在家里待了一年，并没能平息他的狂暴症和迫害妄想；十月二十一日白朗希大夫写下疾病的特征：“到处看到敌人和对他侧目而视的人。有人不断说他偷东西，搞同性恋；他的仆人要毒死他，已有过几次尝试。”一八七三年四月五日，他出院了，“病情改善不少”。

埃米尔在帕西治疗莱恩，在奥特依照顾莱恩的私生女的子女，也就是三个帕拉多尔，他与吕多维克说是监护人。吕西是大女儿。她的美貌使每个人着迷，其中包括白朗希大夫，他带她进入奥尔良上流社会，让她找到一门好亲事。但是谁也不要一名自杀者、还是新教徒的女儿。吕西在感情上受了挫折，皈依天主教进了一家修道院，二十四岁时死于肺结核。妹妹泰蕾兹也选择当修女，最后做埃及拉姆勒锡安圣母院修会会长。至于伊贾尔玛，因体质弱没有被圣西尔军事学院录取，受不了而在十八岁时自杀，这个惊心动魄的举动跟父亲阿纳托尔做的如出一辙，唤醒了家庭忧郁症的幽灵，白朗希大夫对此毫无办法。

自从疗养院转手后，埃米尔习惯了新生活。尤其第三共和给他开拓一个新时期，对他从事的工作大加褒扬。一八七〇年十月，朱尔·法弗尔任命他为公立疯人院监察委员会会员，这对于只是在私立诊所工作的精神科医生是个很有威望的职务，私立诊所一般是受人歧视的。他继续参加医学心理学会的会议——一八七五年他成为该学会的会长——跟法医界的同行平起平坐，又加上天主教伊莎贝尔修会的勋章给他锦上添花。一八七八年，他被选入医学科学院，这是事业的顶点。

埃米尔成了一位圣贤，一位官方人物，大家都要向他讨教。有一名青年写信要求他充实他的名人签名录，白朗希大夫给他寄了一封古诺的信作为回答，还拿腔拿调地说："至于我，我不是个名人，我只是个医生，以经验、正直和对病人的热忱而受人注意。我的奢望也仅此而已，您看我已经不怎么谦虚了。"

早晨，他在奥特依封蒂路十九号的公馆里接待客人，下午去帕西。他的严谨与无私并不因这个提前的假性退休而稍有影响。德·罗贝尔康元帅不知什么理由来找他咨询，他对于报酬的问题干脆这样说明："我属于那个时代，医生是从不接受军人、教士和艺术家的酬金的。我保留了这个传统，但是听从您的吩咐。"

白朗希大夫也随波逐流去参加社交活动。在玛蒂尔德公主府邸，玛丽·达古尔、辛格或德莱塞三家沙龙里可以见到他。他既跟波拿巴分子、共和派也与奥尔良派来往，后者如亨利·盖诺·德·缪西，奥尔良王族的医生，他在他家吃过晚饭，席间还有德·夏尔特尔公爵。至于政治，他主要跟他的朋友约翰·勒穆瓦纳和玛丽·达古尔谈。——玛丽一心要维持他们的"多年友谊"。一八七三年，她给他写长信，谈法国国内形势。梯也尔在五月辞职。麦克马洪当选总统，德·布罗格利公爵的内阁在为王朝复辟工作。共和国受到威胁。玛丽·达古尔感到不安，说话间对德塞夫勒省普拉沃的当地生活发表了自己的看法。那里有她的居停主人和知友路易·特里贝尔在工作：

> 亲爱的大夫与朋友，很久以来，您的朋友说要给您写信，但是乡村生活中不可想象的义务使他没法履行诺言。一位总顾问，对于农民来说，就是不论是谁，不论日夜什么时候，来向他提起农庄或租田上发生的不论什么琐碎的怪事或事故，都要有问必答；除此以外还有所有的教士不断的拜访，要给教堂或修院捐钱；还有所有失去地位的人都要求在铁路上找个位子；还有所有女人，都要求开一家水果店或烟草店，

这是永远做不完的头痛事。我今日要来了替工，以便我可以写信告诉您普拉沃想象中最好的消息，也问您奥特依的消息。我还要问您对正在接近我们的危机有什么看法。我在想您对胆怯、没有主见、盲目的人施加您的最大影响，使他们转化过来，加入梯也尔将去捍卫的真正秩序的大事业。您抱有希望吗？从我得到的消息来看，我更偏于相信融合不像您愿意看到的那么顺利。

好几次，在散步时，在交谈中，我们想到有一天在这里看到您，我们会多么愉快。今年季节来得过于早，回家也过于快了（最多再过三星期），但是我请您把这个想望好好记下来，因为秋季一来，我们就可以请一个巴黎人来分享田野生活。我的好朋友，盼着重新见到您的欢乐。我的杰出的朋友，请接受我最美好的思念。玛丽·达古尔

代我向白朗希太太致意，特里贝尔先生向她问候。

十天后在另一封信里，她哭悼她的兄弟莫里斯·德·弗拉维尼的逝世，“是我与过去——青春和童年——的最后维系”。一八六九年发病时就是他把玛丽送到朗巴尔府的。女历史学家还要白朗希对肆虐巴黎的霍乱疫病“说一说真正的死亡情况”，她又评论说：“我觉得我们的政治情况有所好转。我们在这片汹涌的海面上有一位好舵手。（我不要提起德·布罗格利公爵！）”白朗希大夫也有同感。从思想与人道来说，他宁可要梯与尔，不要布罗格利——后者是波旁中学的老同学，当上政治家后，

在公开场合假装不认识他，但是在德莱塞家见到他时又跟他拥抱……

埃米尔与玛丽·达古尔在书简中的讨论题，一般会延续到她回家后再进行，那是在巴黎马莱尔布路少数亲友午宴时，在女作家的记事册上用黑铅笔写的白朗希大夫的名字，出现过好几次，其他人还有拿破仑亲王、格莱维、圣柏甫、利特雷、勒南、维埃-卡斯泰……

当埃米尔在奥特依接待时，客人圈子的人数更少，人员也更少变化。只有几名知友参加星期日的晚宴，相互都很接近，有参议员克洛维·巴歇利埃，收藏家和德加的朋友；退休公务员约瑟夫·菲乌布；有时还有爱德蒙·梅特，精明的评论家，他把画家方丹-拉图尔介绍到白朗希大夫家。当然还有杜邦歇尔太太——晚会中不可废黜的王后。

周日的礼仪反复举行，直至医生辞世为止。每个星期，如雅克·白朗希在他的自传体小说《埃默里》中说的，“大家坐在十二只水果盘、四只糕点盆和一花架的绿色植物前。埃默里（白朗希大夫）撩开上衣的驳领，把餐巾放在胸甲中间（胸甲是软的，鼓鼓的），请大家用汤，还有其他所有的菜；根据名人的爱好和客人的食量分给大家”。他手拍杜邦歇尔太太加热的营养面包，围上他的餐巾，这动作总叫他的妻子恼火，动作慢，神情专注地切家禽，看着不让人家给儿子的杯子里倒酒。在这个回叙往事和老笑话的气氛中，埃米尔和费利西之间在“暗中较劲”。因为白朗希太太看到丈夫的怪癖和向玛丽·杜邦歇尔投去的目光，有时难以控制自己的情绪；她称玛丽是“香柠檬女客”或“拉图尔的色彩画”，但是她又要向她讨教，因为她知道“怎样做好菜，往哪里去买好东西”。

什么使埃米尔离不开这个快活的寡妇呢？白朗希太太挖苦说，“他需要人家捧”，不希望人家违背自己的意思。雅克还说他的父亲和杜邦歇尔共同“嫌恶独立的意见；他们之间说话语气中性、不痛不痒”。这是白朗希大夫性格中的一个主要特征：讲究分寸与节制，讨厌热情与夸张，也使他保持一个正人君子的形象，没有瑕疵，也没有特点。他是不是为了控制他的儿子所说的“内心沸腾”，而有步骤地掩饰自己的看法？在政治上，他拒绝选择一个党派，自称是个温和派，中间分子。在男女私情上，他要求不偏不倚的中立。事实上，这位每天跟疯狂谵妄打交道的人最恨的是过激行为。

埃米尔要保护自己不受外界的一切超越常轨的侵害。他穿兔皮背心预防风湿病，戴一顶圆顶无边黑丝帽，因为他是秃顶，怕天气转冷；他还非用双层窗、软木密封门不可，以便隔离车辆声；尽管有点发福，但他注意自己的营养均衡，但是却无力让儿子遵守饮食制度，儿子十八岁，身高一米七二，体重一百一十六公斤。

这名青年是母亲热烈的保护人，他的肥胖不妨看做是对父亲仪态的一个无声回答。然而父亲还是竭力利用空闲时间陪伴儿子，带他上音乐会，去英国或荷兰旅游。他有时还用英语或德语跟他交谈，为了让他在这两种语言上得到提高。当雅克在迪埃普时，埃米尔几乎每天给他写信，询问他的身体健康，对女管家再三叮嘱，采取什么预防措施。

雅克很小时候就显出艺术天分。白朗希大夫也不反对他，甚至鼓励他，如一八七四年七月，他祝贺他在艺术之友协会展览会上获得成功，还说："我尤其要祝贺你的，还是著名的亚历山大·仲马（小仲马在一月份选入法兰西学院）亲自向你宣布你被选中了。"雅克那时十二岁，他的体重开始妨碍他。医生要他少吃少喝；自己也试图不要对独生儿子百依百顺，但并不很顺利。他跟他说道理："跟所有孩子一样，你有许多欲望，你喜欢让你的欲望立刻得到满足；你的欲望得到满足后你又立即不去想它们了，你不会不承认吧。好吧！你想在花园里建造一根诺曼式柱子，在上面挂上你从迪埃普和周围古玩店买来的玩物，我要肯定对你说，这个想法我是不会同意的，我请你放弃这个念头吧。"

白朗希大夫还是留在巴黎工作，因而又一次没有跟家庭共度一八七四年暑假。他的诊所要他工作，诊所档案要他审阅。六月初，他甚至还必须紧急前往英国，把古诺带回法国，照顾他。古诺这次回国，也结束了他在色当一役战败后几天开始的四年流亡生活。

这次流亡的最初几个月对于作曲家是很难忍受的。一八七〇年秋天他给内亲比尼写信说："必须重新投入工作，过有益的生活。因为我不能让自己在没有尽头、没有结果的悲惨中长久消沉毁灭。我必须自拔，摆脱在异乡的极度苦恼，这从我到了这里就有了，如果我不以尚有的精力来反抗这种对我的精神领域的侵蚀，我会像被洪水淹没的。”但是很快发生的一件大事，使他滞留国外一事有了新的变化。一八七一年二月二十六日，他结识一个三十三岁的英国女子乔治娜·威尔登，她的主要工作是组织慈善音乐会和唱歌——特别是《浮士德》的曲子，她熟记在心。她把他们的见面告诉了圣詹姆斯音乐厅。当她跟亨利·莱斯里合唱团排练时，古诺走了进来，还有他的妻子、岳母和圣克卢教堂的圣歌牧师布迪埃。古诺听到乔治娜的歌喉“出神了”，她的岳母“落泪了”，而他的妻子干脆大叫起来：“您是生来唱古诺的！”

这个少妇嫁给了一名骑兵团军官，据她说除了会玩以外一无是处，她跟一贯敬重的“大师”相见正是天赐良机。她立刻邀请他们住到泰维斯多克府，她刚与丈夫搬到那里。七月，古诺留了下来，而他的妻子与孩子先回巴黎。那时有许多人都担心局势，催促古诺回国。毫无结果。音乐家没有听从劝告。他留在伦敦，一八七一年十二月十五日，他在德·塞居尔伯爵夫人面前对这项决定作过辩白，不怎么有说服力：“巴黎听不进道理，它只会吞噬自己的儿女：从本质上说它是一个深渊，一只火炉，一座坟墓。”

音乐家徒然提出这些振振有词的论据，现实要简单得多，当然对一名皈依的天主教徒也更难于启齿：古诺已经落入那个美丽、野心勃勃、小名叫米米的乔治娜的掌控之中。他竭力把这段关系说成是无辜的也没用。在法国大家都明白。当奥柏逝世时，传出巴黎音乐学院院长一职将由古诺担任，非常严厉的比才公开嘲笑，在信中咬着牙说：“他的私生活真的不够纯洁，怎么想到把一个学校的少女交给他来教育呢？”

米米自称是共和派，甚至是共产党（原文如此），古诺在她的影响下，给他们两人一起创办的孤儿歌咏学校迅速创作。乐谱一份接一份出，速度惊人，以致音乐家似乎在那时候好几次有令人不安的“脑危象”。皮埃尔·拉鲁斯主编的《十九世纪拉鲁斯环球大词典》，第八册包括字母 G 的那一卷，在一八七二年出版，在这个条目的最后几句话，也对这件事作出反应：“无人知道古诺先生出于什么原因不但离开法国，还脱离法国国籍，加入了英国国籍。他被任命为伦敦亚尔倍音乐厅合唱协会会长后，不久就与他的新同胞闹翻，提出辞呈。关于他的精神状态有许多令人不安的传闻，但愿他写出一件新的杰作再一次对此进行否认。”

而白朗希大夫跟他的朋友保持接触。一八七二年当他和雅克穿越英国旅行时，去探望他，保存了他们的通信，对古诺的精神状态有个评语。在大部分信内，作曲家抱怨法国国内情况和自己的私生活。但是他不怀好意，很有城府，对妻子安娜的态度深表不满，对她一提到那些太太就起疑心甚至感到窒息，她们都是“可尊敬的女性，对我热诚、殷勤、好客，她（安娜）因怀疑而把她们说得一无是处，而我在生活中不能没有她们”。但是古诺也向他亲爱的埃米尔谈到“他的精神折磨”的顽症，埃米尔在一八七二年年底收到的一封信的信封上加注："很奇怪的古诺"。这封信说："我亲爱的朋友，大家一般说'沿着人生往下走'，我相信这种说法是不对的。我觉得恰巧相反，我们沿着人生愈走愈往上，因为我们更加接近这些单纯高尚的观念，不认识或者忘了给这个地球造成多少不幸。我的朋友，您把自己的一生用于同情与安慰，被您爱和向着您的人会祝福您，不要忘记不论我去哪儿，哪儿都有一颗心会想念您。"

在巴黎，白朗希大夫充当古诺的耳目，比如说当《罗密欧与朱丽叶》再度在巴黎演出时，他记录下他作为音乐爱好者对古诺的印象。作曲家很高兴，但是按照老习惯，他表示快乐之后立即又说到自己的痛苦。

古诺对自己健康情况的埋怨在一八七四年达到了顶点。他好几次坐骨神经痛发作，只有服了吗啡才解痛，又有间歇性神经性发病，他诉说胸部急性炎症，使他咳嗽，每夜睡不好觉。他不久前写完一部清唱剧，准备再写其他两部，这时白朗希大夫要求他去休息。因为，一月十九日，一次新的发病震撼了作曲家。在谵妄症发作时，他害怕被人抛进一个洞里，带往远方。"米米"——她说起此事兴致很高——一身白衣，阻止他跌下去……

二月十三日，古诺从里斯廷斯的圣莱奥那尔写信安慰白朗希大夫："如同您在此信的笺头看到的，我听从了您要我换一换空气的劝告（无疑是迟了，但是我已是尽早了）。我的第一场音乐会取得很大成功，我希望您听到会高兴。我在会上让观众听到《圣塞西尔的庄严弥撒》，这在英国是很受欢迎的：那次唱得也好，产生极佳的效果。我还加了一段乐队演奏的新奉献曲，带来满场掌声。我也写了圣女贞德的音乐：田园的引子掀起雷鸣般的掌声，群众逼得我又演奏了一遍，这种做法我是厌恶的；所以可以看出我在重奏时脾气不好。”几天后，他在窒息时失去了知觉，好像是焦虑与急性炎症的相互作用把他击倒了。三月七日，据记载又有一次发病，还伴有叫声和幻觉。这次是他的儿子让注意到了谵妄。古诺深信他有肺结核。

医生诊断后一致主张他换换空气。威尔登太太对这件事有自己的看法，她打算把病人带到法国南方或意大利过冬天。她向埃米尔报告说：“他很好，很温和，没以前那么吹毛求疵，五个月来我们只吵过一次架！”乔治娜唯一担心的事，就是她的天才伴侣“受尽他的妻子给他造成的折磨。最后要耐心。他作曲比以往多得多，我希望他慢慢地愈来愈投入这项心爱与纯洁的工作。这项工作那么神圣，它超出我的理解”。

然而没有超出这个仙子的理解的是她私下称为“可怜的老人”的版权问题。古诺原来不是莽撞和好诉讼的人，为了收回版权，也可能收回后由乔治娜经营，跟他的出版商打了好几场官司，其中包括苏登斯。这些操心事也可能增加了他的焦虑，在四月一日积劳成疾，又一次发病了。他那时对白朗希说他已没有体力，叹息说：“您为什么不在法国南方有一处住所呢！”他想到离开英国了吗？

精神科医生建议比亚里茨。古诺立刻暗示给他找个“小房子”，租上六个月。但是威尔登的医生史密斯宁可要芒通。在商量和发病之间，音乐家表现出一种非凡的力量，埋头创作《乔治・唐丹》和献给乔治娜的《伊拉拉》。

在英吉利海峡的另一边，他的家庭深受其苦。白朗希大夫甚至拟了一份情书样稿交给安娜，由她劝说丈夫回家。这事说明医生与这对夫妇的密切关系。安娜有没有把信寄出？然而很有意思的是在精神病医生的资料里发现了他手写的给古诺的信，信里发誓不需要责备自己“曾对你本人和你的天才有过须臾的失敬”，还有：“我在这里，在我们的家里，还有你的儿子和女儿等着你，我们三人都祷告上帝让你接受我们的热爱与温情。”

他们尽管作了这些可赞的努力，古诺在威尔登夫妇的魔掌中，依然无人可以接近。六月初，著名精神科医生、埃米尔的朋友阿希尔・富维叶医生出发去打听消息。他的报告是严厉的：“古诺突然对我说到他的健康，说到选择一家温泉疗养所，让他去过秋天；但是他不是独自一人，他的漂亮的女伴好像已经拿定了主意，他的一切不合她心意的想法都是无足轻重的。……我看古诺瘦弱不堪，他的声音断断续续，他咳嗽。”富维叶诊断为慢性喉气管炎。“我出诊得到的总印象，是他的身体情况与精神状态都不佳。此外我还觉得他目前所写的音乐作品都出于商业目的，这不会使他伟大，只会适得其反。”

是不是这封信使埃米尔下决心干预？反正白朗希大夫动身到英国支援加斯东・德・博库尔，六月八日胁迫古诺到伦敦，然后从那里毫不延缓地回到巴黎。对大人物的这种“劫持”行动，乔治娜不会不利用一切手段比如敲诈来作出反应，因为她拒绝得不到补偿便归还古诺留在英国的原始乐谱。

好几名使者先后出动，试图收回作品，发现“密室”里专门藏着《波里欧克特》，这是作者特别重视的一部歌剧。七月八日，有人给追查这件事的白朗希大夫写信说：“威尔登先生做了好人，他会说把一切立即送给古诺，但是他的妻子不愿意，等等。我们已经知道是女的说了算。我只是怕可怜的大师只有通过司法行动才能摆脱这只疯猫的魔爪。目前他得不到他的手稿，更不用说他欲要写完的《波里欧克特》了。”

十月份开始谈判。威尔登夫妇可以交还手稿，但是要分享音乐家在英国期间创作的作品的版权，还要求报上登一篇恢复名誉的文章。因为报刊也卷了进去。《高卢报》在一八七四年八月二十四日，庆幸看到“浪子回家”，同时冷嘲热讽：“他的疯狂的情妇不愿归还他的天才；就是把歌剧乐谱烧了，也不会交给加斯巴尔·霍塞。”在没完没了的讨价还价和一八八五年一场败诉的官司之间，古诺只得凭记忆重新撰写他的歌剧，忠实程度令人惊异，那是《波里欧克特》、喜歌剧《乔治·唐丹》和《救世交响曲》。

首先大家在这件痛苦的事件上不愿意为难古诺，他自己也到莫兰维尔去恢复精力，那里有他以前命名的“巴黎威尔登”。从静心养神的诺曼底，他给白朗希写信：“我觉得人总是处于临时状态；我再也没有从前长时期，即使在严重挫折后，还能保持的镇静与信心，我神思恍惚，心底再也不能无愁无虑了。”他害怕遭遇过去，要求医生开一份证明，不到利物浦去尽几项义务。埃米尔马上用无可挑剔的英文给他办了。

古诺把威尔登事件称为“摩西过红海”。此事平息后，他获知比才的死讯。这条消息使他很伤心。这位青年作曲家根据吕多维克·阿列维和亨利·梅拉克的脚本创作了《卡门》，演出失败后死于一八七五年六月三日。吕多维克·阿列维的妻子路易丝立刻通知了白朗希大夫：

> 可怕的不幸刚刚降临。比才三天前患风湿热，昨天夜里过世。早晨三点有人来找我们，我们刚把杰纳维埃芙带回家，她悲痛万分，然而这也是容易理解的。我们并不愿意您在信中听到这个消息，很可能在星期六下葬，由于我们处在悲惨的情境，请求您好意把泰蕾兹（帕拉多尔）多留两三天，以待麻疹过去，她可以回到她自己住的房间，那个她在老房子里的房间，现在是雅克（乔治·比才和杰纳维埃芙的儿子）和他的女仆住着。

吕多维克·阿列维在他的《记事册》中叙说了这次死亡的情境，对他的死亡有许多恶意的流言，从传说自杀——这不大可能——到暗指一种宿命的打击，这位三十六岁的青年大师，是被自己最后一部作品“杀死的”，也是这最后一部作品给他死后带来了不朽的荣名。他的姻亲，歌剧剧本作家，描述了围绕这个事件的暴力气氛，但是小心翼翼涂掉了最后一句话，说莱奥妮“像平时那么疯狂，要抢走杰纳维埃芙”。

作曲家的岳母自己也给白朗希大夫写信。尽管在朗巴尔府关了五年毫无疗效，以下几个月写的两封信中还是说明她对医生的信任：

> 亲爱的白朗希先生：
>
> 在让我的女儿进食这件事上您帮助了我，现在我又来要求您再帮助我一次。两个月来杰纳维埃芙不离开自己的椅子，不走路，二十六岁的人不能这样下去。她人变了，经常头痛。虽不跟她在一起，我还是天天注意着她。我相信现在应该强制她，她应该上午走一小时，晚上走一小时作为治病的药。只有您可以说这个话……

莱奥妮还说到外孙雅克·比才，她喜欢有白朗希大夫监督他：“我真的害怕这个孩子会像我可怜的比才那样得不到良好照顾……”莱奥妮在叙述中把她的活动与对家庭的操心混在一起，同一句话里会从最严重的大事说到最琐碎的小事。她还提起自己很有天分的雕塑工作，引起埃马纽埃尔·弗雷米埃的注意，后者是装饰巴黎金字塔广场的著名的《圣女贞德》骑马像的作者。莱奥妮跟这位大师交换过几封信，在这些信里她思路清晰，语言幽默。她写道：“您略带嘲弄的微笑经常进入我的脑海，也迫使我以您的名义作自我批评。我也感觉到了浅浮雕的热忱与小雕像的激奋。简略地说，我若是个男人，我相信我就会做到，但是科学还没有找到方法，我就等待吧。”

一八七五年年底，白朗希大夫打算到玛丽·达古尔家去过圣诞节，这是自从他“退休”以后定下的规矩。伯爵夫人说这样的话来邀请他：“我亲爱的朋友，我趁早行动，圣诞节那天留您吃饭。我以我的普罗旺斯小厨师的手艺，跟您共尝最精致的本地鱼汤。务请不要拒绝马勒泽尔布路的三年大庆。”

这年的十二月二十五日后来成了达古尔伯爵夫人的最后一次圣诞节。她一八七六年三月五日七十岁时逝世。白朗希大夫很伤心。玛丽·达古尔是他的最有才情、最叫他钦佩的女病人，他可以跟她谈论政治观点。她的逝世给他沉重打击。

接着九月十五日，埃米尔又一次戴孝。这次是母亲病故，他引导送殡队伍。索菲·白朗希那年七十五岁，代表疗养院的历史。她与埃斯普里是创业者，从不抛头露面的贤内助。帕西的居民、朋友、亲戚，一切她曾有一天救助过的人都来向她送行。一份警察局的报告说：“教堂里挤满了人……六百人伴送灵柩到墓地。其中有阿尔方先生（负责巴黎公园的工程师）和数目众多的医生博士。”索菲·白朗希的遗骸埋入家庭墓穴，在丈夫和三个她曾洒泪送别的儿孙身边。

在帕西，上门的病人没有改变。病程记录总是提到一大批外国显贵、银行家或政治家、贵族或年金收入者。谵妄症经常涉及政治局势。记录核查员费内翁先生，相信默里奥是一名波拿巴警探，刁难他不让他参加波尔多议员代表团；约瑟夫·波尼亚托夫斯基亲王把互不相关的事说在一起，里面提到联合保险公司、教皇和拿破仑三世。

埃米尔的工作虽不像以前那么接连不断，他还是照常按时到朗巴尔府。那些家庭是因他的姓氏和名声而把病人送到帕西来的。送入疯人院的决定往往是万不得已作出的，又要做到周围的人毫不知情，无话可说。儒勒·凡尔纳有没有为了独生子米歇尔向这里求助？根据作家的后裔和传记作者，他的儿子那时才十二三岁，可能在朗巴尔府住过几次，要不就是在白朗希大夫推荐的另一家疗养院。但是查询了病程记录，那里面十五到十六岁的少年病人是极为少见的例外，没有提到米歇尔·凡尔纳。然而却有记录说那名少年在拉梅特莱度假地的一家教养所，在白朗夏尔先生的管教下住了八个月。让·热内在多年以后曾经揭露那家教养所的暴力和方法。

儒勒·凡尔纳那时正如日中天。《气球上五星期》(1863年)、《地心游记》(1864)、《从地球到月球》(1865)、《葛兰特船长的孩子》(1868)、《海底两万里》(1870)，尤其是《环游世界八十天》(1872)，使他全球闻名。报刊竞相刊登他的连载小说，使印数神奇地上升，他的书译成各国语言。只是米歇尔占据了他的全部心事。

对父亲来说，“米歇尔本质差，有各种恶习的吹牛者，同时头脑绝对缺乏常识”。他撒谎、不服从、蛮横无理、自负、不听管教，“年纪轻轻就心存奸邪”。儒勒·凡尔纳的出版商赫泽尔试图劝导少年。无效。作家毫无办法，被逼入绝境后死了心，“以父亲名义要求关押教养”，从而让儿子住进了南特的监狱。这种下狠心的做法，当时从司法上说是相当容易做到的，尤其对于一位名人来说。在儒勒·凡尔纳的心目中这是一种拯救性的历程，他的计划是把儿子送到波尔多，让他“当水手”。一八七八年一月十六日，作家那时还在写《十五岁的船长》，他在赫泽尔面前为自己辩白：“说来这是一次旅行。他会变成什么呢？我不知道，但是这里，医生都同意这个看法，这孩子发性子时对自己的行为没有一点责任感。海洋会不会使这个脑袋充实起来？”

二月四日，十七岁的米歇尔上船作为见习员去印度，在十一月底抵达那里，身穿礼服，头戴礼帽。在那里他给父亲写信，要说明他的倡议毫无效果：“实际上，我在这里能做什么来提升我的精神状态？我倒要向你问一句。教育它？培训它？瞎扯！”尤其海上旅行他觉得“单调之至”，总之毫无用处。最后他承认：“好在我也可能是错的；可能病会继续存在下去！可能疯子还需要服用嚏根草！”

这最后一句话，越过简单的词义去看，证明他的父母确实怀疑米歇尔患了疯病。一八七九年整整一年——米歇尔在七月回来过——他的父亲好几次说起这句话：“一种可怕的邪恶天性，还加上一点不容置疑的疯狂。”在十二月，情况更加糟糕。

对于父亲来说，“这是走向疯人院”，渐趋明朗，不可避免。

如果说隔不隔离的事还没有影儿，有一件事是肯定的：他咨询过白朗希大夫，白朗希大夫也见过米歇尔。这是凡尔纳的一封信透露的，他在信里对他的出版商与知己说：“我听说一些以前不知道的事。关于这个不幸的孩子，白朗希大夫在别人面前比在我面前说得肯定得多。医生（多尔皮奥？）在火车上……只见了二十分钟就声称这是个疯少年。单单是邪恶不能解释他这个人，只有疯病才能解释得通。我等待着。我跟总检察长、市长和中央专员长时间谈过这个问题。他们密切注意米歇尔，若有情况立即行动！”白朗希大夫不愿叫父亲受不了，讲究善心胜过遵守职业秘密，宁可拖延时日，但是忍不住对周围的人谈起这名少年的病例。此外还可以看到由医生来给疯病下结论，只要不至唐突，还是容易的；这个判断立刻被做父亲的接受了，他几乎松了一口气，至少这下子给儿子的行为找到了全部的解释。

儒勒·凡尔纳是不是通过探险家雅克·阿拉戈知道白朗希诊所的呢？阿拉戈是埃斯普里的老病人，凡尔纳年轻时常去他的沙龙，也从他那里感染了对远方土地的向往。在巴黎的确是人人都知道白朗希大夫的疯人院。凡是有人征询，埃米尔总是建议隔离吗？这极不可能，或许是他的意见没有被采纳。米歇尔事实上肯定没有住过。一八八〇年三月儒勒·凡尔纳给赫泽尔另写的一封信中可以看出，这时他的儿子拒绝工作，到处借债，热恋一名女演员，要娶她，作家住在亚眠，称她为“这里的杜加仲”：“我只能用监狱来阻止这件事。我已经用过这个方法，只是使事情更糟。我看出这事情的结局总是疯人院，但是现在还没有什么理由可以提出这类关押。”

“米歇尔会在贫困耻辱的道路上直接走向疯人院”，儒勒·凡尔纳这样相信也没有用。这名青年最后摆脱父亲的监护，娶了他的杜加仲。父亲威胁他，但是忍气吞声，每月给小夫妻一千法郎，他俩又在一八八三年离婚。米歇尔在第二次婚姻中找到了新的稳定。他从事过不同职业，从探矿到银行，还根据父亲的著作拍摄电影。他崇拜他的作品——上船去印度时，他提出的唯一要求就是把他永远没法相比的父亲的书带走。

因而米歇尔·凡尔纳作为病人，而不像是作为住院病人，偶然遇见过白朗希大夫。“显赫的”病人都给精神科医生戴上一顶光环，称他是特出的疯子的忏悔师。埃米尔成了疯子精英的医生。一名艺术家、一名著名的作家，甚至他的儿子，都不能不由著名的白朗希来治疗。这样推波助澜，把他的事也愈说愈多。记者还说波德莱尔死在帕西；他们还错误地说什么，画家安德烈·基尔（著名的蒙马特尔灵兔咖啡馆招牌的设计者）和拿破仑亲王也在那里住过。最近的一部书中，还说土鲁斯-劳特累克在帕西作过戒毒治疗，戒除喝苦艾酒的恶习，其实他是在纳依的圣詹姆斯城堡里由塞姆莱涅医生给他治的，一八九九年那时，埃米尔故世已有六年。由于他先人的光辉榜样，米歇尔·凡尔纳也不由自主地成了住在朗巴尔府的一位名人。

除了传奇以外，这名少年的例子在十九世纪中产阶级的心目中，也典型地把少年犯罪与疯病纠缠在了一起。偏离道德与失去理性、疯人院与监狱的这种亲缘关系，也是警察局与精神分析成双搭对的反映。既然在法院担任专家职务很有名声，白朗希大夫十分了解疯人院与迫害之间的必然联系。在许多词典的注解里还继续把这个身份作为他生涯中的一个亮点。这件事需要深入探讨。

第二章　凶杀犯的大拇指

有一天，一名弟子问埃斯基罗尔：“老师，您能给我定出一个界限标准，来区别理智与疯狂吗?”

第二天，老师请了他的学生和两个客人同桌吃饭：一个穿着与谈吐都无瑕可击，另一个夸夸其谈，踌躇满志。

在告辞时，学生再一次向老师提出前一天的标准问题。

“您自己说吧，”埃斯基罗尔对他说，“刚才跟您吃饭的一个是精神病人，另一个是理智的人。”

“哦！问题并不难：理智的人是风度翩翩、温文尔雅的那个；另一个冒冒失失！令人头痛！他确是需要隔离的人。”

“唉呀！”埃斯基罗尔对他说，“您错了。那个您认为理智的人，自以为是天主上帝；他的态度矜持庄严，这符合他的角色：这是个夏朗东医院的住院病人。至于您认为是疯子的那个年轻人，是法国文学史中的光荣人物之一，值得您的尊敬。他是奥诺莱·德·巴尔扎克。”

这则伪造的轶事编写得太美了，能是真的吗?可是它却引起一个尖锐的问题：怎样区别疯子与“正常”人，解脱诊断的圈套?精神科医生为了用一种无可指责的科学性使他们的决定合法化，竭力给这种所谓的标准下个定义。是不是可以确定无疑地把一个人定为疯子？这个问题，在每次采取措施时都要慎之又慎，在审讯罪犯中令人不敢贸然行事，因为官司判决有时取决于精神鉴定结论。在对被告的既往史进行调查和对本人仔细审问后，“辨伪的人”确要交上一份报告，居于头等重要地位，既然在判与不判死刑的时刻，它可以决定让被告无罪释放或被判有罪。这个责任白朗希大夫担当了一辈子。他被人请去对一切民事案件发表专家的看法，主要是在刑事法庭上他的发言更受人注意。受人注意，有时甚至因宽大而受人嘲笑，因为他的诊断差不多都得出当事人是疯子的结论。

埃米尔像他的同行那样，依照的是刑法第六十四条款：“当刑事被告在行动时处于精神错乱状态或被一种他无法抵抗的力量支配时，就不存在犯罪和不法行为。”但是立法者口里的“精神错乱状态”指什么？跟精神科医生的理解肯定不同。利那医生在《医学科学百科辞典》中有一大章专门论述精神病人的法医问题，很高兴这个特定的词的广泛释义被《刑法》所接受。

> 现在每个人都同意宣称法律的明智，它从古代的司法词汇中借用“精神错乱”一词的模糊和笼统的解释，并不试图予以明确限定，为了不致把法官的判断划定在一个限制性定义的狭窄和不可跨越的圈子里……阿道尔夫·肖沃和福斯坦·埃利说：“说到精神错乱，既然没有文本限定其意义，必须认为是一切智力的疾病，白痴和纯粹的痴呆，谵妄躁狂和

无谵妄躁狂，甚至是部分躁狂（也就是情感躁狂）。一切不同类型的精神病，不论在科学上叫什么名称，不论归入哪一类，都可成为原谅的论据，为被告开脱，只要它们对于所做行动的影响可能予以推定。”因而，理智的错乱或丧失是绝对的或不完全的，疯狂是长久的或暂时的，全面的或局部的，这都不重要。为了使被告摆脱责任，法律要求的是他患有任何哪一种疾病，不论性质、形式和时间长短；这个病严重得足以中止或扰乱他的辨别力；束缚他的自由判断和对他的意志施加一种他不能抵抗的压力。

根据一些足够灵活的标准确定病情的这种“任意加减法”，使精神科医生可以为所欲为，这显然不会不引起相当多的哲学问题，从所谓疯子的道德责任讨论到保护受害者的权利问题。这也有一种恶劣的反效果，给各种各样的装病开辟了道路，尤其是那些可能判重罪的人。医生尽管工作不易，却必须揭穿骗局，即使到了最后还是使用利那医生看到的严厉方法：“发疱剂、艾绒、划痕吸杯、烙铁烧灼、强烈冲洗中间穿插紧逼盘问、在狂暴病人区长期住院，这些不止一次逼出顽固装病的供词。”这些方法中不是也包含精神科医生对“真正的”精神病人的治疗法吗？紧逼盘问、体罚、逼供、威吓：无论从词汇到意识形态，治疗与迫害之间好像有种亲缘关系。

精神病学家负责作出的诊断，不代替法官的决定，也不对审判的结果提供保证，但是在一场官司的天平上可以有举足轻重之势。白朗希大夫几乎无一例外地“宽大”，不单是表示他天性怜悯，或者也像他的儿子所说的相信地球上疯子多于理智的人。这建立在一种理论根据上，在于扩大伤害性疯病和重新审视“杀人偏狂症”的概念。这个词是埃斯基罗尔创造的，他为此写过一篇论文，其目的是提请立法者注意，有相当一部分人他们的位子更多在疯人院，而不是在监狱。对于临床医生来说，“杀人偏狂症是一种部分谵妄，其特征是对谋杀有一种时多时少的强烈冲动”。对于埃米尔·白朗希来说，他的老师所描述的这种“盲目的本能”，“这种促成杀人的不可确定的事”，本身并不是精神错乱的形式。患有不同精神障碍的精神病人可能犯杀人罪，条件是这些病人很容易受到颇为强烈的所谓充血性刺激，不通过思考就采取行动。他在他的论文中提出这个主张，“精神病人完成的犯罪行为跟精神错乱的不同形式的关系”，他还在一八七八年五月十四日选上院士后不久在医学科学院宣读——选择这个题目，说明白朗希大夫一开始就要以这些问题的专家身份出现在他的同行面前。

同年，他发表了《精神病人的杀人案例》，文章里他打算确定精神错乱程度和杀人暴力程度的关系。他的言论仅“限于”杀人犯，虽然他还说明他的理论可以用于偷窃犯和纵火犯。“这是危险精神病史的另类故事”，白朗希大夫要研究的是这个，例子的来源五花八门都有。据他的说法，存在好几类会走向杀人的谵妄，居于最前列的是迫害谵妄，这一种谵妄从逻辑上说好像最会有这种倾向。那时还不常提到妄想症，拉塞克一八五二年所说的迫害谵妄，是一个完整的疾病分类实体，其特点是一种“系统的”谵妄，伴有判断与知觉的障碍，但是智力没有损害。这些针对妄想的种种演说中有一条不可动摇的逻辑，就是产生了称呼这些妄想的各种各样的语汇：勒莱称它们为“调停性”而不用“连贯性”，于利斯·特莱拉说是“清醒型疯狂”，后来马尼昂定为“有系统演变的慢性谵妄”。

提到犯罪性妄想症，白朗希大夫毫不犹豫地说：“在相似情况下，好像只有在正当防卫权利下杀人才是可以原谅的，我们中间没有一人，在思想上出现这么一种可悲的情境时，不会不问自己是否要不惜一切代价解脱这样一种焦虑。”就白朗希来说，他有理解的欲望还始终带有一种同情心，倾向于使病人和他的行为得到无罪判决、辩解和开脱。

这位精神科医生一生中治疗的众多病例中，C女士的故事可以作为一个例子。C女士一八七一年八月六日被控企图杀害她教区内的一名本堂神父。这个女人生于比利时，四十八岁，身材结实，健康状况一般良好，尽管耳朵重听得厉害。这个障碍使她从嘴唇的动作去理解对话者的意思，大家猜这是错误与误会的根源，尤其这个女人患有迫害谵妄症，这个病在二十世纪也称为“解释狂”。

她一八五五年因偷窃被判五年监禁，回到巴黎生计窘迫，白朗希的报告这样说但没有更多细情。她被自己的过去纠缠，渐渐相信蒙马特尔的神父在布道中提到偷窃者时，虽用的是阳性词，还是影射她，要到警察局告发她。此外神父还要把她的积蓄都取走，她向白朗希语气肯定地说："他对待我阴险毒辣，是个十足的坏蛋。"墓地看守、助理司铎和她的邻居确实都联合起来跟她作对，把她看做是个小偷，以致一八六九年她决定买一把手枪，保护自己对付她的迫害者。她写信警告神父，她有报复计划，甚至写信给比利时大使馆，说出她的最后通牒：神父在八月一日以前要还她公道，给她一个租椅子人的位子作为补偿。

限期一过，C 女士前去犯下了不可弥补的过失。她自己对白朗希大夫说事情经过："八月六日，星期一，为了不引起轰动，我想在晚祷时不是在大弥撒时对他开枪。到了星期天，神父募捐；我知道这事不该是他做的；他是存心找岔子而去做的；他经过我面前，不把募捐袋向我伸过来，有意走去跟我旁边的几位女士闲聊。那时候我气极了，从上衣里掏出手枪，对准他开了一枪。我非常激动，因为这不是原来选择的时间；我要是有时间准备，我会更加镇静。"她后来承认："我不想要杀死他，我只是要打伤他，我要打他的屁股，因为我听人说打在肉里是不会死的。"

关押时期，被告没有显出为未来担忧。她还处于谵妄状态，对神父到处宣扬她是小偷这点深信不疑，还认为蒙马特尔的本堂神父与在狱中照料她的圣拉萨尔修女们有勾结。她还肯定说罪犯改不好"是教士的过失"。

在调查期间，白朗希大夫寻找可能有关的既往史。但是 C

女士没有特殊的先天性问题，家里也没出过一个疯子。充其量有一天她与兄弟在布鲁塞尔吵架时，医生发现她行为中有一点紊乱表现，把一杯啤酒朝他脸上泼过去。如果那个当事人那时不是“穿着男人的衣服”的话，这件小事会不会写入报告呢？对于白朗希来说，这个幻想的教士阴谋的受害者是患了典型的迫害性谵妄，带有错误理会别人意思，主要是慢性精神障碍，这使她成为一个“危险的疯子”、一个“无责任心的人”。她躲过了断头台。

白朗希大夫在他的研究论文中，明确说犯罪行为发生在发病最厉害时：“杀人行为表面上是受一个突然的冲动，但是实际上冲动是头脑内激动现象累积而生的，如果机会不出现或者恢复了平静，冲动必然消失。”根据医生的说法，酗酒者“几乎都在某些时刻是不同程度的受迫害者”，他们属于第二大类有犯罪倾向的病人：“从走向罪恶来说，杀人还是普通的和容易预见的一种后果。”

白朗希大夫一八七七年十二月三日审查的D男士病例可以支持他的论点。D男士如同C女士，同样身体结实，没有任何先天性畸形。他是糕点师，一个孩子的父亲，工作勤奋，生活节俭。后来生意不景气，使他变得吝啬，甚至爱吵架。他的妻子不久成了他的不如意的发泄对象。他把一切失败怪在她头上，怀疑她在欺骗他，甚至用脚踢她的小腹，说她怀的孩子不是他的。他走投无路，把店盘了出去，自己当职工，后来又买了一家小店，也没获得更多成功的机会。D 于是变得动辄发怒。他一天喝上三分之一升不掺水的苦艾酒。他深信妻子有外遇，还认为她要找机会毒死他。十一月二十三日，他向她扑了上去，对她拳脚相加，最后用一把剃须刀割断了她的喉管。

他在牢里怀疑他吃的食物、他抽了之后头痛的烟草。有一天他打了一个熟睡的同监犯人，因为他认为这人与看守串通要杀害他。几天后，D 穿了一件约束衣，大声吼叫，以为看守要用一把剑来剖开他的肚子。

对于白朗希来说，这个病例与 C 女士的病例有不止一个共同点：两个人都认为自己的报复是合法的；他们的信念也是诚实的；监狱没有中止他们的谵妄症。在埃米尔眼里，事情的不同点是酗酒在 D 男士身上起了主要作用，他患了忧郁症，主要迫害性谵妄，还有部分是真正的酗酒精神病，伴有感官幻想和幻觉。

这种新型的慢性谵妄在十九世纪起了一连串名称：酒醉性偏狂、酒醉性疯狂、间发性酒狂、震颤性谵妄，都说明酗酒（这个词更合乎“专业性”，创造于一八四九年，代替“喝醉酒”一词）是那个时代最主要的社会问题之一。医生都惊惶失措，对这个灾情的猖獗程度的报告成倍出现，尤其是法国北方和工业区深受其害。葡萄酒一向还是以有益健康而闻名（白朗希经常向病人推荐适量饮用），蒸馏酒则被说得有百弊而无一利，是许多隔离病例的起因。一八六一年疯人院中 8%—9% 的病人酗酒。到了一八八五年这个数字增至 16%。塞纳省保持纪录，一八七〇——一八七一年的住院病人中酗酒者男的占 25%，女的占 6%。

对许多医生来说，这些不甚可靠的统计数字，低估了这么一个问题，就是其危害性对于精神健康与机体都是极大的。苦艾酒是罪魁祸首。这个以植物为原料的酒，有 85% 的酒精度，俗称“绿仙子”，作为开胃酒饮用。它很容易引起行为障碍，闹事打架，甚至发癫痫。弗朗索瓦-贝尔纳·米歇尔，写过一部关于文森特·梵高的书，据他说有一篇医学论文指出酗酒杀人犯大部分喝的是苦艾酒，偶然和毫无理由地杀害一个并未与之争吵过的陌生人，或者有时还是他们几分钟前亲密无间的要好朋友。这一类袭击性的冲动，圣雷米疯人院的看守让-弗朗索瓦·布雷就在文森特身上看见过：“有一天我们散步回来，我们走上往房间走廊去的楼梯，他突然转过身来朝我猛地踢了一脚。文森特似乎道歉了一句，‘我请您原谅，阿尔的警察在追我’。”

苦艾酒叫医生不安，尤其因为它的毒性持续时间很长。在这方面，提到这件事是很有意思的，白朗希大夫在对刑事被告 D 的报告中，根本没有说明杀人犯在行凶时是不是处于醉酒状态；而说他的病理依赖性和习惯已经足够损坏他的健康，完全可以宣布为精神病人。

除了迫害妄想患者和酗酒者以外，还有“癫痫病人也经常成为杀人犯”，这是埃米尔的说法，他区分“冲动型癫痫患者”、“非惊厥性潜伏发作癫痫患者”和“慢发作癫痫患者”……

“其中最危险的是根据一种持续的耐性的安排在起作用，日常信号引起脑子呈充血状态，达到足够的强度时会决定最终的暴力”。

癫痫病自古就有，称之为“神圣的病痛”，这是希波克拉底的一篇论文题目；这病很难确定部位，因为缺乏脑电图这类工具，脑电图可以了解临床解剖起因。它的剧烈症状（晕厥、惊厥、口吐白沫）使它被视为那个世纪的“大病”，跟歇斯底里并列，经常又与歇斯底里混淆不清。

白朗希大夫的诊所很少接受癫痫病人，但是在监狱里经常遇见，因而可以问一问在突然暴力推动下的杀害行为是不是“天然”地跟癫痫性冲动有关。R 的病例可以是个好例子。

R 是个文盲，从十二岁起就当仆人，在成年以前一直患有遗尿症。他隔一阵子要埋怨头痛、胃痛、气咽。他天性多疑，有一天把病痛告诉了一名教士，教士建议他泡脚和喝椴花茶。试后感到舒解，这次经验令他安慰。后来当他受到幻觉的危害时，决定再回到教堂寻求帮助。但是主持教区工作的神父走出忏悔室，迎面碰上这个不合时宜的打扰，在知道他的用意后冷冷地打发他走。这男子受不了他的态度，拔出匕首，插入受害者的骨盆，引起致命的大流血。R 这时回到旅馆，在那里被捕。他毫不为难地承认罪行。

对于医生来说，主要的问题在于：R 杀害神父时处于癫痫发病状态还是其他原因？根据白朗希、拉塞克和莫泰几位医生，病人患有“脑病，主要特征是突发性癫痫样发病，伴有轻率和不可抗拒的冲动”。这就可以说是癫痫病吗？是的，但是从表面平静到短暂眩晕，到突然同步发作又迅速消失的瞬息变化，这样的变化还是很难诊断的。“谵妄因素与惊厥因素的道理好像是相反的”，这个事实使医生们迷糊了；按照他们的看法，“不存在癫痫性惊厥现象，不但不排除以本能推进和智力障碍为主的癫痫发病可能性；还有相反的，从经验看出，在特殊性质的癫痫眩晕发病时不由自主进行暴力行动的病人，大部分都是罕见地，即使不是例外地，会出现癫痫惊厥危象”。

白朗希大夫的这些观察都来自经验，使他得出结论，“概括来说，不存在特殊形式的精神错乱，可以冠以杀人性偏狂”。同样，除了这三类（迫害症、酗酒和癫痫），还看到许多没有证实为病理性的杀人者，这在精神分析中带来巨大的难题。一八七四年报刊盛传的“图维奥事件”就是一例，白朗希、伯格森和拉塞克医生都对此表过态。

这件事发生在巴黎居雅路的一家餐馆里，一八七四年六月十二日亨利·图维奥在那里杀死二十岁的玛丽·科塔尔。杀人者马上被警察逮住，在他身上搜出匆忙写成的这几句话：“很久以来我就有犯罪的想法。捅人一刀的欲望来自一八六五年。我愿意没有人认识我，也从来没有人关心我。我是世界上曾有过的最大伪善者；直到今天我做了什么好事？干脆说没有。”这是他在餐馆里一边盯着他的未来受害者，一边用刀削铅笔后乱涂的字条吗？没人知道。

关在监狱里，亨利·图维奥要叙述他的一生，首先谈到他的母亲，她抛弃他、虐待他，后来又逼他离开已给他生过一个孩子的情人。在他看来母亲是他一切憎恨的对象，是他一切不幸的原因，他承认在杀人前几天还跟她有过几场口角，这使他更加闷闷不乐："这一切都把我的思想搅乱了，经过二十四小时自我抗争后我杀死了科塔尔那女孩子。这就是不幸：杀死一个我不认识的可怜女人，然后到苦牢里去过上二十年，也可能一生。"亨利·图维奥对审问他的警察说："我没有特别选择哪个受害者。我跟一个女人过了一夜，我要是没有把她作为我的受害者，这是由于一连串我也说不清楚的客观条件，因为我已经打开我的刀子，向她伸过去。她觉得这把刀很漂亮，我不敢实施我的计划。"第二天，他却对一个陌生女人下了手。当有人在尸体前问他是不是他杀的时，他笑了笑。

图维奥深信他命里注定要上断头台，要求尽速把他的头砍下来，并承认他有继续杀女人的冲动。这些"冲动"是不是精神错乱？白朗希、拉塞克、莫泰医生好像都难以回答。图维奥属于奇怪的临床病例，他的轻度障碍不符合他犯罪的严重性。精神科医生说："这是肯定的，他杀害科塔尔姑娘，跟归于迫害性谵妄（或白痴）名称下的任何病理形态都不符合。"另一类疯狂可能使他行动，那就是间歇性谵妄，发作时才出现，间歇时一点迹象没有。像急性酒精中毒性精神病或癫痫属于这一类，但是图维奥既不酗酒，也不癫痫。被告可以说属于第四类，"在一个不可抗拒和暂时的暴力推动下杀人"，"有限的冲动"也就是一种“非癫痫性发病”，在偷窃癖或纵火癖病人身上看到的不可抑制的“推进型发病”。

对于精神科医生来说，“行为的严重性，尽管对社会危害大，在病理学上是毫无意义的”。奇怪的是他们毫不迟疑地宣布，图维奥“在完成罪行时是精神病人；他今天处于间歇时期，有复发的危险，但复发日期或强度都无法预见”。

装病的假设没有成立，尽管有过一个先例。图维奥有一天因醉酒被捕，装疯，获得三个月假期。在杀害科塔尔姑娘后，他甚至给自己的母亲写信说：“相信一件事，就是我不是疯子。”但是精神科医生做不了决定，杀人几乎必然是一个疯狂行为；图维奥“被非癫痫冲动型谵妄”击倒，“对这种病提出不同名称：本能性偏狂、冲动性偏狂等等”。在这份报告后，图维奥获得不予起诉判决，送到比塞特医院。几个月后他被发现在小室内上吊自尽。

从各不相同的病例可以明白这件事，确定一个人是不是精神病是一桩细腻的工作，尤其是精神科医生必须决定杀人者“在行动时”是否处于谵妄状态。为了完成这个不可能的任务，必须进行长期调查。对真相的寻找启发马塞尔·普鲁斯特作了个比较，恰好应用于法庭上的心理分析专家：“教士与精神科医生，总有点像预审法官。”

精神科医生像法官，对被告进行详细调查，多次审问。白朗希大夫多少次前往一八五〇年建立的马萨斯模范监狱，跟他必须作出鉴定的关押者碰头。雅克·白朗希记得那幢阴沉沉的建筑，有六条走廊都朝向一个中心点，像扇子的扇骨，他有时陪父亲去，他一般坐在入口处的马车里等着，但是有一天监狱长请他进去：

> 由于父亲在我面前老是提到错误的判决、无辜的罪犯，这座监狱引起我一种难以言喻的惧怕……他就是担心司法上的这些错误，以致对于根据一些不负责任的推测而定罪的犯人，他首先予以宽恕，这在他已成了一种习惯——几乎是一种癖好。
>
> 那么，哪一个刑事被告的案例使我的父亲睡不好觉呢？我也记不清了。监狱长把我交给看守长，他从中心办公室监视着朝办公室而来的走廊，我走在他旁边，看到父亲在牢房里拥抱刑事被告。
>
> 走上马车，父亲毫不向我隐瞒他的焦虑；那个青年是个梦游症病人，如果另一名法医，与他常在一起的抗辩方，不支持白朗希大夫的结论，就会被送上断头台。即刻在我耳边响起柏辽兹的《刑场进行曲》，断头台、屠夫和辅祭修士都出现在我面前，像在一场噩梦中。我身子缩在马车角落里，怎么也不开口。

白朗希大夫不去监狱或警察局时，就去圣安娜疯人院，一部分精神病犯人直接押解到那里，比如那个三十六岁的挖土工人，他在儿子面前用剃刀杀害妻子，或者这个女人，在忧郁谵妄发作时用木槌砸死幼儿。白朗希在索菲·B杀人后一周检查她的情况，写下了这段对话，典型地说明了医生可能与病人保持的关系。它也显示了对话进展的方式。

> “您现在在的是什么地方？”
>
> “人家跟我说是圣安娜。”
>
> “这是个什么单位？”
>
> “这是一家疗养院。”
>
> “这里有什么样的病人？”
>
> “脑子有毛病的病人。”
>
> “您的脑子有没有毛病？”
>
> “我的脑子没有毛病，但是我不能像以前那样想问题。我记得去年冬天我觉得有五分钟时间脑子里好像线都断了，这事我记得很清楚。”

在疯人院里，埃米尔对犯人、自杀者或表示出“死亡欲望”的人，从一般的谵妄到有杀人企图的，都同样仔细诊断。他提到一个L女士的病例，他给她看病有二十五年了，她有一个奇怪的特点，只有想到不久就是世界末日时内心才会平静下来。“如果雨下了整整一天，如果她在报刊读到在哪个国家发生地震，她就会容光焕发，掩饰不住心头的喜悦，说这是新洪水的开始，我们大家都会给洪水冲走或者埋入地心。在围城和巴黎公社时，L女士始终保持绝对镇静，后来她说她从早到晚听到炮声不停，一心巴望自己被其中一颗炮弹击中而死掉。”

并不是所有的罪犯，不论现行的还是潜在的，表现出的谵妄形态都是那么明白清楚，白朗希大夫也会力排众议，宣布某些杀人者要对自己的行动负责。这些情况是不多的，这是事实。白朗希一般来说宁可减轻当事人的责任。杰代翁，二十七岁，身子结实的木鞋匠，把已怀孕五个月的妻子杀死，因为她懒惰，然后又一枪打死他们的长女，不然她会因为是一个杀人犯的孩子而蒙受耻辱。这个人后来被宣布为既不疯也不理智，但是“不平衡”，被判处终身苦役。朱尔·C为了继承一事预谋杀害母亲，用一公斤的锤子砸她的头。他两岁时头脑出事受过伤——后颈还有皮下串线留下的疤——好几次因流浪罪被捕，“在疯人院常见病病人中，C归入特殊的一类”。辨伪的人减轻了他的责任，他被判八年苦役。

医生以专家身份提出的精神病证明和报告，在司法工作中作为参考，没有法律效力。因而，一个刑事被告被宣布为精神病人还是被判死刑时，医生尽力要求赦免。在十九世纪八十年代，埃米尔是个知名的精神科医生，在社会上得到许多方面的支持。他利用他的关系帮助他认为理智失常和遭遇不公正的人。一八八六年十一月，他在他主持的法医协会里，建议以他个人的名义要求共和国总统朱尔·格莱维接见，获得一项赦免令。白朗希大夫在会上明确说他“是以他与这位高官的个人关系而行动的”。

埃米尔确实认识朱尔·格莱维，不仅仅是在玛丽·达古尔的沙龙里见过面。这两人至少从一八五九年二月就有过接触，在朗巴尔府的病程记录里，那是“四十岁，生于汝拉的朱丽叶·格莱维小姐被她居于同一地址的弟弟朱尔·格莱维律师送来住院”的日子。“病因：忧郁、幻想、恐惧和躁狂病发作”。这个女人“天真至极，几乎达到愚蠢的程度”，显得“意志薄弱，易动感情，很容易担惊受怕”。然而她三月三日出院时病情有极大改善。后来又发生什么了呢？朱丽叶四十八小时后又回去了，到六月十七日她还住在那里。当她在朗巴尔府的生活好像无忧无虑时，医生在那天的病程记录中写道：“我们不让她知道她的弟弟随军队到了意大利，至少他参加了军事行动；她以为他在热那亚，这样感到安心，总是容易发愁；很善良，很温柔。”

朱尔·格莱维是不是因事业而不能照顾姐姐的时候，把她托付给了白朗希大夫？这位高官有两个姐姐，却用一种奇怪的讨好口吻说自己是家里的长子，这是不是掩饰那个小的精神障碍？六个月以后，她的病情没有改善，反而恶化，这样在一八五九年十二月十七日，埃米尔·白朗希承认：“我不得不把她送入治疗部待上几天，她因有幻想和恐惧症而很痛苦。”第二个月，朱丽叶平静下来，虽然“还有点担心歇斯底里冲动”，要求回家。她的弟弟一八六〇年二月五日来接她。她的病案里最后写的是个没有治愈的病人。

埃米尔·白朗希确也可以名正言顺地说跟共和国总统相识已久，他的要求完全有机会实现的。但是他的信函送入朱尔·格莱维办公室太迟了。杀人犯已经身首异处。

在进行司法调查时，白朗希大夫很用心地从遗传开始，什么都不遗漏。最恐怖、最冷血的罪行，由于生理变性或可疑的家庭既往史，往往得到“减免”——这是当时的说法。时常可以在埃米尔笔下看到有些用词，泄露了他对病人的精神形态的怀疑：第一个有一个“不太聪明的面貌”，第二个的头“形态不佳”，第三个的外形“不对称”，第四个家里有精神病人，这成了决定性的论据。埃米尔确实对当时围绕遗传与变性而提出的论题是很关心的，这两个词汇正在变成一切疾病的钥匙，一切长期性精神病的解释。

精神科病的这一新方向是由一项发明引起的。这在安东尼-洛朗·贝勒（1799—1858）的论文中提到的，论文在一八二二年通过答辩，题目为《精神病研究》。这位青年医生从临床观察和解剖学出发，认为慢性脑膜炎引起伴有运动机能障碍的精神错乱。脑膜发炎影响皮质，压迫它直至它萎缩，这引起痴呆和瘫痪。许多精神病人患上所称的麻痹性痴呆是器质性的。这标志精神病历史上的一个决定性转折点，后来把贝勒的范例理想化和普遍化。精神科医生从此不停地在他们的病人身上去追寻器质性病变和遗传与体质上的原因。在十九世纪将结束时，精神科医生承认以前走入了歧途。

“贝勒描述的病，”保尔·贝尔歇里解释说，“垂直地通过了比奈和埃斯普罗尔的横向的疾病分类学。这不是什么单一的偏狂、躁狂、痴呆，而是一种特殊的过程，包括了偏狂、躁狂、痴呆的特殊状态，可以跟同类的其他状态相区别。”一切可以重新考虑，大家看到出现“症状性的”或“特殊性的”精神病，如马格努斯·胡斯对酗酒引起的精神障碍研究，德拉西奥弗对癫痫和歇斯底里的研究，以及出现新类型的病，如拉墨克描述的迫害性谵妄。

针对精神病病因的探讨掀起了解剖学的大运动，不久使贝内迪克特-奥古斯丁·莫雷尔（1809—1873）的论文开花结果，登载在他一八五七年的《变质论》内，三年后又登载在他的《精神病论》内。根据这位修士出身的医生的说法，遗传变质——“上帝创造的完美的人体上发生的病理变化”——是形成精神病的最主要的“决定性”原因。这种“人类的病态偏离”可以有好几种精神和肉体上的原因。中毒（酗酒、吸毒）、社会环境（贫困、不卫生）、病态性格、“精神罪恶”（伤风败俗）、先天性缺陷、遗传影响。白朗希大夫按照他的大多数同行的说法，赞成把精神病说成是一种遗传或精神的宿命——宿命在大家看来，跟基督教的准则不是很合拍吗？

就像对待“贝勒的病”，精神科医生争先恐后完善莫雷尔的变质理论，按照瓦朗丹-马尼昂的做法，他把这个理论应用于天才（他称为高级变质人），当然也应用于罪犯。犯罪确实是典型的恶事，就像一个异常的自身，实在很难不试图深入研究。在这些研究的框架里产生了犯罪人类学。有一个名字是与这门新学科分不开的，这就是意大利精神医学家凯撒·隆勃罗索（1836—1909），“天生罪犯”理论的创造者，根据他对杀人者的形态和遗传的观察建立的。一八八五年，隆勃罗索在罗马组织了第一次犯罪人类学大会。第二次是在一八八九年巴黎世界博览会时召开的。隆勃罗索在许多意大利发言人中间最引人注目。在法国方面有马尼昂、布鲁亚代尔、莫泰，或许还有阿尔方斯·贝蒂荣，巴黎警察局人体测量鉴定处处长。白朗希大夫不是发言人，但是参加了一切讨论。

在第一次小组会上，隆勃罗索发挥了他的论点，指出罪犯身上不可避开的特征："面孔不对称，眼眶宽，颧骨突出，枕骨隐窝中等，鼻孔呈翼状，颌骨有狐猴附件……"他的主要反驳者是巴黎人类学学院教授马努弗里埃医生，他认为——其他人也有同感——经济社会地位卑微、教育、好运与坏运是犯罪的主要原因，他在演说中也提出问题："是不是存在罪犯特有的解剖特征？"马尼昂和塔韦尼医生提出他们的结论，"罪犯的童年与犯罪自然先兆的关系"，而克莱芒斯·鲁瓦耶，达尔文著作的译者，提了一个新因素——杂种性，同时解释说高犯罪率都发生在异族杂交的大时代……大家可以看到从种族主义理论到染色体假设这些在二十世纪泛滥的思想是怎么来的。

一周时间内，医学院梯形大厅坐满了人。精神科医生、历史学家、司法工作者交换他们的看法，然后在罗朗·波拿巴亲王府举行大宴会，席间"安迪生、伟大的安迪生，由两名工程师做助手，展示他的留声机，在相邻的客厅里一支茨冈乐队传来喧闹的乐声"。大会闭幕前还有一个教学展览会，有意大利犯罪地理图片，罪犯人体测量和鉴别照片，巴黎被斩首的犯人头颅石膏像，癫痫病人的脑壳，罪犯秃头和灰发的有关图表。同样还有归入天生罪犯资料的“物证”。埃米尔自己在办公室里不是也有作为证物的杀人犯特罗普曼的大拇指石膏像吗？这个引起舆论大哗的“魔鬼”一八六九年在一次抢劫阴谋得逞后，杀害了金克一家八口，先是长子和父亲，后又是母亲和她的五个孩子。白朗希大夫那时是极少数支持这名二十岁的杀人犯无罪的医生之一，他在一八七〇年上了断头台，医生保留了他的手指印。他对儿子说：“看到这个石膏像，就可以相信这个人是个精神病患者，一个变质人。”

把罪犯跟智力天才相提并论，都说成是变质一类，这在十九世纪是给行动后面的人推卸责任，赦免他的行动，笼统地称为恶魔型、不正常、不人道。这种提法荒谬绝伦，至少令人迷惑不解：他们是人道主义理论家，左派战士，很关心社会进步，却给极权组织，尤其是纳粹主义提供从优生学到种族歧视的理论。隆勃罗索，反教会知识分子，积极参加社会党——他最后成为都灵市参议员；马克斯·诺多，艺术家变质论的鼓吹者（从托尔斯泰、瓦格纳到马拉梅都是），是犹太复国主义的奠基人之一，反军国主义者和坚定的和平主义者。

把罪犯称为变质人理论的捍卫者主张无责任论，在十九世纪是进步分子，他们在反对如莫里斯·德·弗勒里医生这类的反动分子。弗勒里在《费加罗报》发表《罪犯与精神病》一文，愤怒地说：“这不需要自我隐瞒：全体群众对刑事医生面对最近几桩恶性大案的态度甚表惊奇，甚至愤怒。在论文中笼统地把罪犯看做病人，这是趋向于用治疗代替惩罚，用冲浴代替断头台；我也是个医生，我认为蓄意杀害两名妇女与水疗法治疗，这两者有些不成比例吧。”责任人是“白朗希、莫泰、布鲁亚代尔，马尼昂之流，他们以隽智人士著称”，但是他们的宽容对于文明社会是有罪的。作者最后得出结论说：“既然罪犯经常是遗传的，以上帝的名义，不要让他们生息繁衍！既然我们现在的法律不允许把精神不正常的孩子扔到塞纳河，像从前的欧罗塔斯人，那就试验‘精神矫形手术’吧，用斯特劳斯的话来说：到处设立收容所、精神病院收留阴险恶劣的孩子，如果教育对他们没有效果，不要到了成年时放任不管，而要给他们建造坚固的牢房，或者派出去让他们的‘冲动’对着北部湾海盗或者要让我们付出重大代价的非洲黑奴去使用吧。”

白朗希大夫在犯罪医学方面写了许多文章，不应该看不到他在性错乱问题上一丝不苟的工作。因为埃米尔作为专家，可以要求接触各种各样的资料，如公共场所风化案。一个男子在鞋铺橱窗前手淫被人逮住一事，是对精神科医生在调查报告中发挥文学才能的一个良好例子。

男子在六七岁后，就对女鞋的鞋钉有痴念。他要触摸、计算、呆瞧它们。看见鞋钉引起他“难以形容的幸福”。晚上在床上他想象自己跟母亲在鞋铺里，在思想上对少女上最严厉的酷刑，把钉子钉进她的脚里，同时又不断地手淫。白朗希大夫说：“但是这不只是给自己提供这样做的物质快感，还是给他想象中的色情故事提供伴奏。”

青年人长大后，对于痴念的克制多少取得成功。将近一八六八年，他的情况改变了，看见钉子不再引起阳具亢奋，而是一阵电流式痉挛，从脑顶开始扩至全身。强度根据环境不同：“要是鞋匠跟他泛泛谈到要给女鞋上钉子时，强度就小；要是说到他认识的女人的鞋，强度就大。或者，要是鞋匠不是说‘把钉子钉在女靴上’，而是说‘钉进女人的靴子’或者‘钉进女的里面’，强度就更厉害了。这名X男士有时就会‘用龟头去接近钉子，几乎总是引起射精’。”

白朗希大夫在报告结束部分，说X男士是“非常能干勤奋”的职员，一个聪明、有知识的人，“热爱学习”。他却患包茎过长，“因而无法在正常情况下性交”。对医生来说，这人不用负责任。他可以免于起诉。

白朗希大夫用几页纸把事情写得头头是道，把一部分特征突出说明，使他这份临床报告成为范文。他提到把重点放在童年，不指明地显示出坏人的施虐受虐狂的本质，强调雷克所称的“中止因子”，这使病人“喜欢从故事里得到的乐趣远远胜过从射精中得到乐趣”。白朗希不创造概念本身，但是提出决定恋物癖者的神经症的决定性因素非常有洞察力。

他对某个Ch男士的报告，具有同样的文采，同样注意细节。Ch在街上行窃被当场抓获。这名青年剥下人体模特身上的一条白围裙。白朗希大夫负责询问他，诊断他，还是从童年和少年时代去寻找犯罪行动的原因。

这名青年十五岁时第一次显现出他患的综合征。

有一天，他看到草坪中央一根绳子上有一条围裙在阳光下摇晃，白得晃眼。这个景象使他迷惑，他不知道侵入他内心的是什么性质的感情；他的目光注视这块方布，无法抵挡它的吸引力。

他走近去，抓了来，往腰上一系，全身感到一种美妙的战栗。Ch 走开，躲到一个树篱后面，把白围裙弄脏了。这种生殖的淫念一旦醒来，再也不可能重新压下去；白围裙的念头纠缠不去，要看要占有的需要，几乎到哪里跟到哪里，成为他大部分行动的动机。

Ch 把他的战利品埋在地下或者藏在一只大箱子里。他被捕过好几次，但是只是好几次判罪后才派个医生来做鉴定。白朗希的结论是无责任。Ch 进了圣安娜精神病院。

这些报告的珍贵在于白朗希大夫跟他的许多同事不同，他很少在公众场合，更少在报刊上表达自己的看法。他把文章收入几份特殊的册子里、他的病程记录或他的日常信函中，但是从不收在理论著作或专业手册里。这样做首先是他对长篇大论的概念性做法表示怀疑，还有就是一种胆怯：埃米尔没有发明家的智慧与勇气，他们成功与失败都充满了天分，如夏尔科，埃米尔就是讨厌后者倔强的个性。

这种谨慎态度还反映在一八六八年建立的法医协会的例会上，白朗希大夫一八七九年以来虽是会长和常务委员，若查阅一下会议记录，可以看出他很少发言。协会由六十名会员组成，大多数是医生，有几名法律工作者，埃米尔参加各种各样的讨论：药剂师的责任、医学秘密、因精神病原因宣布婚姻无效、假装自杀与真正自杀等等。从“人工授精”提出的伦理问题（已有人试图把包含丈夫精液的插管插进女人的子宫颈），到医生在保险公司中的作用，所有这些把医生与法律联系在一起的题目都谈到了，甚至还有最意料不到的问题，如“狗与人是不是也有类似人与人的同性恋行为”？这是因为一个男人被控在大庭广众跟一条采取“主动”的狗发生鸡奸而遭到逮捕后，提出了这个问题。

对于医学心理工作，要了解那个时代科学进展和精神面貌的演变，法医协会的会议记录是不可替代的资料来源。在会上展开的讨论也是对社会组织的探测行动，向人的行为与思想方式打开的窗口。一八八〇年举行的那次货架偷窃行为大讨论是症状的见证，白朗希大夫跟他的同行一起分析了这些犯罪率上升，以及它与精神病的可能相关性。题目的变化也是一个症状，原来的题目是《商店里的女贼》，后来认识到男人也可能小偷小摸，就改为更简单明了的《货架上的偷窃》——这场讨论指出，在提供作为研究对象的十四名罪犯中，六名是男人……这个最后一分钟的改正很说明最初的意图——然而这没有改变医生还是把女性行为作为特殊的重点病理研究对象。

十九世纪末偷窃剧增，这里面当然有社会原因：就是第二帝国时期大商店兴起，从“好市场”到“春天”，其中还有

"萨玛里丹"和"市政府大商场"。橱窗与货架的诱惑力强大无比，再加上商业界不停地招徕生意：这里把老顾客吸引到卢浮宫大商店，"因为巴黎唯有这里商品丰富应有尽有"，那里又宣扬城里商店布艺品的不同品种，从绣花精致的麻布到"专供一般家庭使用的"密织细棉布。广告问世了，针对男人、女人甚至儿童，送一些彩色小画片，留住顾客。

抵御时尚新品与幻想，变成了一个艰难、经常迫于无钱而必须要经受的考验。有时诱惑太大，在一转念的瞬间，利用售货员和挤来挤去的人群四周的纷扰，捞走了一个小玩意儿，一段花边，一副丝手套，藏入鼓鼓囊囊大裙子的褶裥里。因为，精神科医生承认，小偷小摸经常跟女窃贼的社会地位同样都是微不足道的，只是些受生活煎熬的洗衣妇、烫衣女工和工厂女工，比如那个洗衣妇，守寡二十八年，抚养两个孩子，每日工资两法郎，一八七六年被捕，偷了四双长袜，值两法郎六十生丁。医生可以从社会意义上去理解她的行为，但是他们用更"科学的"论据去为她辩护：这个妇女月经来时会发谵妄病；于是，根据精神病处检察员吕尼埃医生的说法，偷窃总是发生在月经来潮时。这个精神科医生又说，在女人身上看到"病恹恹心情和神经衰弱状况，在男人身上就不存在或者至少要轻得多，主要有怀孕、更年期、歇斯底里等"（原文如此）。

这种在货架偷窃中应用的激素精神病理论，在同一场讨论中，另一名杰出的精神科医生，法医问题专家勒格朗·杜·索瓦医生也提出过。他认为存在三种类型的偷窃：病理性偷窃

（已经证实的精神病人所为）、“半病理性偷窃”和犯罪性偷窃——后一种性质就不是法医要关心的对象了。第二种类型半病理性偷窃最模糊，也需要予以明确。它包括三种人：一，“疯疯癫癫的歇斯底里少女，智力中等”，她们偷窃的主要是“小摆设、缎带和化妆品”——“在这种情况下偷窃几乎都是在月经期进行的，可以把病理关系与生殖器官挂钩”；二，中等家庭、偶尔还有富裕家庭的妇女，完全有条件购买她们所偷的东西，在她们身上总可找到“病态遗传的痕迹”；三，怀孕妇女，这又是针对妇女的生理条件，而生殖周期被控为一切混乱的起因。

精神科医生在性别与犯罪关系上遽下结论，而对于这个完全具有性别特征的事实则不作评论，那就是女人一般在室内犯偷窃罪，而男人在室外犯偷窃罪，直接对人行道上的摊子下手。对于医生来说，女人是商家优先考虑的目标——因而左拉把大商店招牌称为《妇女乐园》——发现女贼多于男贼也就不足为奇，尤其这些小饰物不是男人要的玩意儿。就算吧。但是老是把它与女人联系在一起，通过恶意的延伸，偷窃不就成了女性的标志和先天性罪恶？在这方面可以提到一名曾为亡妻伤心不已的渔夫作为例子。自从他丧偶后，“他变得爱俏，自负，染头发，想方设法年轻”，开始偷窃，二十生丁，最多也不超过两法郎。从字里行间看出，对精神科医生来说，娘娘腔的行为跟犯罪是不可分的。

在给最普通的偷窃冠上“半病理性”的同时，精神科医生对犯罪的病态性也表示自己的怀疑。吕尼埃医生从观察出发，得出了同样模棱两可的结论；大多数经过诊断的偷窃犯被宣布为精神健康的人，虽然他们做的事“说明大脑组织有点东西不正常”。一个人可以有“疯狂的”行为而不是精神病人，这在法医问题上是很棘手的，尤其理论引申到杀人案上。但是偷窃是不是悄悄走向精神错乱的第一步？医生好像暗示这个更令人安心的观点，提到他的省里一名贵人的妻子，举止高雅，聪明，再三在大商店里偷窃一些廉价小物品。医生召去诊察，在她身上没有发现任何精神病症状，但是过了不久听说她已被隔离，什么理由他没说。吕尼埃又举了一个例子，叫精神分析专家想都不敢想的，那是一个十二岁的女孩子，在珠宝商父亲的店里货架上偷窃银匙子，藏在家里的茅坑里；尽管这些行为很荒唐，那时还是被宣布为精神健康，两年后患上了“癔病样的”意外症状。根据精神病专家，偷窃是一种那时还处于潜伏期的大病的最初症状。

从总体来说，偷窃者不能被认为是典型的精神病人，而是弱者、衰老者、“眩晕者”，科学上称为“机能不全者”。几乎都是“遗传性的”。他们有一个兄弟患肺结核，母亲是癫痫病人，父亲是忧郁症，这么说就足以解释他们的行为障碍了。白朗希大夫在参加讨论的发言中是赞成和肯定这个说法的，会议报告中说：“从他的观察所得，可以说商店的女偷几乎都有遗传既往史。”其中有的人在疾病确诊后使用吗啡、阿片酊、鸦片治疗，以后就上了瘾：女偷往往也是吸毒者。

白朗希大夫是法院方面的杰出专家，在法医协会内部讨论一些他接受委托而不专门涉及刑法的问题。因而他也经常接受遗嘱有效性的咨询，他必须决定这些遗嘱是不是在精神错乱时写下的。医生于是在这种死后鉴定中，对可信度不等的资料和证据的真实性进行诊断。

白朗希大夫出于公民义务而去完成这项专家任务。这个职能一般来说都是公立大医院（圣安娜、比塞特、硝石场医院）的院长才有资格接受的，请他担当则是一项特殊的荣誉。一八八五年，他是塞纳省六名精神科专家中唯一在私立诊所的工作人员。这是没有报酬的工作，他也不在乎，荣誉足可弥补。他奇怪“有人会在司法问题上去计较报酬问题”，甚至认为把钱与鉴定纠缠在一起，“医生就在群众和法庭面前失去他的尊严”。他的同行反对他说，外省的医生有时在受理案件期间，受法院的征调，不得不自费出差，并不是所有医生都有财力可以免费留出时间来服务的。这种看法显然可以看成是直接扔向埃米尔的一枝长矛，他也就在讨论中不再坚持己见了。有钱的人看到无钱的人拒绝去做他们自己无偿去做的事而感到不满，白朗希大夫不考虑自己拥有的特权，对别人所谓的逃避义务也会一下子义愤填膺。

他跟法院的合作，并不限制他遇上机会也会批评国家的干预。就是抱着这种精神状态，他在一八七四年为了恢复一度在塞纳省取消的自愿住院制度而积极活动。自愿住院制度取消后，强制精神病人或疑似精神病人在警察局拘留所卫生所里接受检查，然后被送往圣安娜医院，最后再分配到巴黎可以接受的精神病院。这些麻烦的手续，几乎不分病人与疑似病人，确也需要改革。这项改革三年后完成，由于白朗希大夫向政府递交的报告，在精神病院和慈善机构留出三百三十张病床提供给需要检查的病人，这样使监狱不再成为医院的小客厅。

白朗希大夫在几年后的一篇文章里，又提到这场胜利的“头等重要性”，那是批评一项旨在私立医疗单位加强官方监督的改革。那时政府部门认为私立医疗单位，特别是精神科医生享受的自由过大，因为精神病人完全可能在私人家庭治疗，而不用向公共部门汇报，也不受任何司法和行政的监督。富人家庭租下一幢房子，把精神病人交给一名医生监护。男人有时安置在乡下，女人安置在修道院。这样安排以后等待症状过去。白朗希大夫认为这种做法是可取的，因为他自己也是这样做的。家庭要求保守秘密的愿望，在他眼里就像精神科医生遵守医疗秘密的保证，同样都是合情合理的。他还是承认其中的危险，病人可能很容易成为人家贪婪与阴谋的对象——要证明这类事的例子太多了。

白朗希和他的科学院同行对于官方监督也只能在情理上表示同意，但是事先说明要防止过火现象。频繁监察不是威胁到精神科医生的特权和他的“至高权威”吗？他写道：“这些接连不断的询问式视察，明显是对精神科医生的能力或诚实缺乏信任，那就不怕医生的尊严不停地受到损害吗？因为精神病院的职工必然会这样理解，视察对于医生的精神权威是一种不断的削弱。”

立法者对于私立诊所的不信任，确实在好几项重大改革中都有所表现。在这以前，检察医生来观察病人的情况和对他安置的合法性，向行政长官写一份报告。新法律增加共和国检察官视察，把安置改成临时安置。此外除精神病院的医生外，还要有两名医生分别提供证明。这么多的措施叫精神科医生感到气愤，它的出笼也说明大量无法监督的弊端。其他方案还扩大病人的司法自由，隔离的人从今以后可以直接要求恢复自由或司法部门保证管理他的财产。这是埃米尔·白朗希赞成的措施，使玛丽·埃斯基隆把她的备忘录送到司法部；她原是经白朗希大夫同意而被不恰当地关在古戎医生诊所的。

若不是在离婚法中的功劳，白朗希大夫在医学立法中的作用是很一般的。离婚法最初在一七九二年出台，在一八一六年又被取消了。十九世纪下半叶要求恢复的各方压力不断增大，终于在一八八二年又提出一项新法案。夫妇一方有精神病情况下的离婚问题，在国民议会讨论时促使了议员征询有资格的专家的意见。白朗希大夫受到咨询，来回答这个重大的问题：精神病可不可以成为离婚的理由？

埃米尔同意离婚的原则（这与他妻子不同），但是精神错乱是个例外。当夫妻一方患上精神病，夫妻义务在他看来应该是“更大更神圣”。他号召“有责任感、好心的妇女”照顾她们生病的丈夫，同时又嘱咐有关的男人要在婚前明确了解妻子一方的家庭既往史，不要提早举行筹备不足的婚礼。准许离婚的话，精神科医生最怕的是早有企图的丈夫有意要娶一个半疯的女子，收下嫁妆后断绝关系；他也怕男人关进疯人院被宣布为不可治愈，既治不好又回不了家，因为妻子已经在打离婚官司，不许他踏进家门。况且怎么跟一个精神病人离婚呢？当他在法庭上“做任何行动在法律上都是无效的”时，“他的同意也是不成立的”。

白朗希大夫的论点在医学科学院的同行面前提出时，获得大量选票。但是也有一份完全针锋相对的论文，那是吕依医生提出的，他是《脑子》杂志的共同创办人，长时期当伊夫里疗养院院长，在那里他收留过莱奥妮·阿列维。吕依认为离婚是有条件的，那就是精神病人的病不可治愈，尤其有麻痹性痴呆。他解释说：“在私人疗养院，病人适应环境后，在某些情况下可以活到七年。但是不管怎样，病情的发展是不可避免的，要说有人津津乐道某些好转，病人都已出院，如同复生一样，这些例子都令人怀疑，是诊断不确所造成的。因为事情是必然的，一旦发生麻痹性痴呆，出现我所指出的病态因素，就决不会痊愈。谁遇上谁就必死无疑。”在这种情况下，不准离婚，无异是毁了没有精神病的配偶的一生。这会害得两个人半死不活的，一个在精神病院，一个受毫无意义的束缚。吕依提出一条中间道路：“我建议成立一个仲裁委员会，由公共或私立精神病院工作的三名精神科医生组成……一旦有人向这个委员会提出离婚申请，接受任务为期一年，每月一次到病人身边，仔细检查他的病情，写出一份诊断和预测报告，做每月记录，这样观察病情的起落，向好还是向坏发展——到一年结束，病情停滞不前，那时再作判断。”

吕依在演讲里含沙射影批评白朗希大夫，说他的“类似故事性的”言论缺乏科学性，尤其说到有的病情缓解不可信。是演说家的游戏还是有根有据的批评？同行冤家还是个人恩怨？埃米尔也很快在第二个月的学院会议上，以他长期治疗精神病的经验据理反驳。他要求他的同行小心提防。“我和富维叶老医生一起治疗过一个麻痹性痴呆病人，一直照顾到他离去……这个病人有过一段缓解期，完全如同常人，在一位杰出的同行的建议下，他又结婚了。”他重申说。同事含嘲带讽的不信任刺痛他，觉得是针对自己来的，他就步步设防，竭力要人相信，当他提到治愈一个病例是万分谨慎的，“完全按照规定的要求，把病程进展、不同阶段如实写在诊所的正式病程记录上，一月一次，三月一次，不是简略平凡的摘要，如情况相同、没有变化，而是描述症状，缓解，增剧，使人对病人从第一天住院到出院都清清楚楚，这些注解写下来都留有余地，当病人离开疗养院，不说她治愈，而是说病情改善，只是很久以后我才证明她是痊愈了。在这些情况下，在精神病院确实开始治愈，到了家里治愈得以继续完成”。这时，白朗希还原谅吕依的放肆言论，他说：“他还不到我的年纪，我希望有一天他会对你们说，他根本没想到精神病会痊愈，然而他终于亲眼目睹了这一切。”吕依那时五十三岁，仅比埃米尔小八岁。

这场辩论中白朗希大夫占了上风，他在论战中得到了医学科学院院士、科学界两位红人瓦朗丹·马尼昂和让·马丁·夏尔科的支持。在精神病期间禁止离婚，还是保证了对精神病人的保护。议会同意这个原则问题，不采纳对法律作出修改。这是个重大的决定，至今还在《民法》中产生影响：夫妻中若有一方患有精神病，双方同意离婚就成为不可能（第249条–4）；然而配偶一方可以要求离婚，“如果另一方的精神机能六年来处于严重损伤状态，使夫妻之间任何共同生活不再存在，并根据最理智的预见，在未来也不会重建”。（第238条）

白朗希大夫在他的职业生涯中，从法院到众议院，其作用不断加强和作风极具个性。这种声望的上升无异于一场静悄悄的革命，十九世纪为此搭好了构架，把精神科医生引入了文明社会。从此以后，到处可以看到他的身影：法官请他出庭，立法者向他咨询，警察局长或共和国检察官邀请他，他呈递报告，下结论，提出自己的意见与建议。科技协会是思想实验室，他在里面策划未来，制订明天的禁令和自由。精神科医生，咨询人物，赢得了《圣经》中术士的地位，他可以使一名死刑犯不掉脑袋，把一名女偷关进疯人院保持沉默，给邪恶和美德下定义，按法律去约束和酌量。从前的精神科医生已不再存在。精神科医生已有了科学家和有影响人士的身份，逐渐成为关键人物，处于19世纪所有重大问题的交叉点上，没有哪一级的机关从此可以没有他而存在。

第三章　印象主义夏天

白朗希大夫在其职业生涯中，对犯罪精神学和艺术与精神病的关系方面都可以编一部“丰富的报告汇编”。朗巴尔府是许多创作家的避风港，是十九世纪文艺界绝无仅有的观察站。埃米尔曾经好几次接受过杰拉尔·德·奈瓦尔、夏尔·古诺、阿列维夫妇，在那里还治疗过名声没有那么显赫的音乐家，如路易·奥古斯特·科代斯，他在“夸大谵妄”发病时“挥金如土”，自称是“抒情剧院院长、艺术和景物部部长、查理一世独裁皇帝、上帝之子、上帝本人、世上最伟大的音乐家、最伟大的画家、最伟大的雕塑家”。他也接受过著名的收藏家、艺术赞助人，如米萨尔夫人，美国女富豪，她在伊埃那路公馆的墙上装饰柯罗、米勒、杜比尼、科依贝、高莱杰或盖尔钦的画，音乐图书馆里藏有当代最伟大的作曲家的乐谱，如昂布鲁瓦兹·托马、古诺、梅耶贝尔、罗西尼、威尔第、瓦格纳……

但是在前来就诊的艺术爱好者身上，白朗希大夫没有提出什么“司汤达综合征”，也不像他的同行莱吕或马尼昂对天才与精神病有什么思考，他临终烧毁的资料是否包括对这个问题的初步新观念？大家有权利怀疑。医生是个实用主义者，只关心人而轻视理论。他在艺术界的许多朋友却给他的儿子提供了谁都梦寐以求、千载难逢的进身之阶。

雅克·白朗希在回忆录中，把自己说成是个既可怜又幸运的孩子。可怜是因为父母的圈子呆板无趣，像个《古人内阁》，他在那里孤独成长，一边是专心一致诊所工作的父亲，一边是长年为长者戴孝的母亲。幸运是他从小就在帕西和奥特依的客厅里见到那个时代最伟大的艺术家，“俯身向着摇篮看他的艺术之神有玛丽·达古尔、夏尔·古诺或亨利·方丹-拉图尔”。

白朗希大夫时刻想着音乐。每个星期日，他是夏特莱音乐会的长期观众，让儿子的心灵去接触大师的杰作。雅克说：“有一天，埃拉尔太太的客人克里斯蒂娜·尼尔松看到我坐在我的单人座位上，高声大叫：‘音乐会不是为孩子办的！’父亲回答说：‘夫人，这个孩子比我还懂音乐，他给您的《黑夜王后》大声鼓掌！’《黑夜王后》是《魔笛》中的一段！我还不到七岁，那天晚上抒情剧院演出盛会，奥斯曼男爵夫人把塞纳省省长的包厢让给了我母亲……”

他担心孩子了解古典作品以后，又在浪漫派身边感受据他说“不那么纯洁”的感情，于是在奥特依家的钢琴上放了一大堆巴赫、海顿、格鲁克、莫扎特、贝多芬的谱子，鼓励他弹。然而埃米尔并不因而否认同时代不被理解的天才，他们在他家里任意入席。他的儿子对我们说：

> 白朗希大夫是科洛纳音乐会协会的创办会员，坚持在周日音乐会节目单上，除了已经获得极大成功的《浮士德的沉

沦》和《基督的童年》以外，还要包括《哈罗尔德在意大利》《罗密欧与朱丽叶》《幻想交响曲》。柏辽兹是帕西常客们的朋友，曾在我的父亲家里第一次试演《特洛伊人》第一幕，古诺弹钢琴给波利娜·维亚尔多夫人伴奏。这位“可怜的埃克托尔”受到大家不公正和严酷的对待，父亲认为在他身后进行补偿，也是一种支持公正的义务。科洛纳从中获益不少，大多数“勇敢的”青年作曲家也是如此。

科洛纳是不是需要白朗希大夫的“坚持”才去为柏辽兹平反，把他列入节目单？精神科医生采取行动仅是出于“支持公正的义务”？医生是严肃的音乐爱好者和行家，对一个他钦佩其作品，又是在蒙马特尔时埃斯普里的老朋友和邻居，当然甚愿保护他的身后名誉。雅克说他具有一种他未必有的决定性影响，还把他爱好音乐说成了一项善举，不妨是给他的为人双倍帮倒忙。

要区别白朗希大夫对音乐家的友情与他对他们的作品的美学鉴赏，就像要在他的私人生活与职业生活之间划上一条互不相通的界线，都是一件徒劳无益的工作。他不是在治疗阿列维夫妇时认识比才，爱上了这个人和艺术家的吗？白朗希大夫可能善于赏识作曲家的才华，对他的儿子说过他前途无量。不然的话，雅克快十二岁时走进青年音乐家墙上贴装饰花布的房间，怎么会留下那么深刻的印象？那时他还默默无闻，住在杜埃路的“阿列维家庭式合作社”。比才，大脑袋，一个戴夹鼻眼镜的罗马平民皇帝戴克里先，缩在短上衣里，脖子上系一条红围巾，脚穿“伊斯兰拖鞋”，在埃拉尔为弗罗芒塔尔设计的钢琴–办公桌上演奏《祖国》序曲。“当他的两手不能表达乐队用谱上的音符时就唱，就吹口哨”。“我出神了，不说一句话。他问我爱不爱这音乐。我掉下眼泪来”，他在回忆录中这样说。两年后，一八七五年，雅克参加了喜歌剧剧院的《卡门》首场演出。

雅克·白朗希从少年时代就认识法国音乐界的全体精英，柏辽兹、莱奥·德立勃、圣桑、夏勃里埃、马斯内和福莱。这种认识可能仅限于短暂见面，泛泛交情。艺术界某些头面人物是朗巴尔府的老病人，白朗希大夫跟他们有交往，这种与众不同的关系必然使他受的教育有不同凡响的一面，并不是每个人都可在玛丽·达古尔的膝盖上学习识字，在古诺身边弹钢琴——古诺还称他的小学生是“小莫扎特”。

大家知道埃米尔和《浮士德》作者的亲密关系。在《波里欧克特》演出前几天，音乐家向白朗希全家表示思念之情：

亲爱的埃米尔：

您知道在首场演出的客人名单上您是从来不会被忘记或被划掉的。我就是只有一张票可送，这张票也是您的。但是，不幸！我用心算过来算过去，要给您的费利西和雅克留出位子，我怎么也做不到。请听我说！

二楼包厢，有十个或十二个女客要来，我只能让她们挤上六个，四张楼厅票给了两个家庭。四张正厅前排！（贵宾席）您的位子在那里。十二张正厅后排；家里的全体男孩，儿子、侄子、表兄弟等等……

您的太太和雅克观看第二场可以吗？因为每个人都要首演式，我们这些可怜的作者都无能为力！真是头都昏了。

致敬

Ch 古诺

雅克·白朗希一开始在艺术界通行无阻，人地两熟。除了出身家庭的特权，还有命运的机缘。在孔多赛中学五年级，英语教师"用红墨水写一手女性秀丽的好字"来批改他的作业，他的名字叫斯特法纳·马拉梅；两年后雅克跟他的一个同学来往密切，他就是以后的"哲学权威"亨利·柏格森。

白朗希大夫热爱传统教育中的人文主义精神和严格性，他喜爱希腊拉丁古典作家，胜过喜爱现代文学；他对现代文学抱怀疑态度，也以一个标准来衡量作品：杰出或庸俗。他轻视过于无聊的题材，追求使心灵崇高的作品。说埃米尔没有文学天赋，这话没有说到点子上，他关心语言，只在乎说得好和写得好，遵照规则和语法一丝不苟。他对语言完整性的关心，相当于他立志要保存一种价值不变的系统。他在吕西·普雷沃斯特-帕拉多尔面前坚持说："你要我说什么是今日的上等社会吗？就是法语说得正确无误的社会。我们都受过同样的教育，也还相互认识。只怕不久就不可能相互理解了。"

白朗希大夫很易感受有结构的作品、正确的句子、用心画的好画。无疑是这个理由他把肖像画交给一个叫罗莱或杰尔韦的画家去画，而不愿把自己的相貌让方丹-拉图尔、德加或马奈动笔，这三人他都认识。埃米尔差不多要买下一幅马奈的画，还是重要的作品，据他的儿子说："父亲有一次对我说：是的，这幅画好奇怪！这里面有点新意。我正在跟人谈要买爱德华那幅《草地上的午餐》，我们餐厅里正好有这么一个尺寸的镶框。你妈妈怕那个光身子浴女不雅观。她这样想或许也有道理；但是我们可以买下后放着，以后你自己管，既然你喜欢这张画。我相信你不会错的。"

白朗希大夫没有艺术赞助者的勇气，也没有收藏的癖好。有艺术家的友谊就够了。挂在他府上的出色作品，大多数是病人或朋友的礼物，他们都欠精神科医生的情，就以"实物"作为酬谢，这对医生来说是常见的做法。他的几幅德拉克洛瓦，来自杜邦歇尔的藏品，《芒特边上的塞纳河支流》是"对白朗希大夫表示感激的柯罗的礼物"。马奈的《水晶瓶里的粉色牡丹花》好像是迪娜·费里克斯送的，她是女演员拉歇尔的姐妹。

爱德蒙·梅特尔（1840—1898）是敏锐的艺术批评家和所有印象派画家的密友，他把大多数画家介绍给医生。梅特尔出身于波尔多大资产阶级家庭，不到几年工夫便成为一位巴黎人物，典型的好奇聪敏的艺术爱好者，从盖波瓦咖啡馆到沙龙都有他的身影。他在政府部门工作，这使他有充裕时间在画室和博物馆里闲逛，识别天才独具慧眼。画家也不声不响地回报他，巴齐尔把他画在《康塔米纳路的画室》这一幅画里，方丹–拉图尔在《钢琴四周》中夏布里埃旁边给他留下一个位子，雷诺阿给他画了一张肖像，在画中他躺着看书。

梅特尔比白朗希大夫小二十岁，比雅克大十九岁。这居于中间的年龄差别也是有象征性的：梅特尔经常在这对相互不很理解的父子之间扮演调解人角色。他引导少年了解绘画，带了他跑各处画室，让他发现威尔第的《安魂曲》，跟他四手联弹舒曼与勃拉姆斯的作曲。因为这位画家不但会看也会听。他是最早的瓦格纳崇拜者，跟白朗希家两代人都对现代音乐充满热情。

医生通过他遇到方丹–拉图尔。雅克有志于搞艺术，在画家面前很迷恋，可以获得他的教诲。“星期日晚上，他在父亲家用餐，我不知道我耍了什么诡计，使得我的好朋友爱德蒙·梅特尔先生，同桌最年轻的人，把方丹的注意力吸引到我在那星期课间画的一幅静物或肖像画上。爱德蒙·梅特尔怕方丹无聊，不愿意使我难堪；有时候是在匆匆告别时，在昏暗的更衣室里，方丹对我的画看上一眼，无关痛痒地说一句。梅特尔尽量安慰我，我一夜睡不好。”

方丹–拉图尔，说实在的，直截了当地让雅克失望，也拒绝给他上课，推说他更适合走外交道路。少年从他热烈崇拜的马奈那里得到更多机会，在十三四岁时去过他在欧洲桥圣彼得堡路上的画室。这位大师更宽厚。一八八二年有一天他还向雅克提出一项挑战似的：“拿个大圆面包过来，我要看您画一张；静物是画家的试金石。”雅克画了一张。这次练习使他在自己眼里“成了画家”。他二十一岁。马奈是对他的作品产生影响最大的艺术家。

孩子在去学校的路上，在奥特依和埃洛大道之间，有时遇到一个奇怪、走路匆忙的女人，“总是穿着黑与白的衣服”，带着一本写生册。“贝尔特小姐”，也称贝尔特·莫里索，“她的眼睛又黑又亮，面孔瘦削苍白，说话简短快速，神经质，当他要求看一眼她藏在‘她的书夹’里的东西时笑的样子，”都有点儿叫他害怕。这个女人是弗拉戈纳尔的外孙女、马奈的弟媳，竟敢在全是男性的印象派画家中当个女画家，大家说她是个“与众不同但非常有派头”的女性。“非常有派头”在当时也就是“时尚”“雅致”“有风韵”。

白朗希大夫与艺术家的友谊到了夏天，在迪埃普更有发展和扩大。埃米尔有时在季末去伦敦会见同行的途中，总设法去一趟。雅克回忆说：“父亲的散步场所之一就是从波莱到普依的海边路上，那里大仲马和卡瓦洛夫人建了个艺术村。卡博有个小屋子。”古诺偶尔来这里休息或与卡瓦洛夫人一起工作，她是喜歌剧院院长的妻子，出色地扮演了《浮士德》中的玛格丽特、《米莱依》和朱丽叶等角色。作曲家甚至在医生不在的时候也去，他动情地写信感激费利西和雅克的款待，“雅克还把他的房间、他的露台、他的一部分地平线、海洋和天空留给他年老的朋友古诺使用”……他带了他的孩子让和雅娜一起来的，孩子跟雅克、大仲马的女儿、《论坛报》社社长勒穆瓦纳家的三姐妹一起闲逛，而白朗希太太让这些“出身良好”的青年自己玩，而她随时等待“贵人”和政治界名人——如拿破仑亲王、威尔斯王子、梯也尔、甘必大——或者在音乐亭里听拉帕蒂唱《可爱的家庭》。

当白朗希大夫终于摆脱事务，到妻子身边度过四十八小时，真是高朋满座，相聚甚欢。但是大多数时间，费利西与雅克两人享受海边空气，与客人交谈。母子情深。雅克甚至这样写道：“母亲，我们最尊贵的女性，是我们永远的主妇：另一个我自己。”在另一处又提到他们之间建立了“几乎冲突的亲情”。少年爱这个有性格的女性，她充满活力，看问题果断，有些看法好笑，对艺术有强烈的兴趣。费利西少女时和妹妹都是著名历史画和肖像画画家莱恩·科尼埃的学生。朗巴尔府里甚至还挂了她对《美丽的额饰》和《蒙娜丽莎》的临摹画，放在柠檬木框子里。后来被白朗希太太称为“穿浅口皮鞋的无政府主义者”的巴雷斯，在他的朋友身边说：“绘画的微生物随着母亲的血液进入了您的血管里。”

母子情千丝万缕，尤其在对付埃米尔或者不顾埃米尔的时候两人更为团结。费利西觉得被丈夫疏忽了，儿子站在母亲这一边。他的自传体小说的主角乔治·埃默里高声说：“要跟爸爸交流！但是怎么交流呢？……不需要老是监视我，仿佛我是一名罪犯！”他的母亲反驳说：“你埋怨父亲的目光？而我要说什么呢？有些时候我猜想他在为我的理智担忧。”一个是罪犯，一个是疯子；白朗希大夫在职业上的操劳，难道转移到了私生活上面？埃米尔至少用一种谨慎的目光瞧着这对十分敏感的母子俩，好像他们之间有一种遗传的易感性非常亲密。精神科医生好像还对儿子说过：“我原来喜欢在我以后由你可怜的哥哥约瑟夫延续我家的老传统。在帕西时约瑟夫似乎理解我，职工喜欢他。你是艺术家，这不是你做的，你完全像你妈……太‘神经质’。”

起初，白朗希大夫可以说反对儿子从事艺术家生涯，他要他当外交官。但是埃米尔在他的极大热情与决心前也让步了。他无力再争，给他在卢浮宫拿到了一张临摹证。本来么，他对这根独苗，他仅存的、周围的人都喜欢的孩子，怎么拒绝呢？一八七八年，雅克要在迪埃普自由自在画画。为什么不像他说的叫人造一幢“木房”，也胜过住在公寓或他们的亲戚亨利·拉勒芒医生家。父母反对，但是十七岁的青年不遗余力要说服他们。他手里拿了计划书，当他找到背山面海的理想位置时，再给父亲写信：“至于风景，那是少见的宽阔美丽。我找的主要是这个。您若不愿意建一幢楼，至少可以给我盖个舒适的画室，等着别人在我们周围做邻居。我以后显然要当画家的。这是对我最有用的了。”

雅克的志向在绘画与写作之间长期摇摆，在巴黎与他喜爱的伦敦的半路上，一边是大陆，一边是海洋的迪埃普才定了下来。他作了好大努力来建造这幢别墅，一八七九年夏天开工，在白朗希太太的监督下进行，她每天给丈夫写信让他知道工程进展。很快问题累积成堆。最严重的，除了悬崖上一处地方有塌方危险以外，还有心理方面的，有一天费利西发现这个问题，她呆了，给丈夫写信说："我相信主要事情还是从你和雅克而来的，关于雷诺阿那幅板上画（这事我以前一点不知道）。梅里古先生和他的儿子都是画家，必然认为我们的画也由他们来做，你们怎么会没想到？"

梅里古是别墅的建筑师，意外听到奥古斯特·雷诺阿已经接受了做这幢房子的板上画装饰。这条消息叫建筑师听了感情上很不是滋味。白朗希太太害怕引起外交纠纷。雅克试图缓解，但是无效，他对父亲说："梅里古先生向我们提出的事很恶劣。不听他的他就怄气……开始跟我们找麻烦（我们之间说）。他强迫我们接受他的想法、他的供应商、他的争吵、他的厌恶，他不再管我们的油漆，有意刁难。我在想这一切会怎么结束。他很嫉妒，什么都必须瞒着他。我们对他说，雷诺阿给我做板上画是朋友的一份友情。我们尽量迁就他！他还是心犹未甘。"

这份"友情的"定画是谁出的主意？表面上是父子共同商量的。医生通过爱德蒙·梅特尔遇见了雷诺阿；雅克在巴黎被介绍给他，在离迪埃普不远的海边贝纳瓦尔第一次看到他画画。雷诺阿画了一组花的系列画给保尔·贝拉尔装饰瓦杰蒙的餐厅。白朗希太太向丈夫提到这次访问："雅克到贝拉尔先生的城堡去了很高兴。显然这是一次很平常的访问。他对雷诺阿先生好像很崇拜，跟他说话，看他的绘画都显得很开心，这就够了，他觉得一切都很可爱，而我也说起我们也看到过许多美的画。"雅克眼花缭乱。按照瓦杰蒙的模式来做板上画的想法也开始滋生了：他向埃米尔谈起，埃米尔立即同意这个计划，不知道画的内容是什么。费利西不久就说明了：“那是不用对你说了，他选择《汤豪舍》的故事作为画室板上画的主题。”雷诺阿对这个计划再高兴不过了，画家在圣厄斯塔什合唱团时是古诺的学生，一八七〇年那时住在爱德蒙·梅特尔家，通过他喜爱上了瓦格纳。

这些板上画的完成，结合了印象派画风与瓦格纳音乐，典型地表述了白朗希家庭接触的世界。也是对父与子的继承赋予一个具体的形象与尺度：白朗希大夫欣赏艺术，认识他那个时代的文学艺术家，但是退在后面，只是做个观众爱好者；雅克则渴望参加艺术生活，搞创作也当赞助者。对于这对父与子来说艺术成了他们有时相互补充的领域。

在印象派画家中，雷诺阿是第一个获得荣名的。一八七九年，他得到杜朗-吕埃尔的支持，还没有达到成功的顶峰，但是已经得到好评，作品入选沙龙，有人订购肖像画。艺术家时年三十八岁。雅克被他征服了，是这样描述他的：

> 雷诺阿的脸已经憔悴，凹陷，皱纹多，胡子稀少，两只小眼睛闪烁发光，潮湿，上面两条眉毛虽浓，但依然显得温和善良。他说话像个巴黎工人，口音混浊拖沓；每句话都有个神经质的手势，他用食指擦两次鼻子，坐的时候总是两腿交叉，肘子靠在一个膝盖上；他的身体是浑圆的，长期俯在画架上背已驼了。

雅克十八岁，看着大师又尊敬又害怕。雷诺阿对他的画是怎么看的呢？他不敢去想。他的母亲采取主动，尽管儿子反对，还是邀请画家看他的画。据说他对雅克说："我绝对感到惊奇，有几部分十分出色，您不当画家是可惜了，您处理颜色与结构的能力非常独特，有的东西画得很好。我将很高兴在巴黎给您一些指导。"

白朗希太太可以感到满意了，他的儿子得到了表扬，别墅的工程进展很快，"使每个来客都夸奖不已，又结实又有情趣"。她唯一的担心又是来自丈夫，他打算在帕西安装煤气。当丈夫"愈赚愈少"（据她计算，七个月来仅赚"万把法郎"），迪埃普又是个无底洞，还要为诊所花上大笔钱？雅克宁可模仿他妈跟女管家发脾气时说的话，拿这种情况取乐："这个年头，真是选对了时间！别墅？要是白朗希先生装煤气，要是花样百出的雅克，一门心思要叫人做三个苏一米的红棉布帘子，谁付钱来着？不行，他们就是要逼我死，你看，不是吗！"

第二年夏天，雅克的画室几乎完工了。"在这个大房间里，我缺少的就是天才了，我希望就在最近哪一天它会来的，"他给父亲写信说，顺便又附了一句，"我几乎画完了勒穆瓦纳先生的头像；这是一幅完美的马奈。"他的前途是他唯一关心的事：他要求埃米尔"叫人（悄悄）问皮维·德·夏瓦纳先生是不是有一间画室"让他可以常去，同时向他的朋友阿贝尔·埃尔芒，师范大学青年学生，打听有没有必要"读法律"。

雅克对女性殷勤有礼，但叫白朗希太太放心的是他不会在少女身后穷追不舍。这个行为是不是泄漏出还有什么更秘密的愿望？费利西有点担忧。她从迪埃普给丈夫写信提到儿子的一个朋友："夏里埃很可爱，我没有什么要责备他的，虽然他不是我很喜欢的那类人。首先，他是不是非常坦诚？我不是很相信，还有我不喜欢他称雅克的这些小名。在男孩之间这样称呼他们年龄已经太大了，什么我的小鹿、我亲爱的小狗、我的雌猫，等等等等。有两三次我忍住才没有对他说。我这是完全为了他，否则我不会跟他说多待会儿。我相信他走了雅克不会挂念的，虽然他们在一起很好，他不让别人对他有任何看法。"他们的儿子是不是潜在的或真正的同性恋，欲言又止或者没有说明，对于白朗希夫妇一直是个操心的问题，他们像所有的布尔乔亚，就是把"落拓艺术家"与他们所说的"风俗堕落"联在一起。至于雅克，他承认跟"性欲倒错者"交情很好，但坚决否认自己属于"鸡奸族"。然而画家确有一个特殊的天赋，会把他的模特的情欲爱好表现出来。有一个母亲，看了她向雅克订购的儿子肖像画，离开画室时心慌意乱，发誓再也不见画家，因为他无意中把她一直不愿承认的东西在画布上逼真地表现了出来。

一八八一年，别墅全部竣工，取名为"白地堡"。七月份，这成了画坛一桩盛事。雅克对父亲说："埃费吕西一家都来这里，雷诺阿也会被他们请来。比莱·维尔夫妇、加恩·当韦尔夫妇，总之这位杰出的肖像画家的主顾都会来这里……亲爱的爸爸，问一声梅特尔，莫奈是不是在这里。今天早晨我觉得他走过我的画室门前。”白朗希大夫大多数时间留在巴黎，操心诊所事务顺利进行。当他宣布要来迪埃普后，一般来说到了最后总把旅行推迟。他的儿子对父亲的事业充满敬意，但对他拘谨的衣着感到难为情，等待他到来以前，说出一句带有那个时代普遍的反犹情绪的看法——富有的收藏家不在此例：“跪下来求求你啦，不要戴你的大礼帽来，它叫我丧气。在迪埃普只有犹太人才戴这样的帽子。”

几个月前，雅克的作品被法国艺术家沙龙拒绝。他画画与跟艺术家交谈的劲儿却更足了。他跟雷诺阿尤其说得多，尽管他的母亲不赞成，这位奇异的同桌人手脚慢，还有习惯性动作叫她很烦，雅克对父亲这样汇报：“请他来了以后，妈妈跟我把他说得难听极了，觉得他没有才气，说话结结巴巴，吃饭慢，还有令人不堪忍受的神经质动作。总之妈妈想出一切办法不去请他……我觉得很好玩。雷诺阿只花十分钟就画出了日落的效果。这叫妈妈大光其火，对他说他只是‘在浪费颜料’！幸好对他说了他也什么都没发觉。”

白朗希太太对丈夫说：“雅克跟了他就完了，他在绘画中、在谈话中很疯狂，没有一点教养，性格很温和，但是一切神圣的东西都不在他眼里；我相信我给雅克帮了个大忙，他在画室那么干净，那么细心。”因为费利西责怪画家的，首先是他脏。他进屋子，裤子鞋子上都是土，毫不在乎在白地堡“漂亮的铺地毯的新房子”里留下脚印。白朗希太太看到他那么随便感到震惊，因而嗔怪爱德蒙·梅特尔。爱德华对她的“生动的”描述一笑了之，却叫他“认识了一个想象不到的雷诺阿，水淋淋，黏乎乎，在人住的房间地板上涂上泥土……叫仆人见了害怕”。

第二年夏天，雅克又一次挑战母亲的看法，带了雷诺阿回来，雷诺阿在附近找房子，跟他的画商杜朗·吕埃尔一起住下，给他的孩子画肖像。五月份，雅克和他一起在英国逗留，同行的还有罗丹、杰尔韦、埃勒和爱德蒙·梅特尔。但是他们很少见面。雷诺阿对“伦敦入了迷”，和评论家泰奥道尔·杜莱从私人收藏室到画廊到处都去看，杜莱是印象派的热烈保卫者，第一部印象派运动论著的作者。雅克向母亲叹苦经：“这些先生到私人家庭去参观最有趣的藏品，（阿里）勒南和我只想看，他们就是不带我们去。”雅克认识了惠司勒和贝斯那特，吃了几顿饭令人难忘，遇见华德·西格特，英国画家，对他的作品有决定性影响。

那一年，雅克和雷诺阿的关系更加密切了。青年艺术家说，“大家都不了解这位长胡子的智者的崇高品质”，他承认对《麦饼磨坊》的画家“的热情愈来愈大”。爱德蒙·梅特尔留在巴黎，他偶尔跟杰尔韦在白朗希家的花园里一起用餐，玩得兴致很高，还带幽默。他在给雅克的信说：

去年这个时候，您还把他当做一个初级生物向我介绍，湿漉漉，刚脱离原始河泥。今年，一切都变了；您看他是个工程师，将军，还是个牙医；他变成了文艺复兴的一名画家，无处不在的艺术家、一个达芬奇一类的人物。我见到他在餐桌前说话，也对您的叙述不感到惊奇。雷诺阿高兴时（这很少见），感到自由自在时（这也并不多见），说话兴致勃勃，语言中充满意料不到的句子，都是他自编的，这不是为了顶撞有教养的人。还有这个人非常坦诚，非常善意，所以他的话总叫我听了受益。仔细观察他的话，他很讲情理，是的很讲情理和谦虚，他非常天真地、非常平静地，画这类各不相同和精致的画，毫不间歇，他的作品会赢得后来的行家的喝彩。

每个展览季节都有他的新肖像画，新绘画方式。一八八三年，让·里希潘，《乞丐之歌》的作风泼辣的诗人，带了一家在迪埃普避暑。阿列维一家也决定住在这里，而不去他们平常去的埃特塔。白地堡周围没多久造了四幢并列的房子，夜间被煤气灯照得通亮。他们租下离白地堡最近的“岩园”别墅，可以步行到不久前改建成摩尔风格、隆重开幕的赌场，或者以邻居身份到四周的收藏家作客，卡拉西多、夏尔·埃弗吕西、格勒孚尔赫伯爵夫人、德·萨冈亲王……

有好几年，迪埃普是个令人惊讶的小天地，总有几星期内，社会名流来来往往，过着无忧无虑的高雅生活。艺术是大话题：画家、商人、资助者、评论家交换他们的观点，切磋争吵，谈到口渴为止。有的人画画，有的人摆姿势。画架架在海滩上，莫奈试图窥破悬崖上面的光的秘密，高更也躬逢盛会，德加是阿列维的客人，用革命化的取景打乱了对主题的领会。

达尼埃尔·阿列维那时还是个少年，记忆中一直保留着那段美好的时光："尤其有一个夏天，我们各人谈起它没一个不动感情。那时迪埃普有勒穆瓦纳、阿列维和白朗希三家人。还有西格特，英国青年画家；惠司勒、德加和卡维到我们家住了两周。埃勒也到白朗希家来过上半个月。我想到这些往事就高声欢呼……惠司勒服装怪异，声音滑稽，笑得很响。德加看不起惠司勒。西格特对德加和惠司勒欣赏不已。"

达尼埃尔·阿列维说的这个美妙奇异的夏天是一八八五年的夏天。他还说："惠司勒在科勃登家做艺术秘密的讲座那个晚上最精彩。"这确是值得纪念的大事。这位美国画家一八八五年二月二十日在伦敦首次演说的讲稿，"恰在十点正"开讲，因而题目也就叫《十点钟》；这次在朋友之间讲。他说到艺术与教育的混淆不清，和保护一种艺术精神观念。这篇讲稿引起吕多维克·阿列维的注意，他要在他妻子的译稿上面作些注解交给报刊。但是遭到德加的嘲笑，吕多维克也就放弃了这个计划。这篇文章三年后用英法两种文字发表，法文由斯特法纳·马拉梅翻译。

德加思想挑剔，惯会嘲弄人。他机智刻薄的语言是出了名的。这个愤世嫉俗的人天资聪敏，轻视金钱与荣誉，很少人博得他的好感。也在那个著名的一八八五年夏天，在白朗希家用午餐，他不由得损起雷诺阿来了，雅克事后这样记载了那一幕。德加责备他说："雷阿诺先生，您没有骨气。我不接受人家给我订画。您难道为了钱工作吗？您以为随了夏尔·埃弗吕西先生在城堡里转，不久就会像布格罗先生在'米尔里东'展出（那时指那幅《捧》）！"雷诺阿陷入一桩不干不净的勾当，埃弗吕西的交情给他带来一帮子有闲阶层顾客，他们不怎么欣赏他的天才，但是购买印象派画家作品可以得到"一大笔好处"。德加却毫不妥协。

但是德加不是仅仅骂人。当他站在雅克画室的台阶上，在巴尔姆的照相机前摆姿势滑稽模仿安格尔《荷马的神位》，拍出《德加的神位》的照片，他的嘲弄是很迷人的。画家坐在中央，神色庄严沮丧。在他背后站着勒穆瓦纳家的三姐妹，罗斯、约约和卡特琳，头顶上是光荣的棕榈枝冠。第一排双手合拢跪着的是埃利和达妮埃尔·阿列维，十五岁和十三岁，强忍着疯笑做祈祷的样子。这张照片概括了那些不平常的假期的幻想与气氛。德加曾画了一幅色粉画纪念此事，画送给了白朗希太太，名称叫《六个朋友》，构图出人意料，从上到下杰尔韦、吕多维克·阿列维和他的儿子达尼埃尔、西格特、卡维和雅克·白朗希。今日这幅画存入美国罗得岛博物馆藏品中。

在巴黎，大家肯定又会再见面的。德加刚回去，就给雅克写信："十分感激您的可怕而又可爱的母亲对我的接待。我也向您承认，我十分高兴跟您也和好了一点。冬天来了，阿列维一家也到了。今年冬天大家见面，不是吗？"

在白地堡挂着“阴郁的弗兰德壁毯”的客厅里，雅克的客人带来了生气和活跃。埃勒（德加称他“蒸汽华托”）、杰尔韦、奥科阿都有他们的钥匙，什么时候回去都可以。白朗希大夫偶尔参加这种闹哄哄的场面，他带着谨慎的目光观察。埃米尔不太喜欢这种激情十足、带巴黎腔的谈话，他怀疑儿子突如其来的热诚和德加的刻薄话，他一八八二年从埃特塔给儿子写信：“天气很美，但是太‘莫奈’，使我的眼睛不能忍受。”精神病学家的名声，一贯的严肃神情，也使别人肃然起敬。达尼埃尔·阿列维遇上也会对他发表一番评论，“这位长年穿礼服颇有古风的医生”，他在海滩一出现就被人认了出来，“非常善良”但是架子十足，“威严得不得了”。他又说，“他喜欢跟朋友一起散步，但是，每次他有话要说，就停下步子，表示他要说的话的重要性”。

这个精选的社交圈子逐年扩大：鲍尔蒂尼出现在海边，皮维·德·夏瓦纳路过这里，杜雅尔丹和亨利·德·莱尼埃都成了朋友。雅克在艺术家与收藏家之间穿针引线。这个年轻人，思想灵活，十分有教养，知道推动谈话，待人接物温文尔雅。他在画室接待萨冈·波里尼亚克、波尼亚托夫斯基等夫妇，但是对于自称是他“悬崖邻居”的格勒孚尔赫伯爵夫人——他的朋友罗贝尔·德·孟德斯基乌的表亲——从不邀请他感到愤怒。雅克还给她画过肖像，她评论说“高贵和诗意”，还有她女儿的肖像“笔法细腻，色彩动人”。画家自尊心的伤痕在一八八九年接到了赴午宴的邀请才平复。

在这个普鲁斯特式的社会圈子里，社会地位的升降与艺术雄心的消长紧密交织在一起。一个笨拙的姿态会坏了一个人的名声，一句机智的话可以使你飞黄腾达。对于雅克，成功的道路是通过高等社会而来的。圣日耳曼郊区和蒙梭平地的沙龙，是王室与金融的结合，并不总是可以期盼的，即使他的父亲带了他去过日趋衰老的玛蒂尔德公主家，或者拜托“他的关系”引荐他。在夏季的无忧无虑和炎热中，迪埃普提供了机会，在海边把你介绍给在此度假的全巴黎，几乎偶然地让你在轻松散步中跟他们相遇。

就是在这种社交狂热与智慧竞争的氛围中，白朗希一家度过他们的假期。杰尔韦作为邻居到埃特塔去看莫泊桑，小仲马跟让·勒穆瓦纳有说不完的话，亨利·德·莱尼埃写了几首十四行诗颂扬他的朋友。留下了这两节三行诗：

雅克·白朗希，脸红衣美
目光迷茫四射
俨然像个印象派画家

旁边是形式主义者杜雅尔丹
忐忑不安，怕没人
看见他向阿列维先生敬礼

不在迪埃普时，雅克就去旅行。伦敦是他心爱的目的地。

殖民地展览会期间，他与亨利·伯恩斯坦一起在那里盘桓，对父母说："我在这个独一无二的城市里总能找到我的感觉。这里的一切都极有趣。"他在画廊的画镜线上看到他在几个月前看着画的画，如在惠司勒展览会上，"一幅玩笑画"上面有"二十来幅练习画，在迪埃普一刻钟就干完了"。他到这位绘画大师家里拜访，也同样失望："我看到一些初稿很美，但是什么都不像以前认真。"他又到西格特家，看到那幅德加的画心里明白，夏尔·埃弗吕西说是把它放到了"六层楼的玩具室"里，其实是得了二千法郎卖掉的……

一八八七年，他穿越欧洲，游览了巴塞尔、萨尔茨堡、维也纳、锡纳亚、布加勒斯特；第二年，他去拜罗伊特，有杜雅尔丹、福莱、阿尔贝里克·马尼亚同行。但是没有人一开始就像雅克那样跟瓦格纳夫人那么熟，这位大师的遗孀不是别人，是玛丽·达古尔和弗朗兹·李斯特的女儿科齐玛。科齐玛认识白朗希大夫，记得母亲对他的感激之情。因而她接待他的儿子。雅克对他的父母说："晚上我们到瓦格纳夫人家去喝茶，我跟她作了一次长谈……这是个卓越的女性。她很像她的父亲，但是她有母亲的仪态和云鬓。她说的法语像书面语言，我答应她到了巴黎给她办好几件事，其中一件就是帕西发尔的服装，她看到是居斯塔夫·莫罗设计的。"

雅克变成了朝拜瓦格纳的信徒，他一八八九年又去了那里，同行的有丹第、夏布里埃、维兹丽。那一年他在迪埃普开始给小仲马的女儿雅尼娜画肖像。作家看了效果很喜欢，又给他另一个女儿科莱特·李普曼订了一幅肖像画。“你没法想象他对我们的儿子说了什么好话，他从来没有看到更成功的画了”，白朗希太太在埃米尔身边说个不停。像往年一样，白朗希大夫总有更重要的事要他留在巴黎，让妻子与儿子独自留在那里。雅克在一封长信中不耐烦了，责怪他不来，然而又承认：“大事情在帕西……我当然不能要求你少关心和少去做那些真正值得关心的事。对诊所操心这是你的生活中的主轴，这些占主要地位的事不应该抛开，因为它们也是我们的一部分。”但是白朗希大夫的职业良心，是不是一年比一年更混同于一种专制作风，在行使个人权力时倾向于排斥一切创议？埃米尔呆板，对未来的怀疑达到可笑程度，使默里奥医生极少有插手的余地，虽然十七年来他是精神病院的院长。雅克在信中接着说：

> 我认为可怕的（或许会成为不可挽回的）是，你最终跟你的继承者形成的关系和你的热情把你引到一种催眠状态。因为我不知道你意不意识到你对事情的夸大程度，感不感觉到你跟他与他那方面的人是什么关系。你即使充满善意与宽容，在他们面前也是个可怕的人。
>
> 你眼看着你创建的诊所慢慢瓦解，你可以批评、哀叹，甚至哭泣，我都理解。但是这是不可避免的，甚至是人间常事……我对你的要求是：保持镇静，努力看得更清楚些，你的继承者是个普通人，有失误，没有恶习，还有优点。他也可以做得更糟糕。

白朗希大夫责怪默里奥什么呢？一切回答自然是雅克从父亲那里得到的。他说："真是匪夷所思！他扑香粉，在病人面前修指甲；他在花园里穿了奇装异服大摇大摆，抽大雪茄……你可能会说我是个老古董！"默里奥确实要使"职工年轻化"，使诊所现代化，聘用新医生，可能——但是这方面没有资料——试用新的治疗方法。埃米尔憎恨一切变动，只是一味反对。因为对于白朗希大夫来说，创新、变革、演变，这是死亡；碰一碰建筑物，就是要它不可避免地"坍塌"。只有尊重传统，原封不动保持遗产，在他眼里才保证房子的生存。默里奥有这份事业来自他的"恩师"，不能提出自己的观点引起破裂：精神病院的名声依靠的是白朗希大夫的名字。这情况是不易理清的。

雅克对此很明白。他知道他能做的是试图让埃米尔的热情冷却下来，父亲不管如何呆板——这要提一下——还是允许儿子自由自在地跟他说话，这在中产阶级教育环境中是少见的，传统上父与子的关系是尊敬与服从。

那时，雅克二十八岁。他在职业上与社会上一年比一年成功。他的成功是不是正在赶上父亲？费利西不管怎样还是鼓励丈夫不要松懈斗志："你应邀出席宴会，你这样做是对的，首先不要让人家相信你已退出社交和事业。"埃米尔年龄已奔七十，感到疲乏。他在餐桌上从来不是人人爱与之同桌的健谈者，而是大家尊敬的"好大夫"，雅克则相反，诙谐嘲讽，听了叫人迷，或者叫人恼，但是终会遇到一些重要人物。他避而不谈对父亲的任何对抗，只是满足于观察："不去比较时代，也不去比较一八四八年到一八九〇年的人的价值，有了父亲的朋友，然后有了我自己的朋友，那些幸运的巧合使白地堡成了独一无二的观察站……"一八九〇年正式进行了交接班。雅克的意见得到了重视，报刊上开始谈论他，他成了巴黎社会的"名流"。

雅克一直明白自己受益于父亲。在父亲生前，他一直毫不犹豫地隔一阵子向他讨教，希望医生支持他或叮嘱他。有一天，卡洛吕-杜朗同意在一次沙龙中帮衬他；又有一次是让-莱恩·杰罗姆在自己的画室中接待他，对埃米尔说："我很高兴看到您的儿子有很高的艺术天分，这在今日的青年中是不多见的。我给他看安格尔的素描，他对它们的赞扬恰到好处；这对他的前途是一个好兆头。"即使威廉·布格罗，虽跟雅克有过纠纷，也同意给他书面回答，唯一的原因——据他说——是他"很荣幸认识令尊先生"……

每户人家的门对雅克是敞开的，白朗希大夫的名号是严肃的保证。但是勋章也有它的反面：在报刊中，雅克·白朗希经常都是作为"著名大夫的公子"出现的，这差不多是在说这位名门之子生来锦衣玉食，不必再依靠任何个人奋斗。他年纪轻轻就在迪埃普有一个画室，在奥特依也有一个画室，那是"引人注目的豪宅"，他的母亲叫人造在封蒂路上。人家给他起了个绰号：卡拉巴侯爵。他的举止与他的英国癖好，倒使他像个埃米尔喜欢看他从事的职业中人，青年艺术家跟他开玩笑时都称他为“大使馆参赞”。

达尼埃尔·阿列维比他小十岁，对他很了解，说：“他志趣广泛，看法尖锐，那笔并不过分享用的巨大财富，使人对雅克-埃米尔·白朗希有一种恶意，他终生为之痛苦。”他评论他的画则毫不留情：“雅克具有良好的艺术家个性，对文学有天分，对音乐有天分，对绘画有天才，却什么都做不好，他自己知道，也变得乖戾。在巴黎他不专心，寻客访友。但是在迪埃普，他把自己关在屋内，为做不出理想的作品而难过。说实在的他折磨得自己都病倒了。”

雅克经常被人称为马奈、印象派、惠司勒的追随者，但永远没有达到这些人物的高度。方丹-拉图尔曾经劝他不要当画家，马奈显得更宽大，但是不接受他上自己的画室。只有杰尔韦同意把他收为学生；雅克还是足够清醒，明白这些看法的意思。评论界对他确认这一点，说他的作品好看动人，清新可爱，较少气势或独特之处。雅克被称为上流社会肖像画家，十八世纪的继承人，却迷失在后印象主义中。造成他不幸的是《费加罗报》极有势力的记者阿尔贝·沃尔夫，骂得他一文不值。一八八九年，他不客气地三言两语贬了他：“看了他画的母亲肖像和莫里斯·巴雷斯肖像，足够看到这名青年艺术家的功底。再画八张十张也不会给我带来明显的惊异。”另一篇文章攻击得更为猛烈，把他描写成那类会“闷死”专业画家的爱好者；白朗希大夫读了，伤及他做父亲的尊严，好似还决心要跟《费加罗报》打一场官司。雅克在《埃默里》一书中说，“有人劝他别这样做了，一幅科罗的画换来了保持沉默"，白朗希一家"丰富了这个记者的收藏"！

埃米尔个人对儿子的画有什么看法，这方面资料不多。在《埃默里》中，雅克说："父亲对我评价不高，因为他心里明白我是怎么样一个人：坏画家，坏情人，做什么坏什么。"雅克·白朗希事实上对自己五花八门的才能感到难过。这个优柔寡断的人，工作时像蜻蜓点水，干一切都发光，但瞬息即逝。他的大部分肖像画和梦幻画，都有一种不张扬的精致闲情。但是总有一种弱点妨碍他的作品，这也是善解人意的心理学家的弱点，在实现现代主义艺术的雄心上功亏一篑。雅克，掺有英国画风的小马奈、小德加，盼望攀登顶峰，其中奥妙他都懂，就是到达不了。纪德将近一八八六年遇见他，一句话残酷击中要害，概括了这名画家："他文笔上的极大缺点使我明白了他画上的极大缺点：他抓不住他的目的。"

雅克尽管有强烈的自尊心，但心里早就明白，他的知识与勤奋都弥补不了他缺乏的天才。他观察深刻，很早把他的观察力百折不挠用于批评，参加世纪末前卫艺术集团，他们在《瓦格纳评论》或《独立评论》中都有位置。他在那里又遇见了他的英语教师马拉梅，他同意给他"亲爱的肖像画家"做模特。还有奥斯曼、维里埃·德·伊斯勒-亚当，还有更年轻的杜雅尔丹、费奈恩、维兹瓦。

雅克觉得在评论领域最自在，得心应手。他批评尖刻，善于归纳；他知识广博，很快抓住重点，还有收藏家的先见之明；他从少年时代起就收藏，偕同爱德蒙·梅特尔在塞纳河河滨道上闲逛，或者到蒙马特尔区药品杂货商唐基大爷家，回奥特依时带了三幅莫奈、两幅塞尚，《红苹果》（三十法郎），《埃克斯昂普罗旺斯的风景》（五十法郎）。一八八四年，他二十三岁，赶到马奈画室去参加遗作拍卖。他的父亲信任他，为了纪念朋友“爱德华”，给了他一万五千法郎，他用这笔钱买下《穿白缎鞋的西班牙夫人》《委拉斯开兹画室》和《女性头像》。三年后，他在杜朗-吕埃尔店里花五百法郎买到《布吕奈夫人肖像》，这幅画也称《戴手套的女人》。一八八九年，他利用色粉画家协会展厅，在世界博览会的框架内展出了他的一部分藏品，有好几幅科罗、德加、雷诺阿（其中《高大的游泳女人》直接向画家购买）、塞尚和约二十七幅马奈……

同年，马奈的遗孀缺钱用，要把《奥林匹亚》卖给一个美国收藏家，他对马奈的热情自然引起他对这个威胁作出反应。莫奈是第一个行动，号召签名运动，要这幅画归卢浮宫收藏。雅克立刻同意这一计划。但是他有没有一时想到绕过这个做法自己把画买下？苏珊·马奈的一封信，收在学院的白朗希卷宗里，透露出这件事：

先生：

您谈到卢浮宫一事的这番好意，我深受感动，使我对您欲购《奥林匹亚》的要求进行慎重考虑；但是我在此以前从未想到把这幅画脱手，因而要我定一个价钱很为惶惑为难。

是不是有劳您自己跟我说您准备出多少钱购买。先生，我看到这幅画会放在您这么一个出色的、与我的丈夫有过交情的艺术家家里，我会很幸运。请先生接受我的友情。

三个月后，事情清楚了。莫奈感谢雅克留下五百法郎定金买画，还宣布很乐意接受他为他建立的捐赠者协会的会员。他告诉他说："总之，我的名单上已超过一万三千法郎，还需要获得七千法郎……您若能帮助我一下，真是太好了，因为这类事不宜拖延太久。"二万法郎一幅《奥林匹亚》，而一幅梅索尼埃可以达到八十五万法郎。为了让现代艺术中最伟大的作品之一成为国家收藏品，这是莫奈尽力勉强达到的数目——最后筹集到的钱是一万七千四百一十五法郎。这幅画起初放在卢森堡博物馆。一九〇七年收入卢浮宫。

十九世纪九十年代是白朗希家的艺术生活的转折点。达尼埃尔·阿列维已经开始怀旧了，据他的记载："我们长时间闲聊过去那几年的夏天。迪埃普再也没有了！我们的小圈子已四处飘零！"雅克继续在那里过他的夏天，但是去巴黎与伦敦的次数增多。他的时间不断被社交与职业活动占用。他的旅行给了他机会重见他那些数不清的朋友。马里亚诺·福蒂尼带他坐在自备的"贡多拉"凤尾船上游威尼斯，西格特在伦敦接待他，普里莫利伯爵陪他游览罗马。"胖胖"——这是他的自称——到处往来应酬，受到热情接待，不胜欣喜。他成了引人注目的时尚人物，就像一八九一年十二月《费加罗报》圣-夏尔写的一篇文章里：

> 全巴黎都认识白朗希先生，这位画家非常巴黎化，头发紧贴，面孔瘦削，衣着讲究，比伦敦最时髦的还要时髦，只要哪里有奇异、特殊、可供追求的新东西可看，他就会在哪里好奇地东张西望。
>
> 他的朋友——哪个阶层都有——认识他的画室：一幢小房子，像圣约翰森林中的小房子，里面放满奇珍异物，英国家具，艺术花布，给人与物都罩上一层奇异色彩的彩色玻璃，日本立轴、印象派画，还有一幅堪称一流的埃勒的画——一切组成一个艺术家之家的东西……

白朗希大夫对摆设和装饰都不感兴趣，对雅克的生活方式也颇为担忧。他知不知道爱德蒙·德·龚古尔，在玛蒂尔德公主家与他定期见面，寄给他已出版的最初几册《日记》，给他的儿子起了个外号“大惊小怪的碎嘴子”，觉得他有一张“说谎女人的嘴”？埃米尔风闻雅克的坏名声，这孩子太宠太饶舌，跟人好得快，断得也快，闹翻为止。但是医生无法跟儿子对话。精神科医生每天要跟无法交流的疯子打交道，仿佛在一座过于脆弱奇怪的建筑物前瘫痪了，也就放弃说话，没有技巧也没有方法去解决这个问题。埃米尔甚至收到几封谈到儿子行为的匿名信：他临终时要求儿子不要读就把它们烧了。谁都不知道里面写的是什么。

白朗希大夫还是知道跟年轻一代建立联系的。夏天，当雅克和母亲住在迪埃普时，有时留下埃勒在奥特依房子的花园里吃中饭，同桌的有什纳瓦尔和韦伊。他给阿贝尔·埃尔芒找到教学工作，借钱给阿里·勒南。阿里·勒南的情况确是较为特殊，他是皮维·德·夏瓦纳的弟子，乔治·珀蒂画廊三十三人小组的创始人，雅克的画放在那家画廊里展出；阿里主要还是他的朋友法兰西学院教授欧内斯特·勒南的儿子。少年时，雅克和阿里一起在教室门口等待大哲学家下课，埃米尔还在办公室保存了他书写的便条，简直是神谕："存在是一件善事，我们应该为此感激组成宇宙的原因的大和。不值得存在的人生是极少的。世上法律与善良的进步使这部分人生愈来愈少。因而，随着时间，天意自会有公道的。欧内斯特·勒南。一八八二年十二月十日。"

一八九〇年，他给埃米尔写信，语气远远没有那么乐观："亲爱的大夫，亲爱的朋友，我多么愿意跟您谈谈。我可怜的阿里精神状态使我失望。我决不定我该做什么。请您好意给我说我在哪一小时来不致太打扰您。请相信我对您最好的友谊。E. 勒南，法兰西学院。"

勒南有没有想过把那时三十三岁的阿里交给白朗希大夫治疗？他至少因儿子的精神困扰咨询过他，据同时代人说，阿里丑不可言，这是他的部分病因。雅克很欣赏他在《艺术报》的评论激情，后来普鲁斯特在《仿作与杂记》中也曾加以赞扬；

他很快提到他的身体矮小佝偻，这是脊椎结核的后遗症，他好似在儿童时得的，还不得不卧床好几个月。爱德蒙·德·龚古尔说到“这个蝰蛇似的小驼背奇丑无比”，“这个丑八怪”活像只癞蛤蟆。阿里·勒南一生吃尽畸形与嘲讽的苦头；这类煎熬使他养成一种抑郁心态，然而还不致因此步入精神病院：任何病程纪录中都没有出现他的名字。

白朗希家族在十九世纪末印象派和艺术界的历史中可占特殊的一页。父亲眼观耳听，儿子作为艺术家、评论家、收藏家参加活动，都是坐在包厢首排的见证人。白朗希大夫一心扑在职责上不失身份地完成任务：他倾听一些人的焦虑，如精神脆弱的方丹-拉图尔，另一些人的知心话，如雷诺阿，他喜欢跟他吃中饭。但是由于他借口这不是他的专长，从不在美学问题上提出任何看法，埃米尔出于谨慎或职业癖性，只关心人而不关心他的作品。对于精神科医生，行动不是在博物馆，而是在朗巴尔府或者在奥特依的诊疗室，在跟沉溺在胡思乱想或困在病痛中的病人面对面的时刻。

他对人身热心关怀，每天行医经受考验，这就把其余一切都排除在外了。四周环境，大自然景色，外界事件，休闲活动，政治形势，跟他的病人相比，都不真正触动他。他的妻子很久以来明白了这一点，虽则她不放弃与此斗争：要埃米尔摆脱他的工作，无疑是要把牡蛎剥离它的岩石。白朗希在一大堆信件中从不暴露自己，只有一封信稍为深入地谈到个人，恰好说明他性格中的这个主要特征，也不是无关紧要的。这封信是写给诗人加布里埃尔·朗东，他的笔名让·里克杜斯更为出名。

亲爱的诗人：

我来到迪埃普过四十八小时。我真愿意到梅斯尼尔谷来使您大吃一惊；我不能够。天气热得我疲劳发昏。我星期五晚上到这里，明天星期一回巴黎。对我来说，太阳不是一个神，而是一个地狱恶魔，一个抵挡不了的迫害者。我也不喜欢渔民的小屋；气味很大，待在里面令人窒息发冷。不要游泳过久，在水里5分钟足够了。我不知道上帝袍子的颜色；在我眼里的海一会儿是灰的，一会儿是绿的，一会儿是蓝的，我看了不久就累了。总之，海滩、悬崖、海峡、田野、草地、树林、漂亮的村庄、美丽的城市，这一切对我不算什么；我只看人，我只喜欢人，我只关心人。

病人不论是艺术家、作家、“天才”，都不是白朗希大夫的目标。埃米尔治疗的是“人”。一八九〇年秋天，他就是这样检查一名画商，他在巴黎先锋画家那里是出名的，雅克两年前曾向他买过一幅德加的画。这个人原籍荷兰，三十三岁，十月十四日由他的妻子把他送进帕西，当时是“带幻觉的躁狂性激动”。经诊断确定他有“暴力倾向”。这是提奥·梵高，同年七月二十九日自杀身亡的文森特的弟弟。

提奥的性格讨人喜欢，十九世纪八十年代在现代艺术舞台上保护印象派画家起了关键作用，他工作在布索–瓦拉东画廊，这原是他的叔叔桑创办的，当时叫古比尔画廊。他终生在经济和精神上支持他亲密的哥哥文森特，他还会鼓励他那个时代的最优秀的画家，高更、毕沙罗、莫奈。但是他体质虚弱，屡屡“精神病发作”，还伴有暂时性瘫痪并发症，这使他害怕活不到三十岁。哥哥的自杀给予他的精神一个致命打击，恰在这时他跟他的老板又遇上困难的业务冲突。两个月后，文森特·梵高的作品在杜朗–吕埃尔画廊的展览计划取消，这下子他彻底垮了：哥哥死了，他提奥也无法实现诺言，让世人认识哥哥的天才。

从九月中旬开始一切都在恶化。他为了止咳喝药水，但这药使他“真正疯了”，做噩梦，产生幻觉。神经一天比一天紧张。十月九日，他完全崩溃了。他的小舅子非常不安。他对治疗文森特而无多大效果的加歇医生谈：“他日夜思念他的哥哥，以致他恨一切不这样想的人。我的姐姐已筋疲力尽，不知怎么办。”十二月，他们把他紧急送到圣德尼郊区的杜布诊所。然后是白朗希大夫诊所。提奥跟杰拉尔·德·奈瓦尔走的是同一条路线。

里韦医生嘱咐送“白朗希诊所”住院；据他说，提奥可能有“自杀念头和夸大妄想，在急性谵妄发病时，几天来好几次对周围的人有暴力行为”。卡米耶·毕萨罗给他儿子的一封信中证实和说明当时的情形：“提奥·梵高发疯以前已经病了；他患尿潴留。他有一周时间没有撒尿；除了这些还有烦恼、焦急，为了杜尚的一幅画跟他的老板有过一场激烈的争论。这些事以后，在一次激怒中，他向布索兄弟（他的老板）辞职，一下子他变疯了。他要租用当布兰成立画家联合会。他后来变得粗暴。他非常爱妻子和儿子，却要杀他们。总之，他们不得不把他送进白朗希大夫诊所。”

布索-瓦拉东画廊负责人听到提奥隔离，他们的反应据各人的说法都不一样。有的说，画廊老板拒绝接受他在精神错乱时提出的辞呈。莫里斯·约瓦扬，提奥的接替人，相反听到对他这么说：“我们的经理梵高有点儿疯了，跟他的画家哥哥一样，在精神病院；您去接替他吧。他接下了许多现代画家的垃圾货，这是画廊的耻辱。那里本来有几幅科罗、卢梭、杜比尼，但是我们把这批剩画收回来了……您还会看见一位风景画家克洛德·莫奈的几幅画……他正把他的那些主题都一样的风景画塞给我们。还有其他的画，都是劣质品，您想办法处理，什么都别问我们，不然我们就把店门关了歇业。”

提奥在朗巴尔府，正渐渐向地狱沉沦，中间有甚为短暂的缓解。默里奥照看他，起初即使他的身体情况好转，能够在疗养院的花园散步时，也禁止一切访客。十月二十二日，医生的意见就有了分歧。里韦对家属说“他的情况要比文森特还糟糕，没有一点希望”。阿尔贝·奥里埃给加歇医生的一封信中，却读到“据白朗希大夫说，还不是完全没有治愈的希望”。一星期后，一八九〇年十月二十九日在病程记录中看到病人“有一段忧郁的时期，要用导管……喂他；今天显得快乐，吃东西但不嚼。说他是一切，他是最幸福的人……咬下嘴唇”。

十一月十七日，提奥“没有治愈”就出院，被转送到（荷兰）“乌得勒支摩尔医生诊所”。这次转移没有人不赞同。回到祖国亲人家里可以看做是一种治疗性措施。同意出门，由白朗希诊所两名职工和他的妻子陪同，还表明病人的情况有所改善，至少趋于稳定。但是在乌得勒支他的健康状况恶化。他说话，有时还用几种语言，都是不连贯的；他发抖，激动，拒绝进食；不久，他连妻子也不认得，只是提到哥哥时才有反应。他死于一八九一年一月二十五日，离哥哥去世不到十个月。他的儿子也叫文森特，还不到一岁。

保存在荷兰的提奥·梵高的病案里，死因注的是瘫痪性痴呆。默里奥医生在一封信中证实了这个诊断，然而却奇怪地认为最好在病程记录中不要提。他写道：“在巴黎他是作为麻痹性痴呆患者收下来的。”这种病是梅毒症引起的结果，病情加重不可避免。提奥的病例有两个因素使医生对病情恶化的原因判断不一。第一是遗传问题。他的另一个弟弟高尔在一九〇〇年自杀，他的妹妹关了三十七年后一九四一年死于精神病医院，这样使梵高一家六个孩子中有四个一部分死因是精神障碍或神经性障碍。第二是精神创伤引发问题；对许多人来说，文森特的死亡加速了提奥得精神病。

器质性疾病再加上精神障碍可以遗传，这差不多是十九世纪数不清的虚构的或真实的人的普通命运。这是白朗希大夫最后也最著名的病人的命运：居伊·德·莫泊桑。

第四章　疯子？莫泊桑和三星级医生

居伊·德·莫泊桑，有阿尔让特伊划船运动员的雄姿，硬而直的大胡子，鼓鼓的肌肉，完全是力量的象征。这位孤独者，在同时代人的描述中具有角斗士的体魄，好色的表情，他爱好放纵，不加掩饰的性，下流的恶作剧，粗野的运动。他这人结实好动，他那枝笔尖锐刻薄，好像带毒的匕首。他的文学生涯如流星升空。一八八〇年发表《羊脂球》，写一名妓女在两军酣战时自我牺牲委身敌人，让坐满忘恩负义的小布尔乔亚的驿车顺利通行，这部书使他获得同行作家的赞许。他才三十岁。福楼拜很高兴："这小子崭露头角，他会比我们走得更远。"才几年工夫，他就由政府机关公务员变成了记者、作家，在自然主义作家阵营里俨然成为一名小说大师。

四十岁时，著有六部长篇小说，数百则短篇小说，这位有水手身材的文学金银匠，神情完全像个老人。他身子瘦削，步履缓慢，玻璃似的眼睛目光暗淡，说明他体内在受病魔的腐蚀与啃嚼，原是精力充沛的体形只剩下幽魂般的未老先衰的轮廓。他的朋友感到不安，相互问怎么回事，尤其是莫泊桑神志并不一直清楚。一八九一年他在圣格拉蒂安城堡玛蒂尔德公主家吃中饭，一名目击者叙述当时的情景：

空气中有一种不祥预兆，不久席间宾主都感到焦虑。莫泊桑开始谈到海军演习，炮兵操练，大炮射程不一致，每一发炮弹价格惊人……杜贝莱海军上将，并不知道《奥尔拉》的作者病情已经令人担忧，要纠正他的说法。他反驳莫泊桑的论据，莫泊桑的话愈来愈颠三倒四，都在嘴边忙着往外说。场面尴尬，公主突然结束甜食，站起身来，叫大家松了一口气，他们都感到马上要出事，急得发抖。

果然，接着不久还是出了事。一八九一年十二月十五日，莫泊桑从南方给笔名叫让·拉奥尔的诗人亨利·卡扎利斯写信，他跟他很接近："我绝对完了。我甚至已到了弥留阶段，我有脑软化，那是我用脏水洗鼻孔得上的。脑子里盐水发酵，每天夜里我的脑浆从鼻子和嘴巴里流出来，形成肮脏发黏的糊状物，我装了满满一盆子。我这样过了二十个夜晚。马上就会死的，我疯了。头脑胡思乱想。永别了，朋友。您不会再见到我了。"

二十四日，他放弃按原先计划跟住在邻近别墅里的母亲一起在圣诞夜聚餐，但是同意一八九二年一月一日去吃晚餐。夜里他回到家，走进卧室，拿出手枪。他把枪口对准太阳穴，手扣扳机，但是只发出一声闷响，没有其他事。他的仆人弗朗索瓦·塔萨尔一八八三年起就跟着他，猜到他的主人有自杀倾向，为预防起见已把全部子弹退膛。莫泊桑于是抓起一把切纸刀，试图往脖子上抹。弗朗索瓦约在两点钟到，发现主人站着，脖子上有一个伤口，他还有力气说："弗朗索瓦，您看我做了什么。我割了喉管，这绝对是个疯狂行为……”

德·瓦尔古医生紧急赶到。伤口很快缝好，激动情绪也好了一点，莫泊桑较为平静了。弗朗索瓦说：“医生走后，他对我们表示歉意，做了‘那么一件事’，给我们带来那么多麻烦……他在想自己莫大的痛苦。他睁大眼睛盯着我们看，要我们尽可能给他说几句安慰的话、希望的话。”

二日，莫泊桑休息了。但是将近晚上八点他又突然激动，问他的仆人：“弗朗索瓦，您准备好了吗？咱们动身吧，已经宣战了。”一八七〇年他志愿入伍要当七年军人，随着溃退的军队一起逃命。他的战时与逃亡的经历使他厌恶。从那时起，他成了坚定的和平主义者，专心描写冲突的野蛮与荒谬。谵妄唤醒了他从前的梦魇。

乔治·达朗伯格，内科医生，家庭朋友，有时陪同作家一起划船，他来处理这些事。四日他写信给居伊的父亲居斯塔夫·德·莫泊桑，对他说他的儿子处于“经常谵妄”状态，现在穿约束衣，必须尽快送入精神病院隔离。白朗希大夫诊所的一名看守接到紧急命令护送病人到巴黎。七日，莫泊桑抵达巴黎里昂车站，等待他的有他的出版商奥伦多尔夫和亨利·卡扎利斯，他们送他去朗巴尔府。他再也没有从那里出来。

居伊·德·莫泊桑已是到了一场长期病变的最后阶段，起源要回溯到十九世纪七十年代。从那个时候起，他有了好几种病，还愈来愈厉害。一八七六年刚来不久，他有了心脏病，然后又为一系列疱疹痛苦不已，遍体感到疲乏，并将其归诸于工作过度。福楼拜，他的指路人和知己，劝他安静，勉励他工作，还告诉他几条养生之道：“妓女太多！玩船太多！运动太多！是的，先生！文明人并不那么需要医生先生所说的折腾。您生来是写诗的，那就写吧！‘其余一切都是虚的’，从您的乐趣和健康开始做起，把这个放进脑袋瓜里记住。”但是克洛瓦塞的老师的理性忠告还不够。第二年，莫泊桑身上的毛都褪光了。他害怕一种体质性风湿病，钻入胃、心，然后皮肤。他尝试水疗法、蒸气浴、碘化钾，看了一个又一个医生，都无效。

剧烈头痛折磨他，还有眼球调节障碍。从一八八一年起，只有那时流行的乙醚还可暂时缓解他的神经痛。不久，他害怕神经系统恶化。对痴呆、脑溢血的焦虑开始损害他的身体。在行为中表现为病态的过激反应。他会勃然大怒，痛骂报社主编，一不称心就声称要打那些打不赢的官司。一八九〇年，在孚日和萨瓦进行一系列治疗，都未能改善病情。他不能再写作，放弃了《三钟经》这部书。他觉得自己完了。他知道自己来日无多。从一八九一年秋季起，他告诉所有朋友他进入弥留期了。

莫泊桑经历了一场长期磨难的所有历程，后来引起麻痹性痴呆，根本原因不是别的，而是梅毒。作家什么时候染上的呢？可能在一八七〇年，也可能几年后在一八七六年，那时他出现最初的心悸病，这相当于那种病的先兆。一八七七年，诊断明确无误，他还对着朋友罗贝尔·潘勋大声宣布：“我生了梅毒！终于生了！真正的！不是小家子气的淋病，不是偷偷摸摸的杨梅疮，不是布尔乔亚的尖锐湿疣或豆科花椰菜，不，不，大梅毒，弗朗索瓦一世为之而死的大梅毒……我为此骄傲，妈的，我最瞧不起那些布尔乔亚。哈利路亚！我生了梅毒，因而我再也不怕传染了。”

莫泊桑早在二十六岁时就知道自己患上了梅毒。但是那个时代没有一个医生提出性病感染与他患的麻痹性痴呆症状之间有什么正式关系。梅毒是通过性交传染的病，而麻痹性痴呆来自神经系统和大脑的致命疾患。有的医生，如富尼埃在一八七九年或雷吉斯在一八八八年，观察到麻痹性痴呆患者有高频率的性病既往史，因而得出梅毒病原的假设。但是只是在二十世纪初医学界明白一个病会系统地转到另一个病。第二次世界大战后，出现了青霉素使用于治疗梅毒，才使麻痹性痴呆逐渐减少，整个十九世纪都受麻痹性痴呆的困扰。

达朗伯格医生签发隔离证明，在白朗希诊所病程记录上签名，对他来说莫泊桑患上了“躁狂性精神病”。在企图自杀后，病人“好几次以死威胁周围的人和治疗他的人”，然后进入一种“狂怒状态”，不但没有好转，几天来还“屡屡出现加剧现象”。默里奥医生则肯定说作家患的是“疑病性忧郁症”，并且有“麻痹性痴呆症状”；他还记下作家“脖子左边一个不深的伤疤”，是他企图自杀的标志。白朗希最后一个在病程记录中留下自己的观察，仅几行字：“忧郁症，时常出现幻觉，瞳孔大小不一，呆滞，舌头发抖，有时说话困难：腱反应完全消失；强烈疑病性操心。目前处于抑郁状态，拒绝进食，这可能必须治疗。”视觉障碍、发抖、失语症，这些都是麻痹性痴呆的典型症状。没有多大希望。

朗巴尔府的铁栅栏刚在莫泊桑身后关上，巴黎报界风闻他得病，就沸腾了。一月十日《高卢人报》已经把莫泊桑与奈瓦尔和波德莱尔并列为天才精神病人。十二日《不妥协报》对作家的攻击非常尖刻，把他贬为死不悔改的吸毒者。至于白朗希大夫，他只是个为富豪看病、很讲派头的精神病医生：“为了不让莫泊桑喝乙醚或抽鸦片，把他关入一个对此可大做广告的三星级医生诊所是不是绝对有用？作家从戒毒中得到的好处，会被他脑海中想到住进著名的精神病院引起的恐惧，不可挽救地破坏殆尽，不是这样吗？”

十六日《费加罗报》报道简单，但对事件解释更大胆。在提到短篇小说《害怕》再版的开场白中，该报毫不犹豫地肯定：“莫泊桑成为自己强烈情绪的受害者而倒下了。他描写和分析精神病，然后自己患上了这个可怕的病。”同一天，《巴黎回声报》更是说：“当他发表《奥尔拉》时，医生们在那里面看出他后来自己精神错乱的某种预兆。”

莫泊桑因对疯狂入迷而变成疯子，这样的故事自然引人入胜。在多少长短篇小说中（《蒙奥里奥尔》《一生》《如死一样强》……），作者不是把谵妄、疯人院、痴呆、幻觉、感官错觉，都提了出来吗？有的篇名本身就不需要注解：《疯子》《一个疯子，一个疯子？》《女疯子》《一个疯子的信》……在这方面最著名、最具有象征性的故事，当然还是《奥尔拉》，叙述一种来自巴西的神秘流行性疯病，以一个隐身人的形象出现，攻击它的受害者。一八八七年，作为单行本发行时，莫泊桑本人也注意到讲述者的精神状态与作者的身心健康有同化的危险。他好似对弗朗索瓦说："今天我把《奥尔拉》的稿子寄到巴黎；您会看到不到一周时间所有的报纸都会说我是疯子。要说就让他们说吧，我只要精神正常就可以了，在写那个短篇时我很明白我在做什么。"

对于作家的许多亲朋好友，是不存在任何怀疑的；莫泊桑是个精神完全平衡的人，他是作为怪异文学专家对那时正在流行的心理科学感兴趣。他是斯宾塞和达尔文的读者，在图书室里藏有勃洛加的著作《头颅与大脑的解剖关系》，夏尔科的《神经系统疾病课程》。一八八四——一八八六年夏尔科在硝石场医院做关于癔病的讲座，莫泊桑曾去听过，混在一群好奇者中间，有社会名流、学生和外国医生，如来自维也纳的西格蒙德·弗洛伊德。

莫泊桑对精神病话题的热情超过左拉、龚古尔、梅里美或巴尔贝·多勒维塞，他小说中的许多人物失去理智，在歇斯底里恐惧中精神失常，眼前产生幻觉，昏倒在地。比如在《埃尔梅太太》中，有的表述对精神病和疯子还有一种罗曼蒂克的看法，不由让人陷入沉思。他写道："对他们来说，不可能是再也不存在了，不真实也消失了，仙境常在眼前，超自然是日常的事。逻辑这个老障碍，理智这堵旧墙头，良知这道阻碍思想的栏杆，在他们海阔天空的想象中都开裂了，凹陷了，坍塌了；想象奔逸到无边无际的狂想世界，上天入地，无物可以阻挡。”莫泊桑事实上可以把讲故事人的话作为自己的话：“疯子总是吸引我，我总是朝他们走去，身不由己地听从包含在痴呆中的这种平淡无奇的神秘召唤。”

看到莫泊桑对精神病世界的专注，一旦他被关进白朗希大夫诊所，记者在目前这件事的启示下，怎么会不重温他的作品和回顾这里面的幻想呢？这场残酷的命运安排，把活生生的作家推入他的幻象世界，太容易诱使报刊作出这样的结论：莫泊桑怎么说也预言了自己的没落。他对自己的命运有先见之明，这几年来在他的白纸黑字的文学作品里时有显露。

对于莫泊桑的情况与结局不断出现想入非非和令人不快的文章，他的朋友害怕影响到他的声誉。《巴黎回声报》一月十三日变本加厉：莫泊桑今后只是一个被人用过去式议论的瘾君子。“《我们的心》的作者把乙醚掺在墨水里使文风泼辣，也腐蚀了脑子。每日在血液里灌上这几滴春药，不需多久就可以使最结实的脑袋像熟透的榛子一样开裂，把一个卓绝的工艺匠变成一个残疾人、痴呆人、疯人……”为了制止日益泛滥的诽谤，亨利·卡扎利斯在《两世界杂志》评论家路易·格朗特拉克斯的催促下，在报刊上登了一条花边新闻，说莫泊桑健康大有好转，在阅读报纸——这很可能是假的。白朗希大夫这一边，不遗余力保证病人的安静，把挤在公馆前的记者都拒之门外，不接受任何采访。

据不离莫泊桑左右的弗朗索瓦·塔萨尔说，埃米尔在病人入院后对他观察了三天。仆人回忆说："白朗希大夫上午十一点钟过来。莫泊桑先生开始吃中饭。著名的精神科医生向他打过招呼，握过手，就坐下来，看他吃饭。他谈到不同的事，穿插提几个问题。我的主人对一切回答很得体。应该说他认识白朗希大夫，非常尊重他。医生出去时对我说：'您要他做什么他做什么，这是件好事。他也正确回答我的问题，还是有希望的！……让我们等着吧……'"

埃米尔对病的结果还抱有希望吗？两周证书可不乐观。是默里奥签的字，上面说莫泊桑患有"半疑病性（原文如此）和半骄傲谵妄"。他"说上帝从埃菲尔铁塔上宣称他是上帝和耶稣-基督的儿子，控告他的仆人偷了他七万法郎，然后是四百万，然后是一千万。跟死人谈话，因为死人不是死的。跟福楼拜和弟弟交谈，弟弟诉苦说他在坟墓里很挤。称远距离望得见瑞典、俄罗斯、非洲等。也称远距离跟他的母亲和朋友谈话，埋怨自己在《费加罗报》上写了一篇文章，引起普法两国又一场战争，给法国造成百万人伤亡，说自己被巴黎民众追逐，他们要杀他，因为他放火烧了自己的房子，由于他相信散播的盐的气味，自称是他的敌人的受害者，他们用一种他称为'游动医学'的新方法给他送来了梅毒和霍乱，相信自己处于弥留之际，他的饮食通过肺部排出，在进食时制造各种困难。"

在谵妄发作时，又看到莫泊桑萦绕心头的恐惧和想法：埃菲尔铁塔——这是他痛恨的东西，然而不幸的是从朗巴尔府的花园里看出来天天在眼前……——一八七〇年战争，他认为使脑子软瘫的盐，远距离视觉和心灵感应现象……作家尤其提到他周围的三个关键人物：福楼拜、他的母亲和他的弟弟埃尔韦。

居斯塔夫·福楼拜，精神父亲，死于一八八〇年，曾是莫泊桑的知心人和指路人，他的文学导师和保护人。福楼拜给他打开艺术之门，给他在政府部门找到工作，一生给他建议和鼓励。这两人在一八六七年见面，莫泊桑那时十七岁。福楼拜由于对他母亲家的忠诚友谊，接受照顾这个正在学诗的青年。《包法利夫人》的作者很久以来认识居伊的母亲，洛尔·德·莫泊桑，她娘家姓勒·普瓦特万，福楼拜主要是她的亡故的哥哥、作家阿尔弗雷德·勒·普瓦特万的最要好的朋友。一八七三年他承认："亲爱的洛尔，你告诉过我了，因为一个月以来我要写信给你，告诉你我会关心你的儿子。你不会相信我觉得他多么可爱、聪明、守规矩、有理性和机智，总之（用一句时髦话）给人好感！尽管年龄上的差别，我把他当做'一个朋友'对待，还有他老是叫我想起可怜的阿尔弗雷德。我有时甚至为此害怕，尤其他低下头朗诵诗歌的时候，那个人是多么了不起啊！在我的记忆中没有人可以相比。"这两家很接近，居斯塔夫对待居伊犹同自己的儿子，不需多久就传出谣言，到处悄声说福楼拜是莫泊桑的真正父亲。但是母亲受孕的日子，福楼拜正在去埃及的路上——这种父子关系首先是象征性的，而不是血缘上的。莫泊桑住院还是重新引起争论：福楼拜是癫痫病患者，莫泊桑陷入疯狂，病的遗传问题使父子关系增加了可信度。

从遗传的观点来看，还是居伊母亲的遗传因素对儿子的体质脆弱可以提出更认真的假设。洛尔·德·莫泊桑是个有教养的美人，专横冷淡，患有一种说不清楚的病，发作时站立不住，必须关窗卧床。她的丈夫居斯塔夫·德·莫泊桑对人说："德·莫泊桑太太发怒到了极点时，稍不留意就要发可怕的病，痛苦不堪。她的头脑糊涂起来，谁都不能近她身……她喝下两瓶阿片酊。有人跑去找医生，医生让她吐，毒性过大倒救了她。当她恢复神志，气得没有个完……我们让她一个人待几分钟。她却乘机用头发勒自己的脖子。把头发剪断才把她救下来。"福楼拜说这个"神经性夫人"患了"贫血症"，波坦教授诊断是一种"神经性风湿"，可以引起麻痹症。实际上可能是甲状腺机能亢进，伴有脾气不稳定，也称突眼性甲状腺肿。对于许多针对莫泊桑的病做博士论文的医生来说，母亲的神经脆弱可能促成作家的先天性疾病，如同它对埃尔韦的疾病也起了一定作用。埃尔韦是居伊唯一的弟弟，一八八九年在发疯中死亡。

对埃尔韦的病情知道得很少，他是作风随便的骑兵团下级军官，退役后从事园艺，已婚，有一个小女儿。正式的说法是一场日射病，引起他一八八七年夏天第一次精神错乱和发烧。他的母亲那时把他送往巴黎，问居伊该怎么办，居伊立即找白朗希大夫，从这封给他父亲的信中可以知道：

收到这封信后，你能不能派辆车到维尔-埃弗拉尔，把白朗希大夫的这封信给疗养院院长看看，跟他说我打算星期三上午把弟弟送去。白朗希大夫让人转告我说二等病房每月价格是250法郎。问一声这是不是确实，对院长说我有二等病房就满意了，我的弟弟、他的妻子和女儿目前完全由我负担……昨天我把埃尔韦送到蒙彼利埃一家疯人院，里面都住满肮脏可怕的疯子。我明天去接他……埃尔韦对什么都神志不清。昨天他晚餐吃到一半就锯起木头来了；直到筋疲力尽才停止……母亲不知道这些……

在蒙彼利埃和维尔·埃弗拉尔之后，埃尔韦住入里昂-布朗精神病院，里面条件十分荒唐。居伊先跟弟弟一起吃中饭，然后借口要去购买这个地区的一幢房子。房屋主人——一名医生——接待他们，挟了埃尔韦去欣赏窗外的风景，“有人对他说：走到窗子这边来，看这里景色多么美丽。埃尔韦毫不怀疑地走近去，医生向居伊示意要他悄悄朝门口走去。这时病人转过身要跟着他，两名身高马大的护理士突然出现。但是他们没法阻止他用胳臂抓住门，大叫：啊！居伊……混蛋！你要把我关起来！你才是疯子，你听着！你才是家里的疯子！”埃尔韦三个月后死去，死因是梅毒引起的麻痹性痴呆。他的最后几句话提到他的哥哥：“我的居伊！我的居伊！”他在嗫嚅中死去。

洛尔·德·莫泊桑决不承认她的家庭成员中有什么疯病的征候，甚至不愿想一想是一种遗传病。提到居伊，她打断人家的一切暗示说：“他的父亲有风湿热……我心脏不好……他的弟弟，有人说是得疯病死的，这是日射病。”如果不能证明遗传病——居伊和埃尔韦染上了梅毒——最多只能假设洛尔和她的孩子神经方面非常容易得病，敏感和性情脆弱，轻易陷入强烈的痛苦。

根据《莫泊桑的最后日子》(1927)的作者乔治·诺曼底所说，作家在白朗希诊所隔离的最初几个月，就出现不同的谵妄。莫泊桑说看到一些昆虫“远距离喷出吗啡”，说死人说话，他的家是巴黎最美的住宅，他怕人家要他吞服的东西：“白葡萄酒是清漆；圣朱利安酒是脏水。那么还喝什么？”白天，他最清醒的时候是贴着墙头听人家像在跟他答话，他的大部分焦虑是提到金钱与宗教。他不许弟弟把财产投资到巴拿马，保证说他在帕西的住院费是由罗特希尔德家支付的，再三说他往天上旅行的钱给人家偷了，要求来个教士让他忏悔。他说：“我若不忏悔，就会下地狱。弗朗索瓦给上帝写过一封信，控诉我鸡奸了一只母鸡、一头山羊，等等。”病人的谵妄有时反映了作家的奇思异想和对死亡的痴念。比如大家可以回想他的短篇《女骗子》，里面叙述者梦见一家机构，招来有意愿自杀的人，让他们坐到一间华丽的暗室中央的长椅子上，室内放出香喷喷的致命煤气。在帕西，莫泊桑始终关心死者，声称“给列昂八世教皇写过信，向他建议建造豪华的坟墓，里面用冷热水交替洗涤和保存尸体。坟墓上方开个小窗，让人跟死者谈话”。

小说家在精神上依然牵挂着写作。进精神病院前几个星期，他给他的一名医生写信："脑子损伤但还未死亡，但我不能写作了。我也看不清楚。这是我生命的灾难……"他因此不得不放弃他的小说《三钟经》，书的最后几页是一段沉思，对上帝发表一篇猛烈程度少见的诅咒。莫泊桑对宗教的反叛延续到了朗巴尔府。他在那里控诉魔鬼偷了他的最后一份手稿，称上帝是"愚蠢的老头"，在想象中给消防员指出"在修道院和要塞的地面下藏有炸弹"，要乘上到炼狱去的火车，在二月份宣布："一切天主教徒的胃都是人工做的。"在那时他说他有"一千二百只鸡蛋藏在默里奥医生的地窖里"，厌食几乎滴水不进。二月十一日，他断然拒绝进食。但是默里奥来时，他吃了，但对他喊道："——你是个无耻好人！"十八日，医生不得不用食管探条喂他。

莫泊桑的病情每周加重。他的迫害谵妄甚至波及弗朗索瓦，指责他串通出版商掠夺他。他又叫自己安心："现在警察局组织良好，它跟作家联合反对出版商。"3 月份，他谈到气球旅行、火车旅行和纽约；第一个莫泊桑可能生在那里。默里奥医生在病程记录中记下："连续不断幻觉，拒绝小便，说他的尿是金钢钻做的。"他还相信"他的肚子里有一只霍乱球"，等待开刀，把钉在内脏的这只大金属球取出来。他的精神崩溃，随之行为也愈来愈狂暴。有一次大发脾气时，把桌球朝一个病人的头上扔过去。当他胡说八道控制不住时，他骂天骂地首先骂白朗希大夫："这家疗养院的同性恋院长用他的导尿管把我的脑子也损坏了。"

四月份是病情发展的一个决定性转折点。有一天晚上，莫泊桑指责弗朗索瓦代替了他，“在天上诽谤他”，用一句话把他辞退：“我请您离开，我不要再看到您。”仆人把这情景告诉了白朗希大夫，说：“听了这段叙说，精神科医生板着脸表情严峻；他皱眉头，说：糟了！我怕的就是这个。他很快走下楼梯，他下楼时总是靠住栏杆，我觉得他抓得更紧了。”病程记录的内容，有时会转载在今天已消失的医院资料里，病程记录上的说明很简略：“四月，有时激动，说话不清有幻觉。五月，病情依旧，说话含糊，有幻觉。六月：同样的幻觉，独自说话，有时粗暴。”

只几个月，麻痹性痴呆病情发展很快。洛尔·德·莫泊桑从来不来看她的儿子，从白朗希大夫那里得到消息。对医生的诚心还是医术有猜疑吗？居伊关进精神病院后五个月，她问另一名医生让·马丁·夏尔科的看法。夏尔科留下这份报告，纸页的抬头是白朗希诊所：“我应他母亲的请求，来观察居伊·德·莫泊桑先生。他的体质状态没有问题。不幸他的精神状态则完全不同。不断出现谵妄，时而还有各种各样的幻觉。目前绝对有必要让病人保持现在的安置和治疗条件不变。不住目前特殊的疗养院而让他离开到其他地方生活，这样做难保不出危险。我觉得此时继续原来的治疗，不要有所改变或增删。”

这是医学界的一位名人，神经科教授，写出这最后一句话，是必须予以重视的，尤其是白朗希与夏尔科并不意气相投。白朗希是家庭精神医生，夏尔科是富于实验室经验的神经科专家。居伊·德·莫泊桑的病例在一八九二年实际上是超越这两人和当时的科学知识；医学对他无能为力，仅能使他体面地结束人生。白朗希大夫肩负的也是这项任务。

埃米尔也不是完成该项使命的唯一的人。默里奥医生每天来看望病人。他的助手弗兰克林·格鲁医生热爱音乐，“瘦骨嶙峋，说话动听”，目光“非常温柔”，也特别关注莫泊桑的病况。那个青年医生，是作家最后几个月的主要证人，那时热烈追求福楼拜的外甥女卡洛琳·科芒维尔，他俩几年后于一九〇〇年成亲。他在三月份对她私下说，莫泊桑日夜对着面前的墙壁说话。

看守与护理士也热情照顾，如莱恩-比斯巴里埃，莫泊桑在地上种了一根树枝后对他说：“种在这里；明年我们可以看到小莫泊桑。”巴隆，“看守，和气、灵活、工作妥帖，深得病人的爱戴”。莫泊桑有时要求他：“为了保证我不闹，给我穿上背心，我上床去了。”巴隆说：“我在这诊所干了这么久，从未见过这么一个病人。不管他有没有幻觉，始终都讲道理。如果他脑子里闪过一个疯狂的想法，人家要他把它赶走，他认为人家有道理，就努力去做到。”弗兰克林·格鲁医生也可证实作家有过这些清醒和隐忍的短暂时刻，有一天莫泊桑对前来探望他的阿尔贝·卡昂·唐维尔说：“我的朋友，您走开吧，我有一个时刻会不是我自己。”

一八九二年夏天，病情没有任何进展。病程记录上写道：“七月，病况稳定。八月，有幻觉，常激动，时间短。”白朗希大夫对职业秘密也有随便的时候，把自己的悲观看法对周围的人说。爱德蒙·德·龚古尔在一八九二年八月七日的《日记》中写道：

> 在去圣格拉坦的火车上，报刊宣布莫泊桑病情略有好转的消息时，伊里阿特跟我说起他不久前跟白朗希大夫的一次谈话。莫泊桑整天跟一些想象中的人物在一起，主要是银行家、股票市场经纪人、管钱的人，突然他口中会说出："你在嘲笑我吗？你今天应该带给我的一千二百万呢？"白朗希大夫还说："他认不出我了，他叫我医生，但是对他来说，我是随便哪个医生，我不再是白朗希大夫！他还对自己的面孔作了一番可悲的描写，说现在他的外貌才像真正的疯子，目光恍惚，嘴唇下垂。"

只有一些亲朋好友还关心作家的命运。三天后，《图书杂志》写道："莫泊桑，已像被人当作古人来谈了。"群众被巴拿马运河丑闻和无政府主义者拉瓦肖尔暗杀案吸引了注意力，已把作家忘在脑后。

秋天平静地度过。十月份浓雾笼罩塞纳河两岸，病人的主要消遣是散步，然后又回到室内。"莫泊桑先生在客厅消磨时间，玩桌球"。年底悠然消逝，没有意外："七病房：吃东西困难。八病房：老是要脱衣，有幻觉。九病房：病况相同。十病房：没有变化，有幻觉，三餐很挑剔。"直至这句简单的句子提到莫泊桑已到了疾病的最后爆发阶段："一八九三年一月麻痹性痴呆。”爱德蒙·德·龚古尔在一月三十日日记中用这句可怕的话间接予以证实：“白朗希大夫今晚拜访公主，过来跟我们在角落里谈到莫泊桑，让我们听起来他正在大发兽性。”

在那个时期，爱德蒙·德·龚古尔隔一阵子就会遇见白朗希大夫，有一件少见的事值得一提，那就是白朗希是《日记》中难得没有挨批评的人物，即使最微小的也没有。雅克和费利西——医生人人都爱，他的老婆人人都受不了——都没有享受这个特权。当爱德蒙看不见精神科医生时，他从波利娜·泽勒那里得到消息；她去看兄弟贝托尔德·泽勒，历史学家，索邦大学讲师，他与莫泊桑同时住在朗巴尔府。白朗希大夫似是这样对她说：“我不去看德·龚古尔先生，因为人家看到我的车子停在他家门口，您可以想到什么样的想法都来了！”医生引以为荣的种种顾虑一涉及住院病人就顾不得了：交际界人士都贪婪地要了解一位名人病情恶化陷入疯狂的过程，在他们的好奇心面前，埃米尔显然没有保持说话留有余地的义务。不论关于阿列维或莫泊桑，读了龚古尔的《日记》，看出白朗希大夫对于职业道德还是有若干违背的地方。

三月，由于小仲马的努力，法兰西喜剧院公演莫泊桑的最后一部剧本《家庭的和平》时，癫痫样惊厥影响到他面孔、手臂和大腿的肌肉，尤其是左侧。危象从上午十一点持续到下午六点，此后每月发作。唯一的药就是给他打麦角浸膏，作为镇静剂使用。

五月，莫泊桑已站立不住。仅有少数几位朋友得到允许探望他，大多数人他已不认识了。有的如作曲家-画家阿尔贝·卡昂·多韦尔，出版商奥伦多尔夫或《费加罗报》专栏编辑亨利·富尔基埃都定期看望他。其他如玛蒂尔德公主的侄子约瑟夫·普里莫利伯爵，也就不再来帕西了。白朗希大夫定期向他报告作家的病况，劝他不要前来。普里莫利说："他要是认不出我来，我会多么伤心；他若认出我来，他会很羞惭！"还有一个理由使伯爵却步：一八八四年白朗希没有治好他的母亲——拿破仑的侄女夏洛特·波拿巴公主。此后他内心对精神病总有一种恐惧感。

根据洛尔·德·莫泊桑的命令，女人都不允许走进朗巴尔府内部探望。莫泊桑最怕陷入疯狂，曾经要一个女人答应他若住进疗养院，就给他送毒药。在住院前不久，他对弗雷米医生说："在疯狂与死亡之间是不用犹豫的，我事前做好了选择。"他的自杀企图失败后，他的母亲有一切理由担心那个神秘的女人会尊重自己的承诺，然而作家的红颜知己埃尔米纳·勒贡特·德·努依还是取得了例外对待。一八九三年五月四日，她被允许在一扇玻璃门后面见到他，留下了这次探望的记述："他坐在疯人院的天井里，上面是蓝天，但是多么苍白、衰老、瘦弱；一个影子！我仔细看他面黄肌瘦，眼睛发红无光，脸上的肌肉松弛，都挂了下来。他两肩下垂，手苍白无肉，无意识地抚摸下巴。"

莫泊桑只是成了自己的幽灵。白朗希大夫还是努力婉转处理，不断叫周围的人安心。最近发现的两封信说明病人的情况，也对医生面对病人家属时的热情好意有一个正确的认识。一八九三年六月二日他写信对洛尔说："您亲爱的儿子这一周过得很好；他平静，兴致很好。他愿意聊天，提到许多令他高兴的回忆。他神志完全清楚。此刻他胃口很好，要人送饭来。他甚至点了几道他喜欢的菜。昨天，他说他希望给他做点扁豆，尽管现在不是季节，今天还是给他做了。他两腿还是无力，但是不痛了。"这跟有幻觉的疯子的丑化像相差很大。三个星期后，白朗希还是用同样乐观的语调说："情况还是良好。您亲爱的儿子很平静；平时脸上挂着笑容；他一点不痛苦；有人对他说，他就听，还答话，他愿意自己回想什么，不太讨厌人家打断他。他有几夜过得很安静，睡得也更好了；他吃东西胃口很好，看到送食品来很高兴。他每天在大走廊里走上几圈散步。"

六月二十八日，晚上十点，一次新的危象使他倒下。强烈抽搐，昏迷不醒直到七月二日。打麦角浸膏毫无效果，莫泊桑那几天还"阴茎异常勃起"。一八九三年七月六日，白朗希大夫提笔亲手在病程记录中写道："抽搐持续不断。在麻痹性痴呆过程中抽搐后死于上午十一点四十五分。"莫泊桑"像一盏耗尽油的油灯那样熄灭了"，嘴里嗫嚅着最后几个字："黑暗啊，黑暗。"到下个月他将过四十三岁生日。

在夏依约的圣彼得教堂做了弥撒后，莫泊桑下葬于蒙帕纳斯公墓，葬礼在七月八日举行。左拉、奥伦多尔夫、他的代理人雅各布律师，埃尔韦遗孀的兄弟路易·方东·唐东执绋。他的母亲留在尼斯，由她的贴身女仆玛丽·梅代表出席。

洛尔·德·莫泊桑是十八个月弥留期中最大的缺席者。虽然一切重要决定皆由她做出（允许或不允许谁探望，她向夏尔科咨询，跟白朗希通信），她留在远处，神情冷淡，叫儿子不能接近她，总之一句话，是接触不到的。她很早与丈夫分开，是居伊的教育者，知心人，一直是居伊首选的对话者。是她要他去找福楼拜，鼓励他写作，总保持适当的批评精神。莫泊桑在儿童时代，就决心反对一个见异思迁、行为轻率的父亲，对母亲怀着真诚的爱，暗中非常钦佩。如果他的小说《埃尔梅太太》中包含的预言叫人可信的话，他可说是猜到了母亲会采取的冷淡态度。那里面写一个女人，尽管医生再三恳求，还是拒绝去探望快要死于梅毒的儿子。儿子死后，埃尔梅太太发疯了。不得不把她关进去。洛尔不是这样，活到八十三岁，一九〇四年死在家里。

莫泊桑逝世，白朗希大夫收到大批请求信。他们要参观朗巴尔府内的病人房间；记者阿尔贝托·隆勃罗索报道，十五号房间，墙上挂佛罗伦萨风景画，最后阶段有人看到作家趴在地上舔墙壁。大家为了获得他的笔争得不可开交——据说，是弗兰克林·格鲁医生将这支笔送给了一个美国收藏家，也有人说是默里奥送给了一个匿名女崇拜者：无论哪种说法对，这个崇拜物是失去了。有人寻找最后一个签名，有人要求医生说出作家生命结束时的最后一件隐私。

很快，研究心理科病的业余爱好者、医科学生，都抓住了这个实验了疯病后自己生疯病，又死于疯病的“理想”人物课题。毒品是对痛苦的缓解，在人工天堂里寻找乐趣；通过它，又通过自我幻视现象（可以看到自己的一种幻觉），莫泊桑打开了一个未知世界的门，处于梦境与谵妄的交界线上。他对保尔·布尔杰说：“回到家里，两次中有一次我会看到另一个自己。我打开门，看见自己坐在我的座椅上。我在幻觉产生时也知道这是幻觉。奇怪吧？要是没有一点判断力，就会害怕了！”复身——身内或身外的另一个自己：这样的主题贯穿莫泊桑的生平与作品，与众不同之处是他既当了荒谬妄想的受害者，又在不断探索知觉与身份障碍过程中去引发这类妄想。他还说：“您知不知道我长时间注视我反映在镜子里的形象时，我相信有时候我失去了自己的观念。在那些时刻，我头脑里一切都搅混了，我看着这个我再也认不清的头颅觉得怪异。我是我这么个人，也就是某个人，好像很好奇，我觉得这个状态再持续一分钟，我会变得完全发疯的。思想逐渐从我的脑袋里撤空。”梅毒是他的文学的黑色酵母，他的个人生活的废墟，最终引导他走向崩溃。

第五章　最后的火

当白朗希大夫在帕西治疗居伊·德·莫泊桑时，雅克在奥特依的画室中正给一个朋友画肖像，他也是医生之子，孔多赛中学的校友。这个青年比他小十岁，二十一岁。他穿了晚礼服，白领带，纽孔上一朵兰花。两只黑色大眼睛有点倒挂，在苍白的瓜子脸正面像占很大位子。这幅画作于一八九二年，虽然画得非常学院式，由于模特的威望在全世界流传，成了反复重印最多的文学家肖像之一。这是马塞尔·普鲁斯特，他好几年后回忆起这件事。

模特姿势做完后，我走进白朗希大夫的餐厅吃中饭，他出于职业习惯，不时提醒我要镇静和节制。我若提出一个意见，而雅克·白朗希过于大声反对，医生虽然医术与善意都令人钦佩，但习惯跟疯子打交道，于是严厉斥责自己的儿子："好了，雅克，不要折磨他了，不要刺激他了。——我的孩子您坐好了，尽力保持镇静，他说什么都是脱口而出的；喝一点清水，小口喝，数到一百。"

马塞尔·普鲁斯特看白朗希大夫，这已经是二十世纪转身去看消逝的十九世纪了。对精神科医生这番生动的描写，确把作风与众不同、颇有旧时代韵味的医生说得入木三分。后来又引出一篇叙述较为严肃的文章，还是一八九一年埃米尔在世时发表于《今日名医》中。作者是莫里斯·德·弗勒里医生，他用了一个谁都瞒不住的假名贺拉斯·比昂勋，因为那是《人间喜剧》中的一名医生，他用整整一章来写白朗希。他称赞他遐迩闻名的慷慨，对音乐的爱好；但是在恭维话下面，还是让人看出他并无恶意地说医生是个过时、甚至衣饰也是如此的可爱人物。

> 在这个时代，几乎所有大医生都是科学人士，不是感情人士，白朗希大夫还保留一颗旧时行医人的怜悯之心，总之一句话，这位巴黎人还保持了已经消失的可敬的老乡村医生作风。
>
> 他把高身材、宽胸膛裹在一件巨大的礼服内；他戴一只老式假领，沿着两颊直至短鬓角；为了让额头凉快，把帽子放到了后脑勺，他的大面孔充满睿智和善意，还透露出优秀诺曼底人的气质，对于城里人的挑剔毫不留情，对于现代生活过于繁琐毫无好感。

白朗希大夫是个过去的人。大家尊重他，欣赏他的为人，但是也带着出神的俏皮在心里窃笑这个另一个时代的人物；这人心地单纯，很不适合愈来愈复杂的精神病科学。

白朗希大夫过完了自己的时代，这一点他自己也感觉到了。他不理解他的同时代人，对大家在说一种不正确的法语很无奈，感觉青年医生太大胆，不够尊重传统做法。默里奥主持诊所已有二十年，白朗希在那里没有职务，只是出面人。他渐感疲劳。他自觉已无用。这种精神上的疲乏也来自他的病：肠癌损害他，侵蚀他，使他易发脾气，缺少耐性。一八九三年七月十一日，莫泊桑逝世后几天，他向费利西道歉，他为了独自留在巴黎而把她赶往了诺曼底："尽管我一时冲动，你可以相信我对你热烈的感情。"他还竭力安慰儿子，向他证明自己的情况不值得那么大惊小怪。白朗希大夫其实自知来日无多。

八月六日，他的笔迹出现了变化。他不会懵然无知，叫妻子安心："我出于谨慎躺在了床上，从床上给你写几句话，但是床上写字不容易。我很好，这一天过得很好，没有任何意外；中饭吃得很好，非常安静，没有一点不舒服。"在附言中又有几行字，签名是忠诚的女秘书索菲·巴尔博："白朗希先生的笔迹细小，是他刚才使用的笔造成的……我可以向您保证他不难过……默里奥先生上午来过，要我们大家安心。"

尽管巴黎天气炎热，令人窒息，医生还有力气接待客人。他见了他的同行莫泰医生、夏尔·古诺、吕多维克·杜邦歇尔。玛蒂尔德公主也来到他的床边，他的办公室还挂着她镶在皇冠镜框的照片。十一日，是德·卡斯蒂格里奥纳来打听她的亲爱的医生的消息，但是不能见到他，答应十六日再来。太迟了。

一八九三年八月十五日，雅克留在父亲身边，告诉费利西："亲爱的妈妈，我们这里已到了你准备过来的时刻了。我尽量为你安排，你可以放心，不会遇到最艰难的事……爸爸已经见过皮杜神父，昨天做过忏悔。他今天还要来。天气炎热……默里奥今晚来。我像个熟练的护理士那样结实。”医生进入弥留后的最后遗言是他听到的。

医生脸色灰白，坐在奥特依客厅中蓝天鹅绒的大靠椅里。他说话困难，昏迷，又醒来。最后对雅克说：

“有人在我面前说了你不少情况。写字桌的抽斗里都是信。你不要看！有的签名你看了会很为难……我什么都不信，不，什么都不信……”

“哦，爸爸，我求你告诉我都是些谁。”

“不，我的孩子。不要怀疑谁——要记住，被人骗要比骗人更为高贵。那些数不清的资料上有名字的，谁向你讨还，你就还给谁，或者把它们全烧了，这些荒诞不经的秘密……”

对埃米尔来说，人生的最后一条教训是这几句话：“信徒与非信徒得到同样的结果……问题是做个诚实的人。”朝儿子看最后一眼时，他喘气嗫嚅：“你从我这里接受了一件使你痛苦的礼物，但是因怜悯而痛苦这不是耻辱。我目睹的苦难太多了，再也无法忍受……”这是他最后的话。

费利西在丈夫死后几小时赶到。巴黎的炎热使有丧事的人家气氛更凝重。杜邦歇尔夫人被要求留在自己家里，挤在大门口的记者都被挡驾。据雅克说，德·卡斯蒂格里奥纳伯爵夫人第一个赶来在她的朋友床上放了一束玫瑰。

白朗希大夫对于葬礼留下了指示：不要鲜花，三等礼仪，不登报，不念悼词。医学科学院当年的秘书卡代·德·加西古尔还是以科学院名义在墓前提到医生与其为人：“白朗希大夫是我们科学院的自由合作人，因而他不属于把医生规定在某个专业的任何部门。他不是专门课题的研究员，他不是精神科医生，他不是法医，但我可以说，科学院一八七八年选他为院士，这因为他是个全才……他是这样的人，一生中行动胜过言论，他的当之无愧的名声建立在行动上，更多于在著作上。”

从白朗希大夫的作用来说，主要是他在离婚法律中提出的法医观念和采取的行动，受到同行的注意，这里面表现了埃米尔的慷慨、热忱和对爱德的理解。“他在欧洲的名声主要来自他为人高尚，医术高明”。他在科学院的身份也是一生的写照，人前人后无不如此。演讲者说：“我现在还看到他。他坐在他的那张座椅里，依然在同一地方，面貌温良，平易近人，嘴带微笑，目光机智善良，微微呆滞，对谁都客客气气，每个人都从他那里得到教诲。”

在朝着帕西公墓缓缓而行的送葬队伍中有玛蒂尔德公主、爱德蒙·梅特尔、古诺、卡斯蒂格里奥纳——她偏离队伍悠悠地走，手指把花捏得粉碎。有的人当夜从外省赶过来。在那年八月十九日，正当仲夏，暗影里温度达三十五摄氏度，人群密密麻麻多得令人难以置信。白朗希太太不舒服。她立刻又振作起来。雅克肯定有数不清的贫民围在棺木四周。葬礼前两天，拉缪埃特的警长就给局长发了一封电报，汇报情况：“由于死者在区里甚受爱戴，帕西大部分居民会参加送葬。”

第二天起，电信像雪片似的落到奥特依。爱德蒙·梅特尔披露，一八九二年冬季他去拜访他，从那时起白朗希就知道等待他的是什么：“我记得他突然离开我，含着眼泪对我说：我还是相信我对儿子还可以做些有用的事……”唁电从四面八方过来，恩斯特公爵国王的侄子萨克斯-科布尔亲王、法国大使莫里斯·帕利奥洛格都表示哀悼。雅克的朋友们也来致哀，如亨利·德·莱尼埃：“我每天都那么想念您！令尊的形象还犹在眼前。他待人真是始终如一的善良，他那么和善和高贵，凡是认识他的人不可能不深深挂念他。”

马塞尔·普鲁斯特则把悼念信写得像篇美文，从圣莫里茨直接寄给费利西：

> 我未能向他道别而无以自慰；两周前见到他时还那么健康，我肯定在我回来时还可重见……不上他那里景仰他的大智大慧、温厚淳朴，实在是自己的损失。现在我很难过，两周前竟那么腼腆，我想要做却又不敢做，以致没有要求他让我拥抱一下。我只能转而求您赐赠他的一张遗像，使我终日有他的目光注视着我，它曾使我感到深切的幸福，现在回想起来又使我陷入无尽的痛苦之中……

普鲁斯特是从报上知道这件新闻的。可能是他常读的《费加罗报》。报纸很快转载这件大事，恰与法国医学界另一位名人的陨落同时发生而更引人注目，那是让·马丁·夏尔科，死于二十四小时后的八月十六日。这两个一切意见相左的人却在死亡路上和报纸头版上相会了，也是命运的嘲弄，很不一般的是两人在新闻上得到同样的待遇，这说明他们的名声那时旗鼓相当。

夏尔科很早以来就全球闻名。他对肌萎缩性脊髓侧索硬化，或称夏尔科病，多发性硬化或脊髓定位法的工作，奠定了他作为临床医生的名声，但是他对癔病的研究使他声誉日隆。他的临床课使一大批学生和好奇者慕名而来，在导师的目光下参加戏剧性的癔病患者催眠课。夏尔科专横多疑，体貌像拿破仑，因而也使他获得“神经科的拿破仑”或者硝石场医院皇帝的称号，是被巴黎上流社会有时称为异人，有时称为江湖郎中的人物。

白朗希大夫是不是憎恨他的同行，像他的儿子说的当他是个“演员”？没有东西证明有那么恨之入骨，这两人的关系始终显得很冷淡，但是彬彬有礼：夏尔科跟他在精神病作为离婚原因的报告上进行合作，对莫泊桑的治疗上并没表达任何意见。然而，夏尔科的喧嚣的名声与权力肯定叫埃米尔恼火，甚至可能还感到一定程度的失落。一八七五年，本雅明·巴尔在夏尔科和拉塞克的支持下，获得精神病和大脑病的首席教座，那是白朗希叹息法国医生不能跟罗马或斯特拉斯堡同行享受同样的权利，从一八七三年便要求创立的。一八八二年，他们合作离婚法起草工作，夏尔科被任命为神经科病临床首席教座，那是在他的朋友甘必大的指示下为他特设的。有两次，梦想获得勋章和国家承认的白朗希都被排除在使事业达到终极的职位外，而夏尔科国王则在医学界名垂青史。

这两人的讣告经常并列在一起，反映出这些区别。泰奥多尔·德·维茨瓦，雅克的朋友，像大部分同行一样，着重提到白朗希大夫的善意与慈心，把他看成是“旧学派”的医生，他把自己的病人不是作为“病例”，而是作为“不幸的人”。

> 我经常向他问起年轻同行大事宣扬的新方法如何，他了解也同意这些方法，因为他这人无限宽容，但是他关心的是这些新方法不可以摒弃旧方法，那就是对病人的怜悯。……我觉得他像个濒临灭绝人种的最后典型，他的后辈可能更有科学性，我的意思是他们会分辨出更多种类的精神病；然而他们未必有余闲想一想去治愈这些病。但是这位有学问、讲善心的老医生，把人看得比病重要，对科学心存怀疑，对人道充满信心，这就是我在这个待人那么周到善良的人身上喜欢找到的品质。

在对医生人品的一片赞扬声中，只有一个不和谐音叫人吃惊，那是达尼埃尔·阿列维发出的，他那时二十岁。吕多维克的儿子一直觉得白朗希大夫自命不凡，讲究虚荣，但是为了不伤害他的朋友雅克从不表示意见。但是在私人日记中就不必有所顾虑了："一八九三年八月白朗希先生逝世：他是个疯子，像所有他的同时代人。身材可笑，舞台上出现的典型医生，高大，威严，始终穿一件长礼服，戴一顶宽边圆筒礼帽，往后斜，在家时头上总戴一顶窄边软帽，说起话来像个先知。德加说，白朗希先生总是正面对人。出去，进来，跟你说话，跟他说话，白朗希先生总是正面对人：侧面就不配医学院身份了。"

达尼埃尔·阿列维的评语是很珍贵的：据他说，白朗希是个疯子，不是那个漫画式的要隔离的精神病人，而是像所有他的同时代人。在一个二十岁青年的眼里，埃米尔那一代人从一八三〇年"进入第二帝国"，意识中属于精英阶层，总是正面对人，有一个奇特的生活圈子，那里面的规则在二十世纪的黎明时期再也没有基础了。达尼埃尔·阿列维在观察白朗希大夫时，已经窥测到《名人的没落》和一九一四年大战中陷落的老法兰西的消失，普鲁斯特以后会去叙述它的缓慢崩溃。

爱德蒙·德·龚古尔是那个世代的楷模，自然不会同意这种看法。对他来说，白朗希大夫的疯狂是过于慷慨大方。葬礼后几天，他回忆起这则轶事："泽勒小姐对我说：白朗希老人给一个人一大笔施舍，待他一走出门就在她面前大声说，我比任何人更需要关进自己的疯人院里！他的儿子说过好几次：要是我的父亲多活十年，就会让我们穷得睡在草褥上了。医生慈眉善目，很说明他无边的爱德。"

对于年轻人来说，白朗希体现一个可笑呆板的人物，对于老年人，他是个圣人。

卡斯蒂格里奥纳伯爵夫人显然属于第二种人。这个早年的名妓，还只五十七岁就在铜柱广场附近的公寓住宅里闭门不出，哀哭失去的时代，自从儿子一八七九年猝死以后再也不见任何人。这位世纪美人披纱戴孝，自己承认“丑得叫人害怕”；她的牙齿全部落光，大部分时间卧床不起，就睡在黑色床单上。白朗希死后一个月，她给雅克写了一封长达十八页的信，表达她的惶恐之情，有的地方前言不搭后语，思维奇怪。她在信里也说起她的同情：

一八九三年九月十五日你亲爱的父亲死后第一个月的三点钟……我最老最珍贵的朋友，白朗希啊！在这颗温柔美丽的灵魂从你的孝顺痛苦的双臂中飞走的时候（你有忠诚的伊莎贝尔帮助），我沿着他的帕西我们的老墙头边上徘徊，抱着闯入或被吸引的心情走到你的铁门口，不敢走进那里也不敢询问这里……假若我早知道奥特依一个充满爱心的儿子在那唯一的悲伤时刻是一个人的话，我就会置顾虑和担心于不顾，我们就会是两个人侍候他吐出最后一口气……可怜的雅克！我看见了约瑟夫！和父亲的眼泪……和母亲的充满勇气的安慰……照应好妈妈……要是上帝把她从您这里夺走了，告诉我！我会奔着过来。

卡斯蒂格里奥纳思想不清时，还答应雅克带了他一起游历意大利城市，（“我静静地带了你去看这一切，不是像巴黎人跑步去看，巴黎人为了回巴黎急着走不会游览!”）对自己的健康叹苦经，希望她的“休息时刻在死前就来！谁知道呢！一切都会发生的!”这封信的胡言乱语足够说明伯爵夫人的思想没有平静下来。在突然一次清醒时刻她大声嚷嚷：“啊，别那么说——有人对您说我是‘从白朗希大夫那里逃出来的疯子’，您也会跟着相信的。”现在她的医生和知心人已经过世，她有没有想到去看默里奥医生？白朗希跟她建议过，但是她表示怀疑：“他的外表不错，但是不像白朗希那样有把握和一心一意做事——白朗希谁都比不上。他或许会这样想和这样说：这个外国女人来这里就像待在自己家里似的干什么？我不要，白朗希也不要。自己要是被人撵出门外，那可是难堪不好受了。”

在最后一阵炮轰中，她大骂“说坏话的人相信我或者说得我比上帝给我安排的更老更难看，在您的年轻美貌的伯爵夫人（指波多卡伯爵夫人?）和他的说坏话的弟弟面前把您父亲矢志不渝的朋友说得那么丑陋，啊，不，这算什么！您至少要有一点雄心壮志把他把我往好里去想，您自己保留批判的艺术。对我这个人对我的形象，对这个不知道其他时代其他风俗的夫人表示好奇又为何来呢？……难道大家就是要我看到这个大家所谓的这个世界里的世界？……我对自己的尊重可超过世界对我的尊重，我轻视它，我不管它。我已遭遇够了，忍受够了，宽容够了，让别人……”

卡斯蒂格里奥纳虽只是自己的影子，但还是给雅克和他的母亲寄去一张题词的照片，阴沉沉站着，穿一件黑大衣：无疑是这张照片，启发了雅克的灵感作了一幅画，一九一四年第一次在伯恩海姆-杰纳画廊展出，画名叫《鬼魂》。这位爱捷丽女神一八九三年曾经要求画家画最后一幅肖像。她自己导演场面，选在一个拉上蓝色装饰布的房间里，百叶窗全部关上，为了不让人看到时间留在她脸上的摧残。雅克说："我的模特悄无声息地走进来，飘到地毯上，恰像舞台上的'幽灵'，她坐好。披纱一块块滑落在地上……我认出了伊特鲁里亚女王、帕西的女隐士——拿破仑三世宫廷的偶像——一张著名的面孔，但是涂脂抹粉，老态毕露，像个上门兜售化妆品的女贩子；被孩子吮过后拿在手里的一小块麦芽糖。"

一八九九年她死时深信自己已是个破产的人（其实不是），曾要求"简单打上几针不要分尸"就把她涂上香料。写在她的遗嘱中的继承人唯有罗特希尔德家族和萨瓦家族。

白朗希大夫的朋友大部分都死在二十世纪来临之前。让·勒穆瓦纳在一八九二年病逝，勒南一八九三年十月二日去世，两周后又轮到夏尔·古诺，他只比他的亲爱的医生、最亲近的知心人多活了两个月。一八九三年仿佛是一个循环、一个时代的终结：那是义务医疗制度在法国出现，打乱了医学行业；左拉以《帕斯卡医生》一书给《卢贡-马卡尔家族》压台，说一名医生一辈子就是探索遗传的规律。

白朗希太太患有糖尿病，在生命留给她的两年半孀居中活得很辛苦。她逝世于一八九五年十一月四日，是她的儿子雅克与让·勒穆瓦纳的女儿罗斯·勒穆瓦纳举行婚礼后的第五天。这是感情与回忆的联姻，更多于爱情的结合。雅克三十七岁，与童年朋友罗斯成亲，她那时三十三岁，犹如埃米尔那时娶了他的表姐费利西。是为了延续传统，保持和维持一个共同回忆，传递相同的价值。婚礼在亲友小圈子里举行，玛蒂尔德公主也大驾光临，证婚人是皮维·德·夏瓦纳、新娘的舅舅拉丰海军上将、默里奥医生和吕多维克·阿列维。

白朗希太太的去世使爱她的儿子很伤心，但是周围的气氛没有变得凄凉。这是达尼埃尔·阿列维在他的私人日记中透露的，出人意料、也未曾发表过的一个段落，尤其这个年轻的历史学家是白朗希的朋友，也不是爱造谣中伤的人，说出这样的话令人吃惊。他描述的费利西肖像是难以挽回的。他写道："她这人奴颜婢膝。她灵魂极端低下。唯一懂的是钱，生来只巴结所有那些掌握权势的人——门第贵族、金钱贵族。她是疯狂的保守派，却会在一名共和派部长面前双膝跪地。她轻视普通老百姓，虽然表面上在做好事，其实心里真正想的是要高高在上。她喜欢闯进一家阁楼，施舍钱，代为付账，打开衣柜，按照人头确定巧克力份数，亲自分送。她没有怜悯心。"她的丧事倒给达尼埃尔·阿列维提供机会，回顾她与丈夫组成的夫妻关系，他们在朗巴尔府的生活。这次，叙述更加丑化，令人读了脊背发冷：

> 她年轻，丑陋，没有财产，却要结婚。她选择了软弱有

钱的男人白朗希先生，要求嫁给她。可怜的男人感觉自己完了，大叫："我不能够！我不能够！我要是在家总听到这个声音我会病倒的。"但是他已无处逃遁了。他必须一辈子听到这个声音。当大家跟他单独在一起，从隔壁的房间响起这个可怕的声音，高、尖刻、嘶哑、持续不断，像野兽的叫声那样急促时，他朝您悲哀地瞧一眼，举目朝向天空。

他天性软弱，跟妻子接触变得更加软弱。他半生时间跟她过，另外半生时间跟疯子过；他自己成了半个疯子，疯于软弱，疯于善良：他不知道拒绝人家；他在监狱里做精神病医生，对全体犯人的家庭都接济；他要把那些人都释放，他说都是些精神病人，以致检察院尽量少用他。白朗希先生仅有的毅力是他的善良。这方面他是不可动摇的。有一天，他从监狱领回来一个小偷，让他当一名秘书。白朗希太太阻止不了他。她跟着那个人寸步不离，这使他们大闹了几场。但是白朗希先生总说秘书小偷疯子有道理。然而家里总是乱七八糟。白朗希太太有暴君的意志，但是个制造无政府状态的暴君，不是强加纪律秩序的暴君；仆人恨她，在背后都偷她，有几次甚至辱骂她；因为他们知道一听到辞退，只要去找白朗希先生，当面掉几滴眼泪；他就会劝慰他们，给他们加薪水。我不相信白朗希太太曾经真正辞退过一名仆人。在这种萎靡与疯狂的气氛中，他们自己变得萎靡与疯狂了。

同年，龚古尔兄弟传出另一个精神病例，那是提到一个女人而流传开来的，雅克曾说到过这个女人："她会比我们大家都活得长。"杜邦歇尔太太一直很硬朗，即使有时会神志不清。从前的宠人在迷糊时拒绝接受白朗希大夫的死亡。爱德蒙·德·龚古尔在《日记》中对我们说：

> 她的脑子日渐衰退，糊涂时错认为医生还活着，以致那几天她会对泽勒小姐说："我很久没见到医生了。"她经常对她的女仆说："给医生放一副餐具，他今晚要来的！"她帮助她们放餐具，然后坐在桌边等待，过了好一会儿，说："他工作太忙，菜上得慢点儿，他要来的。"
>
> 晚餐用完医生还没来，老妇人就叫："他不能来了，不是吗？我的孩子，过一天他会来的。"

玛丽·约瑟芬·杜邦歇尔在第二年一八九六年逝世，享年九十岁。一八九八年爱德蒙·德·龚古尔和爱德蒙·梅特尔相继逝去。二十世纪不是为他们而来的。

白朗希太太死后不久，奥特依的大房子租给了一个英法合办"栗树"女子寄宿学校。雅克保留了白地堡，直到一九二六年他才出售给一名巴黎诉讼代理人，代理人把它改建成了六套公寓。德加与雷诺阿闲谈的那间木屋，在第二次世界大战中炸毁，在光复时铲平，代之而起的是社会公房，至今还矗立在悬崖下。

没有了白朗希大夫，朗巴尔府也就失去了魔力。默里奥医生从一八七二年起主持业务，从一八九〇年成了业主，依然当院长直到在一九〇一年五月三十日逝世为止。他在一八九六年对房屋重新改造，建了一所模范农场，把他的儿子亨利安置在那里。最后的病人中有一位著名“书商-出版家”，这是阿尔芒·科兰，一九〇〇年六月住院，一个月后逝世，时年五十七岁，死于“麻痹性痴呆发病中脑溢血”。

默里奥遗孀一九二二年去世，这份产业析产后被继承者出售。诊所起初迁到夏隆路一百六十一号，后又到维尔纳夫-圣乔治的贝莱尔城堡，那里有一张罗莱画的白朗希大夫大幅肖像，仿佛是对创业的回忆，今天还在入口处迎接你。

朗巴尔府后由德·里缪尔伯爵和伯爵夫人买下，老“城堡”是碎石建筑，坍塌后他们在一九二五年用石材按原样重建。二战时被征用，一九四六年出租，六年后又卖给土耳其大使馆，至今仍是使馆官邸。白朗希大夫的房子在这些地方只剩下了一个回忆、一个幽灵、一个概念。二十世纪七十年代建立帕西-肯尼迪住宅小区，从此限制了花园的视野，只有一个城市公园的面积，很少有人去散步。大使馆又在危险精神病区的旧址上扩建新房。

白朗希大夫的精神已从帕西上空消失。二十世纪第一个十年末这个精神还在飘荡，诊所在亨利·默里奥医生的主持下依然开业。那时有一个女孩，从朝向雷努阿尔路的一幢大楼的六楼上，经常通过窗子看到“白朗希大夫疗养院”的花园。有人跟她说起莫泊桑。她还相信看到过他，在这些嗥叫的病人和试图让他们安静的白衣护士中间。有人跟她说起著名的白朗希大夫，显然还被大家认为活在世上，主持着一家疯人旅馆。她不用打扰病人，通过纱窗看到的这种景象使她迷恋。在童年的神秘和世事的偶然中，却意想不到地成就了一桩继往开来的事业。那个女孩叫弗朗索瓦兹·马莱特，有一天成了世界闻名的精神分析学家弗朗索瓦兹·杜尔多。

结束语

一七九三—一八九三年，从埃斯普里·白朗希的诞生到埃米尔·白朗希的逝世之间，经过了一个世纪的精神病史。菲利普·比奈是精神病患者的神秘解放者和现代疯人院的奠基人，接着带有他的烙印的革命之后，一八二一年建立了疗养院。最后一位白朗希大夫在一八九三年过世，结束了家庭式疗养院，不久又迎来了弗洛伊德的革命和无意识的发现。白朗希父子正处于“一八〇〇年时代”精神病治疗制度化与“一九〇〇年时代”精神分析学创始之间的这段空白。仿佛是晚生了一个世代，又早生了一个世代，他们落在折页里，盲点上，这也是书页的联轴。

这个承上启下的形象，这个中介的地位，很符合埃斯普里和埃米尔·布朗希的个性，尽管性格上有差别，还是把他们集合在一起。他们在善意与镇静的面目下，脾气急躁执拗，努力调和不同的事物。埃斯普里对病人会严厉威吓，但在肉体上从不粗暴对待，在精神病的器质性或心理性原因的辩论中寻求平衡点。埃米尔讲究共识与中庸，从不在政治上说长道短，避免参与当代的论战。父子两人本性都易激动，急性子，但是一直采取克制态度，与自己的不讲理的倾向作斗争。“白朗希”在古词中也含有“权衡”的意义，在十九世纪还有这样用的。

他们的行动特征是讲究和谐，这并不阻止他们参加一些意识形态的论争：埃斯普里大声呐喊反对勒莱的方法，埃米尔坚决拒绝精神病配偶有离婚的权利，对杀人性偏狂的存在表示异议。然而令人惊异的是白朗希父子前后八十年的临床经验，却没有写出一部有决定意义的作品或提出新的科学观念。他们日夜工作确也占据了他们的全部时间，消耗了他们的全部精力。但是埃斯基罗尔、法尔莱、特莱拉或夏尔科，那个时代的大发现者和多产作家，也都是出类拔萃的临床医生。这种低姿态、不事张扬的独立的做法，跟他们是私立机构的地位是符合的，这不是一种推托，一种回避，而是一个立场；没有理论也是一种理论。布朗希父子总的说来无意抛头露面，甘居人后——就像画家下笔谨慎，在一幅画上留下空白。

他们的事业完全在他们创办的诊所中，他们最佳的著作是那些病程记录。这两位精神科医生是实事求是的慈善家，很早知道他们掌握的珍宝——时间，这是私立医院胜过公立医院的值得自豪的特权。弗朗索瓦·勒莱在比塞特医院算过，根据统计他对每个病人所花的时间一年不超过十八分钟，而白朗希父子会在病人床边坐下，聊了起来。他们有时候训斥，倾听，讲道理，惩罚，鼓励，安慰，他们都在身边。当疯人院几乎混同等死站时，白朗希大夫诊所从蒙马特尔到帕西，都是像奈瓦尔所说的是“一幢华丽甚至贵族式的别墅”，许多创作家在呻吟中得到慰藉的最后避难所。治疗方法其实跟医院并无多大差别（沐浴、催泻、放血、散步、劳动），但是在桑德兰洋楼或朗巴尔府使用的方式要温和好受得多。因为在这个疯人院的黑白世界里，深色上衣表示医生，约束衣表示疯子，白大褂表示护理士，而这两位精神科医生引进了色彩，花园里根据季节变化五彩缤纷，内部装饰采用暖色调，营造一种家庭氛围。

不是一切都依靠环境与设备来完成的。从他们的两个诊所所使用的房屋来看，都是乡村式大公馆，大家都说白朗希父子有风格，有“气派”。他们身上就融合着巴黎与外省。他们是科学界、社交界的精英人物，在精神文化上属于首都，他们在那里读书创业，但是在心理情感上，他们奉行简朴、厚道、守礼的价值，这些价值在十九世纪法国外省还是很看重的。虽是城里的精神科名医却保留了乡村医生的本色。外表令人肃然起敬，声音叫人听了安心。他们说的话有人听，因为他们献出自己最珍贵的东西，他们的秘诀是：给人随时效劳的印象。

命运不愿意埃米尔·白朗希生活到精神分析学的创始时期。他的怀疑、他对变化和“现代理念”的僵硬，看到儿童性问题和梦的解析等理论的大胆性，必然会转过身去。他的许多法医评审报告，还是显出他在挖掘神经官能症的深层原因中，对精神病学表现愈来愈大的兴趣。这后来成为弗洛伊德著作中的主要议题：童年作用，精神创伤的根源，无意识冲动，等等。在精神分析还远远没有形成一个思想系统时，埃米尔·白朗希当然谈不上做了先驱者的工作。但是由于他的描写细节和观察质量，一些还没有名称的痕迹与元素浮现出来，就像一张正在显影的照片上的图像，没有人真正说出这是什么。

精神分析学在思想史上带来的震荡，大脑化学的进步，使人不可避免——总之也抵制不止——要用一个新眼光对疗养院的病程记录赶快重读一遍。因为在翻阅这些数千页的资料时，怎么会不想到有的病人岂不可以避免隔离，而用一种更适宜治疗的“语言疗法”？夏尔·古诺或玛丽·达古尔的名字会自然而然浮现心间。虽则对他们来说，住在朗巴尔府，更像是受邀住进一家疗养院，而不是对无名无姓者的粗暴禁闭。他们跟埃米尔·白朗希保持的知识交流建立在互敬互爱上，抵消了隔离的严酷，已经把精神科医生的工作向心理疗法迈进。莫泊桑或提奥·梵高，他们的情况今天可以由普通科医生治疗：染上梅毒及时用青霉素治疗，毫无痛苦地根除。白朗希大夫所有的“名人”病例，奈瓦尔可能是最有代表性的。完全可以打赌，到了20世纪他的病发得厉害，还是会被送到“日间”医院的道路上，在那里进行治疗工作，用上几种宁神的药（抗焦虑症药、安定剂、抗菌素抑郁药）可以舒解许多病痛。

但是历史是无法再造的。最多也只是对为数不多、其履历与命运都清清楚楚的著名病人，冒险进行种种推测。那些人不应该掩盖成千上万的无名的或被遗忘的病人，他们在将近一个世纪的时间里激活并创立了白朗希大夫诊所的反差强烈的历史。这部书也是献给这一支影子部队的。